Bonne lecture !

Marie NDiaye

재미있게 읽으시길!
마리 은디아이

세
여
인

TROIS FEMMES PUISSANTES
by Marie NDiaye

Copyright © EDITIONS GALLIMARD (Paris), 2009
Korean Translation Copyright © MUNHAKDONGNE Publishing Corp., 2012
All rights reserved.

This Korean edition was published by arrangement with
LES EDITIONS GALLIMARD (Paris) through Bestun Korea Agency Co., Seoul.

이 책의 한국어판 저작권은 베스툰 코리아 에이전시를 통해
프랑스 Editions Gallimard와 독점 계약한 (주)문학동네에 있습니다.
저작권법에 의해 한국 내에서 보호를 받는 저작물이므로
무단 전재와 무단 복제를 금합니다.

이 도서의 국립중앙도서관 출판시도서목록(CIP)은
e-CIP 홈페이지(http://www.nl.go.kr/ecip)와
국가자료공동목록시스템(http://www.nl.go.kr/kolisnet)에서 이용하실 수 있습니다.
(CIP제어번호: CIP2013000477)

세
여인

마리 은디아이 장편소설 — 이창실 옮김

문학동네

로렌, 실베르, 로마릭에게

차례

1부

그가 그녀를 맞았다. 아니, 마치 우연처럼 자신의 커다란 콘크리트 저택 문간에 비친 강렬한 불빛 속에 모습을 드러냈다. 난데없이 쏟아지는 네온등 불빛처럼 희고 눈부신 빛은 흰옷을 입은 이 남자의 몸에서 발산되는 것 같았다. 자신의 거대한 저택 문 앞에 불쑥 나타난 남자, 작달막하고 둔중하게 거기 서 있는 남자의 몸에서. 남자를 보는 순간 노라는 알아챘다. 그에게서 과거의 오만과 그 당당했던 풍채와 영원히 사라지지 않을 것처럼 신비롭게 지속되던 젊음은 더이상 찾아볼 수 없다는 것을.

그는 배 위에 두 손을 포개어 모으고 머리를 갸우뚱 기울인 자세로 서 있었다. 머리털은 희끗희끗했고, 흰 셔츠 속 불룩하게 처진 배가 크림색 바지의 허리띠 위로 비어져나와 있었다.

그렇게 그는 차가운 후광에 둘러싸여 있었다. 마당에 있는 어느 화염목 가지에 올라앉아 있다가 거만한 외관의 이 집 문간으로 떨어져내린 게 틀림없다고 노라는 생각했다. 저택을 향해 가는 동안 줄곧 철문 너머로 보이는 현관문에서 눈길을 떼지 않았는데도 문이 열리고 그 안에서 아버지가 나오는 걸 보지 못했으니까. 아버지는 거기, 저녁 햇빛 속에서 그녀 앞에 나타났다. 머리 위에 어떤 끔찍한 충격이 가해져 예전의 그 보기 좋던 몸이 내려앉아 납작해지기라도 한 듯, 이 쇠락한 남자는 자라목에 땅딸보가 되어 있었다.

그는 꼼짝 않고 서서 그녀가 다가오는 모습을 지켜보았다. 초점이 다소 흐린 그의 불확실한 시선에서 그녀를 기다렸다는 기색은 찾아볼 수 없었다. 그편에서 와달라고, 한 번만 방문해달라고 끈질기게 간청했다는 사실이 믿기지 않을 정도였다. 아버지 같은 남자가 도움이라는 걸 요청한다는 게 가능한 일인지 의심스럽기까지 했다.

저택에 노란 그늘을 드리운 굵은 화염목 가지에서 금 간 콘크리트 문간으로 날갯짓 한 번에 풀쩍 뛰어내렸을 그가 거기 그렇게 서 있었다. 그 순간 노라가 철문을 향해 다가가고 있었던 것은 순전히 우연일 뿐이라는 얼굴로.

자기 편에서 간청해놓고서도 마치 상대의 요청에 응하는 것인 양 충분히 행동할 수 있는 사람이었다. 그는 귀찮은 기색을 가까스로 숨기며 손님을 맞는 주인처럼, 그녀가 철문을 밀고 마당으로 들어서는 모습을 바라보았다. 문간은 이미 저녁 어둠 속에 잠겨 있었지만, 그는 강렬하고도 묘한 광채를 발하며 문 앞에 서서 햇빛이라도 가리려는 듯 눈 위로 손차양을 하고 있었다.

"아, 너로구나."

그가 둔탁하고 희미한 목소리로 말했다.

프랑스어를 완벽히 구사하는 그였지만, 이 언어로 말을 할 때면, 불가피한 실수를 저지를지 모른다는 두려움 때문인지 목소리가 자신을 잃고 가볍게 떨리곤 했다.

노라는 대답을 하지 않았다.

그녀는 아버지를 짧고 가볍게 포옹했다. 아버지는 신체적인 접촉을 혐오하는지라 팔에 손가락이라도 닿으면 몰랑한 살의 미세한 전율이 감지되곤 했던 일이 떠올랐기 때문이다.

곰팡내가 나는 것 같았다.

편평한 지붕 위로 가지를 드리운 커다란 화염목, 그 위에 만발했다 시들어버린 꽃들에서 풍겨오는 냄새였다. 비밀스럽고 도도한 이 남자가 화염목 이파리들 사이에 몰래 들어앉아 있었을 거라 생각하니 노라는 기분이 좋지 않았다. 그는 그렇게 철문을 향해 다가오는 한 발짝 한 발짝에 귀기울이며 기다리다가 풀쩍 뛰어내려 거친 콘크리트 벽으로 둘러싸인 자신의 거대한 저택 문간에 어줍은 자세로 내려앉았겠지. 아니면 이 냄새는 아버지의 옷이나 몸 혹은 늙고 주름진 잿빛 살갗에서 발산되는 것일까? 어느 쪽이 진실인지는 그녀도 알 수 없었다.

확실한 것은 이날 아버지가 땀으로 동그랗게 얼룩진 구겨진 셔츠를 입었다는 사실뿐이었다. 이제 그는 분명 늘 그런 차림일 거라고 그녀는 생각했다. 몸뚱이가 무거운 날짐승처럼 땅에 닿을 때마다 무릎을 찧었는지, 아니면 그도 결국 칠칠치 못한 노인이 되어 더러운 것을 구별 못하거나 무관심해졌는지(노라는 조금 갑갑한 연민이 들었다) 바지 무릎 부위가 흉하게 불거져 푸르스름하게 번들거리고 있었다. 물론 그러면서도 그는 여전히 흰색과 미색 계열의 우아한 복장을 고수하고 있을 터였고, 아직 공사중인 집 안이나 먼지 낀 살롱에 있다가도 일단 문 밖으로 나서는 순간에는 넥타이 매듭을 한번 추스를 터였다. 꽃이 흐드러지게 핀 화염목에서 풀쩍 뛰어내려 문간에 내려설 때 역시 예외일 리 없었다.

노라는 공항에서 나와 택시를 잡아탄 다음 무더위 속을 한참 걸어야 했다. 정확한 주소를 잊어버린 탓에 눈으로 보아 찾는 수밖에 없었는데, 그러느라 먼지를 뒤집어쓰고 땀이 흘러 모습이 추레해지는 것을 느꼈다.

그녀는 문간에 떨어진 화염목 꽃들과 흡사한 작고 노란 꽃송이가 점점이 찍힌 담녹색 민소매 원피스를 입고 있었다. 굽이 낮은 샌들도 원피스 색과 같은 부드러운 녹색이었다.

플라스틱 슬리퍼를 신은 아버지의 발에 시선이 닿은 순간 그녀는 당황하지 않을 수 없었다. 사람들 앞에 나설 때면 반드시 왁스 칠 한 베이지나 흰색 톤의 구두를 신던 아버지였다. 그렇게 하는

데 명예를 거는 것처럼 보였던 아버지였다.

이 단정치 못한 남자가 그녀에게 비판적 시선도 실망의 시선도 엄격한 시선도 던질 수 없을 만큼 오래전에 적법성을 모두 상실했기 때문인지, 아니면 서른여덟이라는 그녀의 나이 덕인지, 그녀는 자신의 행색이 야기할 판단에 대해 더이상 걱정하지 않았다. 십오 년 전이었다면 그렇게 땀을 뻘뻘 흘리는 지친 얼굴로 아버지 앞에 나타나면서 당혹감이나 굴욕감을 느끼지 않을 수는 없었을 것이었다. 한여름 혹서도 그의 외모나 행동에 아무런 영향을 미치지 못하는 듯 아버지는 조금의 느른해짐도 없이 말짱한 모습이곤 했으니 말이다. 그러나 이제 그녀는 그런 일에 무관심했고, 아버지 앞에 맨얼굴을 들이밀고도 고개를 돌리지 않을 수 있었다. 택시 안에서 얼굴에 분을 찍어대는 수고를 하지 않는 자신을 보면서 그녀는 문득 의아해졌다. 그깟 일들을 왜 그렇게 중요하게 여겼을까. 그녀는 씁쓸한 원한이 더해진 즐거운 기분이 되어 생각했다. 마음대로 판단하라지. 사춘기 소녀 시절 언니와 함께 그를 보러 올 때마다 이 도도한 남자의 입에서는 잔인하고 굴욕적인 말들이 쏟아졌었다. 세련되지 못하다는 둥, 입술에 루즈는 발라야 하지 않느냐는 둥.

지금이었다면 그녀는 이렇게 응수했을 것이다. 아빠 우리가 여자로 보이나보죠. 남자를 유혹해야 하는 여자를 대하듯 말하네요. 하지만 우린 어린아이예요. 아빠 딸들이라고요.

그리고 아버지의 지적이 세련되지 못한 유머에 불과하다는 듯

투덜대는 목소리로 가볍게 받아친 다음 아버지와 함께 웃었을 것이다. 아버지의 웃음에는 약간의 자책감이 묻어났겠지만.

한데 아버지는 플라스틱 슬리퍼를 신고 그곳에 서 있었다. 그가 무겁고 지친 날갯짓으로 화염목에서 뛰어내릴 때 흩날린 듯싶은 시든 꽃들이 가득 널려 있는 콘크리트 문간에. 그런 아버지를 보는 순간 그녀는 문득 깨달았다. 아버지는 그녀를 관찰하거나 외모에 대한 평을 하는 데 더는 관심이 없으리라는 것을. 예전에 그가 내뱉곤 했던 가시 돋친 말들에 대해 그녀가 집요하게 암시를 한들 귀를 기울이지도 않을 것이고 이해하지도 못하리라는 것을.

그의 움푹 꺼진 눈은 멍하니 다른 한 곳에 고정되어 있는 것 같았다.

자기 쪽에서 먼저 와달라는 부탁의 편지를 썼었다는 사실을 그가 기억이나 하는지 의심이 들 지경이었다.

"들어가죠."

그녀가 여행가방을 다른 쪽 어깨에 둘러메며 말했다.

"마세크!"

그가 손뼉을 쳤다.

그의 볼품없는 몸에서 발산되는 차고 푸르스름한 광채가 더한층 빛을 발했다.

그러자 무릎까지 내려오는 반바지와 찢어진 폴로셔츠 차림의 노인이 맨발로 활기차게 걸어나왔다.

16

"가방을 들여놓게."

노라의 아버지가 명했다. 그리고 그녀를 향해 돌아서며 말했다.

"마세크다. 너도 기억하지?"

"가방은 제가 들 수 있어요."

그녀는 곧 자신이 한 말을 후회했다. 아무리 나이가 많아도 불편한 짐을 들고 나르는 데 이골이 난 하인을 언짢게 할 말이었으니까. 결국 그녀는 하인에게 급히 짐을 떠안겼고, 미처 준비가 안 된 그는 그 바람에 잠시 비틀거렸다. 그러나 이내 몸을 추스른 다음 가방을 짊어지고 구부정한 자세로 집 안으로 들어갔다.

"지난번에 왔을 땐 망수르가 있었어요. 마세크는 모르겠네요."

"망수르라니?"

아버지가 돌연 당황한 기색으로 물었다. 그녀가 이제껏 본 적 없는 질겁한 표정이었다.

"성은 모르지만, 여기서 아주 오래 살았던 망수르 말이에요."

노라는 이렇게 말하면서 차츰 거북한 느낌에 사로잡혔다. 숨이 막힐 것처럼 끈적끈적하고 불쾌한 감정이었다.

"그렇다면 마세크의 아비였는지도 모르겠군."

"말도 안 돼요. 망수르의 아들이라기엔 마세크는 너무 늙었어요."

그녀가 중얼대듯 말했다.

그러자 아버지는 곤혹스러운 기색이 역력해졌다. 금방이라도 본인을 상대로 장난을 친다고 못마땅해할 것 같아 그녀는 잽싸게 덧붙였다.

"아무려면 어때요. 별일도 아닌데."

"난 망수르라는 하인을 두어본 적이 없어. 네가 잘못 안 거야."

아버지는 오만과 관용이 뒤섞인 묘한 미소를 지으며 말했다. 이 미소를 보자 처음으로 아버지가 예전 모습으로 돌아온 듯해 노라는 안심이 됐다. 이 거만한 남자가 끝내 자신이 옳았음을 고집하는 결정적인 한마디를 내놓기를 바라는 심정이었달까.

하지만 그녀는 망수르라는 하인이 있었다고 확신했다. 여러 해 동안 아버지 곁에서 일한 부지런하고 유능하며 참을성 있는 하인 이었다. 언니와 함께 이 집을 방문한 것은 서너 차례에 지나지 않지만 그래도 두 사람이 만난 하인은 망수르였지 낯선 얼굴의 마세크가 아니었다.

안으로 발을 들여놓는 순간 노라는 집이 텅 비어 있음을 느꼈다.

밤이 내려앉아 있었다.

넓은 살롱은 어둡고 고요했다.

아버지가 플로어 스탠드를 켰다. 그러자 40와트짜리 전구에서 발산되는 희미한 빛 속에서, 유리판을 깐 기다란 식탁이 살롱 한복 판에 모습을 드러냈다.

우툴두툴한 초벽 여기저기에 사진 액자들이 걸려 있었다. 아버지가 소유하고 운영하면서 부를 축적했던 바캉스촌 사진들이었다.

자신이 거둔 성공에 우쭐하던 이 남자의 집은 언제나 사람들로 북적댔는데, 그건 아버지가 너그러워서라기보다 일종의 과시욕 때문이었다고 노라는 늘 생각했다. 아버지는 자기 집에 형제자매는 물론 조카나 친지들을 묵게 하는 데 큰 자부심을 느끼는 것 같았고, 그녀가 거기 와 있을 때 어느 때고 그 큰 살롱이 비어 있는 모습은 한 번도 본 적이 없었다.

소파 위에서는 아이들이 배부른 고양이들처럼 배를 드러내놓고 뒹굴었고, 남자들은 텔레비전을 보면서 차를 마셨으며, 여자들은 부엌과 방들을 오갔다.

하지만 이날 밤 살롱은 황량하기 그지없었다. 반짝이는 타일 바닥과 시멘트 벽, 그리고 창들을 에워싼 좁다란 쇠시리 등 차갑고 단단한 자재들이 고스란히 드러나 보였다.

"부인은 안 계세요?" 노라가 물었다.

그는 큰 식탁 옆에 놓인 의자 두 개를 떼었다 붙였다 하더니 생각을 고쳐먹고 원래 자리에 도로 갖다두었다.

그러곤 텔레비전을 틀더니 화면에 영상이 미처 떠오르기도 전에 꺼버렸다.

그런 다음 타일 바닥 위로 슬리퍼를 질질 끌며 걸어다녔다.

그의 입술이 가볍게 떨리는가 싶더니 마침내 대답이 흘러나왔다.

"여행을 떠났어."

아. 노라는 걱정스러운 마음이 일었다. 부인이 자기를 떠나버렸다는 사실을 차마 고백하지 못하는 건 아닐까?

"소니는요? 소니는 어딨죠?"

"그애도 마찬가지야." 그가 단숨에 말했다.

"소니가 여행을 떠났다고요?"

여러 명의 아내와 아이들을 두었던 남자, 특별히 잘생기지는 않았어도 총명하고 교활하고 냉혹하고 민첩했던 남자, 빈곤에서 벗어나 출세한 이 남자의 주위에는 늘 사람들이 득실거렸었다. 감사하는 마음으로 그에게 복종하는 사람들이었다. 그렇게 운이 좋았던 남자가 이제 아무도 없이 혼자 남게 되었고, 어쩌면 버림받았을지도 모른다고 생각하니 묘한 쾌감이 일었다. 무어라 규정할 순 없지만 해묵은 원한을 어루만져주는 물리치기 힘든 감정이었다.

좀더 일찍 터득했어야 할 인생의 교훈을 아버지는 이제야 깨우치게 되는 걸까.

하지만 대체 무슨 교훈이지?

그런 생각을 하다보니 그녀는 자신이 비열하고 야비하게 느껴졌다.

아버지가 잠자리를 제공한 이들이 이해관계에 얽힌 사람들이었다고 하자. 진정한 친구도 없었고 진심으로 사랑해준 여자도 없었고(자신의 어머니는 제외라고 노라는 생각했다) 애정 깊은 자식조차 없었다고 하자. 이제는 나이가 들어 정력도 감퇴하고 건강도 예전 같지 않아 우울한 집 안에서 쓸쓸히 혼자 지낸다고 하자. 그렇다고 어떤 존중할 만한 절대적인 윤리가 공고해지는 걸까? 아버지의 가까운 친지 범주에 속해보지 못한 질투심 많은 딸이 마침내 보복하게 되었다고 뽐내듯 노라는 흡족해할 것인가?

자기 자신이 비열하고 야비하게 느껴지자 이제 노라는 자신의 축축하고 달아오른 피부와 구겨진 원피스가 부끄러워졌다.

좀 전의 나쁜 생각들을 바로잡으려는 듯, 아버지가 그다지 오랫동안 혼자 지내지는 않을 것임을 확인하려는 듯, 그녀는 다시 물었다.

"소니는 금방 돌아오나요?"

"그애한테 직접 듣거라." 아버지가 웅얼거리듯 말했다.

"집에 없다면서 무슨 말씀이세요?"

"마세크!" 그가 손뼉을 쳤다.

어깨와 목덜미에 붙었던 작고 노란 화염목 꽃송이들이 타일 바닥 위로 팔락이며 떨어져내리자 그는 슬리퍼를 신은 발끝으로 잽싸게 짓이겨버렸다.

노라는 비슷한 모양의 꽃들이 점점이 수놓인 자신의 원피스가 발로 뭉개지는 기분이었다.

마세크는 크고 작은 접시와 식기가 수북한 카트를 밀고 와서는 식탁 유리판 위에 하나씩 내려놓았다.

"앉아라. 식사를 하자꾸나." 아버지가 말했다.

"먼저 손을 씻을게요."

그녀는 자신의 말투에서 단호하고 막힘없는 응수의 기미를 확연히 느낄 수 있었다. 그 누구도 아닌 아버지와 있을 때만 나타나는 습관이었다. 그녀가 뭘 하려고만 하면 아버지는 그 일을 마세크에 게(예전엔 망수르에게) 시켰기 때문에, 아버지가 그러지 못하도록 미연에 방지하려는 속셈이었는지도 몰랐다. 아버지는 자기 집에 온 손님들이 손끝 하나라도 까딱한다면 그건 하인들이 무능한 탓이라 여겨 "마세크가 대신 손을 씻을 거다"라고까지 말할 사람이었다. 노소를 막론하고 주변 사람들은 어김없이 그에게 복종했으므로 그녀가 자신의 말을 따르지 않을 거라고는 상상조차 할 수 없는 사람이었다.

그러나 아버지의 귀에는 그녀의 말이 들리지 않은 것 같았다.

그는 자리에 앉아 멍한 눈길로 마세크의 동작을 좇고 있었다.

노라는 아버지의 거무스레한 피부를 보며 그 색이며 윤기가 예전 같지 못하다고 생각했다.

그는 개처럼 입을 크게 벌리고 조용히 하품을 했다.

순간 노라는 문간에서 맡은 달콤하고 역한 냄새는 화염목과 아버지의 몸에서 동시에 풍긴 냄새였다는 걸 확신했다. 이 남자는 서서히 부패해가는 오렌지색 꽃들 속에 푹 잠겨 있었으니까. 정갈한 외모에 각별히 신경썼던 남자, 몸에 최고급 향유만을 뿌리며 자신의 진짜 냄새는 절대 풍기지 않으려고 노심초사하던 도도한 남자였건만!

가련한 사람 같으니. 이처럼 심한 악취를 풍기며 제대로 날지도 못하는 늙고 살진 새가 될 줄 누가 짐작이라도 했겠는가?

그녀는 부엌 쪽으로 발길을 돌려 파리똥이 잔뜩 낀 흐릿한 전구 하나가 간신히 불을 밝히고 있는 어둠침침한 콘크리트 복도를 따라 걸었다.

부엌은 이 커다란 저택에서 가장 비좁고 불편한 공간이라는 것, 이것도 기억이 났다. 이것 역시, 중요한 일이든 사소한 일이든 아버지한테는 털어놓지 못하리라는 걸 잘 알면서도 끝없이 이어지던 아버지에 대한 불만 사항 목록에 포함되어 있었다. 먼 곳에 떨어져 있을 때는 온갖 비난과 불평불만을 쏟아낼 용기가 있었지만, 속을 알 수 없는 이 남자와 대면하는 순간 그런 용기는 온데간데없이 사라져버렸다. 그럴수록 아버지에 대한 분노는 더해갔고, 그 앞에서는 감히 입도 열지 못하고 굴복해버리는 자신에 대해 불만과 실망감만 쌓여갔다.

아버지는 하인들이 열악하고 불편한 공간에서 일을 하건 말건 개의치 않았다. 그 자신이나 손님들이 그곳에 발을 들여놓는 일은 없었으니까.

아버지는 하인들에 대한 배려를 이해하지 못할 것이라고, 노라는 참을 수 없는 반감에 휩싸여 생각했다. 아버지는 그런 태도를 여성 특유의 감상벽이나 그녀가 살고 있는 또다른 세상과 자기 것이 아닌 그 문화에 관련한 것으로 치부해버릴 것이라고.

우리는 사는 나라도 사회도 다르다는 식으로, 현학적이고 거만한 어조로 말할 게 분명했다. 어쩌면 마세크를 불러 부엌이 마음에 드는지 그녀가 보는 앞에서 질문을 할지도 몰랐다. 그러면 그는 그렇다고 대답할 터였고, 그럴 만한 가치도 없는 하찮은 일에 신경을 썼다는 인상을 줄세라 아버지는 노라에게 의기양양한 눈길 한번 돌리지 않은 채 그대로 문제를 종결지어버릴 것이었다.

상호 이해가 전적으로 불가능하고, 애정은 있는지 항시 의심스러운 그런 남자를 아버지로 둔다는 건 역시 의미도 이점도 없는 일임을 노라는 또 한번 확인했지만, 그래도 이번에는 냉정을 유지할 수 있었다. 프랑스에서 산 세월이 몇 해밖에 안 되는 냉혹한 열정을 지닌 이 남자와, 프랑스에서 평생을 살았고 상처받기 쉬운 뜨거운 가슴을 지닌 그녀 사이에는 그동안 받은 교육과 세계관, 관점의 벽이 있었기에 정면으로 부딪치는 상황이 닥칠 때마다 분노와 무력감, 실망에 사로잡혀 괴로워하기도 했지만 말이다.

그렇지만 그녀는 지금 아버지의 집에 와 있었다. 아버지가 부르자 두말 않고 온 것이다.

아버지가 대놓고 경멸하는 그 감수성이—그는 자신의 딸은 물론 여성화되고 무기력해진 서구 사회까지 함께 경멸했다—조금만 약했더라도, 뭐가 됐든 이런 걸음을 피할 핑곗거리를 찾아냈을 텐데.

"……사정이 허락하는 대로 네가 얼마간 가족을 떠나 내 집에 와 있는다면 이 아버지에게는 영광이요 각별한 기쁨이 되겠구나. 대단히 중요하고 심각한 사안들을 두고 너와 의논할 일이 있어서다……"

　이런 편지를 받고 굴복해버리다니, 그녀는 벌써부터 후회가 막심했다. 당장에라도 집으로 돌아가 자기 생활에 전념하고 싶은 마음이 간절했다.

　해진 파뉴* 차림에 남자아이처럼 생긴 가냘픈 소녀가 부엌의 작은 개수대에서 냄비들을 씻고 있었다.

　탁자 위에는 요리가 수북했다. 노라 자신과 아버지를 위해 마련된 요리라는 걸 알 수 있었다.

　구운 닭고기와 쿠스쿠스**, 사프란을 넣고 찐 쌀, 땅콩 소스에 절인 거무스레한 고기가 보였고, 김이 서린 투명한 뚜껑 속 다른 요리들도 그녀는 짐작해볼 수 있었다. 과도한 음식들을 마주하자 몸놀림이 둔해지고 벌써부터 위가 묵직해지기 시작했다.

　그녀는 탁자와 개수대 사이로 살며시 비집고 들어가 소녀가 커다란 스튜 냄비를 힘겹게 마저 씻을 때까지 기다렸다.

　개수대가 비좁아 그 가장자리나 수도꼭지에 용기들이 쉴 새 없이 부딪쳤다. 식기건조대가 없어 소녀는 행주가 펼쳐진 바닥에 물이 뚝뚝 듣는 식기들을 놓느라 웅크려 앉아야 했다.

　아버지가 하인들의 편의에 별 관심이 없다는 증거를 또 한번 목격하니 기분이 좋지 않았다.

---

*　서아프리카 여성들이 몸에 걸치는 사각형의 무명천.
**　좁쌀 크기로 빻아 증기에 찐 듀럼밀을 고기와 야채를 넣은 스튜와 곁들이는 요리.

그녀는 재빨리 손을 씻으며 소녀에게 미소 띤 얼굴로 고개를 살짝 끄덕여 보였다.

그런 다음 이름을 물었는데, 소녀는 잠시 침묵을 지키더니 카디 뎀바라고, 마치 이름을 소중한 틀 안에 새겨넣기라도 하듯 대답했다. 그 침착한 목소리에 담긴 조용한 자부심과 상대를 똑바로 응시하는 시선이 놀라웠다. 마음속 노여움과 불안한 피로감, 그리고 원한 맺힌 감정이 다소 누그러지는 기분이었다.

복도 저편에서 아버지의 목소리가 들려왔다.

조급한 목소리로 그녀를 부르고 있었다.

그녀는 서둘러 아버지에게 갔다. 마세크가 마주 놓인 두 접시에 담아놓은 새우와 과일 타불레*를 먹고 싶어 안달이 난 아버지 얼굴에 짜증이 가득했다.

그녀가 자리에 앉자마자 그는 접시에 코를 처박다시피 하고 게걸스럽게 먹어댔다. 대화도 없고 체면도 무시해버리는 이런 탐식에서 겉치레를 중시하던 옛 모습을 찾아보기란 어려웠다. 하마터면 혹시 그동안 굶으셨는지 물을 뻔했다. 그녀의 예상대로 재정난에 봉착해 있는 거라면, 아버지는 그녀를 깜짝 놀라게 할 심산으로 그동안 먹지 않고 비축한 사흘치 음식을 이 만찬에 쏟아부었을 수도 있는 사람이니까.

---

* 쿠스쿠스에 잘게 썬 양파와 토마토 등을 넣고 올리브유와 레몬즙을 뿌려 차게 먹는 음식. 아랍어로 소스를 곁들인 샐러드라는 뜻이다.

마세크는 그녀가 미처 따라잡을 수 없는 속도로 요리를 하나하나 내왔다.

다행히도 아버지는 그녀가 음식을 먹는지 여부에는 전혀 관심을 두지 않았다.

그가 고개를 드는 것은 마세크가 식탁 위에 올려두고 간 요리를 탐욕스럽고 미심쩍은 눈길로 살펴볼 때뿐이었다. 단 한 번 노라의 접시에 슬그머니 시선을 던지는가 싶었지만, 유치한 불안이 배어 있는 그 시선은 그녀의 접시에 담긴 요리가 자신의 것보다 더 푸짐하지는 않은지 확인하기 위해서일 뿐이었다.

충격이 아닐 수 없었다.

수다스럽고 멋내어 말하기를 좋아하는 아버지가 침묵을 지키고 있었다.

황량한 집 안에 울려퍼지는 것은 식기 부딪는 소리와 타일 바닥을 스치는 마세크의 발소리뿐이었다. 화염목 꼭대기 가지들이 양철 지붕 위에서 바스락대는 소리도 들리는 듯했다. 혹 나무가 아버지를 부르는 건 아닐까 하는 생각이 그녀의 머릿속을 스쳤다. 밤이면 이 고독한 나무가 아버지를 불러대는 건 아닐까?

그는 양고기 구이를 끝내고 이제 소스를 친 닭고기를 쉴 새 없이 먹어댔다. 한입 한입 거의 숨도 쉬지 않고 입안에 음식을 꾸역꾸역 쑤셔넣었다.

식사를 마치자 마세크가 여러 조각으로 썬 망고 열매를 내왔다.

아버지는 한 조각을 입에 넣은 뒤 또 한 조각을 집어넣었는데, 입 안에 든 것을 어떻게든 씹어 삼키려 했지만 제대로 되지 않았다.

결국 풀죽이 된 망고를 접시에 토해냈다.

그의 뺨이 눈물범벅이 되었다.

노라의 뺨도 뜨겁게 달아올랐다.

그녀는 자리에서 일어나 저도 모르게 무어라 웅얼대며 아버지 뒤에 가 섰다. 그러나 어디다 손을 두어야 할지 알 수 없었다. 이제 까지 아버지를 위로하는 입장에 서본 적이 없었고 혐오감이 깃든 형식적이고 마지못한 예의밖에는 갖추어본 적이 없었으니까.

두리번거리며 마세크를 찾았지만 그는 마지막 접시들을 수거해 그곳을 나간 뒤였다.

아버지는 텅 빈 표정으로 말없이 눈물만 흘렸다.

노라는 곁에 앉아 축축하고 주름진 그 얼굴에 자신의 얼굴을 갖 다댔다.

음식물과 양념 국물 냄새 너머로 또다른 냄새가 번져나왔다. 커 다란 나무의 시든 꽃들이 풍기는 달짝지근한 향내였다. 그 순간 고 개 숙인 아버지의 때묻은 셔츠 깃이 눈에 띄었다.

그러자 이삼 년 전 남동생 소니에게서 전해 들은 소식이 떠올랐 다. 아버지는 노라 자매에게 소식을 알려서 좋을 것이 없다고 판단 했었고, 당시에 노라는 그런 아버지를 원망했다. 그 후 그 소식은 물론 아버지의 침묵이 야기한 씁쓸한 감정까지 잊고 있었는데, 이 순간 두 가지가 동시에 노라의 뇌리에 떠올라 아버지를 위로하려던 마음과는 달리 그녀의 목소리가 날카로워졌다.

"아버지 아이들은 어디 있죠?"

쌍둥이라는 것만 떠올랐지 성별은 기억나지 않았다.

그는 곤혹스러운 표정으로 그녀를 바라보았다.

"내 아이들이라고?"

"가장 최근에 생긴 아이들 말이에요. 부인이 그애들도 함께 데려갔나요?"

"아, 계집애들 말이냐? 그애들은 여기 있다."

고개를 돌리며 그렇게 중얼거리는 그의 모습에 실망감이 가득했다. 마치 그 자신은 모르는 무언가를 그녀가 말해주기를 기대했던 것처럼. 자신은 그 의미를 온전히 알지 못하지만 놀랍고도 이상한 방식으로 그를 구원해줄 무언가를.

그녀는 보복을 가했다는 적의 가득한 승리감에 잠시 전율했다.

그러니까, 여자들에 대한 사랑이나 존중심이라곤 찾아보기 힘든 이 남자에게 아들이라곤 소니뿐이었던 것이다.

쓸모없이 굴욕감만 주는 예쁘지도 않은 여자들에게 둘러싸여 시달리는 남자. 노라는 자신과 언니를 떠올리며 담담한 마음으로 생각했다. 실제로 아버지의 눈에 노라 자매에게는 용납할 수 없는 결점이 있었다. 요컨대 누가 보아도 어머니보다는 아버지인 자신을 닮았는데, 유감스럽게도 그건 프랑스 여자와의 결혼이 부질없는 짓이었다는 증거일 뿐이었다. 피부색이 하얀 아이들과 잘생긴 아들들이 태어나는 것 외에는 아무런 이득을 바랄 수 없는 결혼이었을 테니까.

한데 그런 바람이 실패로 돌아가고 만 것이다.

그녀는 그의 어깨에 가볍게 손을 올려놓았다.

그러나 마음속에 동요가 일면서 연민보다는 냉소가 그녀를 사로잡았다.

"만나고 싶어요." 그녀는 이렇게 말한 뒤 누구를 만나고 싶다는 말인지 아버지가 묻기도 전에 얼른 덧붙였다.

"아버지의 두 딸이요."

아버지의 살진 어깨가 그녀의 손을 마다했다. 그런 친밀감은 결단코 용납될 수 없음을 의미하는 무의식적인 동작처럼.

그는 힘겹게 자리에서 일어나 셔츠 소매로 얼굴을 훔쳤다.

그러고 나서 살롱 안쪽에 있는 볼품없는 유리문 하나를 밀고 들어가 하나뿐인 전구를 켰다. 그러자 좁고 기다란 회색 콘크리트 복도가 나타났다. 노라는 그 복도를 따라 총총 들어선 네모난 작은 방들을 떠올렸다. 예전에 아버지의 수많은 친지들이 묵었던 방들이었다.

정적 속에 울리는 두 사람의 발소리와 아버지의 거칠고 불규칙한 숨소리로 미루어 지금 이 방들은 모두 비어 있는 게 분명했다.

그렇게 한참 몇 분을 걸었을까. 복도의 방향이 비스듬히 꺾이고 또 한번 틀어지더니 돌연 주위가 어두워졌다. 갑작스레 숨이 막혀왔기 때문에 노라는 하마터면 도망쳐버릴 뻔했다.

아버지가 어느 닫힌 문 앞에 멈추어 섰다.

그는 문손잡이를 잡고 문짝에 귀를 갖다댄 채 잠시 꼼짝 않고 서 있었다. 안에서 나는 소리를 들으려는 건지 아니면 문을 열기로 마음먹기 전 온 정신을 가다듬는 건지 노라는 알 수 없었다. 그러나 상대를 끊임없이 착각에 빠뜨리는 이 남자의 이해할 수 없는 태도가 마음에 들지 않았고 예전보다 더한 불안을 안겨주었다. (아, 그를 보지 못한 지난 몇 년 동안 시간이 그를 바로잡아주고 그들 사이에 친밀감을 형성해주었을 거라는 구제불능의 믿음은 대체 어디서 온 걸까!) 그가 거만이 가득한 쾌활함과 뻔뻔함을 보이며 정색을 할 때면 또 어떤 잊을 수 없는 잔인한 말을 뱉어댈지 알 수 없었기 때문이다.

그가 상대를 기습해 잘못을 들추어내려는 사람처럼 문을 벌컥 열었다.

그러고는 이내 공포와 혐오가 깃든 표정으로 비켜서면서 노라가 들어가도록 자리를 내주었다.

두 침대 사이, 협탁 위에 놓인 장밋빛 램프가 작은 방 안을 은은하게 밝혀주고 있었다. 부엌에서 본 카디 뎀바라는 소녀가 두 개 중에서 좀더 좁은 침대를 차지하고 있었다. 노라는 소녀의 오른쪽 귓불이 둘로 갈라진 걸 보았다.

소녀는 매트리스 위에 책상다리로 앉아 조그만 초록색 원피스를 깁다가 노라를 흘끗 바라보고는 살짝 미소를 지어 보였다.

다른 침대에는 두 여자아이가 서로 마주보는 자세로 흰 시트 아래 잠들어 있었다.

순간 심장이 저릿했다. 이제껏 본 적 없는 너무도 사랑스러운 얼굴의 아이들이었다.

복도의 더운 공기가 냉방이 된 방 안으로 들어온 탓인지 아니면 고요했던 주변 분위기의 미세한 변동을 감지해선지 두 아이가 동시에 눈을 떴다.

그들은 냉랭하기 그지없는 무겁고 가차없는 시선으로 아버지를 바라보았다. 아버지를 보는 게 좋지도 무섭지도 않다는 표정이었다. 반면 아버지는 놀랍게도 이 시선 속에 금세라도 녹아내려버릴 듯했다. 아버지의 짧게 깎은 머리와 얼굴, 셔츠 깃에 감싸인 목에서 느닷없이 땀방울이 떨어지더니, 짓밟힌 꽃들의 아릿한 냄새가 훅 끼쳐왔다.

주위에 언제나 아련한 공포를 퍼뜨리며 그 무엇에도 겁을 먹지 않던 이 남자가 이제 겁에 질린 모습이었다.

이 어린 여자아이들의 무엇이 그를 두렵게 만드는 걸까? 노년에 기적처럼 태어난 깜짝 놀랄 만큼 예쁜 이 아이들에게서 열등한 성별을 문제삼을 수 있을까? 먼저 태어난 노라 자매의 그저 그런 외모도 이들이 있으니 잊을 수 있지 않을까? 부럽기만 한 이 아이들은 대체 어떻게 그를 이처럼 불안에 떨게 한다지?

그녀는 침대로 다가가 아이들의 얼굴 높이에 맞게 무릎을 꿇고 앉은 뒤 미소를 지어 보였다. 모래밭에 놓인 바다표범의 머리처럼 둥글고 가무잡잡하며 섬세한, 똑같이 생긴 작은 두 얼굴이었다.

그 순간 〈미시즈 로빈슨〉의 첫 소절 멜로디가 방 안에 울려퍼졌다.

모두가 흠칫 놀랐다. 자신의 휴대전화 벨소리를 아는 노라까지도. 노라는 원피스 호주머니에 손을 넣어 전화를 끊으려다가 집에서 온 전화임을 알고 방 안에 흐르는 거북한 침묵 속에서 휴대전화를 귀로 가져갔다. 마비 상태에 이른 듯싶었던 애초의 무겁고 고요한 정적은 이제 적의가 밴 조심스러운 정적으로 바뀌어 있었다.

상대와 거리를 둘 것인지 자기들 사이에 받아들일 것인지 결정짓기에 앞서 최후의 분명한 몇 마디를 기다리는 듯한 정적이었다.

"엄마, 나야!" 전화기 저쪽에서 뤼시가 소리를 질렀다.

"그래, 잘 지내지? 잘 들리니까 좀 작은 소리로 말해도 돼. 무슨 일이니?" 노라는 당황한 나머지 이마가 펄펄 끓는 것 같았다.

"아무 일도 없어! 그레트랑 같이 크레이프 만드는 중이에요. 우린 영화 보러 갈 거야. 재밌게 지내고 있어요."

"착하구나. 그래. 엄마가 전화할게."

그녀는 이렇게 속삭인 뒤 휴대전화를 찰칵 닫아 호주머니에 집어넣었다.

두 여자아이는 입을 꼭 다물고 눈꺼풀을 떨면서 자는 척했다.

실망한 노라는 그들의 뺨에 입을 맞춘 뒤 자리에서 일어나 카디에게 인사를 하고 아버지와 함께 방에서 나왔다. 아버지가 조심스레 방문을 닫았다.

그는 이번에도 아이들과 소박하고 애정 어린 관계를 맺는 데 실패한 것 같아 보여 그녀는 기분이 울적해졌다. 그런 냉혹한 눈길을 받는 남자라면 노년에 그처럼 예쁜 아이들을 얻을 자격이 없는 것 아닐까. 그 무엇도, 그 누구도, 이런 남자를 바꾸어놓지 못할 테지. 그러려면 그의 심장을 떼어내야 할 테니까.

어쨌거나 그녀는 이제 어두운 복도를 되돌아나오고 있었다. 넓적다리에 가볍게 와 부딪는 휴대전화의 무게가 느껴졌다. 아버지를 향해 점점 커져가는 이 거북한 감정은 방금 전 통화 때문임을, 수화기 너머로 들리던 딸아이의 지나치게 격앙된 목소리 때문임을, 그녀는 우울하고 불쾌한 마음으로 인정하지 않을 수 없었다. 일 년 전부터 같이 살고 있는 자콥에게 모진 소리를 해댈 용기를 내지 못한 그녀는 아버지에게 그 화살을 날리고 있었다. 구부정하고 뚱뚱한 몸으로 우울한 복도를 죄 없이 걷고 있는 아버지의 등에 대고.

노라의 머릿속에 파리에 있는 자신의 소중한 아파트가 떠올랐다. 그곳은 그녀의 투지와 눈에 띄지 않는 성공의 소박하고도 내밀한 상징이었다. 그녀는 그곳에서 수년간 뤼시와 단둘이 살다가 자콥과 그의 딸 그레트를 받아들임으로써 무질서와 일탈을 함께 들

여놓고 말았다. 구트 도르*에 위치한 방 세 개짜리 그 아파트를 구
입한(삼십 년 상환 대출을 끼고) 데에는 그때껏 그녀의 삶 속에 자
리했던 아버지로 인한 혼란을 종결짓겠다는 정신적인 욕구가 지배
적이었다. 이제는 나이가 들어 커다란 몸을 감싼 셔츠 속에 양날개
를 접어넣은 기이한 모습으로 우울한 복도를 걸어가고 있는 아버
지였지만.

아, 뤼시의 목소리에서, 빠르게 할딱이는 높은 목소리에서, 그
녀는 분명히 느낄 수 있었다. 이 순간 아파트는 열성적인 부성애를
증명하는 무대가 되어 있으리라는 것을. 그녀가 혐오하는 이 열성
을 자콥은 일곱 살짜리 두 여자아이에게 어떤 억압도 가하지 않고
어떤 권위도 내세우지 않는다는 과시적인 신념으로 표출했다. 이
신념은 유쾌한 수다가 동반되는 값비싼 요리 실습으로 이어지곤
했는데, 그에게는 이런 시도를 끝까지 밀고 나갈 능력도 취향도 인
내심도 결여된 경우가 대부분이었다. 결국 크레이프나 케이크 반
죽이 오븐 속으로 들어가기도 전에 그는 또다른 일을 벌이거나 외
출을 제안했고, 그럴 때 그의 목소리는 갑자기 높고 빨라졌는데 아
이들도 이걸 따라하다 결국 신경질을 부리며 주저앉아 눈물을 흘
리기 일쑤였다. 웃고 떠들며 놀긴 했어도 아이들 역시 뭔가 이상하
고 잘못되었으며 헛된 하루를 보냈다는 막연한 느낌에 사로잡힌다

---

* 파리 북부 18구에 있는 구역. 아프리카계 이주민들이 많이 거주한다.

는 것을 노라도 알고 있었다.

아, 이 모두를 노라는 뤼시의 목소리에서 감지했고, 자기가 거기 없다는 사실에 벌써부터 불안했다. 아니, 이곳으로 떠날 날이 가까워오면서부터 이미 마음속에 불안이 싹트기 시작했다는 편이 옳았다. 그때까지 꾹꾹 눌러두었던 불안이 제멋대로 날뛰기 시작했다. 자콥에게 아이들을 맡기고 온 것이 객관적 측면에서 봤을 때 위험한 상황인 것은 아니었다. 그러나 자신의 작은 아파트에 정착시켰다고 믿었던 규율과 절제와 고상한 윤리가 자신의 부재 동안 유린당하고 있다는 생각에 숨이 막힐 것 같았다. 그녀의 삶 자체를 상징하고 돋보이게 하며 뤼시의 유년기를 형성하는 이런 가치들이 한 남자의 냉정한 희열 속에 체계적으로 파괴되고 있었다.

오로지 사랑과 희망이라는 이유로 그녀 자신이 집에 들인 남자였다. 그러나 이제 그녀가 맛보는 실망감 속에서 사랑을 찾아보기는 어려웠고, 검소하고 조화롭고 정돈된 가정생활에 대한 희망도 사라지고 말았다.

그녀 자신이 문을 열었고, 그 문으로 해악이 들어온 것이었다. 다정하면서도 집요한, 미소 띤 얼굴의 해악이었다.

뤼시의 아버지와 헤어지고 아파트를 구입하기까지 수년에 걸친 불신의 세월을 보내고 마침내 존경받을 만한 간소한 삶을 구축할 수 있었는데, 이 문을 엶으로써 그 모두가 백지화되고 말았다.

부끄러운 일이었다.

아무한테도 이야기할 수 없는 일이었다.

자신이 저지른 과오에 대해 무엇 하나 설명할 수도 이해할 수도 없었다. 이 잘못은 자신이 쏟은 모든 노력에 맞서는 범죄였다.

그녀의 어머니도 언니도 몇 안 되는 친구도 눈치채지 못한 일이었다. 자콥과 그의 딸 그레트. 상냥하고 다정하고 매력적이고 예의 바른 이 두 사람이 노라와 뤼시가 마침내 찾아낸 그 안정된 삶을 어떻게 몰래 유린하고 있는지. 친절하게도 노라가 문을 열어준 것이다. 그간의 지나친 경계심 때문에 장님이 되어버린 듯 노라는 이 매혹적인 해악에 문을 열어주고 말았다.

철저히 혼자라는 느낌이었다.

자신이 어리석은 포로가 된 기분이었다.

부끄러운 일이었다.

그러나 그 어떤 말로 이삼일 전 그녀가 느꼈던 그 불편한 감정과 분노를 사람들에게 정확히 이해시킬 수 있을까? 자콥의 못된 배신이 그녀의 눈앞에 명백히 드러났을 뿐 아니라 그녀 역시 초라하고 변변치 못한 생각 속으로 빠져들었던 가정불화의 순간. 세련되고 단순한 생활방식을 갈구하며 비뚤어진 사고를 끔찍이도 혐오하는 그녀인지라 뤼시와 단둘이 살 때에는 그럴 조짐만 보여도 피해가 곤 했었다. 어린 딸을 그런 엉뚱하고 타락한 행동에 절대로 노출시키지 않으리라 굳게 다짐하면서.

그러나 해악이 다정한 눈길을 보낼 수도 있으며 상냥하고 우아한 어린 소녀를 대동하고 나타나 아낌없는 사랑을 베풀 수도 있다는 것을 그녀는 몰랐었다. 아, 그녀는 이제야 깨달았다. 감정이 개입되지 않은 막연하고도 마르지 않는 자콥의 사랑은 그에게 전혀 손해될 것이 없었다.

늘 그렇듯 그날 아침도 노라는 제일 먼저 일어나 그레트와 뤼시에게 밥을 먹이고 등교 준비를 시켰다. 평상시에는 세 사람이 집을 나선 후에야 일어나던 자콥이 그날따라 노라가 욕실에서 머리손질을 마칠 즈음 방에서 나왔다.

자콥은 아이들이 신발끈 매는 것을 보더니 짓궂은 장난을 치기 시작했다. 매듭을 잡아당겨 풀고 신 한 짝을 가로채 아이처럼 깔깔대고 웃으며 달아나 소파 밑에 숨겼다. 등교 시간이나 당황한 아이들의 마음은 안중에도 없었다. 처음엔 재미있어하던 아이들도 그를 쫓아 뛰며 장난을 멈추라고 애원하면서 눈물을 글썽였는데, 그래도 얼굴에 애써 미소를 지으려 한 것은 그만큼 상황이 우스꽝스럽고 대수롭지 않았기 때문이었다. 결국 노라는 직접 개입해 그에게 당장 신발을 가져오라고 개를 대하듯 명령을 내리지 않을 수 없었다. 오직 자콥에게 말할 때만 나오는, 억눌린 분노로 떨리며 부드러움을 가장한 목소리로. 하지만 자콥이 너무도 순순히 복종을 하는 바람에 노라와 두 아이 모두 돌연 침울해지고 말았다. 기분을 돋워주려는 유쾌한 장난꾸러기의 마음을 몰라주는 속 좁은 여자들처럼.

그날의 첫 약속에 늦지 않으려면 노라는 이제 서둘러야 했다. 그래서 자콥이 갑자기 같이 가고 싶다는 마음을 내비치자 딱 잘라 거절했다. 하지만 아이들이 그의 편이 되어 함께 가고 싶어했으므로 노라는 기운이 쑥 빠지고 사기가 저하된 채 항복하고 말았다. 결국 세 사람은 외투를 입고 신을 신고 목도리를 두른 채 그가 옷을 입고 나올 때까지 현관문 앞에 조용히 서서 기다려야 했다. 그는 가볍고 유쾌한 차림으로 나왔지만 노라의 눈에는 부자연스럽고 심지어 위협적으로 보였다. 걱정스러운 눈으로 손목시계를 흘끗 들여다보았는데 그 순간 마주친 자콥의 시선에서 노라는 잔인한 악의만을 읽어낼 수 있었다. 끈질기게 반짝이는 광채 속에 숨겨진 냉혹함이랄까.

대체 난 어떤 남자를 집 안에 들여놓은 걸까? 노라는 현기증에 사로잡혀 자문했다.

그녀의 몸을 팔로 감싸며 한 번도 경험해보지 못한 다정한 몸짓으로 그녀를 껴안아주었던 남자. 그녀는 비참한 심정으로 되뇌었다. 그 다정함을 맛본 이상 누가 자진해서 그걸 포기하려 들겠어.

그들은 눈이 완전히 녹지 않아 질퍽한 보도 위를 걸어 노라의 차갑고 불편한 소형차에 올라탔다.

늘 그렇듯 자콥은 아이들과 함께 뒷좌석에 자리를 잡았다. 어른이라면 마땅히 그녀의 옆좌석에 앉아야 하지 않는가. 부아를 돋우는 습관이었다. 차에 시동을 거는데 그가 아이들에게 안전띠를 매지 않아도 된다고 소곤대는 소리가 들려왔다.

"어, 왜?"

뤼시가 안전띠를 매려다 말고 놀란 얼굴로 물었다.

"멀리 가지 않을 테니까." 그가 우스꽝스럽고 격앙된 어조로 대답했다.

운전대 위에 놓인 노라의 손이 떨리기 시작했다.

그녀는 아이들에게 당장 안전띠를 매라고 명령했다. 자콥을 향한 분노로 냉담해진 그녀의 목소리가 마치 아이들을 겨냥한 듯 들렸다. 그레트와 뤼시는 억울한 표정을 지으며 상처 입은 눈길로 자콥을 쳐다보았다.

"바로 요 앞에 가는 거잖아. 아무튼 난 안 매."

노라는 차를 출발시켰다.

이제 확실히 지각이었다. 절대로 그것만은 피하고 싶었는데.

눈에 눈물이 글썽였다.

자신은 희망이 없는 여자, 비참한 여자였다.

그레트와 뤼시는 잠시 망설이더니 결국 안전띠를 매지 않았고, 노라도 더 덧붙이지 않았다. 늘 자신에게 지겹고 심술궂은 역을 떠맡기는 자콥에게 화가 치밀었다. 비겁하고 한심한 자신의 모습에 진저리가 났다.

안전띠를 매는 것이 쓸데없는 일이 아님을 그에게 입증하기 위해 버스에 차를 처박고 싶은 심정이었다. 하지만 아무리, 그가 그

걸 정말 모를까?

문제는 다른 데 있었다. 그렇다면 무엇이 문제일까? 맑고 다정한 눈길의 이 남자가 그녀에게 원하는 건 뭘까? 사랑스러운 아이까지 덤으로 딸린 이 남자는 대체 그녀에게 무얼 원하는 걸까? 남자가 그녀의 옆구리에 박은 발톱, 통증이 느껴지지 않는 이 발톱을 그녀는 아무리 발버둥질해도 빼낼 수 없었다.

어머니에게도 언니에게도, 몇 안 남은 친구들에게도 감히 털어놓을 수 없는 일이었다. 상황이 그만큼 진부한데다 설명해봐야 자신의 옹졸함을 내보이는 꼴밖에 되지 못할 터였다. 겉으론 완벽해보이지만 한심한 삶이 아닐 수 없었다. 어머니나 언니나 친구들이 쉽사리 속아넘어갈 수밖에 없었던 건 자콥과 그 딸이 행사하는 매력이 상당했기 때문이었다.

복도를 따라 있는 작은 방들 중 어느 방 앞에서 노라의 아버지가 발길을 멈추었다.

그는 조심스레 방문을 연 다음 곧 뒤로 물러섰다.

"여기서 자거라."

그는 금방이라도 복도 저편으로 사라질 것 같은 태도로 이렇게 말하면서 마치 노라가 망설이는 기미를 비치기라도 한 듯 덧붙였다.

"다른 방에는 이제 침대가 없다."

노라는 천장의 등을 켰다.

벽 여기저기에 압정으로 고정시킨 농구선수 포스터가 붙어 있었다.

"소니 방이군요."

아버지가 대답 없이 고개만 끄덕였다.

그는 복도 벽에 등을 대고 서서 입을 벌린 채 거칠게 숨을 몰아쉬고 있었다.

"아이들 이름이 뭐죠?"

노라의 질문에 아버지는 힐끔거리며 생각을 하는 듯했다.

그러더니 어깨를 으쓱했다.

노라는 어이가 없어 피식 웃고 말았다.

"기억이 안 나요?"

"애들 엄마가 이름을 지었거든. 별난 이름이라 도무지 외워지지 않더구나." 그가 시무룩한 웃음을 지어 보였다.

불현듯 노라는 그의 얼굴에서 놀랍게도 절망의 표정을 읽었다.

"낮시간 동안 아이들은 뭘 하죠? 엄마가 곁에 없으면."

"방에 있지." 그가 무뚝뚝하게 받았다.

"하루종일이요?"

"그애들은 아무것도 부족하지 않아. 필요한 건 전부 가졌어. 정성껏 돌봐주는 사람도 있고."

갑자기 노라는 그에게 자신을 오라고 한 이유를 묻고 싶었다.

그녀는 아버지를 잘 알고 있었다. 긴 세월 보지 못한 딸이라 문득 보고 싶었을 리는 없고 분명 기대하는 바가 있을 것이었다. 그러나 그 순간 아버지가 몹시 늙고 나약해 보여 그녀는 질문을 자제했다. 마음이 준비되는 대로 그쪽에서 먼저 입을 열 것이라고 생각했다.

그렇지만 이 말은 해야 했다.

"며칠밖에는 못 있을 거예요."

자콥과 들떠 날뛰고 있을 두 아이를 생각하면 뱃속이 조여드는 것 같았다.

"아, 그건 안 된다." 그가 갑자기 흥분하며 말했다.

"더 오래 있어야 해. 꼭 그래야 한다! 그럼 내일 보자."

그는 콘크리트 바닥에 슬리퍼를 끌면서 서둘러 복도를 빠져나갔다. 얇은 바지 속 그의 살진 엉덩이가 좌우로 출렁였다.

그의 모습과 함께, 썩어가는 꽃들의 달콤 쌉쌀한 냄새도 사라졌다. 서글프게 짓밟히거나 무심한 신발 아래 뭉개지는 만개한 꽃들의 냄새도. 그날 밤 노라는 원피스를 벗어 소니의 침대 위에 정성껏 펼쳐두었다. 초록색 무명천 위에 살짝 도드라진 노란 꽃들이 싱싱한 자태를 유지할 수 있도록, 이 꽃들이 아버지가 그 죄스럽고 서글픈 냄새를 실어나르는 화염목의 썩은 꽃들을 닮지 않도록.

침대 발치에 자신의 여행가방이 놓여 있었다.

미국 농구단 엠블럼 문양의 시트가 덮인 남동생의 침대 위에 잠옷 차림으로 앉아 그녀는 먼지 낀 잡동사니들로 가득한 작은 서랍장이며 나지막한 어린이용 책상을 바라보았다. 방 한구석에는 바람이 빠졌거나 찌그러진 농구공들이 쌓여 있었다.

가구와 물건, 포스터 하나하나가 눈에 익었다.

남동생은 이제 서른다섯 살이었고 이름은 소니였다. 오랜 세월 보지 못했어도 동생은 그녀의 가슴속에 언제나 소중히 남아 있었다.

소니의 방은 소년 시절 사용하던 모습 그대로였다.

어떻게 이렇게 살 수 있었을까?

더위에도 불구하고 몸이 부르르 떨렸다.

칠흑 같은 밤이었다. 네모난 작은 창유리 너머는 쥐죽은듯 고요했다.

집 안팎으로 아무런 소리도 들리지 않았다. 간간이 화염목 가지들이 양철 지붕을 긁어대는 듯한, 그녀로선 확인할 길 없는 모호한 소리가 들려올 뿐이었다.

그녀는 휴대전화를 집어들고 집 전화번호를 눌렀다.

아무도 전화를 받지 않았다.

문득 뤼시가 영화관에 간다고 했던 말이 떠올라 그녀는 기분이 나빠졌다. 오늘은 월요일이었고, 아이들은 아침 일찍 일어나 학교에 가야 할 텐데. 그녀는 모든 게 엉망이 되어버렸을 거라는 예감에 맞서 싸워야 했다. 자신이 그 자리에 없어 무슨 일이 벌어지는지 알 수 없을 때마다 그녀는 으레 그 끔찍한 무질서의 예감에 빠져들었다.

그녀는 이런 불안이 생기게 된 것이 자신이 정서적으로 유약해서가 아니라 판단의 오류를 저질렀기 때문이라고 생각했다.

사실 뤼시와 그레트의 삶을 그녀 혼자 올바르게 설계해낼 수 있다고 믿은 것은 지나친 자만이었다. 그녀 혼자서 이성과 염려의 힘으로 재앙이 자신의 집 문턱을 넘지 못하게 막을 수 있다고 생각한 것 역시.

다정한 미소를 띤 해악에 이미 문을 열어준 그녀가 아니었던가.

이 중대한 과오의 결과를 메우는 유일한 방법은 방심하지 않고 꾸준히 자리를 지키는 일뿐이었다.

한데 아버지의 부름에 응한답시고 자신이 있어야 할 자리를 이렇게 떠나오고 말다니.

소니의 침대에 앉아 그녀는 자신을 책망했다.

그 이기적인 노인을 어떻게 딸아이와 비교할 수 있단 말인가?

가족의 안정이 위협받고 있는 마당에 아버지의 존재가 뭐 중요하단 말인가?

영화관에 있다면 소용없는 일이라는 걸 알면서도 그녀는 자콥의 휴대전화 번호를 눌렀다.

그리고 짐짓 쾌활함을 가장한 문자메시지를 남겼다.

그의 부드러운 얼굴과 담담하고 신중하고 맑은 눈, 좀 흐릿한 입술 선, 온화하고 고른 전체적인 윤곽이 눈앞에 떠올랐다. 또 한번 확실히 이해할 수 있었다. 너무도 상냥한 그의 태도가 그녀에게 신뢰감을 주었다는 것을. 딸을 데리고 함부르크에서 온 이 남자의 삶에는 분명 미심쩍은 요소들이 있었다. 프랑스로 건너온 이유를 댈 때마다 내용은 조금씩 달라졌고, 법과대학에서 학업을 계속하기에 끈기가 부족했다는 설명도 모호한 구석이 있었다. 그레트 역시 독일에 산다는 엄마를 보러 가거나 엄마 이야기를 꺼낸 적이 한 번도 없었다. 그러나 다정함이 낳은 신뢰가 깊어 그녀는 미적거리며 그런 것들을 따질 여력이 없었다.

자콥은 변호사도 다른 무엇도 되지 않을 것임을 그녀는 이제 알고 있었다. 가족의 생활비를 보태는 일도 정녕 없을 것이었다. 간혹 부모로부터 몇백 유로씩을 받는다지만 돈이 생기면 그는 보란듯이 비싼 음식이나 불필요한 아이들 옷을 사는 데 써버리곤 했다. 결국 그녀도 이해하게 되었고 인정하지 않을 수 없었다. 자신이 한 남자와 여자아이를 집 안에 받아들였고, 이제 그들을 부양해야 한다는 것을. 그들을 내쫓을 수는 없다는 것을. 두 사람은 그녀를 옴짝달싹 못하게 만들었다는 것을.

사정은 그랬다.

그녀는 이따금 그려보았다. 어느 날 저녁 집에 돌아왔을 때 뤼시 혼자 있는 모습을. 자콥의 영향을 받아 경박하게 나대는 모습은 사라지고 전처럼 차분하고 쾌활해진 뤼시가 그녀에게 두 사람이 아주 떠나버렸다는 사실을 침착하게 전하는 모습을.

그런 일이 없으리라는 것을 알기 때문이었다. 자기가 두 사람을 절대로 내몰 수 없다는 걸 노라는 잘 알고 있었다.

그렇게 되면 그들은 어디로 간단 말인가? 어떻게 살아간단 말인가?

두 사람을 그런 처지에 몰아넣을 수는 없었다.

오로지 기적만이 그들을 사라지게 해 그녀와 뤼시에게 자유를 선사할 수 있을 것이었다. 오로지 기적만이 남몰래 해악을 가해오는 이 우아한 부녀와의 동거에서 벗어나게 할 수 있을 것이었다. 그녀는 이따금 그런 생각에 잠겼다.

아, 사정은 그랬다. 그녀는 궁지에 몰려 있었다.

노라는 자리에서 일어나 세면도구를 꺼내들고 복도로 나왔다.

정적은 깊디깊어 떨리는 소리까지 들리는 것 같았다.

욕실이라고 기억하는 곳의 문을 열었다.

하지만 그곳은 아버지의 방이었다. 방은 비어 있었다. 커다란 침대는 말끔히 정돈되어 있었고 방 안에는 나른한 기운이 감돌았다. 어느 모로 보나 더는 사용되지 않는 방이 분명했다.

그녀는 복도를 지나 살롱에 다다랐고 더듬거리며 그곳을 지났다.

현관문은 잠겨 있지 않았다.

세면도구가 담긴 주머니를 가슴에 움켜쥐고 오금에 잠옷 자락이 닿는 것을 느끼며 맨발로 문지방을 넘어섰다. 따듯한 시멘트 바닥 위에 떨어진 커다란 화염목의 보이지 않는 꽃들이 밟혔다. 그녀는 용기를 내어 화염목 쪽으로 눈길을 들었다. 아무것도 보이지 않기를 바랐지만 기대는 헛되었다. 뒤얽힌 검은 가지들 속에 희끄무레한 반점이 있었다. 아버지의 몸이 차갑게 반짝이고 있었다. 거칠고 고통스러운 그의 숨소리가 들리는 것 같았다. 비통한 숨소리뿐 아니라 질식할 것 같은 울음소리와 절망에 사로잡힌 신음 소리마저 들려왔다.

그녀는 감정이 북받쳐올라 그를 부르고 싶었다.

하지만 무어라 부른다지?

어색한 느낌 없이 '아빠'라고 불러본 적이 한 번도 없는데다, 간신히 기억하는 그의 이름을 부른다는 것도 상상이 안 갔다.

그를 소리쳐 부르고 싶은 마음만 목구멍에서 맴돌았다.

저 위에서 보일 듯 말 듯 흔들리는 그의 모습을 그녀는 한참 동안 지켜보았다. 얼굴은 보이지 않았지만 제일 큰 나뭇가지 위의 낡은 플라스틱 슬리퍼를 알아볼 수 있었다.

그녀의 아버지, 철저히 망가져버린 이 남자는 창백하고 영롱하게 반짝이고 있었다.

불길한 전조였다.

이 음산한 집에서 한시바삐 달아나고 싶었다. 그러나 이곳에 오기로 수락하고 아버지가 올라앉아 있는 이 나무를 본 이상 책임감을 떨쳐버리기에는 너무 늦은 감이 있었다. 외면한 채 집으로 돌아가기에는 너무 멀리 와버린 것이다.

소니의 방으로 돌아온 그녀는 욕실을 찾지 않기로 했다. 어떤 문을 열어 예상치 못한 장면이나 상황을 맞닥뜨리고 후회하게 될까 두려웠기 때문이다.

다시 남동생의 침대 위에 앉은 그녀는 상념에 잠긴 채 휴대전화를 멍하니 바라보았다.

집에 전화를 걸어보아야 할까? 벌써 돌아왔다면 아이들이 자다가 깰지도 모르는데.

아니면 아무런 예방 조처도 취해보려 하지 않은 걸 자책하며 애써 잠을 청해야 할까?

뤼시의 목소리를 다시 한번 들을 수 있다면 얼마나 좋을까.

흉측한 생각이 머리를 스쳤다. 순식간에 든 생각이라 정확한 내용은 잊었지만 소름이 끼쳤다. 딸아이의 목소리를 다시 들을 수 있기는 한 걸까?

아버지의 집으로 달려오면서 그녀는 이미 두 진영을 두고 선택을 해버린 게 아닐까? 그녀에게 주어진 필연적으로 양립할 수 없는 양쪽 삶을 두고, 자기도 모르게 선택을 해버린 건 아닐까? 서로를 완강히 질시하는 두 집착의 대상을 두고.

그녀는 더 망설이지 않고 집 전화번호를 눌렀다. 아무도 받지 않자 자콥의 휴대전화 번호를 눌렀지만 역시 헛수고였다.

밤사이 잠을 거의 이루지 못한 그녀는 새벽같이 일어나 초록색 원피스를 꿰어입고 샌들 차림으로 욕실을 찾아나섰다. 알고 보니 소니의 방 바로 옆이었다.

그녀는 아이들 방에 다시 찾아가 조심스레 방문을 열었다.

아이들을 돌보는 소녀는 아직 잠들어 있었다.

잠에서 깬 두 아이는 시트를 덮고 꼿꼿한 자세로 앉아 있다가 똑같이 생긴 눈으로 노라를 뚫어지게 쏘아보았다.

노라는 미소를 보내며 평상시 뤼시에게 하듯 멀찍이 선 채 몇 마디 다정한 말을 건넸다.

아이들은 눈썹을 찌푸렸다.

그중 한 명이 노라에게 침을 뱉었는데 침은 노라에게 닿지 못하고 시트 위로 떨어졌다.

그러자 다른 한 명도 볼을 부풀리며 따라하려 했다.

노라는 문을 도로 닫았다. 마음이 상했다기보다 불편해서였다.

노라는 생각했다. 외톨이가 된 이 아이들을 위해 무엇이든 해줘야 할까? 하지만 무슨 자격으로 그럴 수 있다지? 이복 언니, 아니면 세상의 모든 어머니의 자격으로? 만나는 아이들 모두에 대해 도덕적 책임을 느끼는 어른의 자격으로?

그 순간 아버지를 향한 무익한 분노가 가슴속에 차올랐다. 실패를 거듭하면서도 끊임없이 여자를 얻고 관심도 없는 아이들을 낳은 무책임하고 경솔한 인간. 그는 얼마 안 되는 사랑과 배려의 능력을 젊은 시절 늙은 모친에게 모두 쏟아부은 것 같았다. 이미 오래전에 죽은, 노라는 본 적이 없는 여인이었다.

그가 외아들인 소니에게 약간의 애정을 보인 것은 분명했다.

그렇다면 냉혹하고 불완전하며 무심한 이 남자에게는 왜 또 새
로운 가정이 필요했던 걸까?

아버지는 벌써부터 넓은 살롱에 나와 어젯밤처럼 식탁에 앉아
식사를 하고 있었다. 전날 입었던 후줄근한 흰옷 차림으로 접시에
코를 박고서 오트밀을 먹는 중이었다. 그녀는 그가 식사를 마칠 때
까지 기다렸다. 그가 엄청난 힘을 쓴 사람처럼 난데없이 몸을 뒤로
젖혀 숨을 돌리고 한숨을 내쉴 때까지. 마침내 그녀가 아버지를 똑
바로 바라보며 물었다.
"대체 무슨 일이 벌어지고 있는 거죠?"
그날 아침 아버지의 시선은 평소보다 더 불안했다.
큰 화염목에 올라앉아 있던 자신의 모습이 들켰다는 사실을 아
는 것일까?
하지만 어디 그가 그런 일로 민망해할 사람인가? 그 어떤 수치
스러운 상황에서도 눈 하나 깜짝 않을 냉소적인 남자가 아니던가.
"마세크!" 그가 쉰 목소리로 외쳤다.
그리고 노라에게 물었다.
"뭘 마시겠니? 차? 커피?"
멍하니 다른 생각을 하고 있던 그녀가 주먹으로 식탁을 살짝 내
리쳤다. 뤼시와 그레트가 일어나 학교에 가야 할 시각이었다. 어
쩌면 자콥이 잊어버리고 일어나지 않았을지도 모르고, 그렇게 되

면 하루는 태만함 속에서 아무렇게나 흘러갈 것이었다. 그러나 그녀 자신, 극도로 도덕적이고 정확하고 까다로운 여자가 아니던가. 실제, 자기에게만 그런 역할을 떠맡기는 자콥을 비난하는 진력나는 여자가 아니던가.

"커피를 드릴까요?" 마세크가 이렇게 물으며 잔 가득히 커피를 따라부었다.

"왜 저를 오라고 했는지 말씀해보세요."

그녀는 아버지에게서 눈길을 떼지 않은 채 차분한 목소리로 말했다.

마세크는 서둘러 자리를 떴다.

갑자기 아버지가 몹시 거칠고 힘겹게 숨을 몰아쉬었고, 그 바람에 노라는 의자에서 벌떡 일어나 그에게 다가갔다.

어색하게 그의 곁에 선 노라는 재차 질문할 기회를 보고 있었다.

"소니를 만나거라." 아버지가 간신히 입을 뗐다.

"어디 있는데요?"

"뢰뵈스."

"뢰뵈스라니, 그게 어디죠?"

그는 입을 다물었다.

숨소리는 좀 전보다 편안해졌고, 배를 쑥 내민 채 의자 깊숙이 앉은 그의 주변으로 만개한 꽃들의 달짝지근한 냄새가 감돌았다.

순간 그의 잿빛 뺨을 타고 눈물이 흘러내렸다. 그녀로서는 충격적인 광경이었다.

"감옥이다."

흠칫 놀란 그녀는 뒤로 한발 물러섰다.

"대체 소니에게 무슨 짓을 한 거죠? 그앨 잘 보살폈어야죠!"

"그애가 일을 저지른 거야. 내 책임이 아니다."

그가 들릴락 말락 한 목소리로 중얼거렸다.

"무슨 일을요? 무슨 일을 저지른 거죠? 맙소사. 그애한테 신경을 쓰고 제대로 키웠어야죠!"

그녀는 자신의 자리로 돌아와 털썩 주저앉았다.

그리고 미지근해져 쓰고 맛이 없는 커피를 단숨에 들이켰다.

잔을 든 두 손이 어찌나 떨렸는지 식탁 위에 찻잔을 떨어뜨리고 말았다.

"잔이 또 하나 깨졌군." 아버지가 말했다.

"난 이 집에서 새 식기를 사들이며 세월을 보내고 있다."

"그애가 무슨 일을 저질렀죠?"

그는 고개를 저으며 자리에서 일어났다. 늙고 주름진 얼굴은 말로 다 할 수 없는 무언가로 인해 초췌해져 있었다.

"마세크가 널 뢰뵈스에 데려다줄 거다."

그는 날카로운 목소리로 이렇게 말한 뒤 복도로 난 문 쪽으로 천천히 뒷걸음질을 쳤다. 그녀가 눈치채지 못하게 자리를 뜨려는 듯이.

그의 길고 노란 발톱이 눈에 띄었다.

"그래서 지금 이곳엔 아무도 없는 건가요? 모두 이 집을 떠나버린 건가요?"

아버지의 등이 문에 가 부딪쳤다. 그는 등으로 더듬어 문을 연 다음 복도로 사라졌다.

노라는 언젠가 노르망디 초원에서 버림받은 늙은 당나귀를 본 적이 있었다. 발굽의 각질이 너무 자라 거의 걸을 수 없게 된 당나귀였다.

하지만 아버지는 아직 빠른 걸음으로 걸을 수 있었다!

노라는 사무치는 원망으로 정신이 번쩍 들고 신경이 예민해졌다.

그 무엇도, 누구도, 소니를 성실하고 단정한 길로 인도하지 못한 아버지를 용서할 수 없을 것이었다.

삼십 년 전 아버지가 어머니를 버리고 프랑스를 떠나고 싶어했을 때 한 약속 때문이었다. 당시 시시한 직장에 매여 생활하던 그는 어느 날 갑자기 다섯 살짜리 소니를 데리고, 아니 납치하고 사라져버렸다. 어머니가 어린 아들을 절대로 내어주지 않으리라는 것을 알았기 때문이었다. 그렇게 노라와 그녀의 언니와 어머니를 돌이킬 수 없는 절망 속으로 밀어넣은 아버지는 부엌 식탁 위에 편지 한 통을 달랑 남겨두었었는데, 자신의 생명과 일과 야심보다 아이에게 더 신경을 쓰겠다는 내용이었다. 슬픔에 정신이 나간 상태에서도 어머니는 이 약속 하나만으로 소니에게 빛나는 미래가 열려 있을 거라 믿었다. 한낱 미용사에 불과한 그녀 자신은 선사할 수 없을지도 모르는 그런 미래가.

학교에서 돌아와 아버지의 편지를 발견한 그날을 떠올리면 노라는 지금도 숨이 막혔다.

그녀는 여덟 살, 언니는 아홉 살이었는데, 셋이 함께 쓰던 방에서 소니의 물건들이 죄다 사라지고 없었다. 서랍장 속에 들어 있던 소니의 옷가지와 레고 가방, 곰 인형까지.

처음에는 편지를 숨겨야겠다고 생각했다. 어떤 기적 같은 방법이라도 동원해 소니와 아버지가 떠났다는 사실을 숨겨 어머니가 아무것도 눈치채지 못하도록 하려고 했다.

하지만 곧 그럴 수 없다는 걸 깨달은 그녀는 고통과 두려움으로 넋이 나가 작고 어두운 아파트 안을 맴돌았다. 현실로 닥쳤고, 그래서 고통스러운 이 사건은 앞으로도 영원히 현실로 남아 고통을 줄 것이었다. 그 무엇도 이 끔찍한 시간을 되돌려놓을 수 없을 것이었다.

그녀는 전철을 타고 어머니가 일하는 미용실까지 갔다.

현실로 닥친 사건, 이제 그들의 마음속에 영원히 고통을 안겨줄 그 사건을 어머니한테 털어놓던 그 순간을 정확히 기억한다는 것, 그것은 삼십 년이 지난 지금에 와서도 감당하기 힘든 일이었다.

넋이 나가버린 어머니에게 조심스레 다가서는 일이 그녀가 할 수 있는 전부였다. 어머니는 소니의 침대 위에 앉아 빛바랜 짙은 청색 침대 커버를 미친 사람처럼 쓸어내리며 방울 소리처럼 가냘 픈 목소리로 되뇌었다. 엄마 없이 살기엔 너무 어려. 다섯 살이면 너무 어린 나이야.

아버지는 도착한 다음날 전화를 했다. 활기가 넘치는 의기양양한 목소리였다. 어머니는 타협적이며 온화하기까지 한 목소리로 응대하려고 애썼다. 공공연한 충돌을 끔찍이 싫어하는 이 남자가 그녀에게서 혹 권리를 요구하는 기미라도 발견하는 날에는 그나마 모든 연락을 끊어버릴지도 모른다는 두려움 때문이었다.

그는 소니에게 통화를 허락했지만 아이가 어머니의 목소리를 듣고 울기 시작하자 수화기를 빼앗아버렸다.

그리고 시간이 흘러, 처음에는 도무지 받아들일 수 없었던 그 씁쓸하고 비통한 상황도 세월 속에 희석되고 일상의 삶 속에 용해되었다. 소니에게서 오는 서툴고 의례적인 편지가 규칙적으로 파문을 일으키곤 했지만. 노라와 언니도 이 편지에 똑같이 형식적인 어투의 답장을 보내곤 했다. 더 잦은 접촉도 위험할 게 없다는 인상을 아버지에게 심어주자는 게 어머니의 의도였다.

절망 속을 헤매면서도 한없이 양순하고 눈물겹도록 꾀바른 모습을 보여준 이 여자는 넋이 나간 상태에서도 상냥했다.

그녀는 아들의 옷을 계속 사들였고 정성껏 개어 그의 서랍 속에 넣어두었다.

"그애가 돌아오면 입으라고." 그녀는 이렇게 말했다.

그러나 소니는 결코 돌아오지 않으리라는 걸 노라와 언니는 처음부터 알고 있었다. 무신경하고 무심한 아버지는 주변 사람 모두를 자신의 냉혹한 의지에 굴하게 만드는 그런 사람이었으니까.

소니가 마땅히 자신에게 귀속된다고 결정을 내린 이상 아버지는 하나밖에 없는 아들을 곁에 두기 위해서라면 그의 욕망에 제동을 거는 그 무엇도 무시해버릴 사람이었다.

소니가 감내해야 할 청천벽력 같은 이별도 그에게는 무시할 만한 것이었고, 노라 어머니의 고통도 시간이 가면 해결될 불가피한 단계였다.

아버지는 그렇게 가차없고 무정한 사람이었다.

소니가 돌아오리라 아직 기대하고 있는 어머니를 보며 노라 자매는 생각했다. 아버지가 얼마나 완강한 사람인지 어머니는 이해하지 못하고 있는 거라고.

아버지는 방학 기간에도 아들을 프랑스로 보내려 하지 않았다.

그는 그렇게 가차없고 무정한 사람이었다.

그렇게 세월이 흐르고 흘러 어머니가 숙이며 인내한 결과 마침내 노라 자매는 남동생을 보러 와도 좋다는 초대를 받았다.

"그애가 우릴 보러 오면 안 되는 이유가 뭐지?"

어머니는 얼굴이 눈물로 범벅이 된 채 수화기에 대고 외쳤다.

"당신이 그앨 돌려보내지 않을 테니까."

아버지는 아마도 이렇게 대답한 것 같았다. 차분하며 자신감에 찬, 조금은 성가셔하는 목소리로. 그는 눈물을 보이거나 소리지르는 것을 싫어했다.

"안 그래. 약속해!"

하지만 그것이 거짓말이라는 걸 아버지는 물론 어머니 자신도 알고 있었기에, 그녀는 더 아무 말도 하지 않았다.

결국 어머니는 딸들이 아버지가 있는 곳에 가는 것을 허락했다. 두 딸에 대해서는 염려가 없었다. 아버지는 절대로 두 딸에게 시달리고 싶어하지 않을 것이며 딸들을 자기 곁에 붙들어둘 생각은 추호도 없을 게 분명했으니까. 노라 자매는 어머니가 겪는 엄청난 고뇌와, 육신을 초월하다시피 한 아들을 향한 사랑의 밀사였다. 아버지는 이따금 소니의 사진을 보내왔는데, 서투른 솜씨로 찍어 매번 흐릿한 사진 속 그 아이는 언제나 활짝 웃고 있었다. 건강해 보였고, 눈에 띄게 잘생겨진 것 같았고, 입고 있는 옷도 근사했다.

아버지는 공사중인 바캉스촌을 사들여 화려하게 개조해 상당한 수익을 올리고 있었다.

한편 파리의 상황은 정반대였다. 어머니는 바닥에 곤두박질치는 것으로 자신의 불운을 속죄하려는 듯 재정난과 부채, 대출업체들과의 끝없는 뒷거래에 빠져들었다.

아버지는 불규칙적으로 조금씩 돈을 보내왔는데 자기가 할 수 있는 만큼 한다는 걸 보여주기 위해서인 듯 매번 액수가 달랐다.

아버지는 그렇게 가차없고 무정한 사람이었다.

동정심이나 후회 따위는 모르는 사람이었다. 어린 시절 날마다 굶주림에 시달렸던지라 이제는 배불리 먹고 자신의 활달한 지성을 마음껏 발휘하리라 단단히 마음먹은 사람이었다. 자신의 안락과 힘이 유일한 관심사였다. 자신에게 그럴 자격이 있는지 자문해볼 필요조차 느끼지 않았다. 그토록 신속히 쟁취한 특권과 부의 정당성에 대해서도 전혀 의심하지 않았으니까.

반면 성실했지만 자신감이 없고 좌절감에 빠져 있던 어머니는 돈 문제로 궁지에 몰려 있었다. 가계부를 꼼꼼히 써가며 긍정적인 생각을 가지려 했지만 수입이 워낙 적어 그러기가 어려웠다.

결국 어머니는 이사를 결정했고, 그들은 피레네 거리에 안뜰이 면한 두 칸짜리 아파트에 정착했다. 소니의 옷장 서랍을 채우는 일도 차츰 그만두었다.

열두 살, 열세 살 난 자매는 처음으로 아버지의 대저택에 발을 디뎠다. 더위에 지치고 주눅이 든 두 사람에게서는 그들이 살아온 세계의 단정하고 억제된 우울한 금욕의 흔적이 묻어났다. 모양 없이 싹둑 자른 머리에 오래 입을 작정으로 산 헐렁한 데님 원피스, 선교사들이 신는 투박한 샌들 차림은 아버지에게 돌이킬 수 없는 혐오감을 불러일으켰다. 둘 다 그리 예쁘다고 할 수 없는 얼굴이었던데다 군더더기 같은 살집에 여드름까지 일조했으니 말이다. 세월이 흐르면 사라질 것들이었다 해도 아버지의 머릿속에는 영원히 각인될 모습이었다.

실제로 아버지는 그런 사람이었다. 추한 것을 보면 충격을 받고 사무치도록 혐오감을 느끼는 사람이었다.

그가 온 힘을 다해 소니를 사랑했던 것도 그 때문이라고 노라는 생각했다.

남동생이 집 문간에 모습을 드러냈다. 아직 가냘프고 다 자라지 않은 화염목에서가 아닌, 방금 전 천천히 마당을 한 바퀴 돌고 온 조랑말에서 뛰어내렸다.

한쪽 발을 앞으로 내밀고 선 그는 크림색 리넨 승마복에 진짜 승마 부츠 차림이었고 겨드랑이에는 승마 헬멧을 끼고 있었다.

유연함과 우아함이 느껴지는 호리호리한 그의 몸에서 썩은 꽃냄새 따위는 나지 않았다. 아홉 살 난 아이의 좁다란 가슴 안쪽에서 기이한 빛이 새어나올 일도 없었다.

그는 누나들을 향해 두 팔을 내민 채 미소로 환히 빛나는 행복한 표정을 짓고서 그렇게 서 있었다. 누나들의 생기 없는 침울함과는 대조를 이루는 가볍고 반짝이는 자태로.

자매가 그곳에 머무르며 놀라움과 비난이 뒤섞인 마음으로 그때까지 전혀 상상도 할 수 없었던 호사를 누리던 내내, 소니는 더없이 사랑스럽고 티없는 모습을 보여주었었다.

어떤 지적이나 질문에도 그는 다정한 미소와 조금은 무뚝뚝한 몇 마디로 답했다. 그러면서 농담을 늘어놓는 통에 노라 자매는 자기들이 적절한 응수를 얻어내지 못했다는 사실도 잊곤 했다.

자매가 어머니에 대해 언급하면 그는 입을 다물었다.

시선은 허공을 헤매고 아랫입술은 살짝 떨렸다.

하지만 그것도 한순간, 그는 금세 명랑하고 차분하며 겸손한 소년으로 돌아왔다. 반들반들 윤기가 흐르고 지나치리만큼 살결이 부드러운 이 아이를 아버지는 자랑스러운 눈으로 가만히 바라보았다. 불안한 눈빛의 딸들과 비교하며 소니를 데려오길 잘했다고, 귀여웠던 두 계집아이를 뚱보 수녀로 바꾸어놓은 어머니의 우울한 영향력에서 그를 벗어나게 하길 천만다행이라고 생각하는 게 분명했다. 게다가 당시 아직 다른 자식은 없었고 이삼 년 전 아내로 맞은 아름다운 여자에게서 아이를 얻을 가능성도 없어 보였으니까. 거만한 입술에 눈이 약간 튀어나온 그 여자는 위압적인 우울감이 밴 권태롭고 짜증스러운 표정으로 그의 대저택 안을 말없이 돌아다녔다.

그렇게 삼 주를 보내고 집으로 돌아온 노라 자매는 안도의 숨을 내쉬었다. 그들이 어머니에게 바치는 충성심에 비추어 비난받아 마땅한 생활방식에서 마침내 빠져나오게 되었으니까. 그래도 소니를 두고 떠나온 것이 몹시 가슴 아팠다.

"엄마가 금전적으로 곤란을 겪고 있어요."

소니가 명문 사립학교에 다닌다는 사실을 안 자매는 용기를 내어 아버지에게 이렇게 귀띔했었지만 아버지는 한숨을 쉬며 대답했다.

"금전적으로 곤란을 겪지 않는 사람들이 어디 있겠니, 얘들아!"

소니는 이번에는 완벽한 농구선수 복장을 하고서 겨드랑이에 공을 낀 채 집 문간에 한쪽 발을 앞으로 내밀고 서 있었다. 그리고 애써 미소를 지으며 그들에게 작별인사를 건넸다. 변함없이 상냥하고 다정했고, 입술 안쪽에 작은 떨림이 일긴 했지만 속내를 드러내지 않고 얌전히 있었다.

아버지도 거기, 어린 화염목의 빈약한 그늘 아래 함께 있었다. 살짝 들어간 날씬한 허리를 꼿꼿이 펴고 우아하게.

아버지가 소니의 어깨 위에 손을 올려놓자, 소니가 순간 움찔하며 몸을 웅크리는 것 같았다.

'아버지를 무서워하고 있어.' 노라는 깜짝 놀라 생각했다.

하지만 곧 망수르가 운전하는 자동차에 올랐고, 그곳에 체류하는 동안 그녀가 목격한 사실과 일치하지 않는 이 생각을 떨쳐버렸다.

아버지는, 냉혹하고 완고한 이 남자는, 소니라면 언제나 애지중지했으니까.

소니에게는 상냥하고 다정하기까지 했으니까.

그렇긴 해도 노라의 머릿속에는 다섯 살배기 남동생이 겪었을 혼란이 그려졌다. 그는 낯선 땅 어느 호텔에 아버지와 함께 떨어졌을 테고, 서둘러 임대한 이 저택에서 곧 수많은 친지들에 둘러싸여 살게 되었을 테고, 이곳에서 자신의 새 삶이 시작되었음을 차츰 깨닫게 되었을 것이었다. 그때까지 그의 전 우주였던 12구의 그 작은 아파트에서 엄마와 누나들과 함께 사는 일은 더 생각해볼 수 없었을 테지.

소니가 한없이 가엾어졌다. 아버지에게서 사랑을 받는 것도, 마당에 조랑말을 두는 것도 부럽지 않았다.

우울하고 고되어도 간소하고 떳떳한 자기들 세 사람의 삶이 응석둥이 포로인 소니의 삶에 비하면 훨씬 자유롭고 바람직하게 여겨졌다.

소식을 애타게 기다리던 어머니는 딸들이 직접 보고 와 조심스레 들려주는 이야기를 쥐죽은듯 조용히 듣고 있었다.

그런 다음 울음을 터뜨리며 되뇌었다. "그앨 잃었구나, 잃고 말았어!" 아들을 다시 보게 된다 해도 이제 그애가 누리는 교육과 안락함이 둘 사이에 뛰어넘을 수 없는 거리를 만들게 될 것을 안다는 듯이.

어머니가 달라진 것은 바로 이 시기였다.

그녀는 이십 년 동안 힘들게 다니던 미용실을 그만두고 밤마다 외출을 하기 시작했다. 당시에는 노라도 언니도 전혀 눈치를 채지 못했지만 수년이 지난 다음 어머니가 매춘부로 일해야 했다는 사실을 알게 되었다. 어머니는 쾌활함을 가장했지만 그건 특이한 형태의 절망이었다.

노라와 언니는 방학 때 한두 번 더 아버지의 집을 방문했다.

그러나 어머니는 딸들이 그곳에서 본 것들에 대해 더이상 아무것도 알려고 하지 않았다.

그녀는 파운데이션을 펴바른 모질고 단호한 얼굴로 주름진 입가에 냉소적인 미소를 흘렸다. 그리고 무슨 이야기라도 들릴라치면 그때마다 손사래를 치며 말했다. "아, 그런 덴 관심 없어!"

이 새로운 얼굴과 씁쓸한 결의 덕분에 그녀는 자신이 찾던 남자를 만나게 되었다. 은행 지점장으로 수입도 괜찮고 그녀와 마찬가지로 이혼 경력이 있는 그 남자는 다정다감하고 복잡하지 않은 사람이었다. 여전히 그녀의 남편인 그는 노라 자매에게 꽤 자상하게 대해주었고, 심지어 처음으로 세 사람이 아버지의 초대를 받고 소니를 보러 가는 데까지 동행해주기도 했다.

생이별 후 어머니와 아들이 처음 만나는 자리였다.

소니는 이제 열여섯 살이 되어 있었다.

어머니의 재혼 소식을 들은 아버지는 그녀와 그녀의 새 남편을 즉시 초대했고, 그들이 그 도시의 제일 좋은 호텔에서 며칠 묵어갈 수 있도록 손수 조처했다. 마치 어머니가 새 삶을 꾸리기를 기다렸다는 듯이, 이제야 비로소 그녀가 소니를 앗아갈지 모른다는 걱정을 덜었다는 듯이.

이렇게 해서 그들은 모두 한자리에 모이게 되었다. 조화롭게 재구성된 대가족 같은 모습으로. 노라와 언니, 어머니 부부, 소니와 아버지가 호텔 식당에서 맛난 요리들을 앞에 두고 앉았다. 거북한 자리긴 했어도 아버지와 어머니의 남편은 침착하게 국제 정세를

논했고, 소니와 어머니는 나란히 앉아 당황스러운 눈길로 서로를 훔쳐보았다.

소니는 늘 그렇듯 아프리카식으로 짧게 자른 머리에 짙은 색 리넨 옷을 잘 차려입고 있었고 피부는 곱고 부드러웠다.

새 얼굴의 어머니는 입매가 부자연스러웠고 표정은 굳어 있었다. 밝은 금발은 헤어스프레이를 뿌려 고정시킨 모양이었다. 어머니가 소니에게 학교생활이나 좋아하는 과목 등에 대해 물을 때 구문이나 문법에 오류를 범하지 않으려고 조심한다는 것을 노라는 알 수 있었다. 어머니는 소니가 자기보다 훨씬 교양 있고 세련됐다고 여겼던 것이다. 그 때문에 어머니는 굴욕감을 맛보며 괴로워했다.

아버지는 안심이 되는 듯 만족한 표정으로 두 사람을 바라보았다. 철천지원수였던 두 사람이 마침내 서로 화해하는 장면을 목격이라도 하듯.

아버지는 정말로 그렇게 생각하고 있는 걸까? 노라는 경악과 분노를 금할 수 없었다.

그 긴긴 세월 소니와 어머니는 서로 만나길 거부했던 거라고 그렇게 확신하게 된 걸까?

오래전 어느 날, 깊은 슬픔에 넋이 나간 어머니가 아버지에게 전화를 걸어 방학 동안에도 소니를 집에 보내주지 않으니 비행기표 살 돈을 빌려서라도 직접 아들을 보러 가겠다고 하자 아버지는 대답했었다. "비행기에서 내리는 모습이 보이기만 하면 당신 앞에서 그 아이 목을 베고 내 목도 베고 말겠어."

하지만 아버지가 어디 자기 목을 벨 사람이던가?

그는 감탄스러울 만큼 우아한 자태와 세련되고도 예의바른 태도로 한 테이블에 모인 좌중을 주도하고 있었다. 사랑스러운 소니의 얼굴에 시선이 가닿을 때면 그의 어둡고 차가운 눈은 애정과 자부심으로 빛났다.

노라는 남동생이 사람의 얼굴을 똑바로 보지 않는다는 사실을 감지했다.

감정이 배제된 그의 상냥한 눈길은 이 얼굴에서 저 얼굴로 옮겨 다니며 어느 한 곳에 머무는 일이 없었다. 사람들이 그에게 말을 할 때면 그는 보이지 않는 한 점을 주시했다. 사람들이 무슨 말을 하건 그는 잠시도 미소를 잃지 않았고, 의례적인 관심을 보이는 표정도 잊지 않았다.

노라는 그가 무엇보다 아버지의 시선에 붙잡히거나 걸려들지 않도록 조심하고 있다는 인상을 받았다.

아버지가 그를 가만히 바라보고 그는 다른 데를 쳐다보고 있을 때조차 소니는 자기 존재의 심연 속으로 피신해 똬리를 틀고 있는 것 같았다. 그곳에서만 자신에 대한 온갖 판단과 감정으로부터 자유로울 수 있다는 듯이.

소니는 어머니의 남편, 그리고 어머니와도 몇 마디를 나누었다. 하지만 아들에게 더는 어떤 질문도 할 수 없게 된 어머니와의 대화는 고역이었다.

　오찬을 마친 뒤 그들은 헤어졌다. 출발일까지 며칠이 더 남아 있었지만 소니와 어머니는 더이상 만나지 않았고, 어머니는 다시는 소니 이야기를 입에 담지 않았다.

　아버지는 근사한 관광 일정을 짜두었고 어머니 부부를 위해 가이드와 운전기사를 고용했다. 심지어 자신이 운영하는 바캉스촌의 한 방갈로에서 며칠 더 묵어가도록 권하기까지 했다.

　그러나 어머니는 이 모두를 사양했고, 가이드와 차도 돌려보내고 귀국 날짜를 앞당겼다.

　그녀는 그 후 호텔을 벗어나지 않고 방과 수영장을 오가며 소니처럼 미소를 짓기만 했다. 넋이 나간 듯한, 몹시 조용하고 기계적인 미소였다. 노라 자매가 그녀의 남편을 떠맡았는데 그는 만사에 흡족해했으며 한마디 불평도 없었다. 마지막 날 저녁, 자매는 딱히 갈 곳이 없어 그를 아버지의 집으로 데려갔는데, 두 남자는 새벽 두시까지 이야기꽃을 피운 뒤 아쉬운 마음으로 작별인사를 하면서 다음번 만남을 기약했다.

　노라는 화가 치밀었다.

　"그 사람이 아저씰 놀린 거예요."

　호텔로 돌아가는 길에 노라는 알 만하다는 냉소를 머금고 어머니 남편에게 말했다.

　"왜 그렇게 생각하지? 전혀 안 그래. 네 아빠 아주 좋은 사람이야!"

이 말에 노라는 자신이 품었던 심술궂은 생각을 반성했다. 어쩌면 아버지는 어머니의 남편이 와준 걸 진심으로 고마워하는지도 몰랐다. 단지 두 남자가 어머니의 엄청난 고통을 나 몰라라 하는 것 같아 원망스러웠던 것뿐인지도. 그래도 아버지 집에 어머니 남편을 데려가는 게 아니었다. 사실 그녀는 거창한 대결을 은근히 기대하고 있었다. 소니와 어머니가 복수를 하고, 당황한 아버지의 잔인한 가면이 벗겨지고, 아버지가 본인의 잘못을 인정하기를 기대했다. 하지만 어머니의 이상적인 남편이 그런 상황을 초래할 사람이 아니라는 걸 진작 알았어야 했다.

그 후 어머니는 소니를 영영 만나지 않았다. 편지를 쓰거나 전화를 하지도, 그의 이름을 입 밖에 내지도 않았다.

어머니는 넓은 교외의 한 전원주택에 남편과 함께 정착했고, 노라는 그곳에 이따금 뤼시를 데려갔다. 노라가 보기에 그 여행 이후 어머니의 얼굴에서는 미소가 떠나지 않았다. 얼굴과 분리된 힘없는 미소, 얼굴 앞에서 가볍게 떠다니는 미소였다. 소니에게서 강탈해 온, 그녀의 고통을 지켜주는 미소.

노라는 소니나 아버지한테서 오는 이런저런 소식들—소니는 런던으로 유학을 갔고 몇 년 뒤 아버지의 집으로 돌아왔다—을 계속 어머니한테 전해주었다. 그러나 어머니가 평소처럼 미소를 짓고 고개를 끄덕여도 아무 말도 귀담아들으려 하지 않는다는 인상을 받는 때가 많았다.

그래서 노라도 어머니에게 소니에 관한 이야기를 점점 덜 하게
되었고 종내는 완전히 침묵했다. 뛰어난 성적으로 학업을 마친 남
동생이 아버지의 집으로 돌아가 그곳에서 나태하고 수동적이고 고
독한, 이해할 수 없는 삶을 영위하고 있을 때였다.

아, 소니를 생각하면 가슴이 미어질 때가 한두 번이 아니었다.

좀더 자주 보러 갔어야 했던 게 아닐까? 아니면 그 아이가 올 수
있게 했던지.

생활이야 윤택하고 안락했을지 몰라도 소니는 불행한 청년이었다.

노라 자신으로 말하면 그녀는 혼자 힘으로 변호사가 되었고, 그
러기 위해 악착같이 노력하며 고된 삶을 살아야 했다.

아무도 그녀를 도와주지 않았고 아버지도 어머니도 그녀가 자랑
스럽다는 말을 해주지 않았다.

그러나 이제 그녀에게는 원망의 감정이 없었다. 오히려 어떻게
든 소니를 구하러 가지 못한 자신이 싫어질 뿐이었다.

하지만 그녀가 무얼 할 수 있었겠는가?

다섯 살 소년의 배 위에 마귀가 올라앉아 내내 그를 떠나지 않았
는데.

그녀가 무얼 할 수 있었을까?

마세크가 운전하는 검정 메르세데스 뒷좌석에 앉아 그녀는 또
한번 이렇게 자문했다. 황량한 거리로 차가 천천히 멀어져가는 동

안 철문 곁에 꼼짝 않고 서 있는 아버지의 모습이 백미러에 비쳤다. 아버지는 다시 혼자가 되어 화염목 그늘 속으로 풀쩍 날아오를 순간을 기다리고 있는지도 몰랐다. 슬리퍼가 닿았던 곳마다 온통 껍질이 벗겨지고 반들반들해진 굵은 나뭇가지 위로 올라가려는지도. 그녀는 아버지가 넘겨준 서류철을 만지작거렸다. 군데군데 소인이 찍힌 행정서류였다. 정말이지 그녀의 무관심 때문에 소니가 그렇게 혼자 버려져 있었던 건 아닐까?

차는 먼지가 수북하니 지저분했고 좌석 여기저기에 빵 부스러기가 널려 있었다.

예전 같았으면 아버지는 차가 그 지경이 되도록 방치했을 리 없었다.

노라는 마세크 쪽으로 몸을 숙이며 소니가 감옥에 있는 이유를 물었다.

마세크는 혀를 한 번 차더니 희미하게 웃었다. 노라는 자기 질문이 그를 불편하게 했다는 것을 깨달았다. 그는 대답을 하지 않을 터였다.

그녀도 마음이 거북해져 애써 웃음을 지었다.

어떻게 그런 생각을 했을까?

내게 그런 얘길 해줄 수 있는 사람은 마세크가 아니지.

그녀는 어찌하면 좋을지 정신이 혼란스러웠다.

차에 오르기 전 자콥과 통화를 해보려 했지만 허사였다. 집에도 신호만 갈 뿐 아무도 전화를 받지 않았다.

아이들이 벌써 학교에 갔을 리는 없고, 끈질기게 울려대는 전화 벨 소리에도 깨지 않을 만큼 세 사람 모두 깊이 잠들어 있을 리도 없는데.

대체 무슨 일이 벌어지고 있는 걸까?

이 순간 커다란 나무의 향기로운 금빛 미광 속으로 피신할 수 있다면 얼마나 좋을까!

그녀는 머리카락을 쓸어넘겨 목덜미 위쪽으로 동글게 말아올렸다. 그러다 자신의 얼굴을 보려고 백미러 쪽으로 목을 뺐는데 순간 소니가 자기를 알아보지 못할지도 모른다는 생각이 들었다. 그들이 마지막으로 만났던 팔구 년 전에는 지금처럼 팔자주름도 없었고 턱도 두둑하지 않았으니까. 더 젊었을 때에는 턱이 그렇게 되지 않게 꽤나 노력했던 기억이 났다. 아버지가 늘어진 목살이나 뱃살을 혐오한다는 사실을 어렴풋이 감지하여 죄책감을 느꼈기 때문이었다. 하지만 시간이 지나자 세월의 흐름에 따른 몸의 변화를 아쉬움 없이 받아들이게 되었을 뿐 아니라 심지어 도발적인 만족감까지 맛보게 되었다. 가냘픈 외모를 선호하는 그 신경질적인 남자에게 자신의 턱이 불쾌감을 안겨줄 거라는 이유 때문이었다. 그때부터 그녀는 자유로워지기로 결심했다. 자신을 좋아하지 않는 아버지의 마음에 들기 위해 스스로를 옭아맸던 온갖 사념에서 해방되기로.

한데 이제 아버지 자신이 지방질 속에 갇히고 말다니.

그녀는 정신이 혼란스럽고 마음이 불안해져 머리를 흔들었다.

차는 어느새 시내 중심가를 지나고 있었다. 마세크는 큰 호텔들 앞에서 서행하며 진중한 목소리로 호텔들의 이름을 열거했다.

어머니 부부가 며칠 묵었던 호텔도 있었다. 우수한 고교생이던 소니에게 빛나는 미래가 열려 있다고 믿었던 시절이었다.

그 후 노라는 소니가 런던에서 정치학을 공부하고서 아버지의 집으로 돌아온 이유에 대해 한 번도 깊이 생각해본 적이 없었다. 특히 소니가 무위도식하며 자신의 탁월한 재능을 묵히는 이유에 대해서.

당시만 해도 그녀는 소니가 훨씬 복이 많다고 생각했다. 더구나 학업과 병행해 패스트푸드점 종업원으로 일해야 했던 그녀가 응석받이 남동생의 심리적 안정까지 신경쓰지는 않아도 된다고 판단했다.

그런데 그사이 그의 배 위에 마귀가 올라앉아 내내 그를 떠나지 않았던 것이다.

'사실 소니는 깊은 좌절에 빠져 있었던 거야. 불쌍해서 어떡해, 불쌍해서.' 그녀는 생각했다.

그때, 언젠가 그들이 함께 식사를 했던 호텔 테라스에 자콥과 그레트와 뤼시가 앉아 있는 모습이 눈에 들어왔다.

그녀는 등골이 오싹해져 눈을 감아버렸다.

다시 눈을 떴을 때 차는 이미 다른 거리로 접어들어 있었다.

차는 절벽 위 좁은 길을 따라 달렸다. 바다 냄새가 차 안으로 스며들었다.

마세크는 줄곧 침묵했다. 잔뜩 얼굴을 찌푸린 고집스러운 옆모습에서 상처 입은 사람의 분위기가 풍겼다. 뢰뵈스로 차를 몰아야 한다는 사실을 무슨 개인적인 모욕처럼 여기는 것 같았다.

그는 교도소의 높다란 회색 벽을 마주하고 차를 세웠다.

그녀는 수많은 여자들 틈에 끼어 줄을 섰다. 바람이 부는 뜨겁고 건조한 날씨였다. 여자들이 집에서 가져온 꾸러미와 바구니를 보도에 내려놓은 것을 보고 그녀도 손에 든 비닐봉지를 내려놓았다. 소니에게 줄 음식과 커피가 들었다고, 마세크가 수치심과 경멸감이 가득한 목소리로 주저하듯 말하며 건네준 봉지였다.

마세크도 기다려야 했기 때문에 그는 공기가 통하게 차문을 열어둔 다음 사람들이 자신의 얼굴을 볼 수 없도록 자세를 잡고 앉았다.

하마터면 뭐 그렇게까지 수치스러워하느냐고 말할 뻔했다.

그러나 말을 자제하고 곰곰 생각해보았다. 아무것도 모르는 내가 그런 말을 해도 되는 걸까.

토할 것처럼 속이 울렁거렸다.

방금 전 그 호텔에 있던 세 사람은 누굴까?

낯선 이와 동석한 어린 시절의 노라 자신과 언니였을까?

아, 그럴 리 없었다. 분명 자콥과 함께 있는 뤼시와 그레트의 모습이었다. 두 아이는 노라가 지난여름 똑같이 사준 줄무늬 원피스를 입고 챙이 뒤로 접히는 모자를 쓰고 있었다. 가게를 나오기 무섭게 후회가 막심했던 기억이 났다. 자기들 자매는 한 번도 입어보지 못한, 아이들이 입기엔 너무 사치스러운 옷이라는 생각이 들었기 때문이었다.

언니의 배 위에는 어떤 마귀가 앉아 있었던 것일까?

밖에서 한참을 기다린 뒤 그녀는 사무실에 자신의 여권과 아버지가 건네준 서류를 제출했다. 소니를 면회할 수 있는 권리를 증명해주는 서류였다.

그녀는 음식이 든 봉지도 그곳에 맡겼다.

"변호사 되십니까?" 남루한 제복 차림의 간수가 물었다.

눈꺼풀이 바르르 떨리는 그의 반짝이는 눈은 충혈되어 있었다.

"아뇨, 전 누나입니다."

"서류엔 변호사라고 기재되어 있는데요."

"변호사인 것은 맞지만 오늘은 누나 자격으로 남동생을 보러 왔습니다."

간수는 머뭇거리며 노라가 입은 초록색 원피스의 작고 노란 꽃무늬를 주의깊게 바라보았다.

잠시 후 그녀는 그물 철창으로 나뉜 커다란 방으로 안내되었다. 벽은 푸르스름했고 보도에서 그녀와 함께 기다리던 여자들이 보였다.

철창 쪽으로 다가가자 방 저편에서 동생 소니가 들어오는 모습이 보였다.

소니와 같이 들어온 남자들이 철창 쪽으로 몰려들자 방 안엔 곧 시끌벅적한 대화 소리가 가득찼고 노라는 소니가 건네는 인사말조차 제대로 알아들을 수 없었다.

"소니, 소니!"

노라는 큰 소리로 남동생의 이름을 외쳐 불렀다.

현기증이 나 철창에 의지해야 했다.

노라는 자신의 남동생인 어느 서른다섯 먹은 남자를 자세히 보기 위해 먼지 낀 더러운 철망에 바싹 다가갔다. 습진으로 피부는 상해 있었지만, 시무룩한 표정의 아름다운 얼굴과 부드럽고 흐릿한 눈길을 알아볼 수 있었다. 소니는 그녀를 보자 환하고 무심한 미소를 지어 보였다. 익숙한 미소를 만나자 그녀는 예전처럼 목이 메어왔다. 일찌감치 짐작 못한 바가 아니지만 이제야말로 분명히 알 수 있었다. 그것은 밖으로 드러낼 수 없는 고통을 남몰래 고이 간직하려는, 오직 그런 목적을 품은 미소였다.

소니의 뺨에는 수염이 텁수룩했고 제멋대로 자란 머리털은 비죽비죽 솟아 있었다.

머리 한쪽이 눌린 건 아마 그쪽으로 누워 잠을 잤기 때문이리라.

그는 미소를 잃지 않고 무어라 말을 했지만 주변이 시끄러워 하나도 들리지 않았다.

"소니! 뭐라고 했니? 더 크게 말해!"

그는 관자놀이를, 습진으로 허옇게 된 이마를, 거칠게 문질러댔다.

"연고가 필요한 거야? 그 말을 하는 거야?"

그는 망설이는 표정을 짓더니 그녀가 잘못 이해해도 상관없다는 듯 고개를 끄덕였다. 연고도 그럴싸한 답변이라고 생각하는 것 같았다.

그런 다음 무어라 단 한 마디를 외쳤다.

이번에는 노라도 분명히 들었다. 언니의 이름이었다.

깜짝 놀라 머릿속이 하얘졌다.

언니의 배 위에도 마귀가 올라앉아 있었기 때문이다.

그러나 지금 소니에게 언니가 말한 그대로, 술 때문에 문제가 있었다고, 결국 한 신비주의 단체로 도피하는 것 말고 그녀는 달리 출구를 찾을 수 없었다고 말할 수는 없었다. 그곳에서 이따금 광신도가 도취되어 쓴 따분한 편지들을 보내왔다고, 사진을 보내오기도 했는데 사진 속 언니는 무섭도록 마른 몸에 회색 머리를 길게 늘어뜨리고 아랫입술이 입안으로 말려들어간 얼굴로 불결하기 짝이 없는 네모난 스펀지 방석 위에 앉아 명상을 하고 있다고 소리를 질러댈 수는 없었다.

그녀는 소니에게 부르짖을 수 있을까? "이 모두가 아버지 때문이다. 네가 다섯 살 때 우리에게서 널 빼앗아간 아버지 때문이다!" 라고.

아니, 그럴 수 없었다. 죽은 사람처럼 퀭한 눈에 넋이 빠진 얼굴에 대고는 아무 말도 할 수 없었다. 미소와는 아무런 상관도 없어 보이는 그 메마른 입술에 대고는.

면회는 이렇게 끝이 났다.

간수가 죄수들을 다시 데려갔다.

노라는 손목시계를 봤다. 면회실에 들어온 지 겨우 몇 분이 지나 있었다.

그녀가 소니를 향해 손을 흔들며 다시 오겠다고 외치는 동안, 더러운 티셔츠와 무릎 부위가 터진 낡은 바지 차림의 길고 야윈 소니는 발을 끌며 멀어져갔다.

그가 고개를 돌리더니 숟가락을 입에 넣는 시늉을 해 보였다.

"그래, 그래. 먹을 것과 커피도 가져왔어!"

참을 수 없는 더위였다.

노라는 철창에 찰싹 달라붙어 있었다. 철망을 놓으면 정신을 잃을까봐 두려웠다.

순간 놀랍게도 자기가 오줌을 지리고 있다는 사실을 깨달았다. 미지근한 액체가 허벅지와 장딴지를 따라 샌들까지 흐르고 있었다. 하지만 막을 도리가 없었다. 배뇨감조차 느낄 수 있는 상태가 아니었다.

당황한 그녀는 자리를 피했다.

인파는 혼란스레 출구 쪽으로 물러가고 있었고 아무도 노라에게 벌어진 일을 눈치채지 못한 것 같았다.

난데없이 아버지를 향한 분노가 일며 치가 떨렸다.

소니에게 무슨 짓을 한 거야?

우리 모두에게 무슨 짓을 한 거야?

사방이 그의 거처였다. 그는 아무런 벌도 받지 않고 그들의 삶 속에 자리잡고 있었다. 죽어서까지 그들에게 해를 끼치며 괴롭혀 댈 것이었다.

그녀는 마세크에게 좀 전에 본 그 호텔 앞에 내려달라고 했다.

"먼저 가요. 난 알아서 갈 테니. 택시를 타겠어요."

곤혹스럽게도 차 안에 지린내가 진동하고 있었다.

마세크는 아무 말 없이 앞좌석 창유리를 내렸다.

호텔 테라스가 비어 있는 걸 확인하자 안심이 되었다.

그래도 아이들과 자쿱의 이미지가 뇌리를 떠나지 않았다. 쾌활한 공모자들의 모습에선 너무도 내밀하고 강렬한 분위기가 풍겼다. 한줄기 바람이 스치자 그녀는 눈길을 들었다. 저 위에서 희고 커다란 새 한 마리가 역광을 받고 있었다. 둔하고 불편한 몸짓으로 새가 날아오르는 순간 테라스 위에 오싹할 만큼 크고 기이한 그림자가 드리워졌다.

그녀의 마음속에 또 한번 분노가 치밀더니, 새가 사라짐과 동시에 분노도 함께 사그라졌다.

그녀는 호텔 로비로 들어가 두리번거리며 바를 찾았다.

"자콥 강제 씨와 약속이 있는데요."

프런트 직원은 고개를 끄덕였다. 노라는 금빛 덩굴무늬를 짜넣은 녹색 양탄자를 밟으며 젖은 샌들을 끌고 바를 향해 걸어갔다. 이십 년 전과 똑같은 양탄자였다.

그녀는 차를 주문한 뒤 화장실로 가서 다리와 발을 씻었다.

팬티를 벗어 세면대에서 헹구고 짠 다음 전기 건조기 밑에 한참 동안 들고 있었다.

바에서 그녀를 기다리고 있을 일이 두려웠다. 인터넷 사용이 가능한 컴퓨터 한 대가 바에 있는 것을 보아둔 참이었다.

그녀는 검색을 시작할 순간을 미루기 위해 천천히 차를 마셨다. 그리고 계산대 위에 걸린 커다란 화면으로 축구 경기를 관람하는 바텐더를 무심코 바라보며 생각했다. 그녀의 아버지, 이 위험한 남자의 자식들로 태어난 것보다 더 불행한 운명은 없다고. 그 남자의 사랑을 받는 것보다 더 가혹한 일은 없다고.

소니야말로 이런 남자를 아버지로 두고 태어난 데에 가장 값비싼 대가를 치른 사람이었다.

노라 자신으로 말하면, 아, 모든 게 아직 진행중이었다. 그녀에게, 그녀와 뤼시에게 어떤 운명이 마련되어 있는지 아직 깨닫지 못한 건 아닐까. 그녀 자신의 배에도 마귀가 그렇게 올라앉아 때가 오기를 기다리고 있는데, 아직 눈치를 채지 못한 건 아닐까.

그녀는 인터넷 삼십 분 이용권을 구입해 〈르 솔레유〉에서 소니와 관련된 긴 기사를 곧 찾아냈다.

이 기사를 읽고 또 읽었다. 같은 단어들을 훑고 지나갈 때마다 공포는 점점 커져갔다.

그녀는 양손으로 머리를 감싸쥔 채 중얼거렸다. "맙소사, 소니가, 맙소사, 소니가." 처음엔 그런 가증스러운 일에 남동생이 연루되었다는 사실을 인정할 수 없어 자신도 모르게 생년월일이나 인상착의 같은 세부사항을 확인했지만 동명이인이 아니라는 불가피한 결론에 이를 수밖에 없었다.

또다른 누가, 이 기사에서 다루고 있는 아버지 같은 아버지를 두었겠는가?

또다른 누가, 유례 없는 비열한 사건으로 언급된 그런 끔찍한 상황에서 그처럼 온화한 모습을 할 수 있었겠는가?

"불쌍한, 불쌍한 소니." 입술 사이로 터져나오는 탄식을 그녀는 걸쭉한 침처럼 꿀꺽 삼켰다. 한 여자가 죽었고, 그녀는 보통 이렇게 죽은 여자들을 변호해왔다. 동정은 그녀의 역할이 아니었다. 살인자들이 미소 띤 얼굴에 온화한 태도를 보인다 해도, 다섯 살 적 이미 배 위에 마귀가 올라앉아버린 불행한 청년들이라 해도 말이다.

그녀는 조심스레 인터넷 창을 닫고 컴퓨터 앞에서 일어섰다. 한시바삐 집으로 돌아가 아버지를 만나 묻고 싶었다. 지체했다간 아버지가 영영 사라져버릴 것 같은 두려움이 일었다.

테라스를 지나가는데 좀 전에 봤던 바로 그 자리에 자콥과 그레트와 뤼시가 앉아 있는 모습이 보였다. 그들은 비삽 주스*를 주문해놓고 있었다.

세 사람은 아직 그녀를 보지 못했다.

두 아이는 볼록한 소매에 가슴 부분에 주름 장식이 있는 빨간색과 하얀색 줄무늬 원피스를 입고 있었다. 노라가 사주고 나서 후회했던 옷이었다. (어린 여자아이들을 값비싼 인형처럼 만들어보고 싶은 어렴풋한 욕구. 아버지라면 이런 선택을 용인했으리라 생각했었다.) 옷과 한 세트인 모자를 쓴 아이들은 신이 나서 재잘대다 자콥에게 무어라 한마디씩 하곤 했는데 그때마다 자콥은 조용하고도 경쾌한 어조로 응답했다.

노라의 눈에 비친 그들의 모습은 이러했다. 그들은 차분하고 생기 있게 수다를 떨고 있었다. 노라의 마음에 묘한 동요가 일렁였다.

이제까지 그녀는 해로운 흥분감을 부추겨 뿌리내리게 하는 것은 자콥이라고 생각했다. 그런데 혹시 그건 노라의 존재가 유발하는 현상은 아니었을까? 결국 그녀가 없어야 만사가 더 잘 굴러가는 것은 아닐까?

자신은 한 번도 아이들에게 줄 수 없었던 평화로움이 노라의 눈앞에 보이는 그 작은 무리를 감싸고 있었다.

---

* 히비스커스 꽃으로 만든 음료. 세네갈 사람들이 즐겨 마신다.

파라솔의 장밋빛 그늘 아래 그들의 혈색은 하나같이 싱싱하고 천진난만해 보였다.

아, 정신건강에 해로운 그 극도의 흥분 상태는 어쩌면 그녀 자신의 상상물이 아니었을까?

그녀는 테이블로 다가가 의자를 뺀 다음 그레트와 뤼시 사이에 앉았다.

"어, 엄마네?"

뤼시가 앉은키를 높여 그녀의 뺨에 입을 맞추었다.

"안녕하세요? 노라 아줌마." 그레트도 거들었다.

그리고 아이들은 아침에 호텔방에서 본 만화영화의 등장인물 이야기를 이어갔다.

"마셔봐. 맛이 좋네."

자콥이 그녀 쪽으로 비삽 주스를 밀며 말했다.

그는 벌써 피부가 그을어 있었다. 목과 이마를 길게 덮은 연한 금발마저 더 밝아진 듯했다.

"올라가서 각자 짐을 챙겨 오거라." 그가 아이들에게 말했다.

아이들은 자리에서 일어나 어깨동무를 하고 호텔 안으로 들어갔다. 한 명은 금발, 한 명은 갈색머리. 둘 사이에 이런 완벽한 친밀감이 가능하리라고는 생각해보지 못했다. 많이 친하긴 했어도 노라와 자콥의 사랑을 더 많이 받으려고 남몰래 경쟁을 벌이는 사이였으니까.

"내 남동생 소니 말이야." 노라가 서둘러 말을 꺼냈다.

"응."

그녀는 숨을 크게 들이마셨지만 터져나오는 울음을 주체할 수 없었다. 두 손으로 감당이 안 될 만큼 눈물이 줄줄 흘러내렸다.

자콥이 휴지로 양볼을 닦아주고 그녀를 감싸안고 등을 토닥여주었다.

문득 의문이 들었다. 왜 자콥과 사랑을 나눌 때면 형언할 수 없는 그런 묘한 기분에 사로잡혔던 것일까. 그는 언제나 조금은 노력하는 느낌이었다. 자기가 진 빚을, 자기들 부녀가 제공받는 숙식비를 갚고 있는 듯한 느낌이었다.

그런데 지금 이 순간의 그는 너무도 다정하게 느껴졌다.

그녀는 그를 힘껏 껴안았다.

"소니가 감옥에 있어."

그녀의 목소리는 빠르게 뚝뚝 끊어졌다.

아이들이 아직 돌아오지 않았음을 흘끔 확인한 뒤 그녀는 말을 이었다. 넉 달 전 소니가 새어머니를 목 졸라 죽였다는 것을. 몇 해 전 아버지가 아내로 맞은 여자, 노라 자신은 한 번도 본 적이 없는 여자였다.

그녀는 소니에게서 아버지의 재혼에 대해 전해 들었다. 그 후 쌍둥이 자매가 태어났다는 것도. 아버지야 그런 일을 알려봐야 좋을 게 없다고 판단했지만.

그러나 소니는 자기가 새어머니와 모종의 관계를 맺게 됐다는 말은 한 적이 없었다. 〈르 솔레유〉지가 전하는 것처럼 두 사람이 함께 도망칠 계획을 세웠다는 말도 한 적이 없었다. 또래의 새어머니와 미칠 듯한 사랑에 빠졌지만 여자가 배신을 하고 관계를 끊었고, 그에게 집을 나가달라고 했었다는 이야기도 한 적이 없었다.

여자 혼자 자는 그 방에서 소니는 그녀를 기다렸다.

"왜 아버지가 거기 안 계셨는지 난 알아. 밤마다 어딜 가는지."

여자가 다른 방에서 아이들을 재우는 동안 소니는 문가의 어둠 속에서 그녀를 기다렸다.

그녀가 들어오자 그는 뒤에서 덮친 뒤 비닐로 피복된 빨랫줄을 감아 그녀의 목을 졸랐다.

그리고 숨이 끊어진 여자의 시신을 조심스레 침대 위에 눕힌 다음 자신의 방으로 돌아와 아침까지 잤다.

이상은 소니 자신이 진술한 내용이었다. 거리낌없이, 놀랄 만큼 온화한 태도로. 이 모두가 비난조로 기사화되어 있었다.

자콥은 유리잔 아래 남은 얼음조각들을 천천히 흔들며 노라의 말을 주의깊게 듣고 있었다.

그가 입은 청바지와 연푸른색 반팔 셔츠에서 상큼한 비누 냄새가 났다.

노라는 자신도 모르게 또다시 오줌을 지릴 것 같은 불안에 휩싸였다.

기사를 읽으며 느꼈던 분노가 다시 그녀를 집어삼켰다. 도무지 이해할 수 없는 파렴치한 무언가에 대한 분노가. 가슴속이 활활 타고 숨이 막혔지만 소니의 얼굴은 끈질기게 시야에서 빠져나갔다. 죄를 지은 사람은 아버지가 아닐까? 습관처럼 여자를 바꾸었던 그가 아닐까? 늙어가는 육신과 빛바랜 영혼 곁에 돈으로 산 것이나 다름없는 젊디젊은 아내를 두었던 그가 아닐까?

슬리퍼를 신고 화염목에 올라 그 가장 굵은 가지를 반들거리게 만든 남자. 무슨 권리로 그는 서른 살 젊은이들에게 속한 사랑을 차지했던 걸까? 무슨 권리로 이 열정적인 사랑의 보고實庫를 넘보았던 걸까?

그레트와 뤼시가 각자 배낭을 메고 돌아왔다.

떠날 채비가 된 두 아이는 테이블 곁에서 기다리며 서 있었다.

노라는 뤼시의 얼굴을 고통스러운 마음으로 찬찬히 뜯어보았다. 그런데 사랑스러운 아이의 얼굴에서 그녀는 갑자기 아무런 감흥도 느낄 수 없었다.

섬세한 이목구비와 가무잡잡한 피부, 작은 코, 이마 위의 곱슬곱슬한 머리칼. 이 모두가 평소의 모습 그대로였지만 전과 같은 애정이 샘솟지 않았다.

그녀 내면의 감성의 올 하나하나가 떨고 있었지만 막상 어머니로서는 그저 초연하고 무심한 감정이 들기만 했다.

어찌된 일일까? 딸아이를 향한 뜨거운 애정에는 변함이 없는데.

자신의 등뒤에서, 자신의 부재를 틈타, 자콥과 아이들 사이에 친밀감이 형성된 것에 모욕을 느껴서일까? 단지 그래서일까?

"자, 그만 가자. 계산은 이미 했어." 자콥이 말했다.

"어디로 가?" 노라가 물었다.

"호텔에 묵을 건 아니잖아. 여긴 너무 비싸."

"그래."

"당신 아버지 집에 가도 되지?"

"그럼." 노라가 거침없이 대답했다.

자콥은 아이들에게 자기 짐도 잊지 않고 그들 가방에 잘 배분해 넣었는지 물었다. 이 순간 노라는 이제 그가 아이들에게 부드럽고도 단호한 태도로 말할 수 있게 되었음을 인정하지 않을 수 없었다. 자콥이 그래주기를, 그녀는 얼마나 갈구했던가.

"학교는 어떻게 된 거야?" 마침 생각났다는 듯 노라가 물었다.

"부활절 방학이 시작됐잖아." 자콥이 좀 의외라는 표정으로 말했다.

"잊고 있었네."

당황한 그녀의 목소리가 떨렸다.

이런 일들은 늘 그녀가 알아서 챙겨왔기 때문이다.

자콥이 거짓말을 하고 있는 건 아닐까?

"아버진 여자애들을 별로 좋아하지 않는데 갑자기 두 명이 더 늘고 말았네!"

이렇게 말하며 그녀는 억지웃음을 지었다. 진지한 얼굴들 앞에서 그런 농담을 뱉었다는 것도, 그런 아버지를 두었다는 사실도 부끄러웠다.

아버지의 집에서 나온 것이라곤 실제로 파괴와 불명예뿐이었다.

택시 안에서 그녀는 아버지의 집주소를 정확히 대지 못해 애를 먹었다.

'푸앵 E'라는 동네 이름만 알고 있었는데, 지난 이십 년 동안 너무 많은 주택이 들어서서 집을 찾기가 어려웠다. 또 한번 택시기사를 헤매게 했다가는 자콥과 아이들이 집과 그 소유주의 존재마저 의심할 것 같았다.

그녀는 뤼시의 손을 잡고 꽉 쥐었다 어루만졌다 했다.

그러면서 모성애가 달아나버린 것 같아 당혹스러웠다. 자신도 모르는 사이에 그녀는 차갑고 신경질적이고 무감한 여자가 되어 있었다.

마침내 집 앞에 다다른 그녀는 택시에서 내리자마자 문간으로 뛰어갔다. 아버지가 막 모습을 드러낸 참이었다. 변함없이 추레하고 구겨진 옷을 입었고, 변함없이 길고 누런 발톱이 그 밤색 슬리퍼 밖으로 비어져나와 있었다.

저만치 떨어진 택시 트렁크에서 가방을 꺼내느라 여념이 없는 자콥과 아이들을 그는 의심스러운 눈길로 살폈다.

노라는 경직된 목소리로 저들이 집에서 묵어도 되겠느냐고 물었다.

"갈색머리 애가 제 딸이에요."

"아, 그래? 딸이 있었어?"

"네. 태어났을 때 편지 드렸잖아요."

"저 사람은? 남편이냐?"

"네."

"진짜로 결혼을 한 사이야?"

"네."

거짓말을 하는 그녀의 마음속에 분노가 치밀었다. 이런 형식적인 질문을 하며 그가 얼마나 머리를 굴리고 있는지 그녀는 알고 있었다.

그는 안심이 되는 듯 미소를 지으며 자콥에게, 잇따라 그레트와 뤼시에게 다정하게 손을 내밀었다. 그리고 아부하듯 길게 끄는 달콤하고 능글맞은 어조로 아이들에게 너무 예쁜 옷을 입었다고 칭찬해주었다. 브이아이피 관광객들에게 바캉스촌을 구경시킬 때 나오는 말투였다.

식사를 하는 동안 그는 또 한번 그 역겨운 식탐에 빠져들었다. 의자에 앉아 간간이 몸을 뒤로 젖히며 입을 벌리고 눈을 감은 채 숨을 골랐다. 식사가 끝나자 노라는 아버지를 소니의 방으로 이끌었다.

아버지는 그 방에 들어가기를 꺼리는 눈치가 역력했지만 배가 터지도록 먹은 뒤라 들어가 침대 위에 풀썩 주저앉을 수밖에 없었다.

그리고 죽어가는 한 마리 짐승처럼 숨을 몰아쉬었다.

노라는 문에 기댄 채 서 있었다.

그가 서랍장을 손으로 가리켰다. 노라가 서랍을 열자 소니의 티셔츠들 위에 놓인 액자 속 사진 한 장이 눈에 띄었다. 통통한 볼과 생글대는 눈매를 한 젊은 여자의 사진이었다. 여자는 하늘거리는 흰 원피스 자락을 빙그르 돌리며 날씬하고 아름다운 다리를 드러내고 있었다.

노라는 이 여자를 향한 연민에 목이 메어 사무치는 목소리로 외쳤다.

"왜 또 결혼을 하셨어요? 또 뭐가 필요했던 거죠?"

그는 힘없이 천천히 손을 저으며 중얼댔다. 도덕적인 교훈 따위에는 관심 없다고.

그리고 차츰 숨을 가다듬더니 말을 이었다.

"내가 너한테 와달라고 한 건 소니를 변호해야 하기 때문이다. 변호사를 구하지 못했어. 변호사를 살 돈이 없구나."

"아직 변호사가 없다고요?"

"그래. 좋은 변호사를 구할 돈이 없어."

"돈이 없다니요! 다라 살람은요?"

그녀는 까다롭게 따지고 드는 자신의 가시 돋친 목소리가 불쾌했다. 아버지한테 화를 내며 싸움을 걸고 있다는 느낌도 그랬다.

이 불길한 남자와는 가벼운 관계만 유지하려고 노력해오지 않았
던가.

"아버지가 어디서 밤을 보내는지 알고 있어요."

그녀가 침착한 목소리로 말했다.

그는 냉혹한 적의가 서린 위협적인 둥근 눈으로 그녀를 비스듬
히 바라보며 입을 열었다.

"다라 살람은 망했어. 아무것도 남아 있지 않다. 네가 소니를 맡
아야 해."

"그건 말이 안 돼요. 난 그애 누나예요. 어떻게 내가 그앨 변호
하길 바라죠?"

"금지된 일은 아니잖니?"

"하지만 그렇겐 안 해요."

"그럼 어쩌란 말이냐. 소니에겐 변호사가 필요해. 중요한 건 그
거야."

"소니를 아직 사랑하세요?"

그녀가 이해할 수 없다는 목소리로 외쳤다.

아버지는 몸을 웅크리고 양손에 얼굴을 묻은 채 속삭였다.

"그앤, 내 인생의 전부야."

그는 거기 그렇게, 두 무릎을 감싸안고 늙은 거인 같은 모습으로
앉아 있었다. 그 순간 노라는 깨달았다. 언젠가는 그도 죽으리라는
것을. 인간이 겪는 어떤 일도 그에겐 닥치지 않을 거라고, 원한에

사무쳐 생각해왔건만.

　그는 침대 가장자리로 내려와 앉더니 힘겹게 자리에서 일어났다.

　그의 시선이 방 한구석에 쌓인 공들에서 노라가 여전히 들고 있
는 사진으로 옮아갔다.

　"그 여자가 나빴어. 여자가 유혹한 거야. 그 아인, 아버지의 아
내에게 한눈팔 생각은 못했을 거다."

　"어쨌거나 죽은 건 그 여자예요."

　노라가 거칠게 숨을 몰아쉬며 말했다.

　"소니가 얼마나 형을 받을까? 네 생각은 어떠냐? 설마 십 년이
나 감옥에서 썩진 않겠지?" 그가 넋이 빠진 사람처럼 물었다.

　"여자가 죽었어요. 그애가 여자의 목을 졸랐고, 여잔 고통스럽
게 죽어갔을 거예요." 노라가 낮은 목소리로 말을 이었다.

　"두 아이한테, 쌍둥이에겐 뭐라고 했어요?"

　"아무 말도. 그애들하고는 말을 안 한다. 지금은 여기 있지도 않
고." 그는 불만에 찬 무뚝뚝한 표정으로 대답했다.

　"여기 없다니, 무슨 말이죠?"

　"오늘 아침에 북쪽 지방으로 보냈어. 외가로."

　그가 여자의 사진 쪽으로 턱짓을 하며 말했다.

　노라는 더는 그를 보고 있을 수가 없었다.

　더이상 빠져나갈 구멍이 없어 보였다. 그는 그녀를, 아니 그들
모두를 자신의 손아귀에 넣고 있었던 것이다. 소니를 납치하며 그

잔인한 흔적을 그들의 삶에 새겨놓았던 그날 이후로 쭉.

그녀는 오직 자신의 의지력으로 일어선 사람이었다. 그녀는 자신의 힘으로 변호사 사무실에 자리를 잡았고, 뤼시를 세상에 나오게 했고, 아파트를 구입했다. 하지만 그 일을 막기 위해서라면 그 모두를 내주었을 것이다. 그 옛날 다섯 살 난 소니를 빼앗기고 말았던 그 사건을 막을 수만 있었다면.

"언젠가 네가 한 말을 기억하고 있다. 소니를 절대 포기하지 않겠다고 했지."

그의 양어깨에서 떨어진 노란 꽃 몇 송이가 몸의 무게에 눌려 뭉그러진 채 시트 위에 흩어져 있었다.

얼마나 무거울까, 소니의 배 위에 올라앉아 있는 마귀는.

그날 저녁, 함께 식사를 하는 중이었다. 자콥과 아버지가 사이좋게 대화를 나누었는데, 아버지의 입에서 불쑥 나온 말이 노라의 귓전을 스쳤다.

"내 딸 노라가 여기 살았을 때⋯⋯"

"무슨 말씀을 하시는 거예요? 난 이 집에 산 적이 없어요!"

그는 커다란 통닭 다리 한 점을 뜯어 천천히 씹어 삼킨 다음 차분한 목소리로 받았다.

"그래, 그건 나도 안다. 내 말은 그러니까, 네가 이 도시, 그랑요프에 살았을 때⋯⋯"

순간 그녀는 목구멍에 솜뭉치가 걸린 기분이었다. 양쪽 귓가에 나지막이 윙윙대는 소리가 들리기 시작했다.

자콥과 아버지의 목소리, 지나치게 절제된 태도로 이야기를 나누는 두 아이의 목소리가 그녀에게서 점점 멀어지는가 싶더니 종내 아무 소리도 들리지 않았다.

"말도 안 돼요. 난 그랑 요프는 물론이거니와 이 나라 어디에도 산 적이 없어요."

말을 뱉긴 했지만 자기가 정말 말을 했는지, 자기 말이 들리긴 했는지 확신이 서지 않았다.

그래서 마른기침을 한 다음 더 큰 목소리로 되뇌었다.

"난 그랑 요프에 산 적 없어요."

아버지는 놀랍고 흥미롭다는 듯 눈썹을 치켜떴다.

자콥은 머뭇거리며 시선을 노라에게서 그녀의 아버지에게로 옮겼고, 아이들도 식사를 멈추었다. 자기를 믿어달라고 애원하는 표정이 되어버린 것에 놀라면서, 노라는 무슨 말이라도 하지 않으면 안 됐다.

"내가 프랑스 말고 다른 데서 살아본 적 없다는 거 아시잖아요."

"마세크!"

그가 짧은 몇 마디를 던지자 마세크는 구두상자 하나를 가져와 식탁 위에 올려놓았고, 노라의 아버지는 초조한 손길로 그 안을 뒤졌다.

그러더니 마침내 작고 네모난 사진 한 장을 꺼내 노라를 향해 돌려 보였다.

아버지가 찍는 사진이 늘 그렇듯 고의든 아니든 피사체가 뿌옇게 흐려 보이는 사진이었다.

모든 걸 모호하게 만들어 말도 안 되는 주장을 하려는 속셈이야.

통통한 젊은 여자가 장밋빛 벽에 푸른 양철 지붕을 얹은 작은 집 앞에 꼿꼿한 자세로 서 있었다.

여자는 노란 무늬가 점점이 찍힌 담녹색 원피스 차림이었다.

"이건 내가 아니에요." 노라가 안도의 한숨을 쉬며 말했다. "이건 언니예요. 나와 언니를 늘 혼동하셨죠. 언닌 나보다 나이가 많은데도."

그러자 그는 말없이 자콥과 그레트와 뤼시에게 차례로 사진을 보여주었다. 아이들은 난처한 표정으로 한차례 흘끔 눈길을 던지기만 했다.

"나라도 당신이라고 생각하겠어. 서로 아주 많이 닮았네."

자콥이 애매한 웃음을 살짝 지으며 말했다.

"그 정도는 아니야. 사진이 흐려서 그럴 뿐이라고." 노라가 말했다.

아버지는 고개를 숙이고 있는 뤼시의 달아오른 얼굴에 대고 사진을 흔들었다.

"애야! 여기 있는 사람이 네 엄마냐 아니냐?"

뢰시는 힘차게 아래위로 고개를 끄덕였다.

"거봐라. 딸애도 널 알아보잖니."

아버지는 속내를 알 수 없는 고집스러운 작은 눈으로 노라를 비스듬히 훔쳐보았다.

"처형이 그랑 요프에 살았던 걸 몰랐어?"

노라를 돕겠다는 분명한 의지를 보이며 자콥이 물었다. 하지만 도움 같은 건 전혀 필요 없는 문제라고 노라는 생각했다.

어이가 없는 일이었다!

그녀는 이제 짜증이 났다.

"응, 몰랐어. 언니는 자기가 하는 일에 대해서는 내게 거의 말을 안 하니까. 자기가 속해 있는 공동체를 알리기 위해 어디를 다니는지도. 언니는 대체 이곳에 왜 왔던 거죠?"

노라는 아버지와 얼굴을 마주보지도 않은 채 물었다.

"여기 와 있었던 건 너지 언니가 아니다. 네가 뭘 하러 이곳에 왔었는지는 네가 알 게 아니냐. 난 자식들도 구별 못하는 사람이 아니다."

한밤중에 노라는 잠든 자콥을 두고 숨막히는 집을 빠져나왔다. 그가 거기, 화염목 높다란 가지들에 올라앉아 감시하고 있을 테니 밖에서도 평화를 찾을 수 없으리라는 것은 알고 있었다.

칠흑 같은 어둠에 가려 모습은 보이지 않았지만 소리가 들려왔다.

목구멍에서 나는 소리, 그가 신은 슬리퍼가 가지 위를 이리저리 옮겨다니는 소리. 아주 희미하고 미세한 소리였지만 그녀는 이 소리들을 놓치지 않았다. 머릿속에서 소리가 점점 커져 귀가 멍멍했다.

그녀는 꼼짝 않고 문지방에 서 있었다. 따뜻하고 까슬까슬한 콘크리트 바닥 위에 맨발로. 그러면서 이 밤보다는 덜 검은 자신의 팔과 다리와 얼굴이 어쩌면 우윳빛으로 반짝일지 모른다는 생각을 했다. 그녀가 그를 보고 있듯 그도 그녀를 보고 있는 게 틀림없었다. 어둠 속에 얼굴은 지워지고, 흰옷을 입고 쭈그려 앉은 채로.

그를 발견했다는 만족감과 이 남자와 비밀을 공유한다는 혐오감이 그녀의 내면에서 투쟁을 벌였다.

그녀는 이제 자신이 이 의혹에 관여하게 되어 언제까지나 그의 원망을 사리라는 걸 느끼고 있었다. 아버지는 그걸 노라에게 알리고 싶은 생각이 전혀 없었을 테니까.

그가 그랑 요프에서 찍었다는 사진을 가지고 그녀를 혼란스럽게 했던 것도 그 때문이었을까?

그녀는 그 동네에 발을 들여놓은 기억조차 없었다.

단 한 가지 그녀가 인정하지 않을 수 없는 곤혹스러운 사실은, 언니가 입고 있던 원피스가 노라 자신의 옷과 매우 흡사하다는 것이었다. 잘고 노란 꽃무늬의 이 담록색 원피스는 노라가 부샤라*에

---

* 파리에 있는 유서 깊은 원단 전문 매장.

서 찾아낸 천으로 어머니가 직접 만들어준 옷이었다.

어머니가 그 무명천을 가지고 원피스 두 벌을 지었을 리는 없었다.

노라는 집 안으로 다시 들어가 복도를 걸어 쌍둥이 자매의 방으로 갔다. 마세크가 그레트와 뤼시를 머무르게 한 방이었다.

가만히 문을 열자 어린아이의 따뜻한 머리칼 냄새가 났다. 그러자 그녀의 마음속에서 그간 떠나 있던 사랑이 되살아났다.

그러나 그것도 잠시, 이 감정은 이내 사라졌고 그녀는 스스로가 산만하고 냉혹하고 무감각한 사람처럼 여겨졌다. 그녀는 다른 어떤 것에도 자리를 양보할 생각 없이 태연히 그녀를 점거해버린 부당한 무언가에 사로잡혀 있었다.

"뤼시, 내 귀여운 아가……"

이렇게 중얼대는 자신의 비현실적인 목소리는 소니나 어머니의 미소를 생각나게 했다. 자신의 입에서 나온 소리 같지가 않았다. 입술 앞에서 진동하는 공기의 산물일 뿐이었다. 그녀가 그토록 자주 입에 담아온 말이었건만, 이 순간만은 거기에 아무런 감정도 실려 있지 않았다.

그녀는 다시 철창을 사이에 둔 채 소니를 마주하고 섰다. 서로 말을 알아들을 수 있도록 둘 다 철창에 입을 바싹 갖다대야 했다.

습진 연고를 가져왔다고, 의무실에서 확인 절차가 끝나는 대로 넘겨받게 될 거라고, 그녀가 말했다. 그러자 소니는 웃음을 터뜨리며 그런 일은 없을 거라고 대답했다. 대화의 내용에 상관없이 변함없이 온화한 목소리로.

헝클어진 수염에 여기저기 피딱지가 앉은 이 마른 얼굴에서 그녀는 이제 남동생의 모습을 알아볼 수 있었다. 선량하기 그지없는 이 성인聖人의 얼굴에서 그녀는 혼란과 후회와 고통의 표지들을 읽어보려 했지만 허사였다.

"소니, 도무지 믿기지가 않아."

문득 마음이 쓸쓸해졌다. 범죄자의 부모들이 하릴없이 자신들의 참담한 심정을 표현하는 이런 소리를 수없이 들어왔기 때문이었다. 그러나 막상 소니 자신은 더없이 행복하고 평화로운 모습이었다. 그는 몸을 긁으며 고개를 저었다.

"내가 널 변호할 거야. 네 변호를 맡을 거야. 그렇게 되면 좀더 자주 올 수 있을 거야."

그는 여전히 고개를 저었다. 천천히. 신경질적인 몸짓으로 뺨과 이마를 긁어대면서.

"내가 안 그랬어." 그가 차분한 음성으로 말했다. "내가 어떻게 그녀에게 그런 짓을 하겠어."

"무슨 말이야?"

"내가 아니야."

"그 여잘 죽인 사람이 네가 아니라고? 맙소사, 소니."

노라의 이가 철창에 부딪쳤다. 입술에 녹슨 쇠맛이 감돌았다.

"누가 죽인 거야?"

그는 깡마른 어깨를 으쓱했다.

그러더니 늘 배가 고프다고 했다. 커다란 감방에서 백여 명의 수감자들이 함께 생활하는데, 그중 몇몇이 매일 배당되는 음식을 조금씩 훔쳐간다고. 이제 먹는 꿈밖에는 꾸지 않는다고. 그리고 빙그레 웃으며 말을 이었다.

"그 사람이야."

"아버지?"

그가 고개를 끄덕였다. 마른 입술을 몇 번이고 혀로 축이면서.

그런 다음 면회시간이 끝나간다는 걸 알고 매우 빠른 속도로 이야기하기 시작했다.

"누나도 기억하지? 어릴 적 함께 살았을 때 우리 둘이 했던 놀이 말이야. 누나가 날 안아올려 흔들어대면서 하나 둘 하고 센 다음 셋, 하는 순간 침대 위에 떨어뜨렸던 거. 누난 말했지, 그곳은 바다라고. 해변에 닿으려면 헤엄을 쳐야 한다고. 기억해?"

그는 고개를 뒤로 젖히고 행복에 겨워 웃었다. 그 순간 정신이 번쩍 든 노라는 짙은 청색 침대커버 위로 내던져질 때 입을 크게 벌리고 활짝 웃어대던 그 어린 소년을 알아보았다.

"쌍둥이 잘 있어?" 그가 물었다.

"아버지가 애들 외가로 보낸 것 같아."

그녀는 턱이 뻣뻣하고 혀가 굳어 말을 하기가 힘들었다.

면회시간이 끝나고 다른 수감자들을 따라 걸어가던 그가 뒤돌아보며 진지한 표정으로 그녀를 향해 외쳤다.

"그애들은, 쌍둥이는, 내 딸들이야. 아버지도 알고 있어."

노라는 뜨거운 정오의 햇빛을 받으며 한참 동안 교도소 보도 위를 걸어다녔다. 차 안에서 기다리는 마세크에게로 돌아갈 기운을 낼 수 없어서였다.

이제야 모든 게 이해되는군, 그녀는 냉정한 흥분을 느끼며 생각했다.

남동생의 배 위에 올라앉아 있던 마귀의 두 눈 속을 이제야 들여다보게 된 것 같았다. '그가 토해내게 만들 거야. 한데 그게 뭘까? 지난 세월 부당하게 차지한 것들을 되돌릴 수 있긴 한 걸까?' 그녀는 생각했다.

대체 그게 무엇일까?

마세크가 평소와 다른 길로 접어들고 있다는 걸 눈치챘지만 그녀는 별로 신경쓰지 않았다. 장밋빛 벽에 푸른 양철 지붕을 얹은 작은 집 앞에 차를 세운 마세크가 시동을 끄고 무릎 위에 두 손을 내려놓는 순간 그녀는 그에게 아무 질문도 하지 않기로 마음먹었다. 어딘가 숨어 있을지 모르는 덫을 향해서는 한 발짝도 내딛지 않을 작정이었다.

소니를 위해서나 자신을 위해서도 이제 그녀는 강하고 빈틈없는 책략가가 되어야만 했다.

이제부터는 예상 밖의 일이 나를 덮칠 수 없게 할 테다.

"이 집을 보여주라고 하셨습니다. 예전에 사시던 곳이라고."

"잘못 안 거예요. 내가 아니고 언니가 살던 곳이에요."

그런데 왜 그녀는 이 집을 자세히 살펴보려 하지 않는 걸까?

스스로와 대면해 마음이 혼란스러워진 그녀는 색이 바랜 장밋빛 벽과 맞은편의 좁은 상점가, 근방의 수수한 집들을 힐끗 보았다. 아이들이 집 앞에 나와 놀고 있었다.

이미 사진을 본 탓인지 낯익은 장소라는 생각을 떨칠 수 없었다.

그런데 이 기억, 혹여 저 먼 데서 살아오고 있는 것은 아닐까?

이 장밋빛 벽들 뒤에 짙푸른 타일이 깔린 방 두 개가 있지 않나? 그 뒤편으로 카레 냄새가 밴 작은 부엌이 있지 않을까?

저녁식사를 하는 동안 그녀는 아버지와 자콥이 기분 좋게 담소를 나누는 모습을 지켜보았다. 아버지는 아이들에게 관심이 많은 척하지는 않았지만, 간혹 입으로 우스꽝스러운 소리를 내거나 얼굴을 찡그리면서 뤼시와 그레트에게 말을 붙여보려고 애를 쓰기는 했다.

긴장이 풀어진 그는 쾌활하기까지 했다. 마치 노라 덕에 소니의 구금이라는 끔찍한 짐을 내려놓았고 이제 자기는 사건이 해결되기만 기다리면 된다는 듯이. 그녀가 그에게 지웠던 도덕적 짐에서 영원히 해방되었다는 듯이.

아이들을 대하는 아버지의 태도에서 노라는 아버지가 자기에게 잘 보이려 하고 있다는 인상을 받았다.

"마세크가 집을 보여주더냐?" 그가 불쑥 물었다.

"네. 언니가 살던 곳을 보여주더군요."

그는 알 만하다는 짓궂은 표정으로 히죽거렸다.

"네가 그랑 요프에 무얼 하러 왔었는지 난 안다. 곰곰 생각해보니 기억이 나더구나."

그녀는 갑자기 눈앞이 아찔했다. 의자를 박차고 일어나 마당으로 달아나는 자신의 모습이 보였다.

그러나 마음을 다잡고 소니를 생각하면서 공포와 의심, 불안과 환멸을 몰아냈다.

그가 무슨 말을 해도 상관없었다. 그가 부당하게 차지한 걸 내놓게 하고 말 테니까.

"나와 가까워지려고 온 거였어. 그래. 확실치는 않지만 스물여덟이나 아홉 살이었지."

그는 감정이 배어 있지 않은 담담한 어조로 말했다.

그들 사이에 존재하는 대립의 기미를 제거하려는 듯했다.

자콥과 아이들은 열심히 듣고 있었다. 아버지의 상냥한 태도와

연륜과 여유롭고 넉넉한 삶의 흔적들이 세 사람에게 노라 자신은 더이상 줄 수 없는 신뢰감을 주고 있다는 기분이었다.

그들은 이제 그를 믿고 그녀를 의심하는 것 같았다.

그들이 옳은 게 아닐까?

그녀가 이제까지 고수해온 교육의 원칙들이 모두 의문에 부쳐지고 있지 않은가? 준엄하고 강렬하고 엄격한 그 원칙들이.

그녀가 거짓말을 했든 사실을 숨겼든 아니면 기묘한 망각에서 비롯된 착각이든, 이제 빠져나갈 구멍은 없어 보였다. 그런 그녀가 그들이 함께 영위하는 삶에서 엄정성을 요구하고 가르쳤다면 그건 온당치 못한 일이 될 터였다.

결국 그들이 옳은 게 아닐까?

축축한 온기가 그녀의 허벅지를 타고 내려와 엉덩이와 의자 사이로 스며들었다.

그녀는 흠칫 원피스를 만져보았다.

그리고 절망적인 심정으로 냅킨에 젖은 손가락을 닦았다.

"넌 소니와 내 곁에서 살아보고 싶어했지."

아버지가 온화한 목소리로 말을 이었다.

"그래서 그랑 요프에 그 집을 빌렸던 거야. 아마도 독립된 생활을 원했던 게지. 내가 널 내 집에 받아들이지 않았을 리 없을 테니까. 하지만 그리 오래 머무르진 않았지? 넌 어쩌면 요즘 그 나라 사람들이 맺는 그런 관계를 기대했는지 모르겠구나. 거기 사람들은 쉴 새 없이 공허한 미사여구를 늘어놓고 속마음을 털어놓고 뉘우치고 하지 않더냐. 그렇게 별의별 문제를 만들어내고는 결국 서로 사랑한다고 고백하지. 하지만 난 다라 살람에 일이 있었고 그런 감정 소모는 내 취향도 아니니까. 그래, 넌 오래 머무르지 않았어. 잘은 모르지만, 아마 실망을 했던 모양이다. 그 당시 소니도 심신이 썩 좋지는 않았는데 그것도 네가 실망한 원인인지 모르겠구나."

그녀는 자신이 처한 비참한 상황을 아무도 눈치채지 못하도록 조심하면서 꼼짝도 하지 않았다.

그리고 의자 밑에 흥건히 괸 작은 웅덩이 위로 두 다리를 치켜들었다.

얼굴이 벌겋게 달아오르고 목덜미가 후끈거렸다.

그렇게 그녀는 아무 말 없이 눈을 내리깔고 앉아 있었다. 저마다 차례로 자리를 뜰 때까지. 그런 다음 부엌으로 가 걸레를 가져왔다.

그날 저녁 어둠이 깔리기 전 그녀는 집 문간으로 나섰다. 거기 아버지가 나와 서 있다는 걸 알고 있었다. 고양된 순간 무언가를 기다리는 듯한, 차분하고도 단호한 부동의 자세로.

때문은 셔츠 차림의 그는 그 어느 때보다 환한 빛을 발하고 있었다.

베이지색 원피스로 갈아입은 그녀를 보자 그는 입을 삐죽 내밀며 다감하기까지 한 목소리로 말했다.

"아까 보니 오줌을 지리더구나. 참, 어이가 없더라니."

"소니 말로는 아버지가 그 여자의 목을 졸랐다더군요."

그의 말에 아랑곳없이 노라가 말했다.

그는 흠칫 놀라지도 곁눈질을 하지도 않았고, 이미 정신이 다른 데 팔려 있는 것 같았다. 다가오는 밤을 의식하고 어둠의 피난처인 자신의 화염목으로 돌아가고 싶다는 생각뿐인 게 틀림없었다.

"소니는 자기가 했다고 시인했어."

지루한 현실로 소환된 듯 그가 마침내 입을 열었다.

"그렇게 말했고 앞으로도 그렇게 말할 거다. 난 그앨 알아. 그앨 믿는다."

"왜 그래야 하죠?"

그녀가 들릴락 말락 한 목소리로 다그쳤다.

"얘야, 난 늙었다. 내가 뢰뷔스에 있는 꼴을 보고 싶니? 그래, 그래. 아무튼 넌 그 자리에 없었잖니. 누가 무슨 짓을 했는지 네가 어떻게 알지? 아무것도 모르잖니. 소니가 죄를 인정했고 사건은 종결되었어. 그게 전부다."

목소리가 점점 작고 가늘어지더니 그가 꿈을 꾸는 듯 중얼거렸다.

"불쌍한 내 아들……"

임시 사무실로 개조된 방에서 그녀는 소니의 예심 서류를 읽고 또 읽었다.

자콥과 아이들은 파리로 돌아가고, 그녀 혼자 남아 장밋빛 벽에 푸른 양철 지붕을 얹은 그 작은 집에 머물렀다. 사무실 동료들과는 소니의 변호를 맡기로 합의를 본 터였다.

그녀는 때때로 서류에서 눈길을 들어 가구를 들여놓지 않은 이 작고 하얀 방을 즐거운 마음으로 바라보았다. 그러면서 어쩌면 십 년 전 바로 이 방에서 잠을 잤을지도 모른다는 생각을 받아들였다. 공포와 분노에 사로잡혀 그런 가능성을 내치기보다는 열린 마음으로 인정하는 게 지금 그녀에게는 더 쉬운 일이었다. 결국 그녀는 엄습해 들어오는 이 기시감에 두려움 없이 자신을 내맡기게 되었다. 꿈에서 보았을 수도 있고 실제의 체험에서 비롯되었을 수도 있는 이 느낌에.

그렇게 그녀는 낯선 집을 가득 채운 눈이 부시도록 환한 빛 속에 홀로 남아 차고 단단하며 매끄러운 감촉의 금속 의자에 앉아 있었다. 그녀의 정신도 몸이 완전한 휴식에 들어간 것처럼 휴식을 취하고 있었다.

그녀는 아버지의 집에서 벌어진 일을 이해하게 됐다. 마치 그들 각자의 배 위에 동시에 올라앉아 있었던 것처럼 저마다의 상황을 이해하게 됐다.

소니는 예심판사에게 이렇게 말하고 있었다.

"나는 새어머니의 방, 옷장과 벽 사이 어둠 속에 숨어 있었습니다. 호주머니 속에는 부엌 개수대 밑 찬장에서 찾아낸 가는 끈 하나가 들어 있었어요. 마당에 치고 남은 빨래줄을 손 안에 꽉 쥐었습니다. 새어머니가 아이들을 재운 다음 그 방으로 혼자 들어온다는 걸 알고 있었어요. 매일 저녁 그렇게 하니까요. 아버지는 더이상 거기서 주무시지 않았으니 그 방에 들어오지 않으리라는 것도 알았지요. 아버지가 어디서 주무시는지는 말할 수 없습니다. 알고는 있지만 말할 수 없어요. 어쨌거나 나는 내 행동에 대해 완벽한 계획을 세워두고 있었습니다. 새어머니는 옷장 쪽으로 걸어올 테고 그 목에 끈을 감는 게 어려운 일은 아니었어요. 그녀는 작은 키는 아니었지만 몸이 가냘픈데다 힘도 별로 세지 않았어요. 팔이 가늘고 약해서 거의 저항을 못하리라는 걸 알고 있었지요. 바로 그 방에서 그녀를 자주 껴안았었기 때문에 내 힘이 그녀와는 비교도 안 될 만큼 세다는 것도요. 내 양팔로 그녀를 안곤 했으니까요. 너무나 가려린 여자라 품 안에 넣고도 내 두 어깨가 잡힐 정도였어요. 모두 예상한 대로 진행되었습니다. 그녀가 들어와 문을 닫고 옷장 쪽으로 걸어왔어요. 난 그녀 쪽으로 다가가 일을 실행에 옮겼습니다. 그녀는 켁켁 소리를 내며 목에 둘린 끈을 잡아 풀려 했지만 이미 기운이 빠진 상태였어요. 나는 반쯤 쓰러진 그녀를 일으켜 침대에 뉘었어요. 그리고 방을 나와 문을 닫고 내 방으로 갔지요. 내 농구공 전부에 바람을 넣었어요. 바람을 넣어줄 사람이 한참 동안 없을 테니까. 공들이 탱탱해지자 기분이 한결 나아지더군요. 잠자리에 들어 아침 여섯시까지 잘 잤고, 엄마를 발견한 아이들의 울음소리에 잠을 깼습니다. 잠시 뒤에 경찰이 도착했고, 난 지금 여러분께 들려드리는 이 이야기를 모두 털어놓았습니다. 새어머니와 난 삼 년 동안 정사를 나누었어요. 그녀는 나와 동갑이었고, 내 첫사랑이었습니다. 난 그녀를 그 무엇보다, 이 세상 어느 누구보다 사랑했습니다. 아버지가 결혼을 하고 집에 그 여자를 데려왔을 때 난 첫눈에 그녀를 사랑하게 됐어요. 몹시 가혹한 일이었죠. 내 자신이 더러운 죄인처럼 여겨졌어요. 하지만 그녀도 날 사랑하게 되어 우린 육체적인 관계를 갖는 사이가 됐습니다. 나에겐 첫 경험이었어요. 그 순간까지 기다렸던 거죠. 전엔 엄두도 내지 못한 일이었어요. 그녀는 아름답고 명랑했고, 난 아주 행복했습니다. 그녀가 임신을 했는데 내 아이가 틀림없었어요. 난 아이들을 무척 아꼈습니다. 그렇게 살면서 행복했어요. 아버지가 무슨 피해를 입는 것도 아니었으니까. 난 더이상 아버지를 무서워하지 않았고 아버지도 내 일에 간섭하지 않았어요. 그런데 그녀가, 그녀는 내게 싫증이 나기 시작한 겁니다. 난 평생 그녀를 사랑할 수 있었지만 그녀는 안 그랬어요. 그녀는 불만을 내비쳤고 갑자기 나를 혐오하기 시작했습니다. 나더러 집을 떠나라고 했어요. 다른 데서 인생을 시작하라고. 하지만 내가 어디 가서 무얼 하며 누구와 사랑을 한단 말입니까? 난 아버지의 집, 내 집에 있었고, 돌이킬 수 없는 방식으로 아버지의 아내와 연을 맺었고, 아버지의 아이들은 내 아이들이었습니다. 아버지의 비밀은 결국 내 비밀이었어요. 속속들이 알고 있는 아버지에 대해 내가 말할 수 없는 것도 그 때문입니다."

열여덟 살의 어린 카디 뎀바는 이렇게 말했다.

"부엌에 있었는데 두 아이의 비명소리가 들렸어요. 전 부엌에서 나와 아이들이 울고 있는 방으로 달려갔어요. 아이들은 침대 가까이 서 있었고 아이들 어머니는 누워 있었어요. 두 눈을 뜬 채로요. 낯빛이 평소 같지 않았어요."

아버지는 또 이렇게 말했다.

"난 자수성가한 남자고 그에 대해 마땅히 자부심을 가져도 좋지 않나 싶습니다. 부모님은 아무것도 가진 게 없었고 주변 사람 모두가 그랬으니까요. 저마다 자기 재량대로 요령껏 살아남아야 했는데 하루하루 아무리 지력을 발휘해 일해도 소득은 별 볼 일 없었습니다. 하지만 난 명석하고 젊었기 때문에 프랑스에서 공부를 했고, 그 후 다섯 살 난 아들 소니를 데리고 귀국했습니다. 그리고 사업에 뛰어들었지요. 다라 살람에 절반쯤 지어진 바캉스촌을 사들였습니다. 난 그곳을 사람들이 북적대는 장소로 만들어 수익을 올릴 수 있었습니다. 하지만 운이 기울어 다라 살람에서 손을 떼야 했고, 오늘날에 이르러선 아주 조촐한 생활로 만족할 수밖에 없게 되었습니다. 그래도 상관없어요. 이제 큰 자부심 따위는 없으니까. 더이상은. 그날 집에 들어오자 온통 울부짖는 소리였어요. 내 아들 소니가 그런 일을 저질렀다는 걸 시인한대도 난 받아들이고 그 아이를 용서할 겁니다. 그 아인 내 아들이고, 난 아들을 있는 그대로 변함없이 사랑하기 때문입니다. "당신 아들은 그 명석한 머리로 아무것도 한 일이 없다"고 사람들이 말한다 해도, 자기 인생에서 자신이 할 수 있거나 원하는 일을 하는 것이니 내겐 문제될 게 없습니다. 난 그 아이가 하는 말을 인정하고 받아들일 겁니다. 날 배신한 건 내 아내지 내 아들이 아니에요. 그 아인 내 아들이니 나는 아들이 한 일을 인정하고 이해합니다. 그 아이 안에서 내 모습을 보기 때문입니다. 내 아들 소니는 나보다 나은 사람입니다. 내가 아는 그 누구보다 고귀한 성품을 지녔어요. 어쨌거나 난 그 아이에게서 나 자신을 보며 그 아이를 용서합니다. 아들의 주장을 받아들이며, 그 어떤 다른 말도 하지 않겠습니다. 말을 바꾼다면 그것 역시 인정할 겁니다. 내가 키운 내 아들이기 때문입니다. 내 아내는 내가 키운 게 아닙니다. 난 그 여잘 모르고 용서할 수도 없어요. 이 여자를 향한 내 증오심은 사그라들지 않을 겁니다. 그 여잔 내 집에서 날 우롱하고 무시했으니까요."

늦은 오후, 거리에 부드러운 그늘이 드리울 무렵, 노라는 소니를 보러 갔다.

그녀는 매일 같은 시각에 집을 나왔고 땀을 지나치게 흘리지 않도록 속도를 조절해 걸었다.

그리고 머릿속으로 소니에게 던질 질문을 준비했다. 소니는 여전히 대답 대신 미소만 흘릴 것이며 아버지를 보호하겠다는 결심

또한 번복하지 않을 것임을 알고 있었지만 그녀는 소니에게 보여주고 싶었다. 기필코 그를 구해낼 것이고, 그러기 위해 정당하게 맞설 각오가 서 있다는 것을.

그녀는 익숙한 거리를 유쾌한 마음으로 걸어갔다. 정신은 평화로웠고 신체기관 역시 그녀를 불시에 기습해오지 않았다.

그리고 자기 집 문 앞에 앉아 있는 이웃 여자에게 인사를 건넸고, '난 참 좋은 이웃들을 뒀구나' 하고 생각했다. 그 이웃들 중 한 명이, 레바논인 빵가게 주인이나 길에서 소다수를 파는 노파가 마치 십 년 전에도 그녀를 알고 지냈다는 듯이 그녀와 관련된 이야기를 해도 충격을 받지 않았다.

그녀는 거기에 동의를 표했다. 신비와 대면할 때 그렇듯 상식에 등을 돌리고 겸손히.

마찬가지로 더이상 자문하지 않게 되었다. 그녀가 소니를 위해 할 수 있는 일을 완수하는 순간부터, 소니와 자신을 해방시키는 순간부터, 그녀가 여덟 살, 소니가 다섯 살이었을 적 그들의 배 위에 올라앉은 마귀들을 몰아내는 그 순간부터 그녀 안에 자신의 아이를 향한 사랑이 다시 피어나리라 믿어 의심치 않는 이유를.

정말 그랬다.

아이들을 자기 방식대로 돌보는 자콥에 대해서도 그녀는 감사하는 마음으로 차분히 생각해보게 되었다. 그녀의 방식에 견주어 손색이 없는 방식일지 모른다고 생각해볼 수 있게 되었다. 이제 그녀는 아무 걱정 없이 뤼시를 생각할 수 있게 되었다.

그 옛날 침대 위를 구르며 놀던 때 행복에 겨워 환히 빛나던 남동생의 얼굴도 생각해볼 수 있었고, 그런 생각을 하면서도 괴로워하지 않을 수 있었다.

정말 그랬다.

그녀는 소니를 돌볼 것이었다. 그를 집으로 데려올 것이었다.

정말이었다.

대위법적 영상

그는 자신의 곁에 또다른 숨결이 있음을 감지했다. 가지들 속에 또다른 존재가 있음을. 몇 주 전부터 이 은신처에는 자기 혼자 있는 게 아니었다. 누군지 이미 알고 있었지만, 이 이방인이 모습을 드러내기를 서두르지도 화를 내지도 않고 기다렸다. 다른 누구일 리 없었으니까. 성이 나지도 않았다. 화염목의 어두운 정적 속에서는 심장이 느릿느릿 뛰고 정신도 나른했기 때문이다. 딸 노라가 거기, 자기 곁에 있다고 해도 그는 성이 나지 않았다. 그녀는 자잘한 잎들의 시큼한 냄새에 휩싸여 꽃이 진 가지들 사이에 올라앉아 있었다. 아버지의 인광燐光과 조심스레 거리를 유지하며 담녹색 원피스 차림으로 어둠 속에 있었다. 최종적인 화합이 목적이 아니라면 화염목 속에 들어앉아 있을 이유가 없었다. 그의 심장은 느릿느릿 뛰고 정신은 나른했다. 딸의 숨소리가 들려왔지만 성이 나지는 않았다.

2부

사람을 좀 비참하게 만드는 괴로운 꿈의 잔여물처럼 아침 내내 한 생각이 그의 머릿속을 맴돌았다. 내키는 대로 그렇게 말을 하는 게 아니었다는 생각은, 불안한 마음으로 이리 굴리고 저리 굴려본 끝에 결국 확신으로 굳어졌다. 이제는 그 말다툼의 동기가 무엇이 었는지 잘 기억도 나지 않았다. 사람을 비참하게 만드는 그 괴로운 꿈은 그에게 쓸쓸한 뒷맛만을 남겼다.

어쨌거나 그렇게, 절대 그런 식으로 말을 해서는 안 됐다. 이제 와 그 불화를 떠올리며 그가 깨닫게 된 것은 이게 전부였다. 그런 까닭에, 나중에 집으로 돌아가 그녀를 다시 만날 때 이 깨달음이 도 움이 될 거라는 희망을 품지 않고는 아무 일에도 집중할 수 없었다.

어렴풋한 의문이 두서없이 떠올랐다. 그 갈등과 관련된 토막난 기억들에서 자책감밖에 들지 않는다면, 사람을 비참하게 만드는 괴로운 꿈들에서처럼 변함없이 그렇다면, 어떻게 마음의 짐을 덜 수 있겠는가? 그런 꿈속에서는 우리가 무슨 말을 하든, 어떤 결정을 내리든, 우리는 늘 돌이킬 수 없는 잘못을 저지른 자로 등장하지 않던가?

생각이 꼬리를 물었다. 마음의 짐을 덜 수 없다면 어떻게 평정을 되찾고 손색없는 가장이 될 수 있다지? 어떻게 해야 다시 사랑받는 사람이 된다지?

정말이지 그런 식으로 말을 해서는 안 됐다. 어떤 남자에게도 그럴 권리는 없다.

무엇이 한 남자의 입에서 절대로 나와서는 안 되는 말들을 튀어나오게 한 건지, 그는 아무리 생각해도 알 수 없었다. 그의 가장 절실한 욕구라야 전처럼 사랑받는 것뿐이었는데, 그 끔찍한 몇 마디가(한데 정확히 무슨 말이었지?) 마치 그의 머릿속에서 폭발해 나머지 모든 것을 파괴해버린 것 같았다.

심한 자책감이 그 원인이 아니었을까?

그런 엄청난 분노를 터뜨린 그럴싸한 이유를 양심의 법정에서 증명할 수만 있다면 얼마나 좋을까. 그럴 수만 있다면 그가 빠져든 그 격한 감정을 좀더 차분히 반성할 수 있을 테고 그 자신의 성격 전체가 부드러워질 텐데.

하지만 현재 그가 느끼는 강렬한 수치심, 혼란스럽고 어지러운 이 수치심은 그의 화를 돋울 뿐이었다.

아, 원하는 것은 평안하고 명료한 상태뿐이거늘!

이유가 뭘까? 시간이 흐르고 아름다운 젊음이 멀어져갈수록 다른 이들의 삶은, 그를 제외한 거의 모든 이들의 삶은 이미 따뜻하고 부드러운 최종의 빛이 환히 비추는 탄탄대로에 놓인 것처럼 보였다. 사람들, 그의 주변에 있는 남자들은 이제 모두 경계태세를 풀고, 그들이 마주한 삶을 느긋한 태도로 받아들이고 있었다. 교묘히 냉소적이면서도, 생존 방식을 안다는 것은 탄력 있고 날씬한 복부와 매끄러운 머릿결, 완벽한 건강을 희생시킨 대가라는 인식이 슬며시 배어 있는 태도를. 하지만 난 깊은 슬픔에 잠겨 있다. 한없이 전락한 인간이기 때문이다.*

뤼디, 그도 그것이 어떤 성격의 앎인지 알고 있었다. 비록 최후의 섬광도 뚫고 들어올 수 없는, 가시덤불이 무성한 오솔길을 어렵사리 나아가고 있는 것 같긴 했지만.

혼돈과 나약함의 심연에서도 그는 자신이 철저히 무의미한 무언가 때문에 고통받고 있음을 이해하고 있었지만, 그렇다고 이런 직관을 유익하게 사용하지는 못했다. 그는 길을 잃은 채, 각자 주도할 권리가 있는 진정한 삶의 변두리를 헤매고 있었다.

그래서 뤼디 데카는, 마흔셋이라는 나이에도 불구하고, 이런 경쾌하고 근사한 절제와 균형에, 다른 남자들의 경우라면 아주 단순

---

* 중세 프랑스 시인 뤼트뵈프 시의 한 소절. 이하 그의 시가 반복해서 등장한다(고딕체로 표시된 부분).

한 행동이나 평범한 말에서도 느껴지는 온화한 야유의 경지에 도달하지 못했다고 생각했다. 뤼디의 눈에 그들은 하나같이 자기 아이들에게 차분하고도 자연스러운 어조로 말을 건네고, 시니컬한 관심을 보이며 신문과 잡지를 읽고, 즐거운 마음으로 다가오는 일요일에 있을 친구들과의 오찬을 상상하지 않는가. 그들은 오찬을 성공적으로 치르기 위해서라면 기꺼이 돈을 뿌릴 준비가 되어 있고, 수백번째 갈등을 치러낸 참이라는 걸, 사람을 비참하게 만드는 괴로운 꿈에서 막 깨어난 참이라는 걸 숨기려 애쓸 필요도 없는 남자들이었다. 난 한없이 전락한 인간이기 때문이다.

그 모든 것이 그에게는 하나도 허락되지 않았다. 단 하나도.

이유가 뭘까? 도대체 왜일까? 그는 묻지 않을 수 없었다.

어떤 비극적 사건이나 기쁨을 감당해야 할 중대한 상황이나 시점에서 자신이 처신을 잘못했을 수도 있다고 인정한다손 치자. 하지만 가족과 함께하는 이 협소한 삶에 대체 어떤 비극이나 기쁨이 끼어들 여지가 있었단 말인가? 성숙한 남자로서 대처할 수 없었던 특수한 상황이 대체 무엇이었단 말인가?

그가 지금 엄청난 피로를 느끼는 것은(자신의 분노 또한 만만치 않다고, 판타는 빈정대며 말할 테지. 은밀히 내재된 광기를 휘둘러 누구보다도 먼저 가족들의 진을 빼놓는 순간에도 녹초가 되어버린 사람은 자기 자신인 척할 거라며. 안 그래, 뤼디?) 그들의 초라한 화차貨車를, 사람을 비참하게 만드는 그 괴로운 꿈이라는 화물을

120

제대로 된 방향으로 인도하는 데 전력을 다했기 때문인 것 같았다.

최선을 다하려는 자신의 욕구가 단 한 번이라도 보상받은 적이 있던가?

아니, 보상은커녕 칭찬이나 존중, 인정을 받은 적조차 없었다.

늘 실패나 불운을 암암리에 그의 탓으로 돌리는 판타를 변호하기 위해서라면 그가 인정해야 할 사실이 있었다. 가족에게 닥치는 온갖 불운의 책임이 본인에게 있다는 막연한 느낌 때문에 그가 지레 이런 유의 판단을 내려버린다는 것.

어쩌다 행운이 손짓해온다 해도 몹시 회의적인 태도로 맞이하는 경우가 많았고, 그의 얼굴에는 경계의 기미가 그대로 드러났다. 그래서 집안에 잠시잠깐의 행복이 깃들 때조차 그와는 무관한 것인 양 아무도 그에게 감사할 줄 몰랐다.

아, 그걸 뤼디가 모르는 바 아니었다.

가령 그가 판타나 지브릴에게 외식을 하자거나 카누 클럽에 가서 한 바퀴 돌고 오자며 제안을 할 때면, 그 순간 그는 자신의 얼굴에 역겨움이라 할 만한 의심의 기미가 깃드는 것을 느꼈고, (아이는 눈길을 돌려 엄마를 찾았다. 아버지의 내밀한 의도를 짐작할 수 없었기 때문이다.) 이내 서로 꼭 닮은 아내와 아들의 두 아름다운 얼굴에도 가벼운 혼란과 불안이 스쳤다. 그러면 그는 원망의 마음을 주체하지 못하고 화가 나서 버럭 소리를 지른다. 아니, 너희는 도대체 만족이라는 걸 모르냐고. 그러고 나면 그가 세상에서 유일하게 사랑하는 두 사람의 아름다운 얼굴은 닫히고 그가 제안한 장소에 침울한 무관심을 드러낸다. 그가 그들을 기쁘게 해줄 작정으로 제안하는 그 어떤 장소에 대해서도. 그들은 자신들의 삶과 생각과 감정으로부터 조용히 그를, 늘 투덜대기만 하는 이 변덕스러운 남자를 배제시켜버린다. 사람을 비참하게 만드는 괴로운 꿈의 잔재처럼, 당장은 운이 없어 이 남자 곁에서 고통받을 수밖에 없다고 생각하며. 내게 닥칠 운명이었던 모든 것이 닥치고 말았다.

그는 마니유의 사무실로 출근하기 위해 날마다 직진하던 좁은 도롯가에 갑자기 차를 세웠다. 넓은 원형 교차로를 막 지난 참이었다. 교차로 한복판에는 묘하게 생긴 흰 석상이 서 있었는데, 머리와 허리를 숙인 채 양팔을 앞으로 쭉 내민 이 벌거벗은 사내는 공포와 체념이 뒤섞인 모습으로 초여름 그의 몸에 뿌려질 물줄기를 기다리고 있는 것처럼 보였다.

뤼디는 아침마다 낡은 네바다를 몰고 원형 교차로를 천천히 돌아 마니유의 사무실 방향으로 빠져나가면서 이 분수가 완성되어가는 매 단계를 지켜보았다. 그런데 애초에 품었던 무심한 호기심이 자신도 모르게 당혹감으로 바뀌더니, 종내 불편한 감정으로 번졌다. 조각상과 자신의 얼굴이 상당히 닮았음을 확인하게 된 것이다. (편평하고 네모난 넓은 이마와 곧게 뻗은 짤막한 코, 튀어나온 턱, 커다란 입, 각진 얼굴 윤곽이 그랬는데, 그것은 자기들의 단호한 걸음이 어디를 향하는지 정확히 아는 자부심 강한 남자들의 전형이었다. 하지만 뤼디 데카처럼 마니유의 사무실에 나가 뼈빠지게 일하는 걸로 만족해야 하는 경우라면 이런 유사성은 슬프다기보다 오히려 우스꽝스러운 일이 아닌가?) 이런 혼란스러운 감정은 근방에 사는 R. 고클랑이라는 예술가가 이 영웅의 다리 사이에 조각해넣은 괴상한 성기를 보는 순간 더욱 커져, 뤼디는 자신이 조롱거리가 되었다는 끔찍한 느낌을 지울 수 없었다. 기운 없고 무기력한 자세와 큼직한 음낭의 대치가 너무도 처량했기 때문이다.

그는 이제 낡아빠진 네바다를 몰고 원형 교차로를 돌면서도 이 조각상에 눈길을 주지 않으려고 애썼다.

그러나 심술궂은 반사작용에 그의 눈길은 이 광물성 얼굴 쪽으로 향하곤 했다. 근심하는 듯 고개를 숙인, 남성의, 분명하고 커다란 얼굴. 자신의 얼굴이기도 한 그 얼굴 쪽으로. 잇달아 눈길이 향하는 곳은 지나치게 큰 고환 쪽이었다. 그런 순간이면 이 고클랑이라는 출세한 남자에게 증오에 가까운 원한의 감정이 솟구쳤다. 그가 십만 유로에 달하는 거금에 자신의 작품을 시市에 팔아넘겼다는 기사를 지역 신문에서 읽은 적이 있었다.

이 소식에 그는 크나큰 좌절감을 느꼈었다.

마치 순진하게 잠든 틈을 타 고클랑이 그의 모습을 가소로운 포르노 사진에 담았고, 그 결과 고클랑은 더 부자가 되고 데카는 더 가난하고 우스꽝스러워졌으며, 고클랑이 그를 어떤 괴로운 꿈에서 끌어내어 사람을 비참하게 만들 뿐인 또다른 꿈속에 빠뜨리기라도 한 기분이었다.

"십만 유로라니, 믿을 수가 없어."

그는 침통한 기분을 감추기 위해 냉소를 지으며 판타에게 말했었다.

"정말이지 믿을 수가 없어."

"무슨 상관이야? 다른 사람들이 성공을 한다고 자기가 잃을 게 뭐야?"

판타는 신경을 긁어대는 태도로 이렇게 맞받았던 것 같다. 최근 들어 생긴 습관이었다. 그녀는 뤼디를 그의 시기심 많고 쩨쩨한 생각 속에 내버려둔 채, 자기는 모든 상황을 관대하고 도도하고 초연하게만 보려는 것 같았다. 나머지 다른 것들과 마찬가지로, 이제 그녀는 그와 이런 관점마저 공유하려 들지 않았다.

그렇다고 그녀가 그의 기억까지 제지할 수는 없었다. 그리 먼 과거도 아닌 그 행복했던 나날을 그가 애원하듯 상기시키는 것을. 당시 두 사람에게 가장 소중했던 즐거움 중 하나는, 어둑한 방 침대 위에 나란히 앉아 담배 한 개비를 나누어 피우며 친구들의 행동이나 성격을 가차없이 비판하는 것이었다. 의도적인 악의가 섞인 준엄한 판단을 공유하며 다른 누구와도 시도해볼 수 없을 익살스러운 농담의 효력을 만끽하는 것이었다. 이런 일은 남편과 아내의 관계를 넘어서서 한 쌍의 단짝이기에 가능한 것이기도 했다.

그녀는 그와 한 번도 재미있게 지내본 적이 없는 척했지만 그는 이제 그녀가 이런 기억을 되살려내기를 바랐다. 하지만 그것은 기발한 생각이 아니었다. 자신도 모르게 애원조로 그런 시도를 한다는 것, 과거에 존재했던 그 무엇이 지금은 사라지고 없으며 다정한 동반자가 될 수도 있었던 그가 순전히 자신의 실수 때문에 그 기회를 영영 잃어버렸음을 그녀가 확인해주길 구걸한다는 것은.

견딜 수 없는 이 현실이 늘 머릿속을 맴돌았고, 그때마다 무언의 자책감에 목이 메어왔다. 그는 씻을 수 없는 실책을 범한 자였다. 질식해 죽을 것만 같은 상황에서 벗어나려고 버둥거릴수록 그는 갑갑한 머리를 더 세게 흔들어댔고, 그러면 신경이 한층 날카로워져 더 큰 잘못을 저질렀다.

실제로 그는 오랫동안 친구 없이 지내왔고 이웃들도 그를 서먹하게 대했다.

그래도 뤼디 데카는 상관하지 않았다. 그것 말고도 신경써야 할 일이 한두 가지가 아니어서, 자신의 어떤 태도가 사람들의 기분을 상하게 하는지 따위에 관심을 둘 여유가 없었다. 하지만 이제 판타와 함께 누군가를 두고 비아냥대는 짓도 할 수 없었다. 그녀는 아직 그걸 원할 수도 있었지만.

그들은 고립되어 있었다. 몹시 고립된 생활을 하고 있었다. 그는 그 사실을 인정해야 했다.

판타가 그에게서 돌아서면서부터 친구들도(정확히 누가 친구였고 이름은 뭐였지? 모두 어디로 사라져버린 걸까?) 하나씩 멀어져

가는 것 같았다. 마치 두 사람 사이에서 빛을 발하던 제3의 무엇, 그를 향한 판타의 사랑만이 그들의 관심과 애정을 받을 가치가 있었던 것처럼. 이 근사한 증인이 증발해버리자 판타와 그는, 특히 그는, 친구들의 눈에 더없이 평범하고 초라하게 비춰지기라도 한 것처럼.

그래도 뤼디 데카는 상관하지 않았다.

그에게는 아내와 아들만 있으면 됐다. 다소 거북한 심정으로 인정했다시피 아들보다는 아내가 필요했으며 아들은 신비롭고 매력적인 아내의 연장선이었다. 아들은 판타의 인격과 아름다움의 경이롭고 매혹적인 발현이었다.

그의 곁에서 친구 역할을 맡아주었던 무형의 그림자들이 사라질 때 그가 아쉬워했던 건 너그럽고 상냥한 그 눈길들뿐이었다. 뤼디 데카는 먼 나라에서 온 아내의 진솔한 사랑을 받는, 만나면 기분이 좋아지는 다정다감한 인간이다, 라는 것을 확인해주는 눈길. 자신이 보기에도 뤼디 데카는 세상에 단단히 발을 붙이고 선, 그런 사람이었다. 사람을 비참하게 만드는 꿈, 아침이 되어도 도무지 떨쳐버릴 수 없는 그런 괴로운 꿈에서 태어난 인물이 아니었다. 세상과 조화를 이루지 못하는 허황한 인물이 아니었다. 내가 그토록 가까이하며 좋아했던 그 친구들은 모두 어떻게 된 걸까?

그는 손목시계를 들여다보았다.

근무 시작 시간까지 오 분을 남겨두고 있었다.

그는 차를 세웠다. 인근에 하나밖에 없는 공중전화 박스 앞이었다. 광활한 포도밭 사이로 좁은 도로가 시원하고 경쾌하게 나 있었다.

벌써 햇살이 뜨거웠다.

바람 한 점 없었다. 저멀리 덧문이 모두 닫힌 간결한 외관의 포도주 양조장이 보였다. 건물을 에워싼 높고 푸른 참나무들 앞쪽에는 그림자 한 점 없었다.

자신이 태어난 이 고장을 판타에게 처음 보여주었을 때 그는 얼마나 큰 자부심을 느꼈던가. 두 사람이 앞으로 함께 살며 행복하고 윤택한 삶을 이루어나갈 고장이었다. 그는 이 작은 성채 같은 양조장에 특별한 애정을 느꼈다. 최상급 포도주를 만드는 그 소유주들을 그의 어머니도 조금은 알고 있었다. 지금 뤼디는 그런 포도주를 마실 처지가 못 되었지만.

당시 그는 어머니와 그곳 주인들의 관계(그곳 가정부를 대신해 몇 주 일을 해준 게 전부였지만)에 대해 이야기하며 가로수길과 철문, 푸른 참나무들이 있는 곳까지 판타를 데려갔다. 그렇게 그녀에게 작고 어두운 성채를 보여줄 때 샘솟던 도도한 기쁨이 어디서 온 건지 그는 알고 있었다. 합당한 희망을 모두 넘어서서 그에겐 어렴풋한 확신이 있었으니까. 아직 방법은 알 수 없지만 언젠가는 그들이, 판타와 그가, 어찌 보면 되찾는 셈이지만, 이 땅을 소유하게 되리라는 확신이.

저택 뒤편에서 커다란 개 세 마리가 불쑥 튀어나오며 달려들어 그 순간 끔찍한 공포심을 느꼈던 건 사실이지만, 그래도 이런 확신이 시들해지지는 않았다.

아, 뤼디 데카가 그 정도로 꿋꿋한 남자는 아닌데 말이다. 친구들은 나를 완전히 저버렸다.

그 경비견들이 그처럼 주제넘고 당치않은 욕심을 품은 그를 벌주려 한 것이 아니었을까? 머릿속으로나마 욕심 많은 커다란 발로 그 소유지를 덮친 그를.

뤼디가 천천히 뒷걸음질하는 동안 개들은 보이지 않는 주인의 휘파람 소리에 딱 멈추어 섰다. 판타 앞으로 팔을 쑥 내민 그의 모습은 마치 그녀가 이 세 괴물의 목을 비틀기 위해 달려들지 못하도록 저지하려는 사람 같았다.

그 따사로운 봄날 아침의 밝고 평화로운 정적 속에서 그는 자신이 쓸모없고 경박한 사람처럼 느껴졌다. 개들이 물러나고 두 사람은 차로 향했다. 그는 눈 하나 깜짝 않는 판타 곁에서 하얗게 질린 얼굴로 휘청대고 있었다.

그녀는 내가 그녀를 위험에 처하게 했다고 원망하지 않는다. 착한 여자라서가 아니라―착한 건 사실이지만―위험하다는 생각을 하지 않았기 때문이다. 용감하다는 건 그런 걸까? 난 그저 경솔한 인간에 불과한 거다. 정말이지, 신께서 날 포위하고 있는 동안 곁에 누구 한 사람 보이지 않는구나.

128

그는 아내의 태연한 얼굴과 커다란 갈색 눈을 훔쳐보았다. 그녀는 눈을 내리깐 채 가느다란 막대기 끝으로 가로수길의 자갈을 휘저었다. 개들이 난데없이 튀어나오던 순간 주워든 작은 개암나무 가지였다.

그녀에게는 이해할 수 없는 무언가가 있다고, 그는 불편한 마음 한편으로 감탄을 금치 못하며 생각했다. 자연스러운 온화함이 배어나는 이 여자는 무엇보다 지식인이었다. 그런데도 마치 아무것도 모르는 사람처럼 냉정을 유지하면서 만사를 꿰뚫어보았다.

그는 여자의 윤기 흐르는 높고 편평한 뺨과 검고 짙은 속눈썹, 살짝 돌출된 코를 바라보았다. 이 불가해한 여자를 향한 자신의 사랑이 느닷없이 그를 불안에 빠트렸다.

아무리 생각해도 그녀는 기이했다. 그가 도무지 이해할 수 없을 만큼 기이한지도 몰랐다. 자신이 보기만큼 그렇게 나쁜 상태로까지 전락하지는 않았음을 증명하기 위해 그는 엄청난 노력을 기울이는 중이었다. 고향에 돌아와 정착한 전직 고등학교 교사가 그의 전부는 아니며 자신은 독창적인 운명을 완수하기 위해 숙명적으로 선택된 인간임을 증명하기 위하여.

그 어떤 의무도 아닌 오직 판타를 사랑하는 의무만으로 족했다. 그는 이 의무를 감사히 받아들이며 만족할 것이었다.

정작 그녀 자신은 신경을 쓰지 않을지도 모르나 그가 보기에 그녀는 훨씬 많은 것을 누릴 자격이 있었다. 익숙한 환경에 있던 그녀를 그렇게 낚아채온 이상, 작고 초라한 시골집보다는, 그것도 평생 뼈빠지게 일해 임차료를 지불해야 하는 이 집보다는 그녀에게 더 나은 무언가를 제공해야 마땅할 것 같았다. 이 모든 구차한 일들을 생각하면 그는 화가 치밀어 미칠 것만 같았다.

두 사람이 개들에게 물어뜯길 뻔했던 사건 이후 수년이 지난 지금 그는 또다시 그 경쾌했던 좁은 도롯가에 서 있었다. (그런데 그날 개들이 달려들다 멈춘 건 판타의 침착하고 태연한 자태 때문이 아니었을까? 개들이 낑낑대며 그녀에게서 물러선 건 그녀가 다른 사람들과 같지 않다는 것을 느끼고 겁을 먹었기 때문이 아닐까?) 그날도 오늘처럼 따스하고 기분 좋은 오월 아침이었지. 달라진 게 있다면 그간에 겪은 실패로 인해 미래와 성공과 눈부신 행운에 대한 믿음이 조금 퇴색되었다는 것. 이제 그는 아무것에서도 성공할 수 없으리라는 것을 알고 있었다.

지금은 그가 기를 써야 간신히 빠져나올 수 있는 이 낡은 네바다를 타고 두 사람은 다시 길을 나섰었다. 그랬다. 이 차는 그때 벌써 한물간 별 볼 일 없는 차였다. 어머니의 신중한 취향이 고스란히 반영된 이 청회색 네바다는 원래 어머니가 타다가 새 차 클리오로 바꾸면서 뤼디가 값을 치르고 넘겨받은 것이었다. 당시만 해도 머지않아 훨씬 좋은 차(아우디나 토요타)를 구입하리라 확신했으므로 판타에게도 그 차를 교활하고 우스꽝스럽지만 더럽고 지친 짐승처럼 여기게 했다. 두 사람이 인내심을 발휘해 그 남은 날들을 함께하는 동안, 현상 유지를 위해서만 밖에 꺼내놓는.

그처럼 무람없는 경멸감을 내비치며 이 가련한 네바다를 다루었지만 결국 그건 일종의 증오심이 아니었을까? 어떤 시련이 닥치더라도 꿋꿋함을 유지하는 이 단순한 차의 견고하고 정직하고 헌신적인 면모를 혐오했던 것은 아니었을까?

자신의 차를 혐오하는 것보다 더 비참한 일은 없을 거라고 그는 생각했다. 대체 난 어떤 상태에 도달해 있는 걸까? 지금보다 훨씬 낮은 곳으로 전락할 것인가? 아, 분명 그럴 것이다. 하지만 그것도 그날 아침 그가 판타에게 한 말에 비하면 아무것도 아니었다. 일터로 가기 위해 이 도로 위를 달리기 전 그녀에게 한 말에 비하면. 그 옛날 포도밭 사이를 경쾌하게 가로지르던 이 도로 위를……

그녀에게 정확히 무어라 말했었나? 문 앞에 바람이 불더니 그들을 데려갔다.

그는 차문을 열어둔 채 두 다리를 떨며 서 있었다. 어쩌면 그가 망쳐놓았을지 모르는 일들의 심각성을 생각하니 현기증이 났다.

원래의 지점으로 되돌아가면 되잖아.

그게 가능할까?

그의 얼굴에 경직된 억지웃음이 어렴풋이 떠올랐다. 있을 수 없는 일이었다. 그 여자로부터 다시 사랑받고 싶어 안달하는 그가, 뤼디 데카가, 그녀에게 그런 식으로 말해선 안 됐다.

그는 눈길을 들고 한 손으로 햇빛을 가렸다. 이마와 이마를 덮은 금빛 머리카락이 벌써 축축이 땀에 젖어 있었다.

이 포근하고 깨끗한 아침, 주변은 온통 금빛이었다. 최근에 어떤 외국인들이 사들여 수리했다는 저 너머 작은 성채의 벽도 금빛이었다. (미국인인지 호주인인지는 엄마가 알겠지. 엄마는 늘 그렇게 정보를 염탐하면서 한탄 속에 달콤한 쾌감을 맛보곤 했으니까.) 눈을 깜박일 때마다 그의 눈꺼풀 아래서 반짝이는 금빛 방울들이 춤을 추었다. 안쪽에서부터 지그시 차오르는 이 분노의 눈물방울들이 마침내 떨어지고 말려나?

하지만 양볼은 여전히 가칠하고 턱은 긴장되어 있었다.

뒤쪽에서 자동차 한 대가 붕붕거리며 다가오는 소리가 들리자 그는 차문 뒤에 잽싸게 쭈그리고 앉았다. 이곳을 지나는 차라면 뤼디도 틀림없이 그 운전자를 알고 있을 터였고, 그에게 손짓을 해보일 마음이 조금도 내키지 않았기 때문이다. 그러다 느닷없이 미친 사람처럼 침울한 웃음을 터뜨렸다. 이 근방에서 청회색 네바다를 모는 사람은 자기 혼자였으니까. 자신의 차야말로 뤼디 데카의 존재를 뤼디 데카의 모습보다 더 분명히 말해줄 것이었다. 사람의 외양은 일정한 거리에서 보면 다른 누군가와 비슷할 수도 있지 않은가.

모두들 너나없이 돈이 넉넉해 십 년이나 십이 년 된 차를 사려들지는 않았다. 뤼디 자신만 제외하고. 이유는 알 수 없지만.

몸을 일으켜세우는 순간, 이제 일터에 제시간에 도착하기는 글렀다는 생각이 머리를 스쳤다. 마니유의 사무실에 들러 그런대로 참신한 변명을 둘러대야 할 것이다.

그러자 왠지 모를 만족감이 그를 훑고 지나갔다.

그는 마니유가 자신에게, 그의 잦은 지각과 부루퉁한 얼굴에 진력이 나 있다는 것을 알고 있었다. 마니유처럼 친절한 장사꾼이라면 마땅히 요구할 수밖에 없을 그 모든 것에. 반면 뤼디는 자신이 견지하는 오불관언의 비사교적인 태도를 월급이 변변찮은 피고용인의 기본 권리 중 하나라 여겼다. 그는 마니유를 높이 평가했지만 마니유로부터, 편협하고 술책에 능한 그런 실용주의적 인간으로부터 높은 평가를 받고 싶은 마음은 없었다. 일을 처리하는 능력만을 따진다면 놀랄 만큼 뛰어나고 기발하다고까지 할 수 있었지만.

뤼디가 주방설비를 능숙하게 팔아치울 수만 있었다면 마니유는 그의 까다로운 성격을 좋아하거나 존중하거나 용서해주었을 것이다. 그래도 뤼디는 알고 있었다. 마니유는 가게에 돈을 벌어다주는 능력보다는 특정 분야에서 발휘되는 단순 명료한 능력을 무엇보다 높이 평가하는 사람이라는 걸. 마니유의 눈에 뤼디는 충분한 자격은 물론 재간도 자발적 의지도 갖추지 못했고, 이런 무능을 보상해줄 상냥한 태도조차 결여한 인간이라는 걸.

마니유가 그를 데리고 있는 건 복잡한 연민이랄지 특별한 관용 때문이라고 뤼디는 생각했다. 뭣 때문에 마니유가 그를 동정하겠는가.

뤼디의 정확한 사정을 그가 알까?

아, 아는 게 거의 없을 것이었다. 뤼디는 누구한테 속내를 털어놓는 사람이 아니었다. 마니유는 친절하고 교활하며 세련되지 못한 인간이긴 했지만 뤼디가 일종의 낙오자라는 것은 아는 게 분명했다. 그러니 더는 견딜 수 없는 순간이 닥칠 때까지 뤼디를 보호하는 것이, 자신과 같은 사람, 요컨대 현재 자신이 처한 자리에 완전히 만족하는 사람의 몫이라 여기는 것이리라.

뤼디는 공공연히 표명되지는 않은 마니유의 논리를 이렇게 이해했다.

마니유에게 감사의 마음이 없는 건 아니지만 그래도 굴욕감이 드는 건 어쩔 수 없었다.

꺼져버리라지. 난 당신이 필요 없으니까. 별 볼 일 없는 장사치, 촌스러운 주방설비나 파는 주제에.

하지만 뤼디 데카, 넌 어떻게 되지? 마니유가 정말 애석하고 난처하다는 표정을 지으며 널 내쫓는다면. 그가 그렇게밖에 할 수 없도록 네 스스로 자초한 일임을 네게 이해시키려 든다면.

사실 마니유의 가게에 일자리를 얻은 건 엄마 덕이었다. 엄마는 마니유에게 부탁하러 갔었다는 이야기를 한 번도 털어놓지 않았지만. (그런 부탁을 하는 동안 엄마의 긴 코가 수치심으로 빨개지고 처진 눈가가 불그레하게 젖었을 테지.) 일자리를 찾아야 했던 이유가 뤼디에게는 너무 가혹했던 터라 엄마와 다시 이 문제를 거론

할 용기를 낼 수 없었다.

마니유 따위는 아무래도 좋다. 정말 그렇다.

어떻게 마니유를 둘러싼 이런 부질없는 생각들로 시간을 낭비할 수 있다지? 바로 그날 아침 자신이 판타에게 한 말을, 절대로 해서는 안 되었던 말조차 정확히 기억하지 못하는 주제에. 만일 그녀가 그 말을 곧이곧대로 새기려 들거나 그럴 상황을 만나기라도 한다면 그에겐 더없이 끔찍한 결과가 생겨날 것이었다. 그렇게 되면 그가 오래전부터 노력해온 것과는 정반대되는 결과에 이를 수도 있었다.

원래의 지점으로 되돌아가면 되잖아.

그녀에게 전화를 걸어 정확히 무슨 내용으로, 또 무엇 때문에 난폭한 말다툼을 벌였는지 말해달라고 해야지.

그녀에게 그런 말을 했다니 도무지 믿기지 않았다.

하지만 그런 말을 한 게 분명한 듯했다. 그는 늘 필요 이상으로 자책하는 편이었고, 그녀 앞에 서면 더없이 못된 인간이 되는 기분이었으니까. 그녀가 나쁜 생각이나 모순된 의도 따위를 품을 리 없었다. 아무것도 가진 게 없고 몹시 실망한, 마땅히 몹시 실망한 상태였을 테니.

그녀가 그 끔찍한 말을 그대로 실행에 옮길 수 있다고 생각하니 그의 얼굴과 목에 땀이 흥건해졌다.

뒤이어 온몸에 전율이 흘렀다.

순간, 절망감에 싸인 아이처럼, 그는 긴긴 꿈에서, 판타가 그를 떠나는 이 차갑고 단조로운 꿈에서 깨어나기를 열망했다. 정확한 내용은 기억나지 않았지만 어쩌면 그 자신이 그런 명령을 내린 것일 수도 있었다. 자신에게 그보다 더 끔찍한 일이 닥칠 수는 없는데 말이다. 이미 경험했던 일이었다. 실제로 그녀는 그런 일을 벌인 바가 있었고, 그런 시도를 했었다. 안 그래, 뤼디 데카?

이런 생각을, 판타의 탈출(사건의 심각성을 완화하려고 그는 이 명백한 배신행위를 마음속으로 그렇게 지칭했다)이라는 이 견딜 수 없는 기억을, 그는 서둘러 머릿속에서 몰아냈다. 차라리 차갑고 단조로운 꿈이, 그의 삶이 되어버린 이 긴 꿈이 낫겠다 싶었다. 놀랍게도 그의 진짜 삶, 초라한 삶이 되어버린 꿈이.

그는 전화박스 문을 열고 낙서와 긁힌 자국으로 가득한 칸막이 사이로 미끄러져들어갔다.

노후한 네바다를 타고 다녀야 하는 상황에 걸맞게 최근엔 휴대전화도 해지해야 했다. 매달 자신에게 허락되는 빠듯한 예산을 고려하면 합리적인 결정이라고 만족할 수도 있었겠지만, 어쩐지 납득할 수 없고 이례적이고 부당하다는 느낌을 지울 수 없었다. 잔인한 무언가가 부과된 기분이랄까. 자기 말고 다른 사람이 이 액세서리를 포기해야 했다는 말은 들어본 적이 없었다.

언덕 비탈의 포도밭 저편, 좁은 도로 아래 밤낮으로 진을 치고 사는 집시들도—미국인인지 호주인인지 모를 저 작은 성채의 새

거주자들도 이끼가 파랗게 낀 그들의 캠핑 트레일러 지붕을 알아볼 거라며 뤼디는 속으로 중얼거렸다—마니유의 가게 진열창 앞에 꼼짝 않고 서서 강렬하고 건방진 눈빛으로 주방설비를 바라보곤 하던 그 집시들도 휴대전화는 갖고 다녔다.

이유가 뭔지 뤼디는 생각해보았다. 사람들은 무얼 어떻게 했기에 자기보다 훨씬 나은 삶을 살 수 있게 된 걸까?

왜 자신은 다른 사람들처럼 약삭빠를 수 없을까? 그들보다 멍청한 것도 아닌데.

오래전부터 뤼디 데카는 자신의 독특한 감수성과 정신적 포용력, 이상주의적이고 로맨틱하며 모호한 열망이 재치가 부족하고 꾀바르지 못한 성격과 훌륭하게 균형을 이룬다고 믿어왔다. 한데 지금은 그런 독특함이 무슨 가치가 있는지 의문이 들기 시작했다. 마치 어떤 힘센 남자가 볼기짝 맞기나 조잡한 장신구 수집에 취미가 있다는 고백을 하는 것처럼 우스꽝스럽고 내심 경멸할 만한 성격이 아닐까 싶었다.

몸이 어찌나 떨렸는지 세 차례 시도 끝에야 집 전화번호를 제대로 누를 수 있었다.

수화기 저편에서 신호음이 한참 동안 들려왔다.

그 순간 그의 시선은 전화박스 너머 고요하고 작은 성채 위를 방황했다. 더위를 막아주는 고르고 무성한 이파리들, 이 어두운 참나무 이파리들 아래 숨은 서늘한 금빛 성채 위를. 이윽고 시선은 뒤로 물러나 전화박스 유리 위에 멈추었고, 유리창엔 마치 물질의 포로가 된 듯 땀에 젖어 창백한 얼굴과 넋을 잃은 듯한 두 눈이, 불안으로 그늘진 푸른 눈동자가 비쳤다. 아무도 없는 공간에 전화벨 소리가 울리고 또 울려퍼지는 광경이 그려졌다. 희망 없는 미완의 상태로 고스란히 굳어버린 작은 집의 거실, 석고가 떨어져나가 너덜대는 벽과 보기 흉한 밤색 타일 바닥, 그리고 초라한 가구들이. 엄마가 일하는 집에서 수거해온, 꽃무늬 천과 니스칠 한 목재로 이루어진 낡은 응접세트, 코팅된 테이블보가 덮인 정원용 탁자, 소나무 찬장과 책이 가득 꽂힌 작은 서가, 이 모두가 처량하게 남루했다. 집에 대한 담담한 태도나 그곳에 사는 사람들의 활기로는 결코 완화시키거나 해소될 수 없는 남루함이었다. 나머지 것들과 마찬가지로 하루빨리 벗어났어야 할 이 추함을 혐오했던지라, 뤼디는 전화박스 안에 있는 지금 이 순간처럼 날마다 그 때문에, 상상을 하는 것만으로도 괴로워했다. 끝이 보이지 않는 긴긴 꿈, 답답하기만 한 차갑고 단조로운 이 꿈에 갇혀 괴로워하며 분노했다.

그런데 그녀는 이 시간에 어디에 있단 말인가?

매일 아침 그렇듯 지브릴을 통학버스 정류소까지 바래다주었겠지만 이미 한참 전에 집에 돌아와 있어야 할 시각이었다. 그렇다면 대체 어디 있는 걸까? 왜 전화를 받지 않는 것일까?

그는 수화기를 내려놓고 전화박스 칸막이벽에 등을 기댔다.

하늘색 반소매 셔츠가 땀에 흠뻑 젖어 있었다. 유리에 닿는 셔츠의 축축하고 더운 기운이 느껴졌다.

아, 이 모든 게 얼마나 참담하고 불안하고 굴욕적인지 몰랐다. 일단 분노가 가라앉자 어디 숨어서 울고만 싶었다.

혹시, 혹시라도 그녀가 그 말들을 곧이곧대로 받아들인다면……정말 자신의 입에서 나왔을까 싶은 말들, 어쨌거나 자신은 한 번도 자기 입으로 뱉을 거라곤 생각조차 해본 적 없는 그 말들을.

그는 다시 수화기를 들었다. 너무 급히 들다가 손에서 미끄러진 수화기가 줄 끝에 매달려 유리를 쳤다.

그는 청바지 호주머니에서 귀가 접힌 낡은 수첩을 꺼내 퓔메르 부인의 전화번호를 찾았다. 이 할망구한테는 벌써 수없이 전화를 건 탓에 번호를 외울 만도 했지만.

따지고 보면 엄마 또래인 퓔메르 부인을 늙은 할망구 취급할 순 없겠지만 그 부인에게선 어쩐지 노인 같은 분위기가 풍겼다. 행동이 눈에 띄게 칠칠치 못한 그 여자가 이웃이 된 이후로 그는 복잡하고 다소 불쾌할 수도 있는 부탁을 심심찮게 해온 게 사실이었다. 그쪽에서는 그들에게 아무 부탁도 하지 않는 것을 명예로 삼는 것 같았지만 말이다.

기대했던 대로 곧바로 전화를 받았다.

"뤼디 데캅니다, 퓔메르 부인."

"아."

"저, 부탁이 있어서요…… 혹시 저희 집에 가서 아무 일도 없는

지 확인 좀 해주실 수 있는지……"

별일 아닌 듯한 목소리를 내보려 했지만 쿵쿵 뛰는 심장 소리가 귓가에 들리는 듯했으니 필메르 부인이 아무 눈치를 채지 못할 리 없었다. 당장이라도 구슬픈 소리로 엄마가 믿는 신께 애원하고 싶은 심정이었다. 어찌 보면 결국에는 엄마의 소원에 귀기울이고 그 소원을 들어주었다고도 할 수 있는 선하신 주님께. 하지만 그는 그저 질식할 것처럼 더운 전화박스 안에서 땀을 뻘뻘 흘리며 얼어붙은 듯 숨을 죽였다. 갑자기 정지된 시간 속에 고립된 느낌이었다. 주변 만물이 불안스레 움직임을 멈추고 굳어버린 듯했다. 푸르고 무성한 참나무와 포도나무 잎사귀들, 석화된 파란 하늘에 흐르는 솜뭉치 같은 구름들 그 모두가. 판타가 집에 잘 있다는 소식만이, 그녀는 행복하며 그를 사랑하고 언제나 사랑했었다는 소식만이 시간을 다시 흐르게 할 수 있을 것 같았다.

하지만 필메르 부인이 이런 말을 해줄 리는 없겠지. 안 그래, 뤼디?

그녀는 다정한 척 속삭이는 목소리로 말했다.

"무슨 일이죠, 뤼디? 뭐가 잘못됐어요?"

"아뇨. 별일 아녜요. 그저…… 집사람한테 연락이 안 닿아서요……"

"어디서 전화하는 거예요, 뤼디?"

꼭 이런 것까지 물어볼 이유가 뭐란 말인가. 그렇다고 여기서 포기하고 통화를 그만둘 수도 없었다. 그녀가 그 육중하고 무익한 살덩이를 장엄하게 흔들어대며 데카의 집에 다녀와주기 전에는, 커튼이 쳐지지 않은 창으로 안을 살피거나 초인종을 눌러 확인해주기 전에는 말이다. 기이한 여자 판타, 언젠가 한 번 감쪽같이 사라져버린 적도 있는 그녀가 달아나지도 않았고 반쯤 수리하다 만 그 초라한 작은 집 구석에 쓰러져 있지도 않음을 증명해주기 전에는. 아, 뮐메르란 여자를 너무도 잘 아는 그는 짜증이 났다. 이런 유의 관계로 인해 자신이 한없이 더럽혀지는 기분이었다.

"공중전화에서 하는 겁니다."

"출근을 안 한 거예요?"

"안 했습니다!"

그가 소리를 질렀다. 그게 대체 무슨 상관이란 말인가.

충격을 받은 것도 놀란 것도 아니었지만 긴 침묵이 흘렀다. 늙은 뮐메르는 더는 그런 유치한 감정에 빠질 여자가 아니었다. 그러나 뤼디에게 아직 체면이란 것이 눈곱만큼이라도 남아 있다면 자책하지 않을 수 없을, 무거운 위엄이 실린 침묵이었다.

가쁘게 몰아쉬는 자신의 숨소리가 수화기를 통해 들렸다.

그러자 그날 아침 판타가 그에게 맞섰을 때처럼 또다시 마음속에서 분노가 치밀어올랐다. 무슨 말을 내뱉었는지 아니면 그저 침묵을 통해서였는지 더는 기억이 나지 않았지만. 아버지로서, 남편으로서, 아들로서 자존심을 지키기 위해 분투하는 남자, 자신이 이

룩해놓은 것이 무너져내리지 않도록 하루하루 악전고투해야 하는 남자, 이런 남자가 변함없는 질책의 표적이 되는 걸—입 밖으로 내놓아서든 가혹하고 가차없는 탐색의 눈길을 통해서든—얼마나 오래 참아낼 수 있는지 마침내 누군가 말해주려나? 성인군자가 되는 것 역시 자신의 과업이라는 듯 창백한 이마와 미소 띤 입술로 그 모두를 견뎌낸다면 결국 대답을 들을 수 있을 것인가? 하지만 친구들도 모두 그를 버린 마당에 누가 그 대답을 준다지? 치밀어오른 분노는 따뜻하고 감미롭고 다정하기까지 했다. 저항하는 것이 마땅하다는 것을 알지만 그냥 내버려두는 것도 나쁘지 않은 분노. 위로가 되는 썩 괜찮은 느낌. 그래서 이런 생각마저 들었다. 이 익숙한 분노야말로 내게 남은 전부가 아닐까? 이것 말고는 전부 잃어버린 게 아닐까?

그는 축축한 플라스틱 수화기에 입을 바싹 갖다대고 고함을 질렀다.

"이제 그만 그 커다란 궁둥짝 좀 움직여서 내 부탁 좀 들어줘요!"

퓔메르 부인은 그 즉시 수화기를 내려놓았다. 한마디 말도 없이, 한숨 한 번 짓지 않고.

그는 수화기걸이를 두세 차례 거칠게 손으로 누른 다음 다시 자기 집으로 전화를 걸었다.

그는 최근 들어 달리 생각하는 법을 배웠다. 판타의 태도가 불쾌하고 마음에 상처가 되는 것은 여전했지만 태도에서 분명히 드러나는 판타의 감정 표현을 인정하기로 한 것이다. 그녀는 그 초라하고 불안정한 집을 그들의 집이 아닌 그의 집으로만 간주하려 했다. 판타는 전혀 관심도 두지 않는 이 집이 손을 쓸 수 없을 만큼 추레하기 때문만은 아니라는 걸 그도 알았다. 뤼디 자신이 그 집을 선택했고, 명명했고, 어찌 보면 창조해냈기 때문이었다.

그는 이 집에서 자신들의 행복을 일구어가리라 결심했었다.

하지만 지금 판타는 뤼디가 함께하는 동안 한 번도 마음 편한 적 없었던 아들, (아들이 그를 겁낸다는 걸 알면서도 어쩔 도리가 없었기 때문이었을까?) 그 일곱 살짜리 아들을 데리고 집에서 물러나 있었다.

그녀가 그곳에 사는 건 다른 해결책이 없기 때문이었다. 집을 대하는 그녀의 태도는 냉랭하기만 했다. 그녀는 애정 어린 손길로 남편의 집을 보살피려 하지 않았다. 이 구차한 집을 걱정과 염려가 서린 모성애로 감싸안으려 하지 않았다.

그녀를 본받아 아이 역시 이 집에 거의 존재를 드러내지 않고 지냈다. 작고 가벼운 두 발로 바닥을 스치듯 걸어다녔고, 어떨 땐 이 집과 접촉하는 것조차 두려운 듯 바닥 위를 둥둥 떠다니는 것 같았다. 같은 방식으로 자기와도 거리를 두는 거라고 뤼디는 생각했다.

아! 그 순간 아찔한 고통이 밀려오며 분노가 한꺼번에 자취를 감추었다. 신호음 소리가 귀를 울려댔다. 전화박스 너머로 포도밭과 참나무들과 몽실몽실한 구름이 미풍에 다시 생기를 띠었다. 그들 세 사람에게 대체 무슨 일이 벌어졌기에 세상에서 그가 사랑하는 단 두 사람인 아내와 아들이(엄마를 향한 애정은 형식적이고 모호하며 대수롭지 않았으니까) 그를 적대시하는 걸까?

"네."

판타가 낭랑함이라곤 찾아보기 힘든 목소리로 전화를 받았다. 목소리가 너무 시무룩해 처음에는 퓔메르 부인한테 잘못 건 것이 아닐까 착각할 정도였다.

갑자기 맥이 풀리더니 목이 메어왔다.

그러니까 혼자 집에 있을 때, 상대가 나인 줄 모르고 말을 할 때, 판타는 이런 목소리가 되는 거로군. 뤼디에게 말하는 순간에는 목소리에 냉혹한 적개심이 가득해 가늘게 떨리곤 했는데 이제 그녀는 뤼디와 상관없는 자기 자신이 되어 말하고 있었다. 우울한 절망감이 깃든 한없이 서글픈 목소리에서 애처롭게도 예전의 억양이 묻어났다.

그가 아무리 먼 과거의 기억을 더듬더라도 기억 속 그녀는 늘 이 억양을, 그에겐 매력적이기만 한 이 억양을 감추려 애쓰고 있었다. 그 어느 곳 출신도 아닌 것처럼 보이려는 그녀의 의지를 그는 온전히 납득하기 어려웠으며 좀 어이없다는 생각이 들기까지 했었다. 그녀의 얼굴에 그녀가 외국인이라는 사실이 쓰여 있었으니까. 그렇긴 해도 그건 판타가 자신보다 큰 에너지와 생명력을 지녔기 때문이라고 늘 생각했다. 제대로 된 교육을 받은 교양 있는 사람이 되기 위해 어린 시절부터 필사적으로 노력해온 그녀였다. 끝이 보이지 않는 가난이라는 현실, 너무도 춥고 단조로운 그 현실에서 벗어나기 위하여.

그런데 용감하게 혼자서 탈출에 성공한 그녀를 원래 자리로 다시 빠뜨린 이가 다름아닌 뤼디 자신이라니 잔인한 아이러니가 아닐 수 없었다. 자신이야말로 그녀를 더 확실히 구해냈어야 하는 사람이 아니던가. 자신이야말로 그녀가 콜로반이라는 동네에서 태어난 불행을 극복하고 승리의 개가를 완수할 수 있도록 도와주었어야 할 사람이 아니었는가 말이다. 고독한 전사였던 그녀를, 아직 젊고 아름다웠던 그녀를 깊디깊은 나락 속에 생매장하는 대신에……

"나야, 뤼디."

"잠깐만 기다려. 밖에 누가 왔어."

이제 통화 상대가 누군지 알아차린 그녀가 덜 가라앉은 목소리로 대답했다. 마치 반사적인 경계심에서 비롯된 무의식적인 긴장감이 작용하는 것 같았다. 잇따를지도 모르는 말다툼에서 뤼디가 그녀에게 책임을 전가할 수 있는 빌미를 주지 않기 위해 한마디 한마디 조심하는 태도였다. 사실 판타는 그 어떤 경우에도 말다툼을 벌일 여자가 아니었다. 그가 공격을 해오면 끈질긴 침묵으로 맞서는 게 고작이었다. 아니면 묵직한 턱과 뾰로통한 입술로 다소 시무룩한 표정을 하고 자신을 방어하든가. 자기 입에서 튀어나온 한마디가 그의 분노를 촉발할까봐 판타가 지나치게 신경쓴다는 걸 뤼디도 알고 있었다. 하지만 주도면밀하게 의도된 이런 담담한 얼굴을 대하면 그는 화가 폭발했다. 그의 화가 고조될수록 판타는 벽을 쌓는 표정이 되어갔고, 그는 구제받을 길 없는 광분의 상태에 빠져들어갔다. 그러다 마침내 의연함을 가장한 그녀의 얼굴에, 침을 뱉듯, 후회스럽기 그지없는 말들을 뱉어냈다. 그러고는 이 아침처럼, 내가 정말 그런 말을 한 걸까 싶은 마음이 들곤 했다.

얼마나 부질없는 짓이냐고, 그는 생각했다. 그에게 몇 마디만 해주면 족하다는 것을 그녀는 정말 이해하지 못하는 것일까. 악의 없는 평범한 몇 마디, 필요한 만큼의 온기가 전해지는 몇 마디면 되는데. 그러면 그는 다시 선량하고 침착하며 다정다감한 뤼디 데카가 될 텐데. 현실감각은 떨어질지언정 이삼 년 전까지만 해도 에너지와 호기심이 넘쳐흘렀던 그 뤼디 데카로 돌아갈 수 있을 텐데. 그녀는 그걸 정말 모르는 걸까……

당신을 사랑해, 뤼디, 라든지, 언제나 당신을 사랑했어, 라고 말해줄 수 있지 않은가. 당신을 믿어, 같은 말도 괜찮을 텐데.

그는 이런 생각들로 머리가 어수선해져 얼굴이 달아올랐다.

그녀가 모를 리 없었다.

하지만 아무리 애원하고 불같이 화를 낸들 그녀가 이런 말을 하게 만들 수는 없을 것이었다.

된통 얻어맞고 단단한 바닥에 얼굴이 짓이겨진다 해도 그녀는 침묵을 지킬 것이 분명했다. 감정을 속여 구원의 방도를 찾는 일은 용납할 수 없을 테니까.

수화기 너머로 판타의 발소리가 들려왔다. 느릿느릿 발을 끌며 문 쪽으로 걸어가는 소리였다. 잇달아 퓔메르 부인의 안절부절못하는 날카로운 목소리와 무어라 중얼대는 판타의 목소리가 들렸다. 이렇게 떨어진 거리에서도 아내의 목소리에 드리워진 무기력한 피로가 감지되다니. 먼 곳에서 들리는 소리라서 그럴까, 아니면 뤼디 자신이 느끼는 수치심 때문일까?

문이 닫히는 소리와 판타가 맨발로 천천히 걸어오는 소리가 다시 들렸다. 판타는 이제 아침에 일어나서도 이렇게 지치고 나른한 모습으로 걸었다. 그녀가 끈질기게도 돌보려 하지 않는 이 집에서 또 하루를 시작해야 한다는 생각이 그 가느다란 발목에, 건조하고 매끄러운 그 발목에 납덩이라도 달아놓은 것 같았다. (왜 이 집에서 모든 걸 나 혼자 해야 하는 걸까? 하고 뤼디는 종종 격분에 차 소리쳤다.) 그녀는 플랫 슈즈나 흙 묻은 운동화를 신고서 지금 이 발목을 지칠 줄 모르고 잽싸게 움직여 뤼디가 처음 그녀를 보았던 그 고등학교로 이어지는 콜로반의 골목길들을 걸어다니곤 했었는데.

당시 그 발목에는 날개가 달린 것 같았다. 안 그랬다면 그렇게 가늘고 뻣뻣한 두 막대가, 윤기 흐르는 외피에 싸인 이 곧은 막대들이 젊은 판타의 길쭉한 몸을, 근육이 잘 발달된 다부지고 민첩한 그 몸을 어떻게 그토록 빠르고 가볍게 실어나를 수 있었겠는가?

보이지 않는 두 작은 날개의 도움이 없었다면 어떻게 그럴 수 있었 겠어, 그는 황홀감에 젖어 생각했다. 하늘색 민소매 티셔츠의 깊게 파인 목덜미 선, 그 선이 지나는 견갑골 사이의 피부가 가볍게 떨 리도록 만들었던 바로 그 날개였을 것이다. 메르모즈 고등학교 구 내식당에서 교사들의 줄에 끼어 판타 뒤에 서 있을 때, 환히 드러 난 그녀의 목덜미와 튼튼하고 가무잡잡한 어깨, 꿈틀대는 섬세한 피부를 바라보면서도 그는 같은 생각을 했었다……

"옆집이야."

그녀가 짧게 말했다.

"아."

그녀가 더이상 말이 없자, 요사이 늘 그랬던 것처럼 처량하면서 도 빈정거리는 목소리로 퓔메르 부인이 다녀간 이유를 설명하지도 않자, 뤼디는 그 할망구가 자신을 보호해주었다는 것을 짐작할 수 있었다. 그와 통화한 내용에 대해 함구하면서 어쩌면 자기 집 일을 핑계로 둘러댔는지 몰랐다. 그는 안심이 되면서도 퓔메르 부인과, 그것도 판타의 등뒤에서 함께하는 그런 공모가 왠지 불편하고 분 통이 터지기까지 했다.

그에 대한 반작용으로 판타를 향한 깊은 연민이 솟구쳤다. 이 모 두가 그의 잘못이라 꼬집어 말할 순 없지만 그의 행동의 결과임은 사실이 아닌가. 발목에 날개를 단 야심만만한 판타가 콜로반 거리 의 붉은 진흙 위로 더는 날아오를 수 없다면 말이다. 가난한데다 집안의 수많은 골칫거리 탓에 마음껏 꿈을 펼칠 수 없었던 그 시기에도 아무튼 그녀는 고등학교에서 당당히 문학을 가르치는 교사가 되지 않았던가. 그가 저지른 행동의 결과였다. 사랑에 빠진 건강한 구릿빛 얼굴과 이마 위로 늘 몇 올이 흘러내려 있던 밝은 금발의 그가 진지한 어조로 감언이설을 늘어놓으며 안락하고 사색적인 삶, 요컨대 매력적이고도 고결한 삶을 약속했기 때문이었다. 그랬기 때문에 그녀는 자신이 살던 붉고 건조하고 뜨거운 동네와 도시와 나라를 버리고 직업도 잃은 채(이곳에선 그녀가 문학을 가르칠 수 없다는 것을 알았어야 했다. 그걸 알고 그녀를 위해 대책을 마련했어야 했다) 적막한 벽지에 처박히게 된 것이 아닌가. 그리고 결국 자신이 떠나온 집보다 조금 나은 집에서 납덩이처럼 무거운 발을 끌며 다니게 된 것이 아닌가. 관심도 없고, 눈길도 주고 싶지 않고, 상냥한 몸짓조차 하고 싶지 않은 집에서. (숙부 내외를 비롯해 수많은 사촌들과 함께 살던 콜로반의 방 두 칸짜리 낡은 아파트에서는 그렇게도 꼼꼼히 오랫동안 비질을 하던 그녀가 아니던가!) 그녀가 영원히 지속되는 꿈, 차갑고 단조로운 꿈의 안개 속에 갇혔거나 길을 잃은 것처럼 보인다면, 모든 게 뤼디 데카 자신의 잘못이라 말할 순 없어도 어쨌든 그가 저지른 행동의 결과였다.

볕에 그을은 싱싱한 얼굴과 사랑에 대한 굳은 신념, 감미롭고 우아한 몸가짐으로, 그곳에선 보기 드문 반짝이는 금발, 독특한 활기로 저지른 행동의 결과……

"내가 왜 전화했는지 알고 싶지 않아?"

마침내 그가 물었고, 잠시 뒤 그녀가 대답했다.

"별로."

예전에 뤼디를 감동시켰던, 미망에서 깨어난 사람의 나른하고 이완된 목소리가 아니었다. 오히려 억제되고 통제된 금속성의 완벽한 프랑스어 억양이었다.

"오늘 아침 우리가 무엇 때문에 다툰 건지 말 좀 해줘. 이 모든 일이 어디서부터 시작된 건지……"

독특한 활기…… 잇따르는 침묵 사이로 다시 생각이 끼어들었다. 사람들 간의 대화가 간결한, 아주 먼 나라를 생각나게 하는 다소 숨막히는 침묵. 그 언어가 목적하는 바에 다다르기까지 한없이 느린 순간들이 끼어들어야 하는 침묵. 하지만 이 침묵은 그저 판타의 불안한 숨결, 장래를 생각해 그의 물음에 가장 나은 답변을 찾으려 애쓰는 판타의 불안한 숨결이었다. (그의 머릿속에 불현듯 거품처럼 분노가 일었다. 그녀 혼자서 대체 무슨 장래를 생각한단 말인가!) 그사이 그의 시선은 선명한 초록 열매가 자잘하게 열린 청포도나무들 위를, 또 그 너머의 푸른 참나무들 위를 떠다녔다. 미국인인지 호주인인지 모를 이 땅의 소유주들에게 엄마가 선망과 반감을 동시에 품었던 건 이 포도밭은 프랑스인이 지켜야 한다는 확신 때문이었다. 그들이 가지를 사정없이 쳐낸 바람에 나무들은 모욕을 당한 것처럼 보였다. 변함없이 반짝이는 그 무성한 잎들이 감히 성채(실은 커다란 저택에 불과한)의 회색(지금은 금빛의 생기가 넘치는) 돌담 한쪽을 가린 데 대한 벌을 받는 모습 같기도 했다. 그래. 그곳에서 그는 독특한 활기를 띤 금발에다 생기가 넘쳤지……

"나도 몰라." 판타가 낮고 냉정한 목소리로 말했다.

하지만 그는 그녀가 최대한 위험을 피해, 가능한 한 자신에게 책임이 덜 돌아가도록 대답을 한 것뿐이라고 확신했다. 어떤 식으로든 그와 함께할 때라면, 그저 간단한 대화를 나눌지언정, 그것이 그녀가 보이는 솔직한 태도의 유일한 기준이었다.

어쨌거나 그가 자기 자신에게 정직하고자 한다면…… 하지만 나는 정말 그러고 싶은 걸까? 그는 햇빛이 비추는 먼 성채 쪽으로 다시 눈길을 들며 생각했다. 이제 그 성채는 보지 않아도 머릿속에 그려졌고, 너무 잘 알아 규칙적으로 꾸곤 하는 단조롭고 온기 없는 그 칙칙한 꿈들에도 나타났다. 기억은 없지만 엄마에게서 들은 것이 분명한 세부사항들이 곁들여진 꿈에도. 예전 소유주들이 이 성에 살 때 그곳 가정부(요리와 시중, 청소, 다리미질까지 모두 하는 하녀라는 표현이 더 어울렸지만) 대신 하루이틀 일을 해주었던 엄마는 차마 들어주기 힘든 저속한 표현들로 경멸감을 드러내며 자신이 본 것─아무도 사용하지 않는 가구 딸린 수많은 방과 아름다운 식기, 은기─을 묘사하곤 했다. 그럴 때면 눈꼬리가 처진 그녀의 작은 눈, 맑은 장밋빛 두 눈이 좌절된 열정으로 반짝였다. 그런데 이제 뤼디 자신의 맑고 투명한 두 눈이 성채 언저리를 향하고 있었다. 더이상 칙칙하진 않아도 여전히 단조롭고 온기 없는 커다란 저택, 그곳에서 어떤 명백하고도 결정적인 답변이 그에게 전달되어야 했다. 하지만 절대 그의 것이 될 수 없다는 사실, 판타의 것도 지브릴의 것도 될 수 없다는 사실 외에 또 무얼 알아야 하는가. 그러니 자신에게 정직하고자 한다면……

"그건 그렇고, 오늘은 내가 지브릴을 데려올까 해."

"마음대로 해."

그녀의 차고 건조한 목소리에 스며 있는 일말의 불안이 곧 그의 비위를 긁어놓았다.

"그래본 지 한참 된 것 같아서. 한 번쯤 통학버스를 타지 않는 것도 기분 좋은 일일 거야."

"그거야 모르지."

그녀의 신중한 목소리에는 두려움과 계산이 뒤섞여 있었다.

"그러고 싶으면 그렇게 해. 하지만 늦지 않도록 해. 안 그러면 애는 차 타고 가버릴 테니까."

"그래, 알았어……"

자신에게 정직하다면, 아니 적어도 정말로 정직하길 바랐다면, 그는 알아차렸어야 했다. 이 순간 판타의 어조에서 불쑥 예전의 성실하고도 진지한 분위기를 감지했음에도 그녀의 진실성을 믿으려하지는 않았다는 것을. 발에 날개가 달린 여자, 정열적이고도 명확한 열망을 지녔던 젊은 여자. 소녀 시절 날마다 봉지에 든 땅콩을 팔던 콜로반 거리의 작은 가판대에서 메르모즈 고등학교의 교실까지, 외교관이나 부유한 기업가의 자녀들에게 문학을 가르치고 대학입학자격시험을 준비시키는 자리까지, 그 총명한 의지로 갈 수 있었던 여자였다. 길고 곧은 몸매에 짧고 동근 머리를 한 그녀가, 무람없는 자유가 듬뿍 느껴지는 고집스러운 시선으로 그를 바라보았었지. 그런 그녀의 등을, 그 꿈틀대는 섬세한 살갗을, 그는 한 손가락 끝으로 스치며 낯선 충동에 사로잡혔었지. 그때까지 상상조차 할 수 없었던……

"판타, 괜찮은 거지?"

"응." 그녀는 신중하고 기계적으로 대답했다.

하지만 괜찮지 않다는 걸 알 수 있었다. 느낄 수 있었다.

그녀가 하는 말을 더는 아무것도 믿을 수 없었다.

그러나 그는 끈질기게 질문을 이어갔다. 솔직히 대답할 수밖에 없어 보이는 질문들, 내면적이거나 심지어 감정적인 차원의 질문들까지. 그렇게 집요하게 줄곧 질문을 하다보면 판타의 경계심도 느슨해지는 날이 올지 모르니까. 지금 그녀가 정성스레 꼭꼭 감추어둔 것을 열어 보일 날이.

"지브릴을 엄마 집에 데려다줄게. 거기서 자게." 그가 불쑥 말을 꺼냈다.

"안 돼."

원망처럼 심지어 오열처럼 그녀의 입에서 새어나온 이 한마디에 그의 심장이 조여들었다. 이런 고통을 야기한 장본인은 뤼디 자신이 아닌가? 그렇지만 어찌할 도리가 없지 않은가?

판타가 아이와 떨어지기 싫어한다고 엄마가 하나밖에 없는 손자를 보지 못하게 한단 말인가?

어찌할 도리가 없지 않은가?

"엄마가 그앨 못 본 지도 한참 되었어."

그는 너그럽게 다독이듯 말했다. 그러나 그 말을 한 자신이 너무 교활하게 여겨졌고, 거북한 마음에 얼른 수화기를 귀에서 떼었다. 마치 자기가 아니라 다른 누군가가 그런 말을 했고, 그토록 서툰 모습으로 위선을 감추려는 그자가 부끄럽다는 듯이.

"어머넌 지브릴을 좋아하지 않아." 판타가 툭 내뱉었다.

"무슨 소리야? 말도 안 돼. 엄마가 그앨 얼마나 좋아하는데."

그는 이제 힘차고 쾌활하게 말하고 있었지만 마음 상태와는 거리가 멀었다. 어둡고 우울하고 기분 나쁜 꿈(이상하게도 실낱같은 희망이 여전히 남아 있었지만)에서 막 깨어난지라 전혀 맑고 상쾌하지 않았다. 지금 판타와 나누는 대화 역시 이런 꿈을 고스란히 닮아 있었다.

예전에 두 사람 사이에 오갔던 밝고 유쾌한 대화의 와자지껄하고 낭랑한 여운이 그들 주변을 맴돌았다.

함께 재잘대던 소리들이 희미하게 귓전을 울리며 향수를 몰고

왔다. 죽은 친구나 노인, 소중한 사람의 녹음된 목소리를 우연히 듣게 됐을 때 느껴질 법한 기분이었다. 숨이 막히게 더운 전화박스 안에서 머리카락이 이마에 들러붙고 머리가 펄펄 끓는 것 같았다.

아, 엄마가 믿는 하느님. 엄마를 위해 그렇게나 많은 일을 해주었다는 선하신 하느님 아버지. 제발 판타가……

지금까지 그는 엄마의 신앙에 대한 열의를 무심히 보아 넘겼다. 엄마가 어떤 확신을 표명하거나 조심스레 성호를 긋거나 주술 같은 소리를 중얼대는 모습을 볼 때면 언제나 냉소 내지는 짜증이 뒤섞인 희미한 미소로 답하곤 했다. 그러나 엄마의 말이 자신도 모르게 기억에 새겨진 게 사실이었다. 엄마는 기도가 이루어지게 하려면 도덕적인 방정함이 필수 조건이라고 했다. 아니면 충분 조건.

그런데 그의 요구에 정직성이 있었나?

엄마가 믿는 선하신 주님, 너그러우신 아버지, 당신께 빕니다……

정직한 마음이었나? 이제 그는 알고 있으니 말이다. (아니, 그의 안에 있는 제2의 뤼디는 알고 있었다. 더 젊고 엄격하고 양심적인 뤼디, 아직 환멸과 무지와 연민으로 손상되지 않은 뤼디, 자신을 위해 그럴싸한 이유와 빈약한 변명을 둘러대야 할 필요가 없는 뤼디는.) 그의 영혼의 진실은 어디 있다지? 이제 그는 알고 있으니 말이다. 엄마를 배려해서 지브릴을 그날 밤에 엄마한테 맡기겠다고 못박은 게 아니라는 것을. 엄마의 기쁨과 행복을 안중에 두어서가 아니라, 오직 자기 자신의 마음의 안정을 찾기 위해서였다는 것을. 그렇게 해서라도 판타를 막아보겠다는……

판타가 아이를 남겨두고 혼자 달아나진 않을 테니까. 혹시 정말
그럴 수도 있을까?

그는 판타의 과거 행동들에 비추어 판단할 수밖에 없었다. 그렇
다면, 맨 처음 그녀가 지브릴을 데리고 갔던 건 마니유가 그렇게
하라고 해서였을까?

하지만 그녀가 아이를 내게 버려두고 떠날 수 있었다면 마니유
가 뭐하러 굳이 아이를 떠맡으려 했겠는가?

아니다, 그녀가 지브릴을 놓아두고 가진 않을 것이다. 게다가 아
이는 뤼디를 무서워했고, 어찌 보면 뤼디 역시 아이를 두려워하지
않는가. 아이는 그의 아들이었지만 그를 좋아하지 않았다. 아직 어
려 자신의 마음을 미처 모른다 하더라도 아이는 자기 집을, 아버지
의 집을 좋아하지 않았다……

다시 분노의 물결이 일어 금세라도 미쳐버릴 것만 같았다. 수화
기에 대고 소리를 질러대고 싶었다. 네가 나한테 한 짓을 절대 용
서하지 않겠어!

하지만 또 이렇게도 외칠 수 있을 것 같았다. 당신을 너무나 사
랑해. 이 세상에서 내가 사랑하는 건 당신뿐이야. 모든 게 다시 예
전처럼 되돌아가야 해!

"그럼 저녁에 봐." 그는 이렇게 말하고 전화를 끊었다.

지치고 기진맥진해 정신이 멍해진 것 같았다. 마치 우울하고 기

분 나쁜 긴긴 꿈에서 깨어난 사람처럼 의식을 주변 현실에 적응시켜야 했다. 그에게는 간혹 현실 자체가 끝없이 이어지는 차고 단단한 꿈 같기도 했다. 그의 소박한 생각에 각성 상태란 와해된 삶의 요소들에 질서와 명확한 체계를 부여하는 것이었는데 그는 이 각성 상태에 이르는 출구를 찾지 못한 채 이 꿈에서 저 꿈으로 헤매고 있는 것 같았다.

그는 전화박스에서 나왔다.

벌써 찌는 듯이 더운 아침나절이 되어 있었다.

자신도 모르게 손목시계에 눈길이 갔다. 이렇게 늦은 지각은 처음이었다.

상관없어. 이렇게 생각하면서도 마니유를 마주해야 할 일이 조금 걱정이 되자 기분이 나빠졌다.

마니유가 그, 뤼디 데카에게 일말의 동정심도 느끼지 않았다면, 다그치고 화를 내기만 할 수 있었다면 만사가 훨씬 단순해졌을 것이다.

뤼디 자신은 마니유를 증오해야 마땅하지 않았을까?

고용주인 마니유의 눈에서 어렴풋이 드러나는 거만한 표정 외에 자비와 동정심을 읽는다는 건 유감스럽고도 어울리지 않는 일이었다. 그 때문에 정상적인 남자라면 마땅히 품어야 할 증오심조차 품지 못한다면. 어쨌거나 그 사람이 한 짓은……

그는 천천히 머리를 흔들었다. 벌써 이 년이나 지난 일이지만 생각하면 아직도 정신이 멍했다. 정상적인 남자라면 당연히 마음속에서 복수를 꿈꾸었을 것이다. 아, 그렇다고 그가 마니유의 가게에서 때가 되기를 기다리거나 그에게 복수의 일격을 가할 순간을 노리는 건 아니었다. 누구보다 마니유가 이 사실을 잘 알았다. 그래서 그는 뤼디를 두려워하지 않았고 두려워해본 적도 없었다.

과연 잘한 일일까?

그게 멋진 행동이었는지 비열한 행동이었는지 어떻게 알 수 있을까?

그는 혼란스러운 머리를 천천히 흔들었다. 찌는 듯한 더위 속 향긋한 대기에는 바람 한 점 없었다.

멀리 있는 푸른 참나무 향기가 전해져오는 것 같았다.

그 작고 보드라운 잎사귀들에서 났던 아릿한 향내의 기억일 뿐일 테지만, 조심스레 숨을 들이쉬자 정말로 그 향내를 맡는 듯했다. 순간 자신이 저멀리 성채에 있는 듯한 착각이 들어 위로와 행복감마저 느껴졌다. 맑고 투명한 아침에 덧문을 열며 푸른 참나무들과 작고 보드라운 잎사귀들의 싸한 냄새를 맡는 자신의 모습이 그려졌다. 그 잎사귀들 하나하나가 그의 것, 뤼디 데카의 것일 테지. 하지만 뤼디 데카라면 그 미국인들인지 호주인들인지처럼 저 불쌍한 고목들을 감히 해치지는 않았을 텐데. 엄마는 그들이 오만하게도 자기들을 반 프랑스 사람이라고 여겨 손색없는 최고급 포도주를 만들 수 있을 거라 믿는다고 말했었다……

엄마를 생각하니 그 씁쓸하고 창백한 얼굴이 떠올라 좋았던 기분이 싹 가셨다.

전화박스 안으로 들어가 다시 판타에게 전화를 걸고 싶은 생각이 들었다. 그녀가 집에 잘 있는지 확인하기 위해서가 아니라(초조하고 불안한 마음이 불쑥 들긴 했지만) 만사가 잘 해결될 거라는 약속을 해주고 싶어서였다.

더운 대기에 푸른 참나무들의 향내가 진동하는 가운데, 그의 마음에 사랑과 연민의 감정이 샘솟았다.

만사가 잘 해결될 거라고?

자신이 성채 건물 이층에 자리한 그들의 방 덧문을 열게 되리라 확신이 든 것일까?

아무래도 좋았다. 그녀에게 말해주고 싶었다. 이 순간 그의 마음에 차오르고 있는 충만한 믿음을 그녀에게도 불어넣어주고 싶었다. 이번에야말로 현실의 삶이 그가 꾸는 꿈들과 정확히 일치하거나 일치되려 하고 있었다.

그는 전화박스 쪽으로 한발 뒷걸음질쳤다.

숨이 막히는 네바다 안으로, 개의 악취가 희미하게 배어 있는(좌석의 펠트 천에 동물 털이 적잖이 박혀 있는 걸 보면 먼젓번 주인이 때로 차를 애완동물의 집으로 사용하지 않았나 싶었다) 차 안으로 돌아가야 한다는 생각에 마음이 괴로웠다.

그러나 판타에게 다시 전화를 걸겠다는 생각은 포기했다.

이젠 더이상 시간이 없지 않은가.

그녀가 이번에도 전화를 받지 않는다면 그는 또 어떤 결론을 내려야 하고 그로 인해 어떤 행동을 하게 될 것인가?

게다가 이젠 정말로 시간이 없었다.

어쨌거나 그녀가 지브릴을 떼어놓고 달아나진 않을 것이다. 아이는 지금 그녀의 손이 닿지 않는 곳에 있었다.

그는 그런 식으로 머리를 굴리는 자신을 저주했다.

자신과 자신의 이런 심술궂은 계산으로부터 판타를 지켜주고 싶다는 생각이 들 정도였다.

아, 그녀를 사랑하는데, 도리가 없지 않은가?

달리 어쩐단 말인가? 어쩌면 좋죠, 선하신 하느님 아버지? 엄마가 믿는 선하고 좋으신 하느님 아버지.

뤼디 데카라는 존재의 한없이 덧없고 불안정한 골조가 그나마 지탱될 수 있는 건 판타가 거기 있기 때문이라고 그는 확신했다. 하지만 그녀는 더이상 메르모즈 고등학교에서 그가 처음 만났던 독립적이고 당당한 인간이 아니었다. 그녀는 이제 아주 낮은 담장조차 넘을 수 없는 날개 꺾인 암평아리가 되어 있었다. 그가 이처럼 수치스럽고 곤혹스러운 생각을 그나마 참아낼 수 있는 건 이 초라한 상황이 지속되지는 않을 것 같아 보였기 때문이었다.

돈이 없다는 게 전부는 아니었다. 혹시 그런 걸까? 그가 잘못 생각한 걸까?

마니유 같은 남자와 견준다면 몇천 유로밖에 안 되는 월급은 그의 매력을 얼마나 감하는 걸까?

그래, 그래. (뜨겁게 달아오른 보닛 곁에서 오전 열시의 햇볕을 받고 선 그는 초조해 보이는 모습으로 어깨를 들썩했다.) 틀림없이 상당한 영향력을 미치겠지. 하지만 지금 그에게 무엇보다 부족한 건, 엄마의 눈처럼 맑고 푸른 자신의 눈을 일렁이게 했던 재능과 운과 영원한 젊음에 대한 예전의 믿음이었다. 이마 위로 흘러내린 창백한 머리칼을, 다정하면서도 무심한 손길로 천천히 쓸어올리게 했던 것도 이 믿음이었지……

그 모두가 사라지고 없었다. 아직 늙지도 않았고, 오늘날의 기준에서 보면 여전히 젊다고 할 만한 나이인데, 프랑스로 돌아온 이후 모든 것을 잃고 만 것이다. 판타가 그를 사랑하는 데 중대한 역할을 했을 그 모두를.

우울하고 가혹한 꿈, 참담한 기분이 들게 하는 이 끔찍한 꿈에서 깨어날 수만 있다면 얼마나 좋을까. 아직 이 꿈에서 저 꿈으로 해매고 다녀도 좋으니 과거의 그 꿈을 되찾을 수만 있다면. 판타와 그, 이렇게 두 사람은 찬란한 황금빛 햇살에 잠겨 콜로반의 거리를 걷고 있었지. 한 걸음 한 걸음 매끈한 서로의 팔과 팔을 스치면서. 훤칠한 키에 햇볕에 그을은 뤼디는 크고 쾌활한 목소리로 장광설을 늘어놓고 있었다. 자신도 모르는 사이 상냥하고 기분 좋은 말들로 그녀에게 유혹의 올가미를 치고 있었다. 조그만 머리통, 짧게 자른 머리에다 어렴풋한 냉소가 밴 분명한 시선을 지닌 젊은 여자, 메르모즈 고등학교 교사라는 자리에까지 오를 수 있었던 여자. 그곳에서 그녀는 부유한 기업가나 외교관, 하사관의 자녀들에게 프랑스 문학을 가르쳤다. 어떤 집요한 노력 끝에 그녀가 그곳에 서게 됐는지 학생들은 상상도 못할 것이었다. 발목에 날개가 달리고 관자놀이 위의 섬세한 피부가 꿈틀대던 여자. 두 벌밖에 없는 무명 치마를 손질해 입으면서 유행이나 사람들의 시선에는 아랑곳없던 여자. 하나는 분홍색, 하나는 흰색, 빈틈없이 다림질된 치마를 민소매 윗도리에 받쳐 입곤 했었지. 양 어깨끈 사이로 드러나 보이는 섬세한 살결이 마치 작은 두 날개처럼 꿈틀댔었지……

뤼디 데카 자신도 실제로 그렇게 경쾌하고 호감이 가는, 매력적인 언변을 지닌 남자였다. 결국 판타도 그를 자기 집에 데려가게 되지 않았던가. 많은 사람이 함께 사는, 사방 벽이 녹색으로 칠해져 있던 그 아파트에.

왠지 모르게 을씨년스럽고 물속을 비추는 한줄기 섬광과도 같은 빛으로 에워싸인 그 아파트 안으로 들어간 순간 목이 메어왔던 기억이 떠올랐다.

그는 그녀를 따라 시멘트 계단을 올랐고 잇달아 칠이 벗겨진 문들이 죽 나 있는 복도를 걸어갔다.

판타가 맨 마지막 문을 열자 창문마다 드리워진 블라인드에 가려 한층 어슴푸레해 보이는 황록색 미광이 그녀를 집어삼킬 듯 쏟아져나왔다.

순간 집 안으로 들어갔던 그녀의 치마가 흰 반점이 되어 보이더니, 그녀가 다시 돌아나오며 그에게 들어오라고 했다. 아마도 아파트를 보여주어도 좋을지 미리 확인했던 것이라고 그는 생각했다.

그는 적잖이 주저하고 거북해하며 발걸음을 떼었고, 무엇보다 감사하는 마음에 돌연 말문이 막혔다.

푸르스름한 어둠 속에서 판타의 시선이 조용히 그에게 말하고 있었기 때문이었다. 자, 여기가 내가 사는 곳이야, 내 집이야.

이 시선은 그의 판결을 받아들이고 있었다. 하얀 얼굴에 (그 순간 볕에 그을은 그의 피부가 무슨 의미가 있었겠는가!) 금빛 머리카락, 희고 매끄러운 두 손을 지닌 이방인의 판단을. 말끔히 정돈되긴 했어도 초라하기만 한 그녀의 집에 대한 판단을. 거북함이 됐건 거만한 태도가 됐건, 그녀는 미리부터 집에 대한 그의 인상을 받아들이고 수용하고 있었다.

그녀는 고도의 명민함으로 만사를 세밀하고도 냉철하게 헤아리는 여자였다. 그러나 하얀 얼굴과 희고 매끄러운 손을 가진 남자가 그녀의 집과 그녀 자신에 대해 내리는 판단에는 철저히 초연했다. 그 오만한 무관심을 뤼디는 느낄 수 있었다. 거의, 들을 수 있었다.

뤼디는 그 하얀 얼굴과 달변으로 미루어 무엇 하나 부족하지 않은 부잣집 도련님처럼 그녀에게 비쳤으리라.

그런데도 그녀는 그를 그곳에, 자기 집에 오도록 했고, 한 번의 몸짓과 짧은 몇 마디로 숙부와 숙모, 이웃 여자와 또다른 사람들을 그에게 소개했다. 호수의 물기를 머금은 듯한 희미한 빛 속에서 방 안 깊숙이 자리한 그들의 모습이 하나씩 떠올랐다. 저마다 나무의 자나 닳아 해진 벨벳 안락의자에 꼼짝 않고 조용히 앉아 뤼디에게 보일 듯 말 듯 고개를 끄덕였다. 그는 어쩐지 낯설고 부적절한 장소에 자신이 환히 드러나 있는 느낌이었다. 어디다 두어야 할지 모르는 커다란 두 손이 창백한 빛을 발했다. 미광 속에 반짝이는 하얀 얼굴과 윤기 흐르는 긴 금발도 그랬겠지만.

그는 판타의 발아래 무릎을 꿇고 털어놓고 싶었는지 모른다. 자신은 겉보기와는 다른 사람이라는 것을. 주말이면 소몬에 있는 별장을 찾는 구릿빛 피부의 자신만만한 그런 사람이 아니라고.

양팔로 판타의 가느다란 무릎을 꽉 껴안고 고맙다는 말을 해주고만 싶었다. 그녀가 그에게 보여준 그 모든 것을 얼마나 사랑하는지 말해주고 싶었다. 그 간소한 방과 그의 앞에 묵묵히 앉아 있던 사람들을, 그녀의 검소하고 고단한 삶을. 메르모즈 고등학교의 사람들은 아무것도 눈치채지 못했을 것이었다. 빳빳하고 깨끗한 흰색 혹은 분홍색 스커트 차림에 언제나 나는 듯 가벼운 걸음으로 출근하는 그녀였으니까. 그 누구보다 학생들이, 주말이면 소몬으로 수상스키를 타러 가는 외교관이나 기업가의 자녀들은 눈치채지 못했을 테지. 뤼디는 자기가 이런 사람들을 끔찍이 혐오한다고 그녀에게 말해주고 싶은 마음이 굴뚝같았다. 그들을 남몰래 시샘하게

164

될 때도 있긴 했지만.

아, 그들은 분명 그녀에 대해 아무것도 모르고 있었다. 천상의 빛을 발하던 그 청회색 공간에 대해서도.

블라인드를 뚫고 들어오는 정오의 빛이 이제 숙모의 얼굴과 숙부의 포갠 두 손 위로 떨어지고 있었다. 그들은 일상으로 돌아가기 위해 뤼디가 그만 가주었으면 하고 기다리는 표정이었다.

그 모든 상황 앞에서 뤼디는 어떻게 답례하면 좋을지 모를 정도로 판타에게 고마웠다.

그런데도 별다른 표시는 못하고 자기 생각에도 바보처럼, 거기 있는 사람들 하나하나에게 몸을 숙이는 게 고작이었다. 입꼬리를 올려 어색하게 떨리는 미소를 살짝 지어 보이면서.

그리고 경이로운 충격에 휩싸여 생각했다. 그녀를 사랑해, 그녀를 너무나 사랑해, 라고.

그는 이제 차문을 열고 숨을 멈춘 채 안으로 미끄러져들어갔다. 차 안은 전화박스 안보다 더 덥고 숨이 막혔다.

판타에게 다시 전화를 하지 않은 게 잘한 일일까?

달아나버리지는 않았지만 지브릴을 엄마 집에 데려가 재우겠다는 말에 극단적으로 비관해 혹시……

아니다. 머릿속에 그런 단어를 떠올리는 것만으로도 그는 견딜 수 없었다.

엄마가 믿는 선하신 하느님, 선하고 좋으신 하느님, 이 몸이 상황을 분명히 볼 수 있게 도우소서.

우리를 도우소서, 선하신 하느님.

단 일 분만 그녀와 다시 통화를 할 순 없을까? 그녀 역시 이 순간 그가 다시 전화해주기를 기대하고 있지 않을까?

그렇지 않다고, 비웃고 있는 듯한 마음의 소리가 속삭였다. 그녀는 오늘 저녁까지 네 목소리를 안 들었으면 한다고. 네가 죄책감을 느껴 어떻게든 행실을 바로잡아보려 애쓴다는 것까지 알고 있다고. 하지만 네 자신은 이제 불화의 책임을 전적으로 떠맡곤 하던 한심한 습성을 벗어던지려 하고 있지. 그래봐야 너에 대한 그녀의 평가가 나아지는 것도 아니니까. 그녀는 끔찍한 공포심을 조장했다가는 금세 기가 꺾이고 마는 너를 경멸하는지도 모르니까. 원래 있던 곳으로 되돌아가라는 상상할 수도 없는 말로 그녀를 모욕해놓고 다시 용서와 위로를 구하는 너를.

차에 시동을 걸면서 그는 자신이 그런 말을 했다는 사실을 부정하려는 듯 머리를 흔들었다.

있을 수 없는 일이었다. 그, 뤼디 데카가 그런 말을 입 밖에 냈다는 것은.

마른 웃음이 새어나오는 걸 막을 길이 없었다.

아아, 정말로 하려던 말이 그것이었나? 마니유한테 돌아가도 좋다는 말을 하려고 했었나?

굵은 땀방울이 운전대와 허벅지 위로 뚝뚝 떨어졌다.

기어를 일단에 놓으려 했지만 레버가 말을 듣지 않았다.

시동이 꺼졌다.

네바다가 부르릉대며 한순간 깨어졌던 정적이, 다시 찾아들었다. 그는 이제 주변 풍경에 완전히 동화되어 없어서는 안 될 완벽한 일부가 되어 있었다.

그는 아무에게도 무엇에도 방해가 되지 않았고 아무도 무엇도 그에게 영향을 끼칠 수 없었다.

그는 좌석 등받이에 머리를 기댔다.

여전히 땀에 흠뻑 젖어 있었지만 마음은 가라앉았다.

마니유에 관한 한 몇 가지는 인정해야 했다. 촌스럽고 과묵한 편인 그는 원기 왕성한 사업가였다. 수상스키라곤 타본 적도 없고 가게 건물 뒤편에 지은 커다란 저택이 그가 가진 전부였지만, 조심스럽게 절제된 남성다운 자신감에선 세련미까지 엿보였고, 그에겐 세상 무엇도 두려워하거나 무서워하지 않는 사람 특유의 부드러움이 있었다. 지금의 판타처럼 일과 삶의 방향을 잃고 상처받은 여자라면 또 한번 넘어갈 수도 있는 그런 부드러움이었다.

그가 생각해도 이상한 일이었다. 아마도 사랑 때문에 이성을 잃었기 때문일 테지만, 판타를 용서할 수 없었던 반면 마니유는 이해가 될 것 같았다.

더 이상한 건, 사실은 그녀에 대해서도 이해가 간다는 점이었다.

마니유 같은 남자라면, 복잡하지 않고 솔직담백한 매력을 지닌 그런 남자라면, 내가 여자라도 그 유혹에 희희낙락하며 넘어갔을 테지. 아, 정말이지 이해가 됐다. 그리고 정말이지 원망스러웠다.

순간 두려움과 환각에 사로잡힌 듯 멍한 상태가 되어 자신도 모르게 숨이 막혀왔다. 머릿속에서 그는 널찍한 저택, 기대했던 값비싼 현대식 장식물이 갖추어진 집, 마니유의 방을 향해 가고 있었다. 모르는 방문 하나를 천천히 열자 밝은 불빛 속에 커다란 침대가, 그리고 판타와 마니유가 나타난다. 마니유가 판타 위에, 뤼디 데카의 아내 위에 길게 누워 낮은 신음 소리를 낸다. 그의 튼튼한 허리와 켄타우로스의 두 볼기가 조용하고도 확고한 리듬으로 흔들리자 털이 수북한 살에 오목한 자국들이 만들어진다. 그의 얼굴은 판타의 목 위에 놓여 있다. 뤼디 데카의 아내, 뤼디 데카가 평생토록 진정으로 사랑하는 단 한 여자의 목 위에.

그게 아니라면 지금 침대 위에 보이는 건 마찬가지로 활력이 넘치는 남자의 엉덩이와 판타의 몸 위에서 헐떡이는 말의 머리이다. 이 괴물을 처치해야 하나? 적어도 증오는 해야 하지 않을까?

그는 절대로 알 수 없을 것이었다. 자신보다 훨씬 육중한 마니유의 몸 밑에서 그녀가 어떤 새롭고 신비로운 느낌을 경험하고 있을지.

뤼디는 호리호리하고 어깨도 좁은 편이었지만 그래도 튼튼한 남자였으며 이런 자신의 모습에 만족했다. 그러나 마니유는…… 그는 머리를 흔들었다. 이 점에 대해선 아무것도 알고 싶지 않았다.

그는 또다시 머리를 흔들었다. 꿈쩍도 않는 차 안 운전석에 혼자 앉아 온통 열기로 떨리는 정적에 휩싸인 채. 그 당혹스럽고도 절망적인 공포가 여지없이 그를 붙들어 몸과 마음을 갈가리 찢어놓는 기분이었다. 주눅든 그를 꼼짝없이 옭아맸던 공포. 그는 상황에 어울리지 않는 역겨운 미소만 어렴풋이 지어 보일 수 있을 뿐이었다. 어떤 집 거실이었는데 거기가 어딘지 (어느 고객의 집이 아니었을까?) 그 말이 나온 것이 누구의 입이었는지 (퓔메르 부인이었나? 어쩌면 엄마였는지도 모르지.) 기억나지 않았다. 그 입이 그의 면전에 대고 판타에 대한 소문을 소곤대는 동안 그 악한 숨결의 힘에 뤼디의 입술에는 천치 같은 멍한 미소가 피어났었다. 뤼디는 낯선 거실의 거울에 비친 자신의 모습을 바라보고 있었다. 거실 한복판에 두 다리를 벌리고 서서 거울에 시선을 고정시킨 채. 거울 속 자신의 모습은 우스꽝스럽고 기이해 보였지만 무엇보다 혐오스러웠던 건 그 사악한 작은 입이었다. 신랄한 숨결을 내뿜는 그 입은 뤼디 데카를 그 순진하고 고지식한 사랑으로부터 구해내고 말겠다는 자부심으로 우쭐대고 있었다. (생각해보니 엄마가 틀림없다. 퓔메르 부인이나 어느 고객이었다면 그렇게까지 분개하진 않았을 테니까.) 가시 돋친 분노, 무익한 분노를 드러내는 그 어조만큼 혐오스러운 건 없었다. 그 입은 행동에 나서라고, 그런 여자는 경멸하고 내팽개치라고 그를 몰아붙였다.

분별력 있는 그 입이 분통을 터뜨리며 그에게 암시하는 게 달리 무엇이었겠나? 일말의 자존심이라도 있는 남자라면, 켄타우로스의 정자, 그 신성한 액液이 아직 머물러 있는 몸안으로 더는 들어갈 수 없을 테며 그래서도 안 된다는 것이었겠지.

그는 냉소를 지으며 대답할 수도 있었을 것이다. 그럴 위험은 없다고, 이미 오래전부터 나는 판타와 아니 그보다는 판타가 나와는 잠자리를 하지 않는다고.

아니면 절망에 싸여 이렇게 외쳐댈 수도 있었을 것이다. 내가 마니유의 가게에 들어간 건 엄마 때문이잖아요. 엄마가 그 사람한테 가서 나를 써달라고 부탁했잖아요! 안 그랬으면 판타가 그 사람을 만나는 일은 없었을 텐데!

하지만 그가 입을 연 기억은 없었다. 미소 띤 입, 맥없는 입, 맥없이 찡그린 그 입을.

거울 속 무표정한 얼굴을 응시하고 있는 자신의 모습이 다시금 떠올랐다. 그 얼굴 바로 밑에 체구가 작은 여자의 뒤통수가 보였다. 여자는 여전히 지껄여댄다. 그에게 추잡한 짓을 하라고, 남자의 자존심을 지키는 배신을 부추긴다. 금빛으로 염색한 짧은 머리, 이 머리통에 주먹을 한 방 날리면 되지 않을까, 그러면 고통에서 벗어날 수 있게 되지 않을까. 그는 그런 상상을 하면서 엄마를 두들겨 패 입을 다물도록 하는 광경을 냉정하게 머릿속에 그려보았다. 그리고 엄마가 정신을 잃기 직전에 소리를 지르는 것이다. 엄마가 자존심에 대해 뭘 알아요? 그리고 아버지는요, 아버지는 뭘 아셨죠?

하지만 이제 그런 일들은 생각하고 싶지 않았다.

굴욕감만 주는 부질없는 짓이었다. 그래봐야 자신에게 남는 것이라곤 끝없이 이어지며 되풀이되는 어리석은 꿈에서 깨어났을 때처럼 끈적끈적하게 더럽혀진 느낌뿐이었다. 꿈을 꾸는 동안 쓰라린 과정 하나하나를 모두 경험하면서도 어느 것 하나 피해 갈 수 없다는 걸 아는 때처럼.

더이상 그 생각은 하고 싶지 않았다.

다시 시동을 걸고 기어를 곧장 이단에 두었다.

엔진이 저항하며 딸꾹대더니 네바다가 천천히 굴러가기 시작했다. 낡은 차체가 요동을 치며 신음했다. 그래도 녀석이 말을 꽤 잘 듣는다고, 그는 흡족한 마음으로 생각했다.

이제 그런 일들은 무시해버릴 테다.

그는 차창을 내리고 한 손으로 운전을 하면서 왼팔을 뜨거운 차체 옆구리로 내려뜨렸다. 이따금 녹아내린 아스팔트가 타이어 밑에서 타닥거리는 소리가 들려왔다.

너무나 기분 좋은 소리였다!

이제 부드럽고 감미로운 행복감이 찾아드는 것 같았다.

아, 엄마가 믿는 선하신 하느님, 선하고 좋으신 하느님. 굴욕적인 과거는 더이상 생각하지 말아야지. 내가 판타의 사랑을 받을 자격이 있다는 것을 보여줄 생각만 할 테다. 내가 노력할 마음만 먹는다면 판타는 다시 나에게 사랑을 느낄 테니까. 내 이런 마음은 하늘이 알고 있다. 오늘 아침 내가 보는 높고 맑은 하늘, 저 이글대는 하늘이 증인이다. 뤼디 데카에게 한 번쯤 좋은 날이 오지 말란 법이 어디 있는가. 이 아침의 저 투명한 봄하늘에 감추어진 수많은 약속 가운데 가장 근사하고 확실한 약속이 실현되지 말라는 법이 어디 있는가 말이다.

갑자기 웃음이 터져나왔다.

그렇게 자기 목소리를 들으니 기분이 상쾌했다.

어쨌거나, 거의 놀랍기까지 한 일이었지만, 그는 살아 있고 아직 젊은데다 더할 나위 없이 건강했다.

그렇다면 고클랑은, 저 사기꾼은 어떤가? 뤼디는 그 혐오스러운 조각상을 우회해서 통과하며 생각했다. (오늘 그는 이 조각상에 눈길을 주지 않을 힘을 낼 수 있었다.) 수치스러운 방식으로 부자가 된 저 조각가도 같은 말을 할 수 있을까?

분명 그렇지 못할 것이다.

고클랑도 살아 있긴 하지. 그러나 뤼디가 신문에서 본 사진 속 고클랑은 얼굴을 잔뜩 찌푸린 살진 남자의 모습을 하고 있었다. 벗어진 이마에 희끗한 머리털이 둥근 화관을 쓴 듯한 이 사내는 묘하게도 앞니에 구멍이 뻥 뚫려 있었다. 당시 다소 경멸하는 심정으로, 괴상한 조각상 하나를 만들고 십만 유로를 번 사내라면 카메라

앞에 앉기 전에 치아교정부터 할 수 있지 않았을까, 했던 기억이 났다.

하지만 이런 방식으로 고클랑이 살아 있어봐야 뤼디 자신의 왕성한 활력에 비할 바가 못 되었다. 뤼디는 온몸의 근육 하나하나가 살아 전율하는 한 마리 말(혹은 켄타우로스)이 된 기분이었다. 근사하고 화려한 삶이야말로 이 젊고 멋진 커다란 짐승이 존재하는 유일한 이유였다. 끈적거리는 입과 무거운 숨결을 남기는 길고 지루한 꿈 따위가 그의 정신을 침범하지는 못할 것이었다. 그가 한 마리 말(혹은 켄타우로스)이라면 말이다.

엄마는 어떤가, 엄마는 살아 있나?

원형 교차로를 지나서 그는 자신도 모르게 속도를 부쩍 올렸다.

이 순간 엄마를 생각해서 어쩌자는 건가? 아버지도 마찬가지였다. 아버진 완전히 죽은 사람이 아닌가. 축축한 피부 아래 요동치는 근육을 가진 한 마리 말(혹은 켄타우로스)과 같은 자신과 아버지를 비교한다는 건 상상도 할 수 없는 일이었다. 뺨과 목과 관자놀이가 축축했던 건 냉방이 안 된 차에 타고 있었기 때문이었지만, 한순간 스쳐간 생각에 불과하긴 했어도, 그는 오래전에 죽은 아버지에 대한 기억이 이런 신체 반응을 불러일으킨 게 틀림없다고 생각했다. 아벨 데카라는 이름으로 불렸던 흰 해골을 상상하면 그는 늘 공포와 전율에 사로잡히곤 했으니까. 벨에르 묘지의 뜨거운 모래땅 밑에 묻힌 해골, 그 새하얀 뼈들과 구멍이 뻥뻥 뚫린 두개골을 상상하면.

그는 마니유의 가게 주차장에 네바다를 세웠다.

그리고 차에서 내리기 전 수건으로 얼굴과 목의 땀을 꼼꼼히 닦았다. 이런 용도로 뒷좌석에 놓아두었지만 수건에는 종내 차냄새가 물씬 배곤 했다.

매번 수건을 바꾸어야지 마음먹으면서도 늘 잊어버렸고, 이번에도 수건이 있는 쪽으로 손을 내밀었다가 수건에서 나는 악취를 맡고 몹시 짜증이 났다. 하지만 그 미심쩍은 헝겊쪼가리로 얼굴을 문지를 수밖에 없었는데, 그의 태만을 드러내는 이 사소한 증거물이 지저분하고 막연한 혼돈 속에 빠진 뤼디라는 존재의 실상을 말해주고 있었다.

그러나 이날 아침, 얼굴을 훔치며 반사적으로 솟구치는 노여움을 억제하는 데 성공했듯이, 이제 그는 주변에 정차된 다양한 차들을 더없이 공정한 시선으로 바라볼 수 있었다. 자신이 생각하기에도 불명예스러운 난폭하고 쓰라린 질투심을 버리고 말이다.

내 동료와 고객 들이 타고 다니는 차를 보란 말이지. 평상시에는 아우디나 메르세데스, 검정 혹은 회색 BMW, 지방 소도시 외곽에 자리한 주방설비 가게 주차장에 큰 호텔 같은 분위기를 선사하는 차들을 하나하나 살피며 습관적으로 그렇게 생각했었다.

뭘 하기에 저렇게 돈이 많다지?

대체 뭘 알고 있기에 근근이 삶을 꾸려나가면서도 저런 차 구입

비용을 끌어모을 수 있는지 도무지 상상이 안 가는군.

비결이 뭐지? 저들에게는 어떤 직감과 수가 있는 걸까? 아무리 생각해도 모르겠군.

이 외에도 또다른 무익한 질문들이 차문을 닫는 격앙된 그의 마음을 휘저어놓곤 했다.

그러나 이날 아침 그는 지겹게 몰려드는 탐심에 저항할 수 있었다.

그는 가벼운 발걸음으로 주차장을 가로질렀다. 그 순간, 예전에도 언젠가 이런 기분이 든 적이 있었다는 생각이 어렴풋이 머릿속을 스쳐지나갔다. 가벼운 발걸음과 평화로운 마음. 그런 것들이 그의 삶을 채우고 있던 시절이 있었는데. 정말 그랬었다. 세상 사람들의 눈에 비친 그의 얼굴 역시 온화하고 너그러웠던 적이 정말 있었다.

하지만 이제 너무 먼 옛일처럼 여겨져 그게 정말 뤼디 데카 자신이었는지 의심스러울 지경이었다. 아버지 혹은 그가 꿈꾸었을지 모르는 다른 누군가가 아니었을까?

그때가 언제였더라?

아마도 그가 다카르로 돌아간 시점이었으리라. 엄마는 프랑스에 남고 혼자 그곳에 갔었다. 판타를 만나기 직전의 시기였다.

까맣게 잊고 있었다니, 놀란 마음에 전율이 이는 한편, 당시 마땅히 선善을 추구해야 한다고 생각했던 기억도 났다.

그는 햇빛이 가득한 주차장에 뚝 멈추어 섰다.

후덥지근한 역청 냄새가 훅 끼쳐오며 후각을 자극했다.

눈이 부셨다. 하늘이 아닌 발밑 아스팔트에 눈을 고정시키고 있었는데도.

그가 정말 그 사람이었을까? 세들어 살던 작은 아파트가 자리한 플라토의 조용한 거리를 가볍고 평화로운 마음으로 활보하던 그 사람이었을까? 균형잡힌 우아한 이목구비와 금발의 외모는 동네에서 마주치는 백인들과 별반 다르지 않았지만 그들에게서 느껴지던 분주함이나 탐욕스러운 야심은 조금도 없던 그 사람이었을까?

그가 정말 그 사람, 뤼디 데카일 수 있었을까? 정직하고 선량한 사람으로 보이길 바라던, 차분한 통찰력을 지닌 남자, 자신 안에 존재하는 선과 악을 늘 구별하고자 했던 남자, (아, 그는 혼돈과 놀라움으로 얼굴이 달아올랐다.) 주머니가 두둑한 백인 남자라면 하찮은 비용으로 온갖 형태의 노동력과 무한한 참을성과 인내심을 사들일 수 있는 곳이었기에 설령 악이 선의 가면을 쓰고 나타난다 하더라도 절대로 악을 택하는 일이 없기를 바랐던 남자. 자신이 정말 그 사람이었을까?

그는 마니유라는 커다란 간판 글씨가 반짝이는 건물의 이중 유리문 쪽으로 천천히 발길을 옮기기 시작했다.

난데없이 경쾌한 움직임의 권리를 박탈당한 듯 두 다리가 뻣뻣해졌다.

그는 처음으로 자신에게 묻고 있었다. 프랑스로 함께 가자고 판타를 설득하면서 자기 안에서 범죄가 판을 치도록 의식적으로 눈길을 돌려버렸던 건 아닌지. 악이 감쪽같이 세력을 확장해가는 느낌을 기분 좋게 음미했던 건 아닌지.

지금까지는 현실적인 관점에서만 이 문제를 보았었다. 판타를 이곳으로 데려온 게 좋은 생각이었는지 나쁜 생각이었는지 하는.

하지만 그게 아니었다. 문제는 전혀 다른 데 있었다.

그런 식으로 문제를 제기한다는 자체가 이미 그 안에 상당히 자리잡은 범죄의 술책이었다.

그 찬란했던 시기, 그는 아침마다 순진무구한 마음으로 플라토의 작은 현대식 아파트를 나서곤 했다. 당시에도 불안한 동요와 허망한 생각들이 머릿속을 스쳐지나는 적이 있었지만 그때마다 상반되는 성찰을 통해 행복감을 회복하고 마음을 다잡곤 했다. 정말이지 그가 원하는 건 단 하나, 그를 둘러싼 모든 것을 사랑하고 싶은 생각뿐이었다.

그런데 지금, 지금, 자신은…… 현기증이 날 것처럼 한없이 사납고 모질어져 있었다.

그가 정녕 그 사람이 맞다면, 대체 그에게는 그 후 무슨 일이 일어난 걸까? 대체 무슨 일이 있었기에 이토록 난폭하고 질투심 많은 사내가 되어버린 걸까? 그가 지향하던 박애는 어디로 가고 어쩌다 판타 한 사람에게만 그의 모든 사랑이 제한되어버린 걸까?

정말이지 무슨 일이 있었기에 그는 베풀지도 못한 채 마음속 골 칫거리로 남은 그 모든 사랑으로 한 여자를 괴롭히게 된 걸까? 어쩌다 사십대라는 나이에 무능함 때문에 여자를 진력나게 만들게 된 걸까? 연장 근무를 버거워하거나 모호한 계획에 불과한 것들을 현실로 믿어버리거나 공상에 빠지는 경향 등의 결점들이 관용이나 이해를 기대할 수 없는 나이에 말이다.

아무 저항 없이 그의 마음속에 거짓과 타락이 들어와 자리잡도록 내버려둔 게 전부가 아니었다. 정신의 용기를 말살하는 데 동의한 게 전부가 아니었다. 그는 사랑이라는 명목으로 판타를 춥고 우울한 감옥에 가두어버렸다. 끝없이 이어지는 고단한 꿈, 아무리 발버둥쳐도 깨어날 수 없는 꿈, 왠지 사람을 비참하게 만드는 무익한 꿈, 그것이 지금 자신이 줄 수 있는 사랑의 모습이니 판타 역시 그런 현실을 감수하고 있는 게 아닐까? 그런 사랑의 희생자인 자신 또한 같은 경험을 하고 있는 게 아닐까?

이런 생각을 하며 유리문을 미는 순간 저 너머로 건장한 마니유의 모습이 보였다. 그를 보자 비굴한 안도감이 느껴졌다. 마니유는 고객인 듯싶은 두 사람에게 둘러싸인 채 전시된 주방설비의 용도를 설명하고 있었다.

건물 안으로 들어선 뤼디는 직원들이 일하는 사무실을 향해 주저 없이 발걸음을 옮겼지만 파르르 떨리는 윗입술은 어찌할 수가 없었다.

이런 근육 경련이 불쾌한 인상, 심지어 건강이 좋지 않다는 인상까지 줄 수 있다는 걸 그는 알고 있었다. 두려울 때면 어김없이 그런 증상이 생긴다는 것도.

그렇게 경련이 일 때마다 그의 입술은 개 주둥이처럼 말려 올라갔다.

마니유 따위는 아무래도 좋다고 생각했는데…… 정말 그랬을까?

그는 세 사람이 천천히 걸어오는 모습을 곁눈으로 살피면서 머리를 굴렸다. 그들이 그가 있는 지점에 닿을 즈음 자신은 사무실에 들어가 있을 터였다.

그러고 나면 마니유도 그가 늦게 출근하는 모습을 본 것을 잊을 테지.

한두 시간 정도만 피해 다니면 그다음은 아무 일 없을 거다.

오늘 아침 그의 눈길에 포착된 마니유는 무척 근사해 보였다. 라인이 멋진 밝은색 청바지에다 장식 징이 살짝 박힌 허리띠, 깔끔하게 손질된 검정 티셔츠 차림이었다.

뒤로 빗어 넘긴 머리는 잿빛이었지만 풍성했고, 피부는 황금색에 가까웠다.

마니유가 식기장 문을 여닫으며 다소 허스키한 목소리로 무어라 속삭이는 소리가 들려왔다. 그동안 고객들은 자신들도 모르는 사이에 마니유의 집요한 매력에 빠져들고 있음이 분명했다. 칙칙한 옷차림에 다리가 무거운 노부부였다. 마니유는 상대의 눈을 똑바로 바라보며 당장에라도 어떤 중요한 사건을 귀띔해줄 것 같은 표정이었다. 고객이 듣기에 기분 좋은 말을 해주고 싶지만 상대가 당황해할까봐 참고 있는 사람 같기도 했다.

이미 뤼디가 파악한 바지만, 마니유는 절대로 무언가를 팔려고 애쓰는 사람처럼 보이지 않았다.

그는 솔직하고도 자연스러운 태도로 우호적이며 친밀한 관계의 환상을 만들어내고 있었다. 이 관계는 고객이 주방설비를 구입한 뒤에도 지속될 것이며, 주방설비는 이 관계를 위한 우연한 장치에 불과하다는 듯이. 때로 이런 전략은 진정성을 띠기도 해서 마니유는 그저 서로의 기쁨을 위해 고객들을 꾸준히 방문하기도 했다. 대화를 나눌 때에도 앞서 일을 성사시키는 데 한몫한 그 은밀하고도 세련된 열정을 잊는 법이 없었다. 고객이 세워놓은 저항의 벽을 허물기 위해 마니유가 채택한 어투는 종내 그의 진짜 목소리가 되어버린 것 같았다. 허스키한 면이 있으면서도 억제된 충동과 열정이 느껴지는 감미로운 음색, 언제 들어도 변함없는 한결같은 목소리였다. 자제력을 잃는 순간 상대에게 속내를 털어놓거나 칭찬을 늘어놓거나 심지어 포옹이라도 할 것 같은 목소리.

마니유의 직업을 경멸하는 뤼디도 그런 그의 모습을 보면 다소나마 감탄을 금치 못했다.

그런데 어째서, 그 역시 마니유처럼 청바지에 티셔츠 혹은 반팔 셔츠 차림에 캔버스화를 신었음에도, 심지어 마니유보다 키도 크고 날렵하며 젊었는데, 왜, 뤼디 데카, 자신에게선 늘 유치한 빈털터리 중늙은이 같은 분위기만 풍기는 것인지 그는 이해할 수 없었다.

마니유의 몸에 밴 태평스러운 우아함, 그에게는 그것이 없었다. 영영 기대할 수 없는 일이었다. 전시홀과 사무실을 가르는 두번째 유리문에 비친 자신의 모습을 보며 그는 이런 생각을 하고 있었다.

초라하고 언짢은 모습, 한술 더 떠 궁색해 보이기까지 했다.

아무리 좋은 사람이라 한들 그런 모습으로 누구의 마음에 들 수 있겠는가?

타인과 삶에 대한 그의 사랑을 그의 마음속 어디에서 찾을 수 있다지?

어디서 그걸 볼 수 있다지?

마니유라는 남자에게는 그가 인정하지 않을 수 없는 점이 있었다. 쉴 새 없는 계산과 실용적인 전략, 장사꾼의 삶으로 인해 이 남자의 마음이 아무리 굳어져 있다고 해도, 근사한 스포츠웨어에 쇼메 손목시계를 차고 다니며 가게 뒤편에 저택을 소유하고 있는 사람이라고 해도, 시골에서 평범하게 자라다 출세한 농사꾼의 아들이라 해도, 부드럽고 겸손한 그의 눈길에서는 온화하고 친절한 마음씨와 암암리에 발산되는 공감의 능력을 엿볼 수 있었다.

판타의 마음을 움직인 게 바로 이것이 아닌지, 뤼디 데카는 처음으로 자문해보았다. 자신은 이미 오래전에 잃어버린 그것……

그는 사무실로 들어가 소리 없이 문을 닫았다.

얼굴이 달아올랐다.

바로 그것이었다. 거창하게 들려도 달리 표현할 길은 없는, 바로 연민의 자질이었다.

판타가 마니유의 부유함에 끌렸다고는, 그 부유함이 행사하는 힘과 위엄에 매료됐다고는 한 번도 생각한 적이 없었다. 그렇게는 생각해본 적이 없었다. 엄마에게서 판타와 마니유의 관계에 대해 전해 듣고 아무리 화가 나고 분통이 터졌어도 말이다.

그렇게 생각해본 적은 없었다.

아, 이제는 무엇이 문제인지 알 것 같았다. 그에게 더이상 없는 그것을 생각하니 이해가 갔다. 마침내 그 사실을 알게 된 것이다. 그걸 몰라 괴로웠던 것이다.

다름아닌 연민의 자질이었던 것이다.

그는 자신의 책상으로 걸어가 바퀴 달린 의자에 털썩 주저앉았다.

유리 칸막이로 나뉜 커다란 사무실에서는 책상마다 직원들이 일하고 있었다.

"아, 왔군."

"안녕, 뤼디!"

그는 미소와 간단한 손짓으로 인사에 답했다.

어질러진 그의 책상 위 컴퓨터 자판 바로 곁에 팸플릿 다발이 놓여 있었다.

"조금 아까 당신 어머니가 놓고 가셨어."

옆쪽에서 염려가 깃든 카티의 다감한 목소리가 들렸다. 고개를 돌리면 당황한 듯하면서도 의문 가득한 카티의 시선과 마주하게 될 테지.

그녀는 낮은 목소리로 사오십 분씩이나 늦은 이유를 묻겠지. 엄마에게 마니유의 가게에 발을 들여놓지 못하도록 단단히 일러두지 않은 이유도 물을 테지.

그러면 그는 그녀 쪽으로 눈길도 돌리지 않은 채 투덜대며 무어라 대꾸를 할 것이었다.

카티의 짙은 장밋빛 블라우스가 눈이 부시게 환한 사무실 안에 넉넉한 빛을 퍼뜨리고 있었다.

뤼디가 앉은 책상의 흰 표면에도 그 빛이 반사되었다.

카티 쪽으로 고개를 돌리면 이 동료 직원의 작고 창백한 얼굴 너머 전망창 저편에 자리한 마니유의 저택이 뚜렷이 보일 것이었다. 잔디 깔린 마당 하나를 사이에 두고 가게에 인근한 이 집은 시골풍 기와지붕에다. 연분홍색 초벽에 파란 덧문이 달린 큰 건물이었다. 당시 판타가 이 꿈같은 집에 오가는 모습을 카티를 비롯해 도미니크나 파브리스, 나탈리가 목격했는지, 판타가 몇 차례나 그 안으로 들어갔는지, 왜 뤼디 자신은 아무런 눈치를 채지 못했는지, 그는 이런 무익하고도 고통스러운 질문을 자신에게 수도 없이 던져야 했다. 확실히는 아니어도(엄마가 하는 말을 전부 믿어야 할지 몰랐으니까) 그가 사정을 알게 된 그 끔찍했던 시기에 줄곧 전망창 쪽으로 눈길을 들곤 하지 않았던가. 안타까움과 동정심이 어린 카티의 얼굴(그렇다면 그의 불행에 대해 모두가 알고 있었단 말인가?) 너머로 그 집의 도도한 입구를, 연철로 채광창을 단 그 이중문을 바라보곤 하지 않았던가.

그는 얼마나 괴로워했던가!

얼마나 수치스러웠으며, 마음은 얼마나 광포해졌던가!

이제는 과거지사가 되어버린 일이지만, 카티에게 말을 걸 때면 마니유의 집에 눈길을 던지지 않을 수 없었고 그럴 때마다 마음속에서 슬그머니 분노가 끓어올랐었다.

그는 느닷없이 소리를 지르고 싶은 충동을 느꼈다. 무뚝뚝한 목소리로 카티의 기분을 들쑤셔놓고 싶었다. 엄마의 삶에서 위로라고는 이것밖에 없다고, 그녀 자신만큼이나 외롭고 할 일 없는 가련한 인간들을 위해 말도 안 되는 팸플릿 다발을 여기저기 놓고 다니는 일밖에 없는 사람인데 그런 엄마를 어떻게 막겠느냐고. 그리고 누구한테 큰 방해가 되는 것도 아니지 않냐고.

하지만 그는 아무 말도 하지 않았다.

카티의 몸에서 푸크시아 향이 번져나며 계속해서 그녀의 존재를 상기시키는 터에 뤼디는 신경이 예민해졌다.

그는 고무줄로 묶인 팸플릿 다발을 팔등으로 밀어냈다.

그들이 우리 사이에 있다.

서투르고 우스꽝스럽기까지 한 그림이었다. 한 어른 천사가 황홀경에 빠진 가족과 함께 식탁에 앉아 있는 모습이었다. 천사는 간특하고도 짓궂은 미소를 띠고 있었다.

그들이 우리 사이에 있다.

바보 같은 짓거리가 아닐 수 없었다. 하지만 그건 엄마가 우울증이나 항우울제에 빠지는 걸 피할 수 있었던 수단이기도 했다.

카티 같은 별 볼 일 없는 평범한 여자나 그를 돕고 싶다는 표정을 지으며 감히 엄마한테서 마니유의 가게에 그런 팸플릿을 갖고 오는 기쁨을 박탈해야 한다는 제안을 하는 거다. 그렇게 생각하니 말할 수 없이 억울하고 원통했다.

엄마의 불행한 삶에 대해 그녀가 대체 무얼 안단 말인가?

"그러고 보니, 우리 어머니가 여기 오는 걸 마니유가 못마땅해하나보지?" 그가 불쑥 물었다.

강렬한 장밋빛 블라우스에 눈이 부신 채 그는 카티를 바라보았다. 늘 카티의 머리 너머로 나아가곤 하는 시선을 그녀의 얼굴 위에 붙들어 매느라 안간힘을 쓰다보니 머리가 깨질 듯 아팠다.

그러는 동안 핀 여러 개로 동시에 쑤셔대는 것처럼 항문이 따끔거렸다.

"그렇지 않아. 어머니가 왔다 가는 걸 보지도 못했을걸?"

그가 그런 의심을 하다니 놀랍다는 듯 그녀는 미소를 지어 보였다.

아, 또 시작되는군, 그는 실의에 빠져 생각했다.

뤼디는 의자에서 엉덩이를 살짝 들어 균형을 유지하며 넓적다리

윗부분만 의자에 닿도록 걸터앉았다.

그러나 기대와 달리 고통은 조금도 사그라들 줄 몰랐다.

갑자기 그를 휘감아오는 몽롱한 통증 사이로 다시 카티의 목소리가 희미하게 들려왔다.

"마니유가 어디 그런 사람이야?"

자신이 카티에게 무슨 말을 했는지, 무슨 질문을 했는지 더이상 생각이 나지 않았다. 아, 엄마. 마니유는 그럴 사람이 아니지. 이 우스꽝스러운 여자에게 조금이라도 냉혹하게 굴거나 이 여자를 쫓아낼 생각을 할 사람이 아니지. 퇴직금에서 적잖은 일부를 떼어내 자기 집 거실에서 팸플릿을 직접 만들고 인쇄하는 여자, 이 가게의 주방설비 판매원들에게 그들 주변에 천사들이 진짜 존재한다고 확신시킬 수 있다고 믿는 이 여자를.

기껏해야 마니유는……

불시에 그를 습격해오는 이 익숙한 가려움증을 그는 마음속에서 길들이기 시작했다.

지난 몇 달 동안은 이 문제로 괴로워하지 않을 수 있었기에 한동안 묻어두다시피 한 낡은 방어기제들을 다시금 불러모아야 했다. 그중 가장 즉각적인 방법은 자신의 몸을 포함한 어떤 실체와도 상관이 없는 대상들에게로 생각을 돌리는 것이었다. 그래서 결국 그는 자연스럽게 엄마의 천사들에게로 정신을 집중하면서 손가락으로 팸플릿 다발을 끌어당겨 자기 쪽으로 가져왔다.

천사들도 때론 치질로 고생을 하는지 묻는다면 엄마는 무어라 대답할까?

진지한 표정으로 생각에 잠긴 그를 보는 것만으로도, 질문을 하는 목소리를 듣는 것만으로도, 엄마는 기쁘고 흡족해하지 않을까……

그만둬, 그만둬. 그는 불안에 사로잡혀 마음속으로 되뇌었다. 그런 것에 정신을 모아서는 안 되었다.

다시 시작된 통증은 더한층 성가시고 집요해졌다.

몸을 마구 긁어대고 싶었다. 아니, 쿡쿡 쑤시고 화끈대는 이 살덩이를 긁어내고 제거해버리고 싶었다.

그는 의자 가장자리에 몸을 문질러댔다.

그리고 떨리는 손가락으로 컴퓨터를 작동시켰다.

시선이 다시 천사 쪽으로 쏠렸다. 엄마가 손으로 그린 그 서투른 형체와 조악한 배경 쪽으로. 그 순간 방금 전까지만 해도 별생각 없이 눈으로 훑는 데 그쳤던 그것이 뚜렷이 분간되었다.

이미 대충 짐작했던 대로 그림 속 가족의 세 구성원은 지브릴과 판타, 뤼디를 닮아 있었다. 다만 연필 선이 거친 탓에 그들을 확연히 분간할 수 없을 따름이었다. 그런데 누군가가 식탁 밑 천사의 아랫도리에 기운찬 성기를 그려넣은 것이 눈에 띄었다. 마치 기다란 흰옷에 고의로 달아놓은 주머니에서 튀어나온 듯했다.

뤼디는 팸플릿 다발을 뒤적거렸다.

짓궂은 장난의 희생양은 첫번째 천사뿐이었다.

그는 팸플릿을 뒤집은 다음 책상 한구석에 밀어두었다.

화가 머리끝까지 치밀어 자제력을 완전히 상실한 상태였다.

끈질기게 괴롭혀대는 가려움증이 그 발원지에서 시작되어 그의 존재를 송두리째 집어삼키는 것 같았다. 마치 그의 뇌가 거기 있어 명령을 내리고 뤼디가 고통받아야 한다는 자체의 의지를 전달하는 듯.

그는 카티를 힐끗 바라다보았다.

같은 순간 눈길을 들었던 카티가 걱정스러운 표정으로 눈썹을 찌푸렸다.

"뤼디, 어디 안 좋아?"

그는 쓴웃음을 지었다.

아, 너무나 고통스러웠다. 그런 고통을 당하는 게 화가 나 미칠 지경이었다.

"누가 내 책상에 팸플릿을 올려둔 거지?"

"말했잖아. 오늘 아침에 어머니가 다녀가셨다고."

"그러니까, 어머니가 손수 여기 두고 가셨단 말이지?"

카티는 짜증 섞인 표정으로 이해할 수 없다는 듯 어깨를 들썩했다.

"달리 누가 그랬겠어?"

"하지만 직접 보진 못한 거야?"

카티는 이제 싸늘한 미소를 지었다. 간신히 참고 있다는 표정이 역력했다.

"이봐 뤼디, 난 당신 어머니가 그…… 전단지인지 팸플릿인지를 갖고 오신 건 알아. 홀에서 봤거든. 하지만 그걸 놓아두러 여기 오셨을 때 난 자리에 없었어."

난데없이 밀려든 분노와 통증 때문에 그는 의자에서 벌떡 일어섰다.

이처럼 큰 고통에 처한 순간 어떻게 상냥할 수 있단 말인가? 침통한 목소리가 그에게 이렇게 속삭였다. 그가 그토록 되찾고 싶어하는 조용하고 명랑하며 매력적인 뤼디 데카, 도덕적인 면에 있어 자신에겐 준엄하고 타인에겐 너그러운 뤼디 데카의 목소리였다.

그가 다가가자 카티는 의자에 앉은 채 몸을 살짝 움츠렸다. 끔찍하고 어이없는 일이었지만, 뤼디는 겁에 질린 이 몸짓을 감지할 수 있었다.

주변에서 말없이 그를 주시하고 있는 동료들의 시선이 느껴졌다.

그렇다면 이제 그는 여자들이 겁을 먹는 그런 남자가 되었단 말인가? 다른 남자들로부터도 존경이라곤 받지 못하는 남자, 자신의 힘을 제어할 줄 아는 마니유 같은 존재들이라면 한없이 경멸할 그런 남자가 되어버린 걸까?

갑자기 스스로가 너무도 불행하고 비열하고 쓸모없는 인간처럼 여겨졌다.

뤼디는 자신의 책상 위에 있던 팸플릿 다발을 집어들어 카티의 책상 위에 던져놓았다.

그리고 곪은 살에 팬티가 닿는 통증을 달래기 위해 발을 바꾸며 폴짝폴짝 뛰었다.

"그럼 이 짓궂은 장난은 누구 짓이지?

그가 천사의 성기에 손가락을 갖다대며 소리를 질렀다.

카티가 조심스레 그림을 흘끔 내려다보며 낮은 목소리로 말했다.

"몰라."

그는 다시 팸플릿 다발을 집어들고 자기 책상으로 돌아왔다.

사무실 안쪽에 있던 동료 한 명이 비난의 휘파람을 나지막이 날렸다.

"뭐야? 무슨 구경거리라도 났어?" 뤼디가 소리를 질렀다.

"이봐 뤼디, 좀 지나치잖아." 카티가 토라진 목소리로 말했다.

"우리 어머닐 가만 놔두란 말이야!"

그는 사람들이 엄마의 그림에 서투른 장난질을 해 엄마를 모욕하려 들었다는 생각을 떨칠 수 없었다. 그런 식의 전도 행위를 언제나 혐오해왔고 그와 관련된 대화는 딱 잘라 거절해온 뤼디였지만, 거기 쏟아붓는 열의를 생각하면 엄마를 옹호할 수밖에 없었다. 사실 엄마는 하고 싶은 말을 글과 그림으로 전달하기 위해 자신의 하찮은 재능을 모조리 짜내고 있었으니까.

뤼디 외에는 그렇게 해줄 사람이 없었다. 극복할 수 없는 무겁고 황당한 책임이 주어지는 출구 없는 꿈, 냉혹하고 위협적인 꿈처럼 자기 말고는 이 비논리적인 여자를 옹호해줄 사람이 없었다.

그는 이런 의무감이 언제 어떻게 생겨났는지 어렴풋이 기억하고 있었다. 몹시 거북했던 기억이 다시금 떠오르자 피가 양볼에 몰리는가 싶더니 항문에 아까보다 더 심한 통증이 느껴졌다.

그들이, 순전한 영靈들이, 우리 사이에 있다. 식탁에서조차 소금이나 빵을 건네달라고 하면서 생각을 통해 우리에게 말을 건다.

뢰디, 네 수호천사는 누구지? 이름은 뭐고, 천사들의 위계질서에서는 어떤 자리를 차지하지?

뢰디의 아버지는 자신의 천사를 무시하고 키우던 개보다 더 홀대했었다. 아버지가 그처럼 비참한 종말을 맞은 건 그 때문이라고 엄마가 귀띔해주었지. 천사가 무관심과 실용주의의 암흑 속에서 아버지를 찾아 헤매다 시야에서 놓쳤거나, 아니면 녹초가 되어버린 거라고.

한창때의 아버지는 심술이나 허영을 부려 자신의 천사를 따돌리려고 무진 애를 썼었다. 아, 인간들이란 참으로 주제넘은 존재들이다.

뢰디는 자문했다. 그렇다면 아버지의 동업자는 어땠나. 그 남자의 수호천사는 어디 있었나. 아버지가 그를 때려눕힌 뒤 다시 차로 치어버린 그 순간에 말이다.

이 동업자 역시 지나친 자만심에 사로잡혀 히죽거리며 자신의 천사를 헤매게 한 파렴치한 인간이었을까? 아니면 아프리카인들은 대개가 제대로 보살핌을 받지 못하는 불운한 사람들이며, 그들의 천사들은 무능과 무기력으로 괴로워하는 존재들일까?

엄마를 옹호하는 이 짜증나는 일을 할 수 있는 사람은 자신밖에 없었다. 자기 말고 다른 누구도……

"진정해, 뤼디. 당신 어머니를 공격한 게 아니야."

이렇게 말하는 카티의 목소리에는 비난과 실망이 가득했다.

"그래, 그러시겠지."

그는 육신의 통증에 함몰된 채 숨을 몰아쉬었다.

이 통증은 빛으로 구현된 것 같았다. 카티의 장밋빛 블라우스가 발하는 빛이었다. 작열하는 이 끔찍한 빛 속에 평생 잠겨 있게 되는 건 아닐까.

"진정해, 뤼디." 그녀가 단호하고 단조로운 어조로 거듭 말했다.

그는 들릴락 말락 한 소리로 되뇌었다.

"진정, 진정하라고?"

"안 그러면 뤼디, 큰 곤욕을 치르게 될 거야. 마니유 씨도 이제 진력이 나기 시작했어. 우리도 마찬가지야. 그러니 진정하고 일이나 하는 게 좋을 거야."

"그럼 대체 누가 우리 어머니 그림에 이런 짓을 한 거냔 말이야! 정말로…… 불쾌해!"

그 순간 유리문이 열리는 소리가 들리는가 싶더니 잠시 뒤 거기, 그의 앞에, 마니유가 있었다. 두 주먹으로 뤼디의 책상을 짚고 선 모습이 마치 당장에라도 그의 얼굴에 달려들 기세였다. 그러나 누가 뭐래도 전문가다운 그의 눈빛은 어렴풋이 지친 기색이 엿보이긴 해도 다정하다못해 상대를 어루만지는 듯했다.

뤼디는 그들 사이에 섬세한 비의 장막처럼 분명히 감지되는 어떤 거북함이 끼어드는 것을 느꼈다. 수치심과 적개심이 뒤섞인, 그와 마니유 두 사람이 공유하는 감정이랄까. 현재로선 판타가 마니유를 떠나 그의 곁에 있는 만큼 뤼디 자신이 우위였다.

그런데 얼마 전부터 여전히 당혹스러우면서도 좀더 부드러운 감정이 끼어들기 시작했다. 한 여자를 동시에 사랑했다는 자각으로부터 온, 무어라 형언할 수 없는 독특한 감정이었다.

엄마의 그림으로 향하는 마니유의 시선이 그의 눈에 들어왔다.

"봤어요?"

흥분된 어조로 날카롭게 쏘아붙인 목소리는 뤼디 자신이 듣기에도 끔찍했다.

머리를 울려 나오는 이 독기 가득한 목소리를 듣는 마니유는 의아해하지 않을까? 판타가 어떻게 결국 자기보다 이 옹졸하고 말라빠진 남자를, 이 성마르고 번민 많은 남자를 선택하게 되었는지. 체면이란 것은 상실하고 만 지 오래인 이 뤼디 데카에게로 돌아간 이유가 무엇인지.

뤼디 자신이 마니유의 입장이었다 해도 분명 그렇게 생각했을 터였다.

판타는 왜 그에게 돌아온 걸까? 우울하고 절망적인 모습으로. 출구 없는 잔인한 꿈의 포로라도 된 것처럼 이해할 수 없는 책임을 떠맡은 채 사랑하지도 않는 집에서 삶이 흘러가도록 내버려두는 이유가 뭘까? 그를 피하면서 그에게로 돌아온 이유가 뭘까. 처음부터 그녀를 속인 남자, 이미 거짓이 마음속에 자리잡는 걸 묵인한 채 자신의 진짜 모습을 감추고 정직하고 너그러운 사람인 양 행세했던 남자에게로.

정말이지, 왜 그녀는 마니유 곁에 남지 않은 걸까?

마니유는 팸플릿 다발을 무시하는 듯한 몸짓을 해 보였다. 자신이 본 것에 아무 의미도 두지 않는다는 태도였다.

"누가 우리 어머니한테 이런 못된 짓을 했는지 알아야겠어요."

뤼디가 숨을 몰아쉬며 말했다.

"그리 심각한 일은 아니네."

이렇게 말하는 마니유의 숨결에서 커피 향이 배어났다.

그 순간 뤼디는 달고 진한 커피 한 잔이 간절해졌다.

그는 의자에 앉은 몸을 비틀어 규칙적으로 그 부위를 긁었다. 그렇게 한들 통증이 완전히 가라앉을 리 없었지만 일시적으로나마 완화시킬 수 있었다.

"혹 당신이 한 거 아녜요?"

마니유가 다시 말을 이으려는 순간 그가 내뱉었다.

"내가 절대로 비웃을 수 없는 사람이 있다면 그건 자네 어머니야."

이렇게 중얼대는 마니유의 입가에 미소가 번졌다.

마니유는 주먹을 책상에서 떼고 허리띠에 양쪽 엄지손가락을 걸었다. 은 징이 박힌 그 가느다란 검정 가죽띠가 뤼디에게는 일에 매인 강한 남성을 상징하는 기품의 정수처럼 보였다.

"자네가 기억할 리 없지."

마니유는 뤼디에게만 들릴 듯한 낮은 목소리로 말했다.

"그 당시 자넨 너무 어렸으니까. 하지만 난 자넬 또렷이 기억하네. 자네 부모와 우리 부모는 이웃이었지. 우린 아주 외진 시골에 살았어. 우리 부모는 수요일마다 날 혼자 두고 일을 하러 가야 했기 때문에 자네 어머니한테 내가 잘 있는지 가끔 확인해달라는 부탁을 했지. 그래 자네 어머니가 어김없이 우리 집에 와보곤 했는데 그때마다 내가 아주 울적하고 외로워하는 걸 알고는 자네 집에 데리고 가셨지. 내게 간식을 든든히 챙겨주셨고, 난 멋진 오후를 보내곤 했어. 아쉽게도 이 모든 건 자네 식구가 아프리카로 떠나면서 끝이 나고 말았지만 말일세. 그래도 자네 어머닐 뵐 때면 즐거웠던 그 순간들이 어김없이 떠오르곤 하지. 그러니 자네 어머니한테는 등뒤에서라도 상처가 될 일은 절대 할 수 없어. 절대로."

"그랬군요." 뤼디가 짐짓 냉소적인 어조로 내뱉었다.

그 순간 불쑥 과거의 그때처럼 질투심이 솟구치며 그는 걷잡을 수 없는 불행감에 휩싸였다. 서너 살 때였던가, 엄마는 수요일마다 그보다 나이가 많은 사내아이를 집에 데려오곤 했었다. 그가 전혀 모르는 아이였는데 그 아이가 마니유였다는 사실을 지금까지 모르고 있던 셈이었다. 당시에 뤼디는 자신을 압도하는 이 사내아이의 그림자를 견뎌야 했었다. 반바지 밖으로 삐져나온 기둥 같은 그의 황금색 다리는 뤼디가 엄마한테로 가는 길을 막고 서 있었다. 한데 그 아이가 바로 마니유였다니!

그 아이의 생김새는 기억나지 않고 다만 뤼디 자신의 얼굴 높이에 버티고 선 튼튼한 두 다리만 떠올랐다. 이 다리 사이로 간신히 엄마의 얼굴이 보였었다.

이 아이만 오면 어김없이 집안 분위기가 달라졌던 이유가 뭐였을까? 활기 넘치는 분주함이 찾아들었다고나 할까. 갑자기 생각난 듯 어머니가 간식으로 크레이프를 만들어주겠다고 할 때면 어떤 알 수 없는 흥분이 그녀의 말과 행동을 부추겨대는 것 같았다. 튼튼한 다리와 저음의 목소리를 지닌 이 소년이 엄마를 언제나 권태로부터 끌어내는 듯싶었던 이유가 대체 뭐였을까? 뤼디의 존재만으로는 사라지지 않는 권태, 오히려 가속화되고 심화되었는지도 모를 권태로부터.

뤼디는 엄마에게 벗어날 수 없는 존재, 때론 정말 성가신 존재였다. 반면 아무것도 요구하지 않는 아홉 살 혹은 열 살 난 이 이웃집 아이, 어머니는 이 아이를 지켜주었다. 이 아이의 튼튼한 다리가 뤼디의 눈앞을 쉴 새 없이 가로막고 뤼디를 따라 움직이면서 뤼디가 엄마에게 다가가지 못하도록 방해한다는 걸 눈치채지 못한 채.

그런데 그 아이가 바로 마니유였다니!

뤼디는 심한 혼란에 빠져 의자 위에서 점점 거칠게 몸을 움직여 댔다.

유리창을 통해 들어오는 햇빛이 얼굴을 후려쳤다. 카티의 블라우스에서 퍼져나오는 장밋빛 광채로 아롱진 햇빛이었다.

더웠다. 너무나 더웠다.

마니유가 걱정스러운 눈빛으로 그를 바라보는 것 같았다.

수요일 오후마다 그 키 큰 소년이 숙명처럼 나타나 그의 앞을 집요하게 가로막으며 은밀히 부엌을 점령했던 시절, 그 시절에 대해 엄마가 한 번도 언급한 적이 없다니, 또 그 아이가 마니유였다는 걸 그에게 말해주지 않았다니 놀라운 일이 아닌가?

엄마와 마니유 두 사람이 뤼디의 등뒤에서 남몰래 추억을 공유하고 있었던 것이다. 대체 무슨 목적으로 그랬던 걸까?

마니유가 그에게 무슨 말인가를 하고 있었다.

엄마는 마니유 같은 아들을 원했을 테지. 아무리 그렇다 해도……

하지만 이제 와서 그게 뭐 중요한가.

그는 마니유가 작고 부드러운 목소리로 그에게 하는 말을 이해해보려 애썼지만 부당한 일을 당하고 말았다는 격한 감정이 가슴을 조여왔다. 자신은 언제나 엄마를 보호해왔는데 엄마는……

더워 미칠 것 같았다!

그러고 보니 마니유가 서 있는 자리에는 그늘이 드리워진 반면 뤼디는 햇빛에 눈이 부셨다.

순간 뤼디는 자신이 발작적으로 의자에 몸을 비벼대고 있음을 깨달았다. 그 바람에 의자가 삐걱대 사무실 안쪽에 있던 직원들이 모두 그가 있는 쪽을 돌아다보고 있었다.

마니유는 고객인 므노티 부인에 대해 지금 그에게 무어라 말하고 있는 걸까?

정확한 이유는 알 수 없었지만 그 여자의 이름을 듣는 것만으로도 그는 공포에 가까운 불편한 감정에 휩싸였다. 그녀와의 관계에 관한 한 어떤 식으로 꼬여버렸는지도 모르게 만사가 꼬여버린 기분이었다.

므노티 부인이며 그 잘난 부엌과는 이미 끝장을 보았다고 믿고 있던 터였다. 그 일은 처음부터 뤼디 자신이 맡아서 초안을 짠 일이었다. 그는 부인이 목재의 색상을 선택할 수 있도록 도와주고 레인지 위에 달 후드 모양에 대해 한참 동안 함께 고민해주었다. 별 재주도 없는 나에게 마니유가 이 일을 전적으로 맡긴 이유가 뭘까, 그 와중에 뤼디는 문득 그런 의문이 들었었다. 얼마 안 가 사태를 파악하게 되었지만 말이다. 한밤중에 므노티 부인에게서 전화가 왔다. 자다 말고 일어난 그녀는 끔찍한 불안에 사로잡혀, 아니 그보다는 심각한 호흡곤란으로 곧 숨이 넘어갈 것처럼 불평을 해댔다. 선택한 중앙 조리대에 확신이 서지 않아 이제껏 겪어보지 못한 호흡곤란 증세까지 보인다며. 그러면서 원점으로 돌아가 주요 선택 사항들을 죽 열거해보자고 했다. 이것이 정말 자기가 원하던 부엌의 모습인지 확신이 없으니 이제까지의 구상을 몽땅 재검토해보자고. 지금까지 해온 작업을 전부 없었던 걸로 하자는 소리였다. 지금으로선 마음이 너무나 불편하다며, 너무나 불편해 견딜 수가 없다며. 그녀는 참으로 아늑한 자신의 낡은 부엌에 잠옷 바람으로 앉아 그런 식으로 말을 이어갔다. 절망의 딸꾹질을 해대면서.

결국 뤼디는 족히 한 시간을 들여가며 그녀가 자기 부엌의 잡다하고 한물간 집기들을 도저히 견디지 못해 가게 문을 밀고 들어왔던 그날 일을 상기시켜야 했다. 피로와 짜증에 멍해진 뤼디는 그녀에게 편리한 찬장과 신축형 후드를 설치하면 생활이 보다 밝고 즐거워지리라는 희망을 주며 이것이 결코 터무니없는 희망이 아님을 확신시키기 위해 노력했다. 자기를 믿어달라고 했다.

그는 녹초가 되어 전화를 끊었다. 하지만 신경이 곤두서는 바람에 다시 잠을 청할 수는 없었다.

그 순간 므노티 부인에 대한 증오심이 끓어올랐다. 잠을 깨워서가 아니었다. 수주에 걸친 그 길고 지루한 작업을 그런 식으로 간단히 무효화할 수 있다고 생각하다니. 이 여자의 복잡하고 무모한 욕구를 보잘것없는 예산에 맞춰보려고 얼마나 공을 들였던가.

아, 그녀가 생각을 바꾸기 전에 동의한 도면에 홈바와 자동 개폐식 쓰레기통을 포함시킬 방법을 찾기 위해 컴퓨터 앞에서 얼마나 많은 시간을 소비했던가. 그런 하찮은 일에 자신의 지력은 물론 재능과 집중력을 모조리 쏟아붓고 있음을 깨닫고 혐오감이 솟구친 적도 한두 번이 아니었는데!

한밤중에 그런 식으로 므노티 부인을 진정시키고 난 후, 아마도 처음, 자신이 얼마나 끔찍한 상황으로 전락했는지 고통스럽게 가늠할 수 있었다.

그가 고객과 함께 그 우스꽝스럽고 쓸모없어 보이는 부엌—므노티 부인은 혼자 살았고 요리에는 거의 취미가 없다고 스스로도 고백했는데 그 부엌은 매일 세련된 손님들을 접대하도록 꾸며져 있었다—에 대해 총체적으로 검토한 것은 그것이 이제 그의 역할이자 삶이기 때문이었다. 과거에 그가 대학교수를 지망했던 사람이며 한때는 중세문학 전문가로 자처했다는 사실을 므노티 부인은 상상도 할 수 없을 것이었다. 과거의 그는 무척 박식한 사람이었다는 것을, 그 학식이 차츰 희미해져 이제 소진되지 않는 골칫거리의 잿더미 아래 묻혀버렸다는 것을, 지금 그의 모습에서는 아무도 짐작할 수 없을 테니까. 결혼한 사람들은 대해大海 속에서 자유로운 물고기와 흡사하다⋯⋯

삶 자체가 되고 만 끝없이 이어지는 이 잔인한 꿈에서 어떻게 벗어날 수 있을까? 그는 차가운 절망감에 휩싸여 냉철하게 자문해보았다⋯⋯ 물고기는 마음대로 이리저리 오가다 그물을 발견한다⋯⋯

"그녀가 자넬 기다리니 어서 가보게." 마니유가 말했다.

판타를 두고 하는 말일까?

한 가지 사실만은 확실했다. 판타는 남편인 그를 더이상 기다리지 않을지 모르지만 그렇다고 마니유를 기다리지도 않으리라는 것. 뤼디 자신은 알 수 없는 어떤 이유로 마니유는 그녀를 실망시켰다.

마니유는 그대로 발길을 돌렸다.

"므노티 부인 집에 가보라는 건가요?" 뤼디가 그의 등뒤에 대고 소리쳤다.

마니유는 그에게 눈길도 주지 않은 채 고개를 끄덕이고는 전시홀로 돌아가버렸다. 그가 뤼디와 이야기를 하는 동안 고객 두 명이 바 스툴에 올라앉아서 바닥 가까이 굵다란 다리를 어정쩡히 늘어뜨린 채 그를 기다리고 있었다.

그들 중 남자 하나가 멀리서 뤼디에게 어렴풋이 미소를 지어 보였다.

그의 무릎 위에 베레모가 놓여 있었다. 그 거리에서도 남자의 불그레한 얼굴 위로 희미하게 반짝이는 대머리가 보였다.

그들이 우리 가운데 있다!

두 사람은 좀이 든 나무처럼 구멍을 내서 장식한, 연철 손잡이가 달린 짙은 색상의 구식 목재 주방설비 한 벌에 관심을 보이고 있었다. 혹시 이 커플이 엄마가 말하는 천사들의 무리에 속해 있는 건 아닐까. 그들은 우리를 규칙적으로 방문한다고 엄마는 믿었다. 우리의 영혼이 깨어 있으면 (엄마의 팸플릿 덕택에) 그들을 알아볼 수 있다고 했다.

뤼디가 미소로 답하자 남자는 곧 얼굴이 굳어지며 시선을 다른 데로 돌렸다…… 그물 안에는 미끼를 문 수많은 물고기들이 있다. 맛도 냄새도 좋아 보이는 미끼다. 미끼를 본 물고기들은 그물 안으로 들어가기 위해 안간힘을 쓴다……

뤼디는 자리에서 일어나 거리낌없이 카티의 책상으로 걸어갔다.

항문이 여전히 미칠 듯이 따끔거렸다.

그는 카티의 전화 수화기를 들었다. 카티는 뾰로통한 입으로 아무 말도 하지 않았다.

말단 영업사원인 뤼디의 자리에는 직통전화가 없었다.

그는 자기 집 번호를 누른 뒤 발신음이 열 번쯤 울릴 때까지 기다렸다.

갑자기 솟아오르는 땀에 두 손과 관자놀이가 축축해졌다.

판타가 전화벨 소리를 듣지 못하는 상황일 수도 있고 아니면 일부러 전화를 받지 않는지도 몰랐다. 아니면 전화를 받을 수 없는 처지인지도. 집에 없거나 또는……

수화기를 내려놓는 순간 그는 카티의 불안하고 당황한 시선과 마주쳤다.

"므노티 부인이 날 보자나봐." 그가 쾌활한 음성으로 내뱉었다.

하지만 기분이 너무 언짢아 늘 그렇듯 입을 비죽대느라 윗입술이 말려 올라가는 느낌이었다. 그는 더이상 견딜 수 없어 잠시 한 손으로 미친 듯이 몸을 긁었다.

"뤼디. 므노티 부인이 화가 많이 난 것 같아."

카티가 유감이라는 듯 낮은 목소리로 말했다.

"아니 왜?"

므노티 부인의 일을 완벽히 처리하지 않았던 듯한 느낌이 되살아나 그의 입안이 바싹 말랐다.

대체 그가 뭘 어쨌다는 걸까? 뭘 어쩌지 않았다는 걸까?

은행의 말단 사원인 므노티 부인에게는 돈이 많지 않았다.

그녀는 부엌 개조 비용으로 이만 유로 가량을 대출한 상태였고, 뤼디는 그것으로 부인의 까다로운 요구를 충족시키기 위해 여러 모델의 다양한 설비를 가지고 재주를 부려야 했었다. 개중엔 염가 판매용 모델도 끼어 있었다. 한데 계산에 이력이 난 이 현실적인 여자가 난데없이 영문을 모르겠다는 표정을 지었던 것이다. 그녀의 요구에 맞춘 견적 비용이 그녀가 대출받은 액수를 훨씬 초과했기 때문이었다.

정말이지 그는 이 부엌이라면 지긋지긋했다!

어찌되었든 이 부엌에 관한 한 헌신적이고 융통성 있고 능숙하게 일을 처리하지 않았던가.

그런데 주문이 완료된 순간 왠지 뒷맛이 개운치 않았다. 위협에 직면한 예감이랄지…… 그리고 주변을 수없이 맴돌다 마침내 입구를 찾아내 안으로 들어간다. 다른 물고기들처럼 열락과 쾌락을 맛보게 되기를 기대하면서. 일단 안으로 들어가면 되돌아나올 수 없을 테지만……

맙소사, 그가 또 무슨 일을 저지른 걸까?

마니유의 가게에서 일한 지난 사 년 동안 무엇 하나 제대로 꼼꼼히 완수한 기억이 없었다.

그는 권태나 원망의 감정을 이기지 못해 이런저런 실수들을 되풀이해왔다. 가게를 되찾는 일부 고객들은 그의 실수들을 기억하고 마니유에게 뤼디 데카와는 상담을 하고 싶지 않다고 못박기까지 했다.

그래도 므노티 부인 건만은 뤼디 자신도 공을 들였다고 장담할 수 있었는데.

"당신 부인은 잘 있어?" 카티가 물었다.

그는 깜짝 놀라 눈을 깜박이며 안절부절못했다.

"자, 잘 있어."

"아이는?"

"지브릴 말야? 잘 있어. 잘 있을 거야."

카티는 방금 전 그 베레모 남자처럼 조심스럽고도 멍한 구석이 있는 짓궂은 미소를 지으며 그를 빤히 바라보는 것 같았다.

그는 완전한 혼돈에 빠지고 말았다.

불그레한 후광 한복판에서 그녀는 무얼 보고 웃는 걸까? 일단 안으로 들어가면 되돌아나올 수 없을 것이다.

"므노티 부인이 내게 뭘 원하는지 정말 몰라?"

그는 여전히 경망스러운 표정으로 물었다. 그렇게 되새김질해봐야 소용없다는 걸 알면서도 어떤 해명을 얻기 전에는 자리를 뜰 결심을 할 수 없었다. 므노티 부인의 불만은 물론 자신의 삶에 닥친, 그의 삶 전체에 닥친 이해할 수 없는 시련들에 대한 해명을 듣고 싶었다. 이제는 되돌아나올 수 없을 테지만.

카티는 노골적으로 그를 무시하며 컴퓨터 화면만 바라보았다.

그러자 지금 이 사무실을 나가면 다시는 돌아오지 못할 거란 느낌이 들었다. 그가 돌아오도록 사람들이 내버려두지 않을 것 같았다. 그가 아직 짐작할 수 없는 어떤 이유로 사람들이 통고를 미루고 있는 건지도. 그를 무서워해서일까?

"므노티 부인 일이라면 난 최선을 다했어. 그 빌어먹을 부엌에다 내 모든 걸 쏟아부었다고. 그렇게 열심히 일한 건 처음이었어. 초과근무도 마다하지 않았고."

그는 침착했다. 그 침착한 열기가, 가벼운 미소의 열기가, 얼굴 위로 퍼지는 것이 느껴졌다.

항문의 부대낌도 가라앉았다.

카티는 계속 그의 존재를 무시하는 척했고, 그는 문득 이 사무실에 돌아오지 못하면 그녀를 영영 볼 수 없을지 모른다는 생각이 들었다. 그는 그녀의 작고 투명한 분홍빛 귓불 쪽으로 천천히 몸을 기울였다.

그리고 침착하고 부드러운 목소리로, 더없이 침착하고 부드럽게 속삭였다. 젊은 시절의 목소리가 되살아난 것 같은 기분이었다.

"그를 쏴 죽여야 하지 않을까? 마니유 말야."

그녀는 그에게서 떨어지려고 머리를 옆으로 홱 기울였다.

"뤼디, 그만 꺼져, 당장."

그는 눈길을 들고 전망창 너머 햇살 아래 서 있는 마니유의 집을, 입구가 지나치게 큰 오만한 집을 바라보았다. 나지막한 지붕의 이 대저택은 부유한 사업가들이 알마디 구역에 짓는 저택들을 닮아 있었다. 그 순간 뤼디는 영혼의 격렬한 떨림을 느끼며 아버지 아벨 데카가 다라 살람에 지은 저택을 떠올렸고, 이 집이 아버지의 집과 무척 닮았다는 생각을 했다. 아버지는 오늘날 어딜 가나 눈에 띄는 프로방스풍의 푸른 덧문 대신 그의 고향인 바스크 지방을 상기시키는 검붉은 덧문을 달도록 했었다. 아버지가 넓은 테라스에 깔아놓은 새하얀 다공질 타일이 그 덧문보다 더 짙은 검붉은 피로, 그의 동업자이자 친구가 흘린 피로, 영원히 물들게 되리라는 걸 미처 예상하지 못한 채. 어떻게 그럴 수 있었는지 모르지만, 이제는 되돌아나올 수 없을 것이다.

그렇다. 땅을 단단히 딛고 선 튼튼한 다리의 소유자들, 한 차례의 우아한 무릎 인사조차 거부하는 야심만만한 남자들, 마니유나 아벨 데카 같은 남자들이 이런 집들을 짓는가보다고 뤼디는 생각했다. 실제로 그들은 같은 부류의 인간이었다. 아버지는 자신이 주방설비나 파는 장사꾼에 비교되는 걸 기분 나쁘고 우스꽝스러운 일로 여길 테지만. 일찌감치 시골 마을을 떠나 스페인 국경을 넘고 지중해 한 끄트머리를 건너 모로코와 모리타니를 지나 마침내 세네갈 강변에 자신의 낡고 용감한 포드를 세워둔 사람이었으니 말이다. 그가 전설과도 같은 자신의 가족사를 쓰기 시작한 것도 바로 그 자리에서부터였다. 이제껏 한 번도 존재한 적 없는 바캉스촌을 건설하겠다고 다짐하면서.

아, 그렇다. 끝없이 이어지는 꿈, 왠지 굴욕적이고 단조로운 이 꿈의 차디찬 형상들에 맞서 날마다 싸우고 있다는 느낌을 이 부류의 남자들은 절대로 경험하지 못한다. 정신적인 욕구만큼이나 강렬한 실용적인 욕구를 지닌 이 남자들은 말이다.

겁에 질려 뻣뻣해진 카티의 두 눈이 꼼짝 않고 안간힘을 쓰며 그의 시선을 피하고 있는 게 느껴졌다. 그래서 카티의 책상에서 물러나기 전, 가늘게 떨리는 음성으로 한마디하지 않을 수 없었다.

"내가 원래는 얼마나 다정한 사람이라고!"

그녀에게서 무의식중에 쿡, 쉰 웃음소리가 터져나왔다.

아버지나 마니유가 아무리 위험한 부류의 인간이라 해도 여자들을 겁먹게 하는 남자들은 아닌데, 맙소사, 어쩌다 나는 이 꼴이 되었는지……

그는 책상 위에 엄마가 놓고 간 팸플릿을 집어 둥글게 말아서는 바지 호주머니 속에 쑤셔넣었다.

그런 다음 햇빛 가득한 사무실 안을 가로질러갔다. 그를 따라잡는 동료들의 시선이 따갑게 와 닿았다. 안도 혹은 경멸, 아니면 그가 모르는 어떤 감정이 배어 있는 시선이.

직장의 통증 때문에 그는 두 허벅지를 벌린 채 유리문이 있는 곳까지 어기적대며 걸어갔다. 과도하게 발달한 근육 때문에 그런 자세가 나오는 것은 결코 아니었다. (그의 다리는 가느다랗거나 깡말랐다고 할 수 있었으니까. 그런데 그가 마치 아버지나 마니유처럼, 육중한 넓적다리 때문에 양 무릎을 쩍 벌리고 걸어야 하는 이 남자들처럼 걷고 있었다.) 문득 재미있는 생각이 떠올랐다. 그런 그의 모습을 동료들이 보면서 어쩌면 자신들의 천사를 발견했는지도 모르겠다는.

그는 반짝이는 금빛 후광에 싸여 앞으로 나아갔다. 예전에 플라토의 작은 아파트를 나와 조금도 때묻지 않은 자신의 마음과 완벽한 자존감을 인식하면서 열기로 떨리는 대로를 내려갈 때처럼.

그는 유쾌하고 다정하며 매력적인 태도로 천연덕스럽게 동료들에게 소리치고 싶었다. 내가 바로 우리 엄마가 당신들에게 말한 주의 종이다!

그러고 보니 엄마가 어린 뤼디의 밝은 아마천 빛깔의 머리를 과산화수소로 탈색했던 시절이 있지 않았던가. 엄마는 내가 금발이다 못해 거의 하얗게 보이길 바랐었지.

그 순간 불쾌한 알코올 냄새가 기억났다. 부엌의 스툴 위에 웅크리고 앉은 그를 종내 멍한 반수 상태에 들도록 만들었던 냄새였다.

방금 전 마니유가 한때 수요일마다 오곤 했었다고 고백한 그 집에서. 어쨌거나 엄마가 그에게 더없이 상투적인 천사의 모습을 부여하겠다고 마음먹었을 때 그는 아주 어린 나이였음이 분명했다. 두 사람이 뤼디의 아버지와 합류하러 아프리카로 떠나면서 그 소동도 마무리되었으니까.

그곳에서 엄마는 어린 뤼디가 원래의 금발만으로도 세라핌이 되기에 충분하다고 판단했는지 모른다. 아니면 아버지 앞에서 그 일을 계속할 엄두를 내지 못했거나. 거칠고 냉소적이며 의심이 많은 아버지는 그곳에서 자신의 수호천사를 저버렸을 뿐 아니라 이 천사를 따돌리기 위해 늘 더 멀리 달아나곤 했으니 말이다. 냉소적인 계산을 포함한 은밀하고도 합법적인 전략과 구상의 그늘 속으로.

난 좌품천사들의 메신저다, 뤼디는 그렇게 외치고 싶었다. 하지만 마음뿐이었고 동료들 쪽으로 고개도 돌리지 않았다.

그러나 괴상하게 다리를 벌린 채(그래도 엄청난 위용을 과시하며 태양처럼 빛을 발하는 후광에 둘러싸여) 어기적거리며 그들 앞을 지나가는 그를 보면서 동료들은 그런 계시를 받았을지도 모르는 일이었다. 그런 생각이 들자 갑자기 기분이 좋아졌다.

그는 판타를 지켜줄 수 없었다.

프랑스로 건너와 사회적 약자가 되고 만 그녀를 지켜주리라 마음먹었었지만 도중에 포기하고 말았다.

그는 문을 밀치고 전시홀로 나갔다.

마니유의 두 고객은 이제 홈바용 의자를 고르고 있었다. 그들이 이 홈바에서 식사를 하는 일은 결코 없을 테며 거기에 팔을 기댄 채 커피 한 잔을 마시는 일조차 없을 것임을 뤼디는 장담할 수 있었지만 말이다. 그들은 지금까지 사용해온 불편한 작은 식탁에 여전히 마음이 갈 테고 그러다 마니유가 설치한 새 주방설비 속에 슬그머니 그 식탁을 다시 들여놓을 궁리를 할 거다. 홈에 빵부스러기가 잔뜩 낀 그 끈적대는 낡은 식탁은 어느 날 홈바 옆 한구석에 다시 놓이고 냉장고 문을 열 때마다 거치적대겠지. 자식들이 찾아와 이 모습을 보고 어이가 없어 불평을 해대면 그들은 변명을 늘어놓을 거다. 임시로 놓아둔 거라고. 장을 본 봉지와 상자를 내려놓을 작은 탁자가 생기는 대로 자기들의 소중한 식탁은 치워버리겠다고.

마니유는 그들에게 짙은 색 나무 스툴 한 쌍의 갈색 인조가죽을 만져보게 하고 있었다.

그리고 두 사람 곁에서 무한한 인내심을 발휘하며 기다렸다. 일을 매듭지으려는 조바심을 절대로 내비치지 않으면서.

남자가 멀리서 뤼디의 발소리를 듣고 눈길을 들었다.

보통의 경우보다 훨씬 오래도록 남자는 상냥하고 다정한 눈길로 뤼디를 바라보았다. 뤼디는 흥분된 마음을 억제할 수 없었다. 그 순간 상대가 그에게 인사를 보내려는 듯 베레모를 살짝 들어올렸다.

전날만 해도 집요한 시선을 동반한 그런 몸짓은 뤼디를 거북하고 불안하게 만들었을 것이고, 그러면 뤼디는 잇달아 어떤 불쾌한 일이 닥치지나 않을지 저어했을 터였다. 하지만 지금은 그저 이 남자가 자기를 알아본 거라는 기분 좋은 생각이 들었다.

난 주품천사들의 영靈이다!

그래, 저 남자는 엄마가 놓고 간 전단 하나를 손에 들고 있는 거다. 뤼디가 그처럼 찬란한 빛을 발하며 지나가자 명백한 증거를 본 듯 가슴속이 지복至福으로 차오른 거다.

당신이 나를 보살펴주실 천사입니까?

그의 시선은 이렇게 묻는 듯했다.

무어라 대답한다지?

뤼디는 이를 드러내고 활짝 웃었다. 두려워서든 기뻐서든 그렇게 웃으면 입술이 뒤틀려 불쾌한 인상을 준다는 사실을 알았기에 평소에는 이렇게 웃는 걸 자제했었다.

뤼디는 남자의 눈을 직시하며 입술을 옴지락대면서 혼잣말을 했다. 나는 역품천사들의 어린 주인입니다.

그는 발길을 재촉하며 가게를 나왔다.

주차장의 뜨거운 열기에 놀라 정신이 번쩍 들었다.

아니야, 라고 그는 혼자 중얼댔다. 판타를 망명자의 고독 속에 의식적으로 방치했다고 자신을 꾸짖을 수는 없었다. 그녀에게 프랑스 교단에 서기 위한 온전한 자격이 없는 것이 자신의 책임은 아니지 않은가.

그런데도 그녀를 이곳으로 데려온 게 실수였다는 생각을 떨쳐버리지 못했다. 그는 자기가 그녀를 외면해버렸을 뿐 아니라 자신의 임무를 저버렸다고 생각했다. 그들이 아직 그곳에 있을 때 그 자신이 암암리에 동의한, 그녀를 지켜준다는 임무를.

하지만 이제 그런 굴욕감에서 벗어나고 있었다!

그는 얼마나, 얼마나 심한 구타를 당해야 했던가!

간혹 두 팔을 높이 들어올릴 때면 그때의 고통이 되살아나는 듯했다. 특히 마니유의 주차장 뜨거운 아스팔트에서 석유 냄새가 뿜어져나올 때면, 열기로 끈적대는 역청이나 그와 흡사한 표면에 바싹 엎드린 자신의 모습이 뚜렷이 떠올랐다. 어깨와 옆구리가 뾰족한 무릎에 짓이겨졌고, 더럽고 끈끈한 역청에 닿지 않으려고 부어오른 얼굴을 안간힘을 써가며 쳐들고 있었다.

여러 해가 지났어도 이 광경이 떠오르면 놀라움과 굴욕감으로 얼굴이 달아올랐다.

하지만 이 순간 그는 처음으로 이 모두가 얼마나 기계적인 반응인지를 깨달았다.

한껏 숨을 들이마시자 아린 냄새가 몸안 가득 스며들었다.

그리고 그에게서 치욕감이 사라지는 것을 느꼈다.

그렇다. 그건 뤼디 데카였다. 메르모즈 고등학교의 애송이들이 뤼디 데카를 발로 차 쓰러뜨린 뒤 아스팔트 바닥에 대고 갈비뼈를 으스러뜨렸으며 얼굴을 뭉갰다. 바닥에 얼굴이 닿지 않게 하려고 그는 안간힘을 썼었다. 뺨에 남은 미세한 흉터들은 그때 생긴 것이었다. 아직도 어깨가 경미하게 아팠다. 그래도 더이상 비참한 느낌은 들지 않았다. 이 느낌을 다른 데로 전가하고 싶었거나 전가해서가 아니라 오히려 받아들였기 때문이었다. 그렇게 함으로써 그는 자신에게서 해방될 수 있었다. 마치 끝없이 이어지는 냉혹하고 소름끼치는 꿈, 인내하며 복종하는 꿈으로부터 해방된 것 같았다. 이제는 거기서 벗어날 수 있을 것 같았다.

메르모즈 고등학교의 전직 교사이자 중세문학 전문가였던 뤼디 데카에게 이제 치욕은 낯선 말이 되었다.

그는 명성과 위신을 상실한 채 판타를 데리고 프랑스로 귀국했었다. 퇴색한 삶이 잇따르리라는 건 알고 있었다. 이미 그의 내면에 존재하는 삶이었기 때문이다. 그런 삶을 증오하고 거부하면서도 그렇게 살 수밖에 없다는 확신이 드는 것을 어찌할 수 없었다.

하지만 이제 그는 그 삶에 동의함으로써 마음이 가벼워졌다.

그리고 조용하고 편안한 모습으로 난폭한 굴욕의 장면들을 다시 떠올렸다. 그 굴욕은 이 순간 뜨겁고 건조한 공기 속에 서 있는 그 자신과는 더이상 관계가 없었다. 그의 심장을 압박하며 어떤 치밀한 덩어리가 가슴속을 채우고 있었는데, 이제 그것이 용해되어 사라져가는 것이 보였다. 그의 눈앞에 자신을 구타했던 세 아이의 얼굴이 또렷이 떠올랐다. 그를 바닥에 내리누르던 녀석이 내쉬는 시큼한 숨결까지 아직 목덜미에 느껴졌다. 나무랄 데 없는 젊음을 발산하던 검고 아름다운 세 얼굴. 전날까지만 해도 다른 학생들 사이에 앉아 천진난만한 얼굴을 하고 프랑스 시인 뤼트뵈프에 관한 설명을 듣는 데 집중하던 녀석들.

이 얼굴들이 떠올랐지만 마음이 괴롭지는 않았다.

그리고 문득 궁금해졌다. 아, 지금쯤 그들은 어떻게 살아가고 있을까? 그 세 녀석은.

그는 한 발 한 발 단호히 내디디며 차가 있는 쪽으로 걷기 시작했다. 역청에 발이 들러붙는 감촉과 발을 뗄 때마다 나는 작은 입맞춤 소리를 음미하면서.

그 모든 광경이 떠올랐지만 마음은 괴롭지 않았다.

날은 찌는 듯이 더웠다!

다시 항문이 따끔거리기 시작했다.

아, 그 모든 광경이 떠올랐지만……

얼마나 행복한가 하고 그는 생각했다.

그렇게 몸을 긁어대는 것도 나쁘지 않았다. 이 가려움증으로 인해 좀 전과 같은 분노와 좌절의 구렁텅이에 빠지는 일은 없을 것이었다. 이 평범한 질병을 자신의 열등함에 대한 예증이나 벌로 간주할 이유는 없었다.

이제 그에겐 가능성이……

그는 하얗게 달구어진 차 문손잡이를 잡았다.

손가락을 얼른 떼지 않는 바람에 화상을 입어 피부가 쓰렸다. 하지만 한층 가벼워진 정신과 텅 빈 가슴, 넉넉해진 마음을 더 잘 감지할 수 있게 된 것 같았다. 마침내 해방이라고, 그는 마음속으로 외쳤다!

한데 어떻게 그럴 수 있었을까?

어떻게 그런 일이 일어날 수 있었을까?

그는 주변을 한참 동안 둘러보았다. 동료들이 타고 온 회색이나 검정색 큰 차들과 주차장 앞 도로, 그리고 도로를 따라 죽 늘어선 창고와 주택 들이 보였다. 그는 뜨거운 해를 향해 기분 좋게 얼굴을 들어올렸다. 마침내 해방이었다!

그렇다면 이제 그는 무엇을 할 수 있게 된 걸까?

좋다. 끝까지 가볼 셈이었다. 하늘을 향해 쳐든 얼굴이 당혹감에 살짝 붉어지는 걸 느끼긴 했지만 기필코 끝까지 가볼 셈이었다. 갓 얻은 이 자유를 시험해볼 것이었다. 그 세 아이가 그를 공격한 게 아니라는 사실을 처음으로 인정하면서.

그의 안에 남아 있는 옛 뤼디 데카가 저항해왔다.

바야흐로 시작된 불안과 혼란으로 몸이 떨려왔지만 그는 굳건히 버텼다.

그는 차문을 열고 들어가 자리에 털썩 주저앉았다.

차 안은 질식할 것처럼 더웠다.

그러나 단내 나는 이 공기를 한껏 들이마셔 마음을 진정시키고 두려움을 몰아내고 싶었다. 그 녀석들이 그를 공격한 게 아니라면 그 자신이, 다카르의 메르모즈 고등학교 문학 교사인 뤼디 데카가 그들 중 한 명에게 달려들었었다고 인정해야 했다. 그리고 다른 두 명이 친구를 구하기 위해 달려왔다는 걸.

정말 그랬을까?

그렇다. 사실은 그랬던 거다. 안 그래, 뤼디?

시큼한 눈물이 두 눈 가득 고였다.

반대로 믿으려 안간힘을 써왔던 터라 아직도 진실이 무언지 확신은 할 수 없었다.

아직도 확신은 할 수 없었다.

그는 뒷좌석으로 팔을 뻗어 낡은 수건을 집어들고 눈꺼풀을 가볍게 찍어냈다.

그런데 이 진실을 깨닫고도 괴로워하지 않을 수 있을까?

역청이 지글대는 고등학교 교정이 정오의 태양 아래 널따랗게 펼쳐져 있었다.

뤼디 데카가 학교 건물을 빠져나오고 있었다. 사람들로부터 사랑받는 우수한 교사의 걸음걸이는 민첩하고도 행복해 보였다. 그는 학생들은 물론 동료 교사들과, 그들 가운데 한 명인 아내 판타로부터도 사랑받는 젊은 교사였다. 자신의 몸을 에워싼 후광을 느끼기 위해 스스로를 신의 뜻을 전하는 종이라 믿을 필요도 없었다. 정말이지 그럴 필요는 전혀 없었다. 그에게선 이미 온정과 묘한 자신감과 정제된 야심의 빛이 발산되고 있었다.

역청이 그의 단화 바닥에 가볍게 들러붙었다.

이 접촉감이 기분 좋게 느껴져 학교 철문을 넘어설 때까지 그는 혼자 미소를 지었다. 그리고 이 미소는 거기 있던 세 아이에게 마치 무심코 건넨 축복의 몸짓처럼 전해졌다. 빈약한 망고나무 그늘 속 세 사람의 얼굴이 정오의 햇빛 아래 반짝였다.

모두 그가 가르치는 학생들이었다.

뤼디 데카는 그들을 잘 알고 있었다.

그가 이 학생들에게 각별한 애정을 느꼈던 건 흑인인데다 가난한 집안 아이들이었기 때문이다. 그리고 그중 한 아이의 아버지는 한때 뤼디와 그의 부모가 살았던 다라 살람 마을의 어부였다.

마니유의 주차장에 주차된 자신의 차 안에 앉아 뤼디는 그 어부의 아들에게 시선이 머무를 때마다 느꼈던 감정을 떠올렸다. 결연하고도 불안한 그 과도한 호감은 그 아이 자신의 자질과는 아무 관계가 없었다. 그것은 어쩌면 뤼디도 깨닫지 못하는 사이 증오로 돌변할 수 있는 감정이었다. 그를 향한 감정은 호감이 아닌 증오였음을 뤼디는 미처 이해하지 못했다.

이 아이의 얼굴은 다라 살람을 생각나게 했다.

그는 다라 살람의 환영에 맞서 처절한 싸움을 벌이고 있었는데 말이다.

그것이 이 아이를 향한 과도한 애정으로 변질되었다. 증오일지도 모르는 애정으로.

건기의 뜨거운 열기로 모든 것이 멈춰버린 듯한 그날 정오, 그는 편안하고 행복한 마음으로 교문을 나서고 있었다. 입가에 떠오른 미소가 세 아이를 감싸며 그들을 향해 흘렀다. 감정이 개입되지 않은 만족이 우러나는 미소, 우아하고도 경건한 미소였다.

그런데 어부의 아들이 갑자기 눈치를 챘던 걸까? 자기를 향한 뤼디 데카의 더없이 다정한 태도는 다라 살람 사람을 향해 차오르는 적대감을 억누르기 위한 절망적인 수단에 불과했다는 것을.

정오의 희끄무레한 빛 속에 뚜렷이 떠오른 교사의 미소는 마침내 모습을 드러낸 증오가 아니었을까?

더운 공기가 가볍게 떨고 있었다.

망고나무의 회색 이파리들을 흔들어놓는 한줄기 바람도 불지 않았다.

당시만 해도 뤼디 데카는 자신에 대해 무척 운이 좋다고, 앞길이 창창하다고 여기고 있었다.

두 해 전에 태어난 아들 지브릴은 방긋방긋 웃으며 쉴 새 없이 재잘댔고 지금처럼 아버지를 두려워하거나 불편해하며 당황한 모습으로 이마를 찡그리지도 않았다.

외국의 한 대학에 교수직을 요청해둔 상태였고 중세문학 학과장과의 최종 면담도 몹시 화기애애한 분위기에서 마무리된 터였다. 대학으로부터 긍정적인 답변이 오리라 믿어 의심치 않았고, 순전한 자만심의 발로로 엄마에게도 이미 전화로 통보해둔 참이었다.

당신의 노년을 지켜줄 당신의 아들이 대학에서 고전문학을 가르치는 교수가 될 거라고.

아, 정말이지 삶은 아름다웠다.

아내는 감정을 잘 드러내지 않는 성격이었지만 그래도 그는 판타가 자신을 사랑한다는 것을 느낄 수 있었다. 최근에 세들어 살게 된 플라토의 아름다운 아파트에서 두 사람이 함께 이루어놓은 삶을 사랑한다는 것도.

간혹 그녀가 뤼디보다 아이를 더 사랑한다고 생각될 때도 있었다. 비슷하긴 해도 더 강한 사랑으로 아이를 사랑한다고. 그래도 그 둘은 성격이 다른 사랑이었으니 그 자신이 잃을 건 아무것도 없었다.

아니, 아니었다. 분명 잃은 게 있었다. 그녀가 전보다 조금 멀게 느껴졌다.

하지만 그게 그렇게 중요한 일은 아니었다.

그는 판타의 만족에 몹시 신경을 썼다. 자신이 좀 손해를 보더라도 그녀가 행복할 수 있다면 아무래도 좋았으며 오히려 그것이 기쁠 정도였다.

그랬다. 정말이지 완벽한 삶이었다. 다만 그 아이를 볼 때마다 떨쳐내야 했던 다라 살람에 대한 기억만이 향후 닥칠지 모르는 혼돈의 그림자를 드리웠다.

그 아이가 망고나무 그늘에서 천천히 걸어나왔다. 뤼디의 그 끔찍한 미소에 맞서야 하는 사람처럼 힘겨운 모습으로.

그리고 조용하고도 또렷한 목소리로 결정적인 한마디를 내뱉었다.

"살인자의 아들."

뤼디 역시 잇달아 마음속으로 이 말을 되뇌었다. 그리고 지금 마니유의 주차장에서도 이 말을 되뇌고 있었다. 뻔뻔스러우리만큼 침착한 그 아이의 목소리가 말의 의미보다 더 깊이 그의 심장에 비수를 꽂는 것 같았다. 그에게 모욕을 주기 위해 일부러 애를 쓰거나 재간을 부릴 필요도 없는 목소리였다.

그 어부의 아들 입에서 지극히 명료한 진실이 무심결에 흘러나오고 있었다. 그것이 그의 참모습이었으니까. 어쩌면 진실이 드러나도록 한 것은 바로 그의 미소였는지도 모른다. 달콤한 거짓 미소, 증오와 공포로 가득한 미소.

뤼디는 들고 있던 가방을 놓았다.

자신이 무슨 짓을 하고 있으며 무슨 짓을 하려 하는지 알지도 이해하지도 못한 채 그 아이의 목을 향해 달려들었다.

두 엄지손가락 밑에 닿은 따스하고 축축한 울대의 느낌을 잊을 수가 없었다. 그 무엇보다 또렷이 기억되는 것이 이 느낌이었다. 상대의 목을 누르고 있는 동안 떠올랐던 것은 오직 하나, 매일 저녁 직접 목욕을 시키는 어린 지브릴의 보드라운 살결이었다.

기계적으로 그는 양손을 뒤집어 바라보았다.

손가락 끝마디의 도톰한 부분에 그를 도취감에 젖어들게 했던 부드러운 저항감이 다시 느껴지는 듯했다. 그런 식으로 그는 날뛰는 분노에 취해 정신을 잃은 채 어린 상대의 유연하고도 단단한 울대뼈를 누르고 있었던 것이다.

그런 끔찍한 분노에 휩싸인 적은 난생처음이었다. 누군가를 향해 덤벼든 적도 처음이었다. 마치 자신의 존재 이유와 진짜 본성을 마침내 발견한 것 같은 느낌이었다. 쾌감이 온몸을 휘감았다.

힘에 부처 끙끙대는 자신의 숨소리가 들려왔다. 어쩌면 상대의 신음 소리를 자신의 소리로 착각하는 건지도 몰랐지만.

그는 온 힘을 다해 아이의 목을 휘어잡고 교정으로 밀고 갔다.

상대가 땀을 비 오듯 흘리기 시작했다.

끝났어. 상냥함도 끝이야. 뤼디의 머릿속에서 심술궂고 의기양양한 목소리가 속삭여댔다.

이 더러운 놈이 뭐랬지?

"너, 뭐라고 했지? 살인자의 아들이라고? 좋아. 그렇다면 본성에 어울리게 행동해야겠지?"

모두 같은 피일까? 아름다운 다공질 타일을 깐 테라스에 아버지의 동업자가 흘린 지워지지 않는 피, 뢰뵈스 교도소의 감방 벽에 튄 아버지 아벨 데카의 피, 다라 살람에 사는 어부의 아들인 이 아이의 피, 이 모두가 말이다. 이 녀석을 넘어뜨려 교정 바닥에 머리를 박아대면 거기서 그 피가 솟아날 테지.

"더러운 놈."

뤼디는 기계적으로 이렇게 중얼대며 광적인 희열을 느꼈다. 자신에게 그런 기쁨을 선사하는 상대에게 그런 욕을 해대는 이유를 더이상 알 수 없을 만큼.

순간 끔찍한 통증이 등과 어깨를 관통했다.

땀에 흠뻑 젖은 상대의 목이 양손에서 빠져나가는 것이 느껴졌다.

무릎과 가슴이 차례로 땅바닥에 거칠게 부딪치면서 숨이 콱 막혔다.

누군가 한쪽 팔로 그를 땅에 밀어붙이기 전에 가능한 한 머리를 높이 쳐들려 했지만 뺨에 상처가 나고 바닥에 구르는 작은 돌멩이들에 관자놀이께 피부가 벗겨지는 걸 막을 수 없었다.

녀석들이 거칠게 숨을 내쉬며 욕을 해대는 소리가 들렸다.

흥분과 당혹감이 서린 그들의 목소리에서 분노는 느껴지지 않았다. 그에게 내뱉는 말들도 그의 잘못을 바로잡기 위한 처치의 일부 같았다.

그들은 이제 이 문학 교사를 어떻게 할지 상의하고 있었다. 상대의 고통을 헤아리지 못하고 그의 등허리에 자신들의 앙상한 무릎을 박은 채.

놓아주면 다시 공격이라도 할까봐 두려워 이러는 걸까?

그는 그들에게 그만하라고, 자신을 두려워할 필요가 없다고, 어떻게든 의사를 전달하고 싶었다.

하지만 역청 위에 침만 흘릴 뿐이었다.

그리고 몸을 움직이려다 바닥에 입술이 스쳐 쓰라림만 더해졌다.

뤼디는 시동을 걸고 차를 후진시켰다. 낡은 네바다가 붕붕 연기를 내뿜으며 움직이기 시작했다.

지난 사 년 동안 그는 잔인하기 그지없는 그 세 아이가 아무런 이유 없이 자신을 공격하여 구타했다는 이론을 철저히 고수하고 있었다. 그러나 그는 이제 그것이 그가 지어낸 이야기라는 것을 깨달았다. 아니, 진작 알았던 일이지만 진실을 보려 하지 않았는지도. 하지만 더이상은 아니었다. 스스로도 미처 깨닫지 못한 채 그에게 영원히 회복될 수 없는 고통을 가하며 그를 꼼짝 못하게 붙잡고 있던 이 아이들에게서 전해지던 당혹감과 놀라움과 호의가 그의 머릿속에 떠올랐다. 그 순간 그들은 자기들과 교사 양쪽의 명예와 안전을 손상시키지 않고 그 상황을 모면할 방법을 모색하고 있었다. 앞서 그가 다라 살람의 아이에게 야기한 공포와 고통에도 불구하고 그들에게선 어떤 보복의 욕구도 폭력의 의지도 찾아볼 수 없었다.

그는 자신의 머리 위에서 그들이 하는 말을 듣고 있었다. 당황하고 놀란 그들의 음성에서 원한 따위는 찾아볼 수 없었다. 교사의 행동에 어안이 벙벙해진 상태에서도 그들은 교사가 이성을 잃을 정도로 화가 나 있다는 사실을 분별 있게 인정하고 있었다.

반면 뤼디 자신은 다라 살람의 그 아이를 미워하고 있었다.

마니유의 주차장에 있던 그 순간까지도 이 세 학생을 미워하고 있었다. 지롱드*로 돌아올 수밖에 없었던 것도, 그가 겪는 골칫거리들과 불행도 모두 그들 때문이라 생각했다.

주차장을 나와 도로로 들어서면서 그는 자신의 마음속에 막연한 원한과 분노와 기만이 자리잡고 있었다는 생각이 들었다. 그 막연한 감정들이 자리잡은 것은 아버지 아벨 데카가 동업자를 죽인 다라 살람에서 비롯된 증오심, 애정과 미소로 포장된 이 증오심을 직시하기보다 그 아이들의 희생자로 자처하기로 선택한 그 순간부터였다.

아, 그렇다. 현재 자신이 겪고 있는 불행도 바로 거기서, 자기만족과 비겁에서 비롯된 것이었다.

그는 한 시간 전에 지나온 길을 되짚어갔다. 원형 교차로에 이르러서는 좀 전보다 느린 속도로 조각상 주위를 돌아 가파른 비탈이 이어지는 넓은 도로로 빠졌다. 그 도로 끝에 므노티 부인의 집이 있었다.

므노티 부인에게 전화를 쓰게 해달라고 부탁해 판타와 다시 통화를 해야 할지 생각해보고 있는데(아, 판타는 지금 무얼 하고 있을까? 그녀의 마음은 어떤 상태일까?) 난데없이 앞유리창을 향해

---

* 프랑스 남서부 아키텐 지방에 속한 행정구역. 보르도를 포함하고 있다.

나지막이 날아드는 말똥가리가, 그 큼직한 갈색 날개와 하얀 배가 보였다.

순간 가속페달에서 발을 떼었다.

새는 발톱으로 와이퍼를 움켜잡고 유리창에 배를 찰싹 붙였다.

뤼디는 깜짝 놀라 비명을 지르며 급하게 차를 세웠다.

새는 꼼짝도 하지 않았다.

활짝 편 양날개로 앞유리창을 뒤덮고 머리를 옆으로 돌린 채 준엄하기 그지없는 노란 눈으로 그를 뚫어지게 바라보았다.

뤼디는 경적을 울렸다.

전율이 새의 가슴팍을 훑고 지나갔지만 와이퍼를 움켜잡은 발톱에는 더한층 단단한 힘이 들어가는 듯싶었다. 새는 뤼디의 얼굴에 차가운 비난의 눈초리를 고정시킨 채 성난 고양이 같은 울음소리를 내질렀다.

뤼디는 천천히 차에서 내렸다.

차문을 열어둔 채 감히 새의 곁에 다가갈 엄두를 내지 못하고 그대로 서 있었다. 새는 계속 그를 살피기 위해 머리를 약간 돌리더니 다른 쪽 눈으로 냉혹하고 끈질긴 시선을 던지며 그를 관찰했다.

기운이 빠진 뤼디는 불안감에 싸여 생각했다. 엄마가 믿는 선하신 하느님, 선하신 아버지, 판타에게 아무 일도 일어나지 않게 해주소서.

그는 가볍게 떨리는 한쪽 팔을 새를 향해 내밀었다.

그러자 새는 유리창에서 몸을 떼더니, 최후의 판결과도 같은 성난 울음소리를 또 한 차례 내지른 뒤 뤼디의 머리 위로 푸드덕 날아올랐다.

그리고 발톱 하나로 그의 이마를 할퀴고 지났다.

머리 위쪽으로, 푸드덕하는 새의 무거운 날갯짓이 느껴졌다.

그는 다시 차 안으로 몸을 던진 뒤 문을 닫았다.

너무 거칠게 숨을 몰아쉬다보니 문득 그 소리가 다른 누군가의 입에서 나오는 소리인 양 여겨졌다. 하지만 아니었다. 공포에 질린 이 새된 숨소리는 분명 그의 입에서 나는 소리였다.

그는 뒷좌석에 있는 수건을 집어들고 이마를 훔쳤다.

그러다 피 묻은 수건을 한참 동안 멍하니 바라보았다.

그들이 처한 상황에 대한 그의 새로운 통찰을 판타에게 어떻게 전달한다지?

그가 다른 사람이 되었다는 걸 어떻게 이해시킬 수 있을까? 오늘 아침 그가 무슨 말을 했건, 지금은 기억조차 나지 않는 그 끔찍한 말들이 정말 그의 입 밖으로 나왔다손 치더라도, 이제 자신의 마음속에는 더이상 노여움도 거짓도 들어설 자리가 없다는 걸 어떻게 이해시킬 수 있을까?

두려움에 사로잡힌 채 그는 이마에 난 상처를 조심스레 만지면서 생각했다. 판타, 이런 식으로 나를 벌하기 위해 새를 보낼 것까지는 없었는데. 정말 그럴 것까지는……

그는 한 손으로 운전대를 잡고 다시 차를 출발시켰다. 하릴없이 자꾸 이마 위로 올라가는 다른 한 손은 쉼표 모양으로 난 상처를 더듬었다.

부당해. 정말이지 부당해. 그는 자신도 모르게 이렇게 되뇌었다.

조금 더 가 그는 므노티 부인의 집 앞에 차를 세웠다.

부유한 커플들이 사들여 수리해놓은 수수한 농가 여러 채가 도로를 따라 죽 이어졌다. 세심하고도 화려한 실내장식 덕분에 차츰 원래의 초라한 모습(짧은 처마와 낮은 천장과 작은 창문 따위)은 잊혀갔고, 독특한 취향에 맞추어 개조된 듯한 인상을 주었다. 모로코제 타일 바닥이나 구리 배관, 바닥에 박아넣은 커다란 욕조가 그랬다.

뤼디는 므노티 부인의 수입으로는 호화롭고 까다로운 이웃들의 지출을 도저히 따라잡을 수 없다는 걸 이미 알고 있었다. 오직 부엌만이 안락과 호사를 위해 그녀가 과도한 지출을 불사한 유일한 공간이었다.

그는 또한 이 부엌이야말로 므노티 부인이 자신의 경제적 열등 감을 대략적으로나마 보상받고자 한 공간이라는 것을 눈치채고는 몹시 거북하고 불편해졌었다.

이와 같은 그녀의 결심이 그에게는 정신나간 경거망동으로밖에 비치지 않았다.

그는 차에서 내렸다.

그리고 목격했다. 현관문 근처, 오십여 년 전쯤 뿌리를 내린 듯 줄기가 보통 나무만큼 굵은 늙은 등나무 밑동에 므노티 부인이 파괴적이고 야만적이며 마구잡이 의지로 가한 결정적인 일격을.

뤼디가 처음 이곳을 방문했을 때만 해도, 전에 살던 사람들이 집 정면에 설치해둔 철사줄을 따라 향기로운 연보랏빛 꽃송이들이 문 위쪽이며 창이며 빗물받이 홈통 밑에 주렁주렁 달려 있었다.

발돋움을 해 꽃냄새를 맡으며 거저 맛보는 그 아름다움과 향기에 취해 감동과 환희를 느낀 그는 므노티 부인 앞에서도 그 무성한 등나무에 대한 찬사를 아끼지 않았었다. 그랬다. 자신의 과거를 절대 입 밖에 내지 않는 그의 입에서 불쑥 다라 살람의 협죽도에 대한 이야기까지 튀어나왔었다.

그러자 므노티 부인은 다소 불편하고 회의적인 표정으로 입술을 비죽댔는데, 마치 자식들을 차별대우 하는 어머니가 정작 본인은 애정이 없는 자식을 두고 누가 칭찬하는 소리를 들을 때의 모습 같았다.

그녀는 무뚝뚝하고 거만한 목소리로 불평을 내비쳤었다. 가을이면 마른 꽃잎과 이파리를 쓸어모으는 일이 고역이라고.

그러면서 뤼디에게 집 옆쪽의 커다란 능소화나무를 어떻게 처치한 참인지 보여주었다. 회색 초벽 위로 마구 뒤엉켜 오렌지색 꽃을 피어올리던 그 대담했던 능소화나무를.

땅바닥에 보이는 가느다란 가지와 반들대는 잎사귀, 강한 뿌리,

시든 화관 이 모두가 불태워질 날을 기다리고 있었다. 므노티 부인은 마치 대승을 거둔 오만한 전쟁 용사처럼 멸시 어린 몸짓으로 그것들을 보여주었었지.

낙담한 뤼디는 그녀를 따라 정원을 한 바퀴 돌았다.

무질서한 전쟁, 어이없고 참담한 전쟁의 비통한 흔적들뿐이었다.

그곳을 말끔히 정리한 다음 잔디를 입히려는 파괴적인 열정으로 므노티 부인이 소사나무 울타리를 공격해 밀어버리고 늙은 호두나무 밑동을 자르고 수많은 장미나무를 뽑아버린 뒤였다. 그 후 마음을 바꾼 부인이 장미나무들을 다른 데로 옮겨 심었지만 그곳에서 나무들은 시름시름 죽어갔다.

이런 파괴 행위를 통해 므노티 부인은 의기양양하게 자신의 소유권을 굳히고 있었다. 뿌리째 뽑힌 백 년 묵은 회양목 두 그루 사이를 펑퍼짐한 엉덩이를 흔들며 오가는 그녀를 보며 뤼디는 생각했었다. 그녀보다 먼저 이 집에 살면서 이 식물들을 심거나 씨를 뿌리고 가꾸었던 사람들, 이 무수한 환영들의 끈기 있는 작업과 소박하고도 섬세한 취향의 증거물들을 절멸시키는 행위, 그것이야말로 그녀의 전능한 힘을 합법적으로 과시하는 최고의 수단인 게라고.

그리고 지금 뤼디의 눈앞에 므노티 부인이 잘라낸 등나무가 모습을 드러낸 것이다.

놀랍다기보다 크나큰 낙담을 안겨주는 광경이었다.

부인의 작은 집은 나뭇잎 사이에 가려 있던 초라한 몰골을 고스란히 드러낸 채 헐벗고 간소한 모습으로 서 있었다.

그 화려했던 나무는 이제 바닥에 밑동이 몇 센티 남아 있을 뿐이었다.

뤼디는 천천히 쪽문을 향해 걸어갔다.

집의 휑한 정면을 보자 울음이 터져나왔다.

차소리에 문을 열고 나온 므노티 부인이 눈물범벅이 된 얼굴로 쪽문 앞에 꼼짝 않고 서 있는 뤼디를 보았다.

그녀는 짧은 잿빛 머리에 보라색 운동복 차림이었다.

큼직하고 검은 뿔테 안경 때문에 늘 화가 난 인상이었는데, 이 안경만 아니라면 갈 곳을 잃은 무기력한 여자로 보일 게 틀림없었다.

"이러실 권리는 없잖아요!" 뤼디가 소리를 질렀다.

"이렇게 하다뇨?"

므노티 부인은 짜증이 난 모양이었다.

그렇게 열심히 했건만 아직도 남아 있는 일들, 은근슬쩍 등한시하여 잊어버린 일들과 므노티 부인을 생각하니 입안에서 쇳맛이 났다. 목구멍에서 비릿한 피맛이 올라왔다.

이 순간 그는 과실 그 자체에 대해서만 생각했지 과실의 대상은 떠오르지 않았다.

"등나무 말입니다! 그건 부인의 것이 아녜요!"

"제 것이 아니라니요?" 므노티 부인이 소리를 치며 반문했다.

"그건 그 자신의…… 것이고, 모든 사람의 것이죠……"

자신의 말이 당혹스럽고 그래봐야 쓸데없는 짓이라는 생각에 그의 목소리는 희미하게 변했다.

너무 늦고 말았다. 어쨌거나 너무 늦고 말았다.

근사한 등나무를 구해냈어야 했는데.

어떻게 므노티 부인이 그 나무를 가만두리라 기대했단 말인가?

자연을 그저 적으로 여겨 침범의 위협만을 느끼는 그녀의 냉혹함을 보고서 어떻게 마음 편히 등나무에 등을 돌릴 수 있었단 말인가? 낙엽을 치우는 일이 고역이라고 말한 순간 이미 그녀는 이 등나무에 사형판결을 내린 것이나 다름없었는데.

그는 쪽문을 밀고 들어가 현관 앞 계단을 몇 개 올라갔다.

집은 이제 풀이 무성한 터 한복판에 쓸쓸한 모습으로 서 있었다. 햇살이 므노티 부인을 가차없이 후려쳤다.

지난번엔 등나무가 이 테라스, 이 시멘트 문지방에 부드러운 그늘을 드리우고 있었지. 구석에선 큼직한 월계수가 더운 대기 속으로 달짝지근한 향기를 뿜어내고 있지 않았던가.

그 월계수 역시 사라지고 없었다. 다른 나무들처럼.

므노티 부인 주위로 정화조 냄새가 떠돌았다.

"데카 씨. 당신은 무능력자예요. 아무짝에도 쓸모없는 인간이에요."

그녀가 무슨 말을 하든 개의치 않고 (여하한 경우에도 더는 수치심을 느끼지 못하는 사람처럼) 그는 여전히 물기 어린 눈으로 므노티 부인의 성난 시선에 맞섰다.

그녀는 이제 분노의 수위를 뛰어넘어 절망이나 취기에 근접한 혼돈의 영역을 헤매고 있었다. 사소한 장애물 하나도 그녀는 절대적인 위협으로 여길 것이었다.

하지만 그녀 나름대로 더없이 솔직하게 행동하고 있다는 것도 알 수 있었다.

그녀에 대한 앙심에도 불구하고 희미한 연민의 감정이 일었다.

그러자 돌연 쓰러질 것 같은 피로가 몰려왔다.

엉덩이가 다시 미칠 듯이 따끔거렸다. 그러나 말살된 등나무를 떠올리면 지치고 불확실한 자신의 수치심은 물론 므노티 부인이 느낄 수치심 따위를 배려할 마음이 전혀 들지 않았다.

그는 못마땅한 태도로 두꺼운 청바지 위로 몸을 벅벅 긁어댔다.

므노티 부인이 눈치를 챈 것 같지는 않았다.

그녀는 이제 그를 집 안에 들여보낼 필요가 있다는 생각—그도 이제 문제의 성격과 그녀의 불만이 무엇인지 간파하기 시작했다—과 더이상 그를 상대하지 않겠다는 단호한 의지 사이에서 망설이는 것 같았다.

결국 그녀는 뒤돌아서서 자기를 따라오라는 신호로 휙 손짓을 했다.

잔뜩 흥분한 그녀의 어깨가 떨리는 것이 보였다.

몇 달 전 주방설비의 치수를 재러 온 이후 그가 이 집에 발을 들여놓기는 처음이었다.

그런데 므노티 부인을 따라 그렇게 현관문과 식탁 옆을 지나는 동안 그는 문득 사태 파악이 되기 시작했다. 온몸에 오싹한 전율이 일면서 자신이 저지른 잘못의 윤곽이 점점 뚜렷이 드러났다. 무엇이 잘못되었는지 그 내막이 한순간 확연히 눈에 들어왔다.

부엌 입구에서 그는 발길을 멈추었다.

어이없는 광경 앞에서 신경질적인 웃음이 터져나오려는 것을 간신히 참았다.

그가 저도 모르게 미친 듯이 몸을 긁고 있는데 므노티 부인이 아직 비닐 포장도 풀지 않은 의자 위에 털썩 주저앉았다.

그녀는 계속해서 내려오는 코에 걸린 안경을 사나운 손길로 자꾸만 밀어올렸다.

발작처럼 무릎이 덜덜 떨렸다.

"맙소사, 맙소사."

뤼디의 입에서 저도 모르게 이런 말이 새어나왔다.

수치심으로 목덜미와 양볼이 붉게 달아올랐다.

그토록 열심히 작업을 했는데 어떻게 이런 계산 착오를 범할 수 있었을까?

그는 자기가 이 분야에 별 재주가 없다는 걸 알고 있었다. 그러나 그는 이런 설비들을 경멸했기 때문에 스스로 그런 것들을 고안할 만한 재주가 없다는 사실을 오히려 자랑스러워했다. 게다가 이 오만 때문에 그의 역량이 향상되기란 더욱 어려웠다.

그는 이 일에서 성과를 올리고 싶은 마음이 없었다.

이런 저항이야말로 이전의 삶에서 자신이 획득한 학식(섬세하고도 비범한 이 지식들을 다듬고 유지할 힘과 용기와 욕구를 잃은 지 오래였고, 이제 그 지식마저 전처럼 확고하지도 명확하지도 않게 되었지만)이 완전히 소멸되지 않도록 지켜주는 방패막이였다.

아무리 그렇더라도 지금 눈앞에 보이는 실수는 어이없고 민망스러운 일이 아닐 수 없었다. 한때 자신에게 있었을 세련된 모습을 돋보이게 해주지도 않았다. 아, 전혀 그렇지 않았다.

그는 경악을 금치 못하며 조심스레 앞으로 나아갔다.

므노티 부인과 시선이 마주쳤다. 다시 등나무 생각이 났다. 그러자 마음속에 원한이 가득 차올라 그는 눈길을 돌렸다. 이제 므노티 부인의 눈에서는 좀 전의 분노와 증오심을 읽을 수 없었다.

이 끔찍한 광경을 마주하고도 난 그녀와 대화를 하려 들지 않는구나. 그녀가 날 오라 한 이유가 그 때문일 텐데.

정말이지 지금 그녀는 망연자실 넋을 잃고 도움과 기댈 곳을 찾는 것 같았다. 마치 두 사람이 함께 제삼자가 저지른 착란성 행동의 결과를 바라보고 있는 기분이랄까.

그는 이제 부엌 한복판 네모난 조리대가 있는 곳으로 조심스레 발길을 옮겼다. 조리대에는 큼직한 전기레인지와 종 모양의 후드가 설치되어 있었는데 대리석과 청석돌을 깐 이 조리대야말로 방문객들에게 위압감을 주는 전형적인 광경, 므노티 부인이 그리던 이상적인 부엌의 상징이었다.

조리대는 적절한 위치에 자리해 있었고 후드의 연도도 천장에 제대로 끼워져 있었다.

그러나 전기레인지가 후드에서 저만치 떨어져 있었다. 전기레인지가 알맞은 자리에 놓이도록 조리대를 재배치하면 그 주변을 자유롭게 다닐 수 없게 된다는 걸 한눈에 봐도 알 수 있었다.

모든 지력과 정신력을 동원해 이 작업에 임했는데도, 뤼디 데카는 후드와 네 화구의 위치도 제대로 맞추지 못한 것이었다.

"사장이 당신을 해고할 거예요."

므노티 부인이 담담한 목소리로 내뱉었다.

"네. 저도 그게 겁이 납니다." 뤼디가 중얼댔다.

"내일 친구들을 부를 예정이었어요. 부엌을 보여주려고요. 이제 전부 취소해야겠지만요."

"그게 낫겠군요."

온몸에 맥이 빠진 그는 아직 포장도 뜯지 않은 의자를 끌어당겨 그 위에 털썩 주저앉았다.

마니유의 가게에서 해고당한다고 세상이 끝나는 건 아니라고 스스로를 설득할 수 있을까?

이제 그들 세 사람은 어떻게 되는 것일까?

므노티 부인의 부엌 공사에 대해서라면 막연하고 좀체 알 수 없는 찜찜한 기분이 들었었는데, 언제부턴가 유달리 불순하게 느껴졌던 그 기분의 근원을 파헤쳐볼 배짱이 있었다면 공사가 시작되기 전 자신의 실수를 바로잡을 수 있었을 텐데. 이런 생각을 하니 자신이 더욱 어리석게 여겨졌다.

그러나 그는 이런 감정에 더는 시달리고 싶지 않아 그것을 마음속 깊이 묻어두기로 했다. 다라 살람의 그 아이를 비롯해 그곳의 모든 일과 관련된 진실 또한 그는 오늘날까지 생각이 미치지 못하는 곳에 밀어두고 있었다.

그런데 뤼디가 앞으로 월급을 받지 못하면 그들 세 사람은 어떻게 되는 것일까?

"사실은 저도 알고 있었죠." 그가 중얼댔다. "제 계산이 틀렸다는 걸 알고 있었습니다."

"뭐라고요?"

"그래요…… 그때 상황을 직시하고 대처했어야 하는데…… 제가 틀렸을 수도 있다는 걸 말이죠. 한데 무시하기로 해버린 거죠."

이렇게 말하며 그는 므노티 부인을 바라보았다. 그녀는 안경을 벗어 자신이 입고 있던 티셔츠에 문질러 닦았다. 과실이 모두 드러난 참에 더이상 이 일로 역정을 내고 있을 이유가 없다는 듯 차분한 얼굴이었다.

평소엔 커다란 안경테에 가려 보이지 않던 섬세하고 고른 얼굴 윤곽이 그의 눈에 들어왔다.

이제 우린 어떻게 되는 것일까?

주택 대출금으로 매달 오백 유로를 갚고 있는데, 이 집과 우리 가족은 어떻게 된다지?

"커피 한잔 하시겠어요?" 므노티 부인이 물었다.

그는 조금 놀라며 그러겠다고 했다.

문득 마니유의 숨결에 배어나던 부드러운 커피 향이 떠올랐다.

"아까부터 한잔 마셨으면 했어요."

므노티 부인의 동작을 눈으로 좇으며 그가 말했다. 부인은 무겁게 몸을 일으켜 커피포트를 가져다 물을 채운 다음 새 조리대에 엉덩이 한쪽을 걸치고 여과기에 커피를 담았다.

"아무튼 그 등나무가 부인께 방해가 되진 않았을 거예요. 정말 예쁜 나무였는데."

그는 이 말을 하지 않고는 배길 수 없었다.

므노티 부인은 그를 돌아보지도, 말을 하지도 않았다. 조리대에 그렇게 걸터앉아 자신의 일에만 집중했다.

운동화를 신은 그녀의 두 발은 바닥에 닿지 않았다.

그 순간, 바닥에 닿지 않거나 살짝 스치기만 하는 듯했던 또다른 발이 떠올랐다. 다카르의 보도 위를 날아다니던 판타의 지칠 줄 모르는 발, 날렵한 발이었다. 내가 이 등나무를 잘랐다, 내가 등나무를 자른 거다, 내게 방해가 될 리 없는 정말 예쁜 등나무였는데. 씁쓰름한 땀을 비 오듯 흘리며 그런 생각을 했다. 그러자 밑동이 잘린 그 등나무에 대해 므노티 부인에게 하려던 모진 말들이 목구멍 속에 남아 나오지 않았다.

차고 쓰름한 땀이 이마에서 흘러내렸다.

그렇긴 해도 그 스스로 시인한 사항들에 비추어볼 때 그는 예전에 꾸던 꿈에서, 견딜 수 없는 과거의 꿈에서, 벗어나기 시작한 것 같았다. 그 꿈속에선 그가 무엇을 말하고 행하든······

"자, 마셔요."

므노티 부인이 커피를 가득 부은 찻잔을 내밀며 말했다.

그녀는 자신의 잔에도 커피를 따르고 의자에 와 앉았다.

조금만 몸을 움직여도 의자를 감싼 포장 비닐이 바스락댔다.

두 사람은 아무 말 없이 커피만 홀짝댔다. 뤼디는 마음이 진정되며 용기가 생기는 것 같았고 이마 위의 차고 쓰름한 땀도 말라 있었다. 객관적으로 따지면 그 어느 때보다 처지가 딱했지만 말이다.

"이 근방에서 일을 찾긴 그른 것 같군요."

그가 마치 다른 누군가를 두고 하는 말처럼 차분한 목소리로 내뱉었다.

그러자 므노티 부인이 커피를 다 마셨고 정말이지 맛있는 커피였다고 말하듯 입을 다시고는 조용하고 무심한 목소리로 받았다.

"불가능하겠죠. 이곳에선 거의 가망이 없을 거예요."

"전화 좀 쓸 수 있나요?"

그가 다소 곤혹스러운 표정으로 물었다.

그녀는 거실 쪽으로, 전화기가 놓여 있는 작은 원탁 앞까지 앞장서서 걸어갔다.

그런 다음 그의 곁에 꼼짝 않고(코에 걸리는 안경을 부질없이 밀어올리는 동작을 제외하고는) 남아 있었다. 그를 감시하기 위해서라기보다 실패작인 부엌에 혼자 있고 싶지 않아서일 거라고 뤼디는 짐작했다.

"휴대전화가 없으세요?"

"네. 너무 비싸서요."

수치심이 일더니 자존심과 또렷한 의식이라는 여전히 연약한 외피를 공격해왔다. 하지만 이런 수치심의 공격마저 습관에서 초래된 것임을 그는 감지했다. 그에 따른 고통에 스스로를 방치하지 않는 것이 뤼디 자신의 의무였다. 익숙한 감정이 주는 모순적인 편안함에 자신을 내맡겨서는 안 되었다.

"정말 너무 비싸더군요. 꼭 필요한 것도 아니고."

그가 거듭 힘주어 말했다.

"잘하셨어요."

"댁의 부엌도 그렇지 않습니까. 너무 비싸고 꼭 필요하지도 않죠……"

그녀는 아무 대꾸도 하지 않고 상심한 눈길로 눈앞 허공을 응시했다.

완벽을 자처하는 마니유의 주방설비들, 그것들이 시종일관 약속

하는 평화롭고도 경쾌한 행복의 희망. 므노티 부인은 아직 이것들을 포기할 수 없을 터였다. 아직은 힘에 부치는 일이었다.

어느 날 밤 그녀가 절망감에 싸여 그에게 전화했을 때, 그녀의 단호한 결의가 흔들리는 것 같았던 그 순간, 암묵적으로 그가 그녀에게 약속한 것도 바로 그것이 아니던가? 조화롭고 단정하며 선망할 만한 삶을 그처럼 어수선한 설비들이 들어찬 낡은 부엌에서 이루기는 거의 불가능하다고 바로 그, 뤼디 데카가 암시하지 않았던가.

그는 다시 한번 자기 집 전화번호를 눌렀다.

수화기를 통해 한참 동안 신호음이 들렸다. 한참 동안. 그러다 마침내 판타가 전화를 받으면 안도는커녕 화들짝 놀라게 될 것 같았다.

기다리는 동안 지루함을 달래기 위해 그는 전화기 옆에 놓인 지역 전화번호부를 한 손으로 들척거렸다. 그러다 자신의 분명한 의지에 이끌려 곧장 고클랑이라는 이름까지 손이 갔다. 그리고 이 조각가가 근방에 산다는 사실을 확인하자 다소 거북해졌다. 최근 들어 부유한 도시 사람들이 투자한ㅡ그들은 므노티 부인의 이웃들이나 심지어 부인 자신처럼 이 동네 농가 저택을 사들인 다음 큰돈을 들여 주거용으로 개조했다ㅡ동네였다.

잠시 뒤 현관 앞 계단에서 므노티 부인과 헤어질 채비를 하는데 등나무 꽃향기가 나는 듯했다.

뜨거운 햇빛 아래 서 있노라니 연보랏빛 꽃송이들의 짙고 들큼

한 향기가 훅 끼쳐오며 또 한번 그의 마음을 어지럽혔다. 아마도 집 옆에 치워둔 가련한 등나무 더미에서 나는 향기, 등나무가 마지막으로 뿜어대는 향기일 터였다. 나름대로 그에게 말하고 있는 게 아닐까. 넌 아무것도 하지 않았다고. 날 위해 아무 행동도 취하지 않았다고. 이젠 너무 늦어버려 난 서서히 분해되어 향기 속에 죽어간다고.

문득 원망이 솟구치며 우울해졌다.

이런 감정을 숨기기 위해 그는 고개를 수그리고 양손을 바지 뒷주머니에 찔러넣었다. 그 순간 한 손에 엄마의 팸플릿이 잡혔다. 그는 이 팸플릿을 꺼내 므노티 부인 앞에 불쑥 내밀었다.

"그들이 우리 가운데 있다…… 그들이라니, 누구를 말하는 거죠?"

그녀가 팸플릿에 적힌 글귀를 큰 소리로 읽더니 의아한 표정으로 물었다.

"아, 천사들을 말하는 겁니다." 뤼디가 짐짓 경쾌하게 말했다.

그녀는 냉소를 흘리며 팸플릿을 펴보지도 않은 채 구겨버렸다.

그 모습을 보자 엄마에 대한 죄책감으로 화가 치밀어올랐다. 그는 현관 앞 계단을 급히 내려와 차가 서 있는 곳을 향해 내달렸다.

그리고 천천히 차를 몰았다. 정처 없이. 이렇게 심신이 소진된 상태로 마니유의 가게에 다시 발을 들여놓는다는 건 정말이지 무의미했다.

분한 마음에 여전히 자신의 실패를 인정할 수 없었다. 그가 바라는 건 마니유의 가게 문을 열고 들어가는 것이지 자신이 저지른 끔찍한 계산 착오로 인해 가게에서 내쫓기는 게 아니었다. 얼마나 헌신적으로 몰두했던 작업이었나 말이다. 한데 이상한 일이었다. 미래에 대한 상상으로 두려웠지만 잇달아 그 모두가 불가피한 일이었다는 생각이 들면서 두려움이 차츰 가라앉았다.

마니유의 가게에서 그렇게 썩어서는 안 되었으니까.

머릿속이 조금 복잡했다.

어떻게 이런 삶을 사 년이나 견디어낼 수 있었을까? 물론 공허한 질문이었다. 자기기만적이고 형식적인 의문일 뿐이었다. 사람들이 기나긴 굴욕의 삶을 어떻게 견디어내는지 그는 너무도 잘 알고 있었으니까.

오히려 혹독하고 우울했던 그 세월을 어떻게 견뎌내지 않을 수 있었을까 하는 것이 궁금했다. 구차한 삶을 참아내지 않았다면 그는 어떤 남자의 모습을 하고 있었을까? 어떤 남자가 되어 있었을까? 무슨 일이 일어났을까?

그랬다면 사정이 좋아졌을까, 아니면 지금보다 더 낮은 곳으로 추락했을까?

자신은 무엇이 되어 있었을까?

아, 하지만 회오와 혼란, 자기혐오의 삶에 적응하는 게 그리 어려운 일은 아니었다.

가까스로 자제되었을 뿐인 지속적인 분노의 상태에도 그는 익숙해졌다. 판타나 아이와의 관계도 냉랭하고 서먹하긴 했지만 그럭저럭 길들여질 수 있었다.

가족과 함께하는 자신의 삶을 전혀 다른 측면에서 보아야 한다고 생각하니 다시금 현기증이 일었다. 프랑스로 떠나오기 전 그들이 서로에게 품었던 사랑과 애정을 오래전부터 되찾고 싶어한 게 사실이지만 한편으론 막연한 걱정이 일기도 했다. 그의 이런 마음을, 현 상태를 판타가 알아볼 수 있을까? 뤼디 자신이 도달했다고 믿는 그 지점으로 그를 다시 만나러 오기에 판타는 너무 지친 게 아닐까? 지나치게 의심이 많고 회의적으로 변한 게 아닐까?

넌 너무 늦게 왔어. 난 죽어가고 있어.

지금 이 순간 그녀는 어디에 있을까?

미치도록 판타가 보고 싶었지만 막상 집으로 돌아가기는 두려웠다.

손을 이마에 갖다대자 가느다란 흉터가 느껴졌다.

판타. 그 끔찍한 심판의 새를 내게 보낼 필요는 없었는데……

비난에 찬 누군가의 목소리가 들리는 듯했다. 넌 너무 늦게 왔어. 난 죽어가. 발이 잘린 채, 적의에 찬 너의 집 바닥에 쓰러져 죽어가고 있어. 넌 너무 늦게 왔어.

배가 고팠다. 므노티 부인의 집에서 마신 커피 탓인지 끔찍한 갈증이 났다.

그는 차창을 모두 내린 채 조용하고 좁다란 도로 위를 달렸다. 측백나무 산울타리와 흰 담장들 사이로 천천히 차를 몰았다. 담장 너머로 이따금 푸르스름한 수영장 물이 아른거렸다.

므노티 부인이 사는 동네를 뒤로하고 그는 최근에 개조한 호화로운 저택들이 보이는 동네로 접어들었다. 그 순간 뤼디 데카는 또 한번 자기기만에 속아넘어갔음을 깨닫고 스스로에게 참을 수 없는 분노를 느꼈다. 정처 없이 달리는 척했지만 실은 처음부터 의도된 일이었음을 인정할 수밖에 없었던 것이다. 므노티 부인의 거실에서 고클랑의 주소를 본 순간 그는 이 조각가의 집 주위를 살펴보고 싶다는 생각을 했던 것이다. 아니, 이미 오래전에 그런 생각을 품었던 게 분명했다. 뤼디 자신을 닮은 교차로의 조각상을 제작한 대가로 고클랑이 시에서 근 십만 유로를 받았다는 기사를 읽은 순간부터.

그는 더위와 갈증으로 달아올라 생각했다. 아, 사람을 비참하게 만드는 혹독한 꿈, 씁쓸하고 단조로운 이 꿈의 언저리를 돌고 도는 위험한 상황으로 빠져들고 있는 건 아닐까? 의지력을 발휘해 간신히 벗어나기 시작했건만.

그러나 그의 마음속에 부당하고 불합리한 미움과 분노를 불러일으킨 이 고클랑을 잊어서는 안 되는 게 아닌가.

아니, 당연히 잊어야 했다. 또 분명 그렇게 할 것이었다. 뤼디 데카의 불운에 대해 그 사람에게 어떤 알 수 없는 상징적인 책임이 있다는 생각을 멈추어야 할 것이었다. 고클랑이 뤼디와 그의 순진함을 도용해 영화를 누리게 된 반면 뤼디 자신은……

아, 이건 말도 안 되는 논리였다. 생각만으로도 짜증이 나고 우울해졌다.

지역신문 사진에 실렸던 고클랑의 모습이 떠올랐다. 이 하나가 빠진 넓적한 얼굴과 거만한 표정. 이 남자가 그에게서 무언가를 훔쳐갔다는 건 이론의 여지가 없는 사실 같았다. 뤼디 데카 같은 이들의 무능으로 배를 불리는 자들, 자기들의 몫을 움켜쥐고 부의 대향연을 벌이는 빈틈없고 냉소적인 자들. 고클랑은 이 무리 중 한 명이었다.

고클랑, 이 형편없는 예술가가 성공을 거둔 건 뤼디가 가난 속에서 근근이 연명하고 있는 덕분이었다. 그의 성공은 단연코 뤼디의 상황과 관계가 있었다. 뤼디의 정신은 이런 인과관계를 붙잡고 늘어졌다.

다른 누군가가 그의 등뒤에서 배를 불리고 있었던 것이다.

이런 생각에 다다르자 미칠 것만 같았다.

게다가……

그는 간신히 미소를 지었다. 말라 들러붙는 입술이 억지웃음으로 일그러졌다. 미치도록 갈증이 났다!

게다가…… 어이없는 일인지 몰라도 사실이었다. 증명 불가능한 완벽하게 명백한 진실이랄까, 한 치의 의심도 없이 파닥이며 날아다니는 뤼디의 작은 영혼을 다른 누군가가 낚아채 자신의 천박한 작품을 만드는 데 사용한 것이다. 노여움 가득한 복종과 공포의 자세마저 뤼디를 꼭 닮은 한 남자의 조각상을 만드는 데.

그렇다. 그와는 일면식도 없는 고클랑이 그를 이용해먹었다고 생각하니 미칠 것만 같았다. 이런 치들은 의식을 조심스레 가두어둘 생각을 미처 못한 이들의 약점과 무지와 맹신을 이용해먹고 있었다.

그는 완전히 새것으로 보이는 대문 앞에 차를 세웠다. 금박 장식을 한 검은색 연철 대문이었다.

그러니까 여기가 고클랑이 사는 곳이란 말이지. 외벽 틈새를 메운 지 얼마 안 되는 연마된 돌들이 고스란히 드러난 이 대저택이. 살짝 현기증이 일었다.

기와지붕도 새로 얹었고 창과 덧문의 하얀 칠은 눈이 부셨다. 넓은 테라스에는 노란 파라솔 그늘 아래 탁자 하나와 옅은 색상의 나무 의자들이 놓여 있었다.

이런 집에서 불행하게 산다는 건 불가능하다고, 뤼디는 쓸쓸한 마음으로 생각했다.

판타와 아이를 데리고 이곳에서 산다면 얼마나 좋을까!

대문은 장식물에 불과했다. 모양새는 눈에 띄게 우아했지만 외부의 침입을 막아주는 기능은 전혀 발휘하지 못했다. 양옆에 세워진 두 돌기둥에서 쥐똥나무 산울타리에 이르기까지 누구라도 틈새로 쉽게 드나들 수 있었다.

그는 차에서 내려 천천히 문을 닫았다.

그리고 몰래 안으로 들어가 성큼성큼 테라스에 닿았다.

완벽한 정적.

커다란 차고가 여럿인 이런 대저택에서는 이 순간 집 안에 사람이 있는지 없는지 어떻게 짐작한단 말인가?

뤼다나 엄마가 사는 곳에서는 집 앞에 차가 서 있으면 집주인이 있다는 걸 금세 알 수 있지만 말이다.

그는 몸을 숙이고 집 주변을 돌았다.

뒤쪽에 부엌으로 통하는 듯싶은 문 하나가 있었다.

그는 태연히 문손잡이를 잡았다.

꼭 자기 집으로 들어가는 사람 같다는 생각이 들었다.

문이 열렸다. 그는 안으로 들어간 뒤 태연히 문을 닫았다.

그런 다음 잠시 서서 주위를 살폈다.

안심이 되자 조리대에 놓인 생수병을 집어들었다. 아직 마개도 따지 않은 물이었다. 그는 별로 시원하지도 않은 물을 전부 다 들이켰다.

물을 마시면서 그는 고클랑의 커다란 부엌을 죽 훑었다.

마니유의 가게에서 구입한 설비가 아니라는 걸 한눈에 알 수 있었다. 마니유의 가게엔 그처럼 호사스러운 설비는 하나도 없으니까. 그 순간 화가 치밀었다. 고클랑은 이런 방법으로, 더 근사한 경쟁업체에 설비를 맡겨 또 한번 그를 짓밟은 것이다.

하지만 전문가로서 인정해야 했다. 그 자신은 죽었다 깨어나도 생각해낼 수 없을 만큼 우아하고 세련된, 정말이지 아름다운 부엌이었다.

분홍빛 대리석으로 만든 중앙 조리대는 하얗게 도장된 수납장 위에 얹혀 있었다. 수납장은 타원형 대리석 판을 따라 우아한 곡선을 그리고 있었다.

위쪽으로는 후드로 짐작되는 유리로 된 정육면체가 오직 완벽한 기교를 통해 공중에 떠 있는 듯 보였다.

고풍스러운 붉은 사암 타일 바닥이 환한 공간 속에서 빛을 발하고 있었다. 수차례 왁스 칠을 한 게 분명했다.

그랬다. 날마다 정성들여 만든 요리를 가운데 두고 대가족을 불러모으기 위해 꾸며진 놀랍도록 아름다운 부엌이었다. 이 모두가 그의 화를 돋우었다. 화려한 레인지 위에서 스튜가 부글대며 끓는 소리가 들리는 듯했다. 주철에 에나멜을 입힌 반짝이는 흰 몸체에 화구가 여덟 개인 전문가용 레인지였다.

그런데 부엌을 사용한 흔적이 없었다.

물병이 있었고 접시 위에 바나나 몇 개가 놓여 있을 뿐, 대리석 판에는 하얗게 먼지가 내려앉아 있었다. 들보에까지 니스 칠이 되어 있는 이 큰 부엌에는 요리는커녕 누가 간단한 식사를 했던 흔적조차 없었다.

뤼디는 부엌을 지나 현관 쪽으로 걸어갔다.

몸은 개운하고 가뿐했으며 그 누구도 대적할 수 없는 새로운 자아로 무장한 기분이었다.

적정 온도로 유지된 쾌적한 공기가 이런 확신을 더욱 굳건히 해주었다. 온몸을 흥건히 적셨던 땀도 모두 말라 있었다.

가슴과 등에 닿는 면 셔츠가 보송보송하게 느껴졌다.

아, 놀랍게도 이제 더이상 아무것도 두렵지 않았다.

그는 부엌 맞은편 현관으로 이어지는 거실 입구에 멈추어 섰다.

코 고는 소리가 또렷이 울려퍼지고 있었다.

고개를 빼고 보니 안락의자 하나와 거기 앉은 늙고 뚱뚱한 남자가 눈에 들어왔다. 사진에서 본 고클랑이었다.

그는 안락의자 모서리에 한쪽 뺨을 묻은 채 조용히 코를 골았다.

넓적다리 위에 올려놓은 손의 바닥이 허공을 향한 채 그는 세상모르게 잠들어 있었다.

반쯤 벌어진 입술 위로 이따금 거품이 만들어졌다가 숨을 내쉴 때마다 터지곤 했다.

기이한 일이 아닌가? 뤼디는 가쁜 숨을 짧게 쉬며 생각했다.

그는 저토록 평화롭게 잠들어 있는 반면……

반면이라니? 적의 가득한 환희에 그는 정신이 아찔해지고 숨이 막힐 지경이었다.

반면 무방비 상태의 집에 침투한 발놀림이 날렵한 암살자가 그의 곁을 서성이고 있다고?

팔에는 증오심이 가득 실린 암살자가?

머릿속에서 명료한 생각이 재빠르게 전개되는 것을 느낄 수 있었다.

이 완벽한 부엌의 어느 서랍 속에는 분명 식칼 한 세트가 보관되어 있을 거다. 그중 가장 무시무시한 칼 하나가 단번에 고클랑의 심장에 다다를 테지. 그리고 두꺼운 피부와 근육, 단단하고 치밀한 지방층을 뚫고 지나가겠지. 그 순간 퓔메르 부인이 키우는 비좁은 사육장 안의 큼직한 토끼들이 떠올랐다. 그 토끼들의 조그만 심장을 둘러싸고 있는 똑같은 지방층이. 그는 가끔 그 할멈에게서 토끼를 샀는데, 비용 절감 차원에서 직접 가죽을 벗기고 내장을 제거하곤 했었다. 정말로 하기 싫은 일이었지만.

그는 부엌으로 돌아가 그 경이로운 칼을 가져다 고클랑의 가슴에 꽂을 것이었다.

그는 침착하고 단호하며 강해진 기분이었다. 얼마나 감미로운 느낌이던지!

그러고 나면 어떻게 될까?

누가 이자와 뤼디를 연관지어 생각하겠는가?

세상에 존재하는 고클랑 같은 인간들을 저주하는 이유, 그 이유를 아는 사람은 자기 자신뿐이었다.

그러다 집 앞에 세워둔 낡은 네바다가 생각나 웃음을 삼켰다.

그 끔찍한 차가 곧 그에게 불리한 증언을 할 테지. 하지만 이 시각 이 조용한 동네에서 아직 아무도 그 차를 보지 못했을 가능성도 충분히 있었다.

뭐, 아무래도 상관없었다.

이젠 아무것도 두렵지 않았다.

그는 고클랑을 찬찬히 뜯어보았다. 거실 문지방에서 이 사내가 자는 모습을 지켜보았다. 파렴치한 방법으로 엄청난 돈을 긁어모은 사내.

큼직한 양손 역시 세상모르게 곤한 휴식을 취하고 있었다.

항문이 다시 따끔거리기 시작했다.

그는 무의식적으로 손을 갖다대고 긁었다.

그의 아버지 아벨 데카도 평소에 다라 살람의 저택, 그늘진 커다란 방에서 버드나무 안락의자에 몸을 묻고 낮잠을 자곤 했다. 이 순간 안락의자에 몸을 묻고 잠들어 있는 고클랑처럼 자신을 둘러싸고 꾸며지는 범죄에 대해서는 알지 못한 채, 세상모르고 잠에 빠져들었던 그의 이성이 바야흐로 깨닫게 될 범죄에 대해 아직은 알지 못한 채.

뤼디는 갑자기 축축해진 두 손을 바지에 대고 닦았다.

동업자였던 살리프가 만약 아버지가 잠든 틈을 타, 세상모르게 빠져들던 곤한 낮잠을 틈타 그에게 비수를 꽂았다면, 살리프 그는 분명 지금도 살아 있을 것이었다. 또 그렇다 하더라도 어차피 죽을 운명이었던 아벨의 운명엔 달라질 게 없었을 것이었다. 그는 살리프를 죽이고 몇 주 뒤에 자살했으니까.

뤼디의 기억 속 살리프는 큰 키에 팔다리가 길고 걸음걸이가 조심스러운 무뚝뚝한 남자였다.

그 그늘진 넓은 거실 입구에서 뤼디는 잠든 아벨을 마주하게 된 걸까? 대낮의 기이한 꿈속을 헤매는 그가 자신을 둘러싸고 꾸며지는 범죄에 대해서는 전혀 알지 못한다고 생각하면서?

허공을 향해 벌어진 손을 넓적다리 위에 올려놓은 채 곤히 잠든 그를 죽이고 싶을 만큼 살리프는 아버지를 증오한 걸까? 아니면 그가 저지른 배신에 결코 모순되지 않는 어떤 애정 같은 것을 느끼고 있었던 걸까? 애정과 기만. 이 두 감정이 살리프의 마음과 의지에서, 하나가 다른 하나를 방해하는 일 없이 각기 다른 두 길을 따라가고 있었던 건 아닐까?

아버지의 동업자였던 살리프가 아버지에 대해 어떤 감정을 품었는지 뤼디는 알지 못했다. 살리프가 정말로 아버지를 속이려 했는지, 아니면 아버지가 잘못 판단한 것인지. 뤼디는 자신도 모르게 그런 생각에 빠져들었고, 버드나무 안락의자에 잠들어 있는 아버지의 모습을 떠올렸다. 그러는 동안 허벅지가 축축하고 끈적끈적해지면서 다시 그 가려움증이 되살아났다. 결국 그는 당황스럽고 불쾌하고 혼란스러운 감정에 사로잡혀 엉덩이를 뺐다 넣었다 하며 몸을 비틀어대기 시작했다.

고클랑은 움직이지 않았다.

그가 잠에서 깨어나 두 손을 마주대고 비비는 순간, 그 손은 더이상 세상모르는 순진한 손이 아닐 테지. 큰 돈벌이가 되는 그 천박한 일을 재개할 채비에 조바심치는 손일 테지. 올 고운 진초록색 벨벳 안락의자에서 무거운 몸을 일으키는 순간, 그는 그 차갑고 교활한 눈길을 들어 거실 입구에 꼼짝 않고 서 있는 뤼디 데카를 알아볼지도 모르지. 그때 그는 깨닫게 될까? 이 낯선 자의 마음속에 자신의 죽음이, 이해할 수 없는 갑작스러운 죽음이 구상되고 있음을. 아니면 예기치 못한 친구의 얼굴을 맞닥뜨렸다고 생각할까? 증오에 찬 그 얼굴을 상냥하고 너그러운 얼굴로 착각할 수도 있을까?

언젠가 그런 오후가 있었을 것이라고, 뤼디는 일종의 공포심에 휩싸여 생각했다. 낮잠 혹은 단조롭고 냉랭하게 되풀이되는 어떤 꿈에서 깨어난 오후, 아버지는 양손으로 눈과 뺨을 비빈다. 더이상 세상모르는 순진한 손이 아닌 분주한 손으로. 그는 버드나무 안락의자에서 육중하고 다부진 근육질의 몸을 날렵하게 일으킨다. 그리고 그늘진 방과 조용한 저택에서 빠져나와 살리프의 사무실 쪽으로 걸음을 옮긴다. 집에서 그리 멀지 않은 방갈로다. 그의 흐릿한 생각 속에는 왠지 사람을 비참하게 만드는 혹독한 꿈의 흔적들이 아직 떠다니는지 모른다. 자신이 계획한 바캉스촌 건설에 드는 비용을 동업자가 인위적으로 부풀려 횡령하는 꿈이다. 이런 꿈을 꾼 탓에 그는 살리프의 방갈로로 걸어가는 내내 그릇된 확신을 떨처내지 못하는 듯하다. 그는 주변의 아프리카 사람들이 자신을 속여 돈을 갈취하려고만 든다고 믿는다. 다정한 친구의 낯짝을 하고서, 살리프처럼 그에게 참된 애정을 느끼면서도 말이다. 우정과 기만, 이 둘은 결코 뒤섞이지 않았고 그들의 마음과 의지 속에서 온전히 독립된 실체로 공존했으니까.

뤼디는 그날 오후 자신이 그곳 어딘가에 있었다는 걸 기억했다. 아마도 아버지가 어떤 굴욕적인 꿈에 미혹되어 그릇된 확신을 품고 방갈로 앞에서 살리프를 덮쳤던 그날 오후에 말이다.

대략 여덟 혹은 아홉 살 무렵이었다는 사실도 기억이 났다. 엄마와 함께 다라 살람에 있는 아버지와 재회한 지 대략 삼 년이 지난 시점이었다는 것도. 당시 오직 한 가지 두려움이 그의 완벽한 행복에 제동을 걸고 있었다. 엄마는 그런 일은 없을 거라고 그를 안심시켰지만, 언젠가 프랑스의 그 작은 집으로 돌아가야 할지도 모른다는 생각에 불안했었다. 쭉 뻗은 다리가 어린 너도밤나무 줄기처럼 곧고 반드레한 키 큰 소년이 수요일마다 찾아와 엄마의 관심과 사랑과 웃음을 독차지했던 그 집으로. 소년은 그렇게 사랑스러운 모습으로 곁에 있는 것만으로도 다섯 살 난 뤼디를 하찮은 존재로 전락시켰었지.

한데 아무리 생각해도 풀리지 않는 것은⋯⋯

그는 생각을 멈추고 거실로 한 걸음 내디뎠다. 고클랑이 있는 쪽으로.

이제 그는 자신의 억눌린 숨소리를 들을 수 있었다. 상대의 코 고는 소리가 신중하고도 정성스러운 화답을 보내오는 것 같았다. 그의 마음이 진정되도록, 편안히 숨을 쉬도록 도와주려는 듯.

그가 여전히 확신할 수 없는 건 아버지와 살리프, 이 두 사람 사이에 벌어진 일을 자신이 직접 목격했느냐 하는 것이었다. 엄마가 그에게 너무도 자세히 이야기해주어 마치 자신이 전부 본 것처럼 믿게 된 건 아닌지.

그런데 엄마도 그 자리에 없었으면서 누군가로부터 들은 이야기를 어떻게, 그리고 왜 그런 식으로 묘사하려 했을까?

뤼디는 눈을 감지 않고도 그 광경을 떠올릴 수 있었다. 마치 아직도 그 자리에 있는 것처럼, 마치 그 자리에 있었던 것처럼. 아버지가 살리프에게 무어라 외쳤다. 그리고 상대에게 대답할 틈도 주지 않고 그의 얼굴 정중앙에 주먹을 날려 상대를 쓰러뜨렸다.

아벨 데카는 강한 남자였다. 그의 크고 듬직한 손은 잠을 잘 땐 세상모르게 순진하고 부드러워 보일지 몰라도 도구를 만지는 데 익숙했다. 그 손으로 다루기 힘든 물건들을 움켜잡았고, 시멘트 부대를 옮겼으며, 한 방에 살리프를 쓰러뜨릴 수 있었다.

그런데 이 동업자의 크고 마른 몸이 흙바닥에 뒹구는 모습을 뤼디는 정말 본 것일까? 아니면 꿈이었을까, 가격당한 살리프가 연극에서처럼 우스꽝스럽게 나동그라지는 모습을 본 것은?

문득 무엇이 진실인지 알고 싶어 미칠 것만 같았다.

그는 고클랑의 두 손을 보았다. 살진 목을 보았다. 이자의 목을 조르고 싶은 욕구가 일더라도 물렁물렁한 피부와 두툼한 살에 파묻혀 두 엄지손가락 밑에 울대뼈를 느끼기는 쉽지 않겠다는 생각이 들었다.

아버지 역시 때로 자신처럼 이런 느낌을 즐겼으리라. 그를 휘감고 취하게 만드는 뜨거운 광기의 솟구침을. 하지만 방갈로 근처에 세워두었던 자신의 지프에 오르던 순간 그를 생동하게 했던 것은 광기보다는 냉혹한 자제력이었으리라. 그런 식으로 천천히, 침착하게, 마치 볼일이 있어 마을로 나가는 사람처럼 살리프의 몸을 향해 거대한 바퀴를 굴렸을 테지. 의식을 잃은 채 누워 있는 동업자이자 친구의 몸을 향해. 마음속에 내재된 횡령의 욕구와 애정을 한순간도 혼동해본 적이 없었던 사람을 향해. 설령 살리프가 아버지를 속였다 해도 그에게 아버지는 여전히 친구였으며 자신의 행동이 우정을 해치는 짓이라는 생각은 미처 하지 못했을 것이다. 동료라는 단순하고 막연한 형상과 그 허상을 해친 거라면 모를까.

뤼디는 고클랑에게서 시선을 떼지 않은 채 뒤로 물러섰으며 거실 입구를 지나 다시 현관에 멈추어 섰다.

그는 한 손으로 입을 틀어막고 손바닥을 핥고 깨물었다.

냉소를 터뜨리고 고함을 지르고 욕설을 퍼붓고 싶었다.

어떻게 해야 그것을 알 수 있을까?

마침내 그것을 알아낸다면 무슨 일이 일어날까?

256

하느님, 하느님, 엄마가 믿는 선하고 온후하신 하느님. 어떻게 그걸 알고 납득할 수 있나요?

하지만 엄마도 그 자리에 없었는데 그날 오후 방갈로 앞에 뤼디가 있었는지 없었는지 어떻게 확신하겠는가? 아버지가 마치 마을로 빵을 사러 가는 사람처럼 침착하게 살리프의 머리 위로 차를 몰았던 순간에 말이다.

혹시 엄마가 말해주었던 건 아닐까? 마치 커다란 곤충이 뭉그러질 때처럼 차바퀴 아래 깔린 두개골이 바스러지며 내던 그 짧고 건조한 소리에 대해. 그 후 자신이 직접 그 소리를 들었다고 믿게 된 건 아닐까?

엄마는 충분히 그럴 수 있는 사람이니까. 그런 소리를 그에게 묘사해주었을 사람이니까. 흙을 적신 살리프의 피가 테라스 맨 앞 타일들에 가닿아 다공질의 돌을 영원히 물들이던 순간을 말이다.

엄마는 그러고도 남을 사람이었다.

하지만 엄마가 정말 그랬을까?

그는 안절부절못하며 몸을 긁어댔다.

눈을 크게 뜬 채로도 머릿속에 떠올릴 수 있었다. 나무와 양철로 지은 방갈로의 앞마당과 흰 타일을 깐 좁은 테라스를. 하얗게 작열하던 어느 오후, 질식할 듯 무거운 정적 속에서 살리프의 머리통을 으스러뜨린 아버지의 커다란 회색 차량을. 그는 세부사항 하나하나를 떠올리며 의심과 고뇌로 숨이 막힐 것만 같았다. 색채도 음향도 한결같은 광경이었다. 이 요지부동의 광경을 여러 각도에서도 그려볼 수 있었다. 마치 동시에 여러 장소에 있었던 것처럼.

아버지의 의도가 무엇이었는지 그는 마음속 깊이 이해하고 있었다.

아버지는 살리프를 고의로 치어 살해한 뒤 그 사실을 부인했다. 그는 신경과민과 분노를 끌어대며 그 사건을, 미친 행동을 설명하려 했다. 오로지 한 바퀴 돌며 마음을 진정시킬 목적으로 차에 올랐던 거라며.

그렇지 않다는 걸 뤼디는 알고 있었다.

뤼디는 처음부터 알고 있었다. 아버지 자신은 그 후 진실에 눈감으려 했고 자신의 동업자를, 마음속에 내재된 횡령의 욕구와 우정을 한 번도 혼동해본 적 없는 친구를 그런 비열한 방법으로 처치할 생각은 없었다고 믿고 싶어했지만.

차에 올라타 시동을 거는 순간 이미 아버지의 마음속에는 살리프에게 복수할 결심이 서 있었다는 것을 뤼디는 알고 있었다. 그를 쓰러뜨리며 치솟은 분노의 열기를 이어갈 생각이었음을. 뤼디 자신이 직접 경험한 감정이기에 더더욱 잘 알 수 있었다. 게다가 자신은 빠져나갈 구멍을 찾기 위해 그 사실을 반박할 필요도 없었으니까.

한데 이런 확신은 대체 어디에서 오는 걸까?

실제로 그가 방갈로 앞에서 차바퀴가 움직이는 장면을 목격해서일까? 분노와 흥분에 찬 분명한 의지로 차량이 살리프의 머리를 향해 돌진하고 있다는 것을 알았기 때문일까?

뤼디는 뛰어서 부엌을 통과했다.

그런 다음 뒷문으로 빠져나와 대문이 있는 곳까지 달려가서는 산울타리 틈새로 뛰어들었다.

셔츠가 산울타리 가시에 걸리자 거칠게 잡아당겼다.

그리고 네바다에 올라탄 뒤에야 숨을 가다듬었다.

그는 운전대를 부여잡고 그 한복판에 이마를 묻었다.

입에서 가느다란 신음 소리가 새어나왔다.

"아무러면 어때. 아무러면 어때."

그는 딸꾹질 사이로 침을 삼키며 이렇게 중얼댔다.

사실 중요한 건 그게 아니지 않은가?

그 끔찍한 오후에 자신이 거기 있었는지 여부가 그토록 중대한 문제였다니, 어떻게 그런 미혹에 빠질 수 있었을까?

중요한 건 그게 아닌데 말이다.

이 의문이 어느새 마음속에서 제일 중요한 자리를 차지하며 그의 주의를 흩뜨려놓았던 것 같았다. 고통 속에서, 그런 식으로, 남몰래 확대되어가는 거짓말과 범죄, 부적절한 쾌락과 이성의 결여를 은폐하려 했는지도.

그는 떨리는 마음으로 차를 출발시켰다. 그리고 이어진 사거리에서 오른쪽으로 차를 돌려 고클랑의 집에서 최대한 빨리 멀어져갔다.

최악의 상황에서마저 아버지를 닮아야 하는 이유가 뭘까?

그가 그렇게 되리라고 누가 예상했겠는가?

고클랑의 잠든 얼굴과 무방비 상태의 두 손, 그리고 거실 입구에 서 있는 자신의 모습이 떠올랐다. 자신의 기만적인 차분한 얼굴이 눈앞에 그려졌다. 머릿속에서 이어지는 역시 기만적이었던 또렷한 사고들도. 그 순간 그는 고클랑을 단방에 살해하기 위해 제일 적합한 무기를 어느 서랍에서 찾아낼지 따지고 있었다. 자비와 연민을 갈구하는 뤼디가 그렇게 낯선 남자의 거실 입구에 서 있었다. 부드럽고 침착한 교양인의 가면을 쓰고서 자비와 연민이라는 관점에서 용서할 수 없는 행동을 머릿속에서 구상하면서.

이가 덜덜 떨렸다.

그가 아버지와 다를 바 없는 난폭하고 야비한 사람이 되리라고 누가 예상했겠는가? 대체 그가 아벨 데카와 무슨 상관이 있단 말인가?

그는 중세문학 전문가이자 정직한 교사가 아니었던가.

바캉스촌을 건설해 돈을 번다는 생각만으로도 혐오감과 불쾌감에 휩싸이던 그가 아니던가.

그렇다면 그가 물려받은 어떤 피 때문일까? (운전대를 꽉 잡고서 그는 자신이 너무 빨리 달리고 있다는 것을 알았다. 정처 없이 도로 위를 내달려 이제 고클랑의 동네에서 멀리 떨어진 시골로 접어든 참이었다.)

이제는 무방비 상태의 순진함이 사라지고 없는 손. 그 두 손을 얼굴로 가져간 고클랑을 안락의자에서 일어나지 못하게 만들어야 할 이유가 뭐란 말인가……

아, 낮잠에서 깨지 않도록 막아야 할 사람은 고클랑이 아니었다. 눈을 비벼대도 쫓아낼 수 없는 허망한 꿈으로 머릿속이 아직 가득한 그자가 아니었다. 오히려 뤼디 자신의 아버지를 막아야 했다. 분명하고 광적인 살인 의도를 마음속에 품고 있던 아버지였다. 상대에 대한 집착과 파괴의 욕구, 우정과 분노가 마음속에 쉴 새 없이 뒤섞여 있던 아버지였다. 뤼디는 이런 생각을 하며 모퉁이에서 갑자기 운전대를 틀었다.

그러고 보면 그 아버지에 그 아들 아닌가. 다라 살람의 아이의 목을 졸랐을 때 그랬듯이, 방금 전 세상모르게 자고 있던 낯선 사내를 훔쳐보면서도 쾌락을 느끼지 않았던가.

훼손된 등나무를 보며 눈물을 흘리던 자신을 떠올리며 뤼디는 혐오감에 휩싸였다. 그의 아버지 역시 동물들에 대해 남다른 감상벽을 드러냈었다. 식사를 마친 뒤 채식가가 되어야겠다고 말한 적도 몇 번 있었고, 엄마가 뒷마당에서 닭의 목을 딸 때면 그 소리를 듣지 않기 위해 보란듯이 자리를 뜨곤 했었다.

마을로 들어서며 그는 속도를 늦추었다. 그리고 낮익은 식료품 가게 앞에 차를 세웠다.

유리문을 밀자 작은 종이 울렸다.

냉육과 빵, 햇볕을 받아 따뜻해진 진열장 안의 과자 냄새를 맡자 문득 자신이 얼마나 배가 고픈지 깨닫게 됐다.

가게와 살림집을 나누는 플라스틱 발 너머에서 왁자지껄한 텔레비전 소리가 들려왔다. 파리가 들어오지 못하도록 여주인이 조심조심 발을 가르고 나오는 사이 잠시 소리가 커졌다.

뤼디는 목청을 가다듬기 위해 마른기침을 했다.

텔레비전에 여전히 정신이 팔려 있는 여자는 그쪽으로 머리를 살짝 돌린 채 기다렸다.

그는 쉰 목소리로 햄 한 조각과 바게트 하나를 달라고 했다.

여자는 반들거리는 햄 한 덩이를 양손 가득 들어 기계 위에 얹은 다음 한 조각을 잘라 저울 위에 올려놓았다. 망설임 없는 능숙한 손놀림. 문득 그녀가 손을 씻지 않았다는 생각이 뤼디의 머릿속을 스쳤다. 잇달아 여자는 바닥에 놓인 커다란 종이 포대에서 눅눅해 보이는 바게트 하나를 집었다가 내려놓고 다른 하나를 집어들었다.

일을 처리하는 동작은 정확하고 능숙했지만, 여자는 멍한 시선으로 텔레비전 소리가 나는 쪽으로 귀를 세우고 있었다. 내용은 전혀 알아들을 수 없어도 마치 떠드는 소리의 강도만으로 프로그램의 전개를 따라잡고 있는 것 같았다.

"4유로 60상팀이에요."

여자가 그를 보지도 않고 말했다.

그 순간 뤼디는 자신이 너무도 잘 아는 이 프랑스 시골 마을에 진저리가 났다. 아, 정말이지 짜증이 났다. 발치에서 뒹구는 맛없는 빵과 수분이 많아 물컹하고 허연 햄, 지금 이 여자처럼 먹을 것과 돈, 빵과 지폐를 연달아 움켜잡는 손, 이 모두가.

하지만 빵이 더러워지는 것도 아랑곳하지 않는 이 손도 때론 손바닥이 허공을 향한 채 연약하고 힘없이 방치되어 쉬기도 한다고 생각하니⋯⋯

그러자 마음속에서 혐오감이 사라졌다.

그런데 마음속에 과거에 대한 향수가 할퀴고 지나간 자국이 남아 있었다. 다라 살람 혹은 더 나중에 수도 다카르의 플라토에서 보낸 날들에 대한 기억이었다. 그 당시엔 고기와 돈을 번갈아 만진 손으로 무언가를 건네받아도 아무런 반감도 들지 않았었다.

정말 그랬다. 그곳에선 그 무엇에 대해서도 혐오감을 느낀 적이 없었다. 그의 기쁨과 행복, 그 고장을 향한 감사의 마음이 일상의 몸짓들을 어떤 정화의 빛으로 타오르게 한 게 아닐까.

그러나 이곳, 그의 고국에선⋯⋯

가게를 나오는 순간 뒤에서 플라스틱 발이 부스럭대는 소리와 문에 달린 작은 종이 울리는 소리가 들렸다. 정오의 무거운 정적이 뜨겁고 건조한 열기와 함께 그를 감쌌다.

도로 양옆으로 좁은 보도가 나 있었고, 잿빛의 집들은 죄다 덧문을 닫고 있었다.

그는 다시 차에 올라탔다.

차 안의 열기에 잠시 정신이 아찔했다.

머릿속이 뜨겁고 어질어질한 기분이 그리 나쁘지만은 않았다. 메르모즈 고등학교 교정의 아스팔트 바닥 위에 얼굴이 처박힌 채 납짝 엎드려 머릿속이 용광로처럼 끓어오르던 때와는 사뭇 다른 느낌이었다. 누군가 서툴고 당황한 손으로 조심스럽게 그를 일으켜 세우며 어떻게든 그의 겨드랑이와 허리를 들어올리려 했었다. 내 몸이 그렇게 무겁진 않은데, 하고 어렴풋이 되뇌다 겁에 질린 그 섬세한 손이 학교 교장인 플라 부인의 손이라는 것을 깨달았다.

어깨에 심한 통증을 느끼면서도 그녀에게 짐이 되지 않으려고 애쓰는 동안 그런 자신들의 모습이 거북하고 불편하게 느껴졌다. 플라 부인의 몸짓에서 이제껏 두 사람 사이에 끼어들 여지가 없었던 친밀감을 느꼈기 때문이다.

세 아이는 그 자리를 뜨지 않았다. 그들은 정의의 심판을 기다리는 사람들처럼 꼿꼿한 자세로 조용하고 침착하게 모여 서 있었다. 자신들의 행동에 대한 명분이 너무도 분명해 서둘러 설명할 필요조차 없다는 듯이.

뤼디는 다라 살람의 아이와 시선이 마주쳤다.

녀석은 냉정한 무관심이 깃든 느른한 시선을 거두지 않았다.

목울대를 조심스레 만지는 것은 분명 아직도 몹시 아프다는 뜻을 전달하기 위해서였다.

"양호교사를 부를까요?"

플라 부인이 물었으나 뤼디는 거절했다.

머릿속이 펄펄 끓어 입 밖으로 내기 전까지는 자기가 무슨 말을 하려는지도 알 수 없었지만 그가 열에 들떠 횡설수설 쏟아놓은 말은 그 아이들에게는 아무런 잘못이 없다는 내용이었다.

플라 부인은 불신과 당혹감이 어린 시선으로 피투성이가 된 뤼디의 뺨과 이마를 빤히 바라보았다.

그녀는 뤼디와는 늘 의견을 같이하던 꽤 젊고 편안한 여자였다.

그런 그녀가 이제 한 가닥 놀라움과 의구심이 담긴 눈길로 그를 바라보고 있었다. 뤼디는 이야기를 하며 점차 깨달아갔다. 이처럼 공포에 질린 모습으로 세 아이를 옹호하는 것이 오히려 자신과 그들에 대한 불신을 초래할 수 있다는 것을. 그녀는 뤼디와 세 아이 사이에 어떤 이해할 수 없는 질 나쁜 공모가 있었다고 의심하기 시작한 듯했다. 아니면 뤼디가 아이들의 보복이 두려워 이런 반응을 보인다고 생각해버릴 수도 있었다.

그 순간 이미 뤼디는 실제로 일어난 일을 자기 안에 은폐한 것이었다.

방금 전 마니유의 가게 주차장에서 발견한 진실을 그는 이미 부인하고 있었다.

그 아이들에게서 대립의 시발점에 대한 책임을 완전히 면제시켜

줌으로써 그는 거짓말을 한 것이다.

아이들이 먼저 나를 공격한 거라고, 그는 마음속으로는 그렇게 생각했다. 그의 손가락은 다라 살람 소년의 목에서 느껴지던 온기를 이미 잊고 있었으니까. 하지만 플라 부인에게는 공격의 희생자처럼 보이는 게 부끄럽고 수치스러워 그와 반대로 말을 했다.

나중에 교장실에 불려가서도 그는 자신이 한 말을 번복하지 않았고, 그가 의도적으로 악의적인 말을 했기 때문에 아이들이 그를 넘어뜨린 거라고 설명했다.

거짓말이야, 거짓말이야, 난 아무에게도 나쁜 짓 한 적 없어, 하지만 마음속으로는 이렇게 생각하고 있었다. 펄펄 끓는 머릿속에서 피가 펄떡이고 양어깨가 욱신거렸다.

"한데 아이들이 왜 그런 짓을 한 거죠? 대체 무슨 말을 하신 건가요?"

플라 부인이 이해가 안 간다는 표정으로 물었다.

그는 아무 대답도 하지 않았다.

그러자 그녀가 다시 물었다.

그는 여전히 침묵만 지켰다.

그러다 마침내 입을 열었지만 계속 같은 말을 반복할 뿐이었다. 아이들이 그럴 만했다고. 그가 정녕 용서받지 못할 말을 내뱉었노라고.

아이들 말도 들어보려 했지만 그들은 묵묵부답이었다.

아무도 뢰디 데카가 다라 살람 출신의 학생에게 먼저 덤벼들었다는 이야기를 꺼내지 않았다.

결국 이 사건의 정황은 비열한 언행을 보인 뢰디에게 아이들이 폭력적으로 반응한 것으로 남게 되었다.

플라 부인은 뢰디에게 병가를 권했다.

이 사건은 학교 당국에 회부되었고, 그가 세 학생에게 내뱉었다는 "빌어먹을 검둥이 새끼들!"이라는 출처를 알 수 없는 욕설이 심의 대상이 되었다.

이십 년 전 뢰디의 아버지가 자신의 아프리카인 동업자를 모욕하고 살해한 사실을 누군가가 기억하고 있었다.

징계위원회는 결국 뢰디의 정직을 결정했다.

그는 마치 한 대 얻어맞은 사람처럼 숨을 몰아쉬었다. 그때 일들이 생각난 건 최근 들어 처음이었다. 역청 냄새와 소년의 울대뼈를 짓누르던 손가락이 떠오르자 과거의 통증이 되살아났다.

위원회의 판결을 기다리면서 그는 플라토의 아파트에서 한 달을 보냈다.

화염목 그늘이 드리워진 대로변에 자리한 방 세 칸짜리 예쁜 새집. 그러나 그는 이 집을 증오하게 되었다.

그는 아이를 산책시키고 인근에서 장을 볼 때만 집에서 나왔다. 모두들 자신이 저지른 어리석고 불명예스러운 행동을 알고 있는 듯했다.

아이에 대한 적대감은 바로 거기서 시작되지 않았을까? 한 번도 공공연히 인정하지 않았던 감정, 그렇게 추측하는 것조차 맹렬히 부인했을 그 감정은.

그는 차를 출발시켜 마을 어귀까지 달렸다.

그리고 양옆으로 옥수수밭이 이어지는 흙길에 차를 세워놓고 차 안에 앉아 빵과 햄을 번갈아 베어 물면서 먹어치우기 시작했다.

햄은 물컹하고 맛이 없었고 바게트도 눅눅했지만 마침내 무언가 먹을 수 있게 되었다는 기쁨으로 눈에 눈물이 맺힐 지경이었다.

그런데 이유가 뭐였을까? 지브릴에게 한 번도 이렇다할 애정을 느껴보지 못한 이유가 무엇이었을까? 다른 아버지들이 자식들에게 쏟아붓는다는 기쁨에 찬 당당하고 강한 애정을 느낄 수 없었던 이유가 뭘까?

그는 늘 아들을 사랑하려고 노력했었다. 그러나 아들과 함께할 수 있는 극히 제한된 시간적 여유와 마음뿐인 열의에 가려져 있던 그의 노력은 그가 아파트에 칩거하는 그 긴 몇 주 동안 실체를 드러내게 되었다.

그는 모든 이로부터 숨고 싶었지만 지브릴이 거기 있었다. 뤼디의 곁을 잠시도 떠나지 않으면서 쇠잔하고 파괴되어가는 그의 모습을 지켜보고 있었다. 사랑받고 존경받는 남자가 되기 위해 그가 완수해온 작업이 백지화되는 과정을 지켜보고 있었다.

아이는 겨우 두 살에 불과했지만 그래도 사정은 마찬가지였다.

이 어린 천사는 그의 일거일동을 살피는 끔찍한 감시자였으며 그의 실추를 말없이 비웃는 심판관이 되어 있었다.

뤼디는 햄을 쌌던 포장지를 구겨 뒤로 던졌다.

그리고 남은 바게트를 마저 해치웠다.

그런 다음 차에서 나와 오줌을 누기 위해 옥수수밭 쪽으로 다가 갔다.

난데없이 머리 위에서 새의 날갯짓 소리가, 고요를 가르는 더운 공기와 깃털이 스치는 소리가 들려왔다.

정해진 신호에 복종이라도 하듯 말똥가리가 그를 향해 달려들 었다.

그는 머리를 보호하기 위해 두 팔을 쳐들었다.

말똥가리는 그의 몸에 닿기 직전 다시 날아올랐다.

그러더니 성난 울음소리를 한 차례 내질렀다.

급히 차로 돌아온 뤼디는 차를 후진시켜 그 길을 벗어나 천천히 대로로 접어들었다.

식사도 마쳤고 이제 판타를 만나러 집으로 돌아갈 채비가 되어 있었지만 공포와 분노로 얼어붙은 그는 의식적으로 반대편 길을 택해 달리고 있었다.

난데없이 새가 출현한 것은 서둘러 집으로 돌아가라는 신호일지도 모른다는 생각이 그의 머리를 스쳤다. 그러나 그런 생각도 잠시뿐, 그 성난 말똥가리가 나타난 이유는 오히려 그가 집에 돌아가는 것을 막기 위해서라는 확신이 들었다.

관자놀이가 욱신거렸다.

"어쩌려는 거지, 어쩌겠다는 거지, 판타?"

그는 낮은 목소리로 되뇌었다.

사실 지금 이 순간의 그는 어쨌든 오늘 아침보다는 훨씬 사랑받을 만한 사람이 되어 있지 않은가 말이다.

자신의 입장을 대변해줄 새를 보내 그를 공격할 만한 우월한 위치에 있는 건 그녀가 아닌가. 그녀는 이 사실을 이해할 수 없는 것일까?

어쩌됐든 더이상 그가 오로지 분노에 북받쳐 어리석고 잔인한 말들을 내뱉는 일은 없을 것이었다. 위로가 되는 무기력하고 불명예스러운 분노, 이런 특이한 형태의 분노에 더는 희생당하지 않을 것이었다. 그런가 하면 기만적인 유혹의 말들로 판타의 넋을 빼놓는 일도 없을 것이었다. 플라토의 아파트에서 그가 판타에게 했던 말들 역시 어떤 진실을 겨냥한 것은 아니었으며 오직 판타를 프랑스로 데려오겠다는 마음에서 내뱉은 말들이었다. 그것이 판타의 좌절로 이어지거나 그녀의 보다 정당한 야심을 파괴할 수도 있다는 점에 신경쓸 여유가 없었다. 아니, 그런 일은 거의 무시하다시피 했었다.

그는 자신의 목소리가 되찾았던 설득력과 부드러움을 기억하고 있었지만, 지브릴과 함께 침묵 속에 고독한 한 달을 보내며 그 목소리는 주저하는 쉰 소리로 변해갔다.

저녁에 귀가한 판타에게도 그는 그저 지친 어조로 짧은 몇 마디를 하곤 했었다.

사실 그에게 달리 할 일이 없다는 것은 두 사람 다 알고 있는 사실이었지만, 판타가 아이를 만난 기쁨에 넘쳐 경쾌하고도 조심스럽게 그와 교대를 하면 뤼디는 마침내 해방되는 기분이었다. 그녀가 너무도 꼼꼼히 아이를 챙기는 바람에 뤼디 자신은 막상 말을 걸 기회조차 없는 척할 수 있었다.

그러고 나면 자유로워졌다.

그는 발코니에 두 팔을 괴고 조용한 대로에 어둠이 내리는 모습을 지켜보곤 했다.

회색 혹은 검정색 커다란 차가 사업가나 외교관 들을 각자의 집으로 실어나르고 있었다. 걸어들어가는 가정부들의 손에는 비닐봉지가 들려 있고, 너무나 지친 나머지 도무지 앞으로 나아가지 못하는 또다른 여자들은 느릿느릿 걷는 모습이 마치 보도 위를 떠다니는 것 같았다. 바닥을 스치듯 지난다기보다는 오로지 비상의 근거로 삼는 듯했던, 그 당시 판타의 걸음걸이가 아직 그랬던 것처럼.

그들은 마주보고 앉아 뤼디가 준비한 식사를 했고, 아이가 잠자리에 든 다음엔 뉴스를 듣는다고 틀어둔 라디오 소리를 핑계로 아무 말 하지 않아도 되었다.

간혹 그는 남몰래 그녀를 관찰하곤 했다. 짧게 자른 작은 머리, 균형잡힌 동그스름한 두상, 우아하고 경쾌한 몸놀림. 휴식을 취할 때면 힘없이 직각으로 꺾이는, 너무도 가늘어 부러질 것만 같은 손목, 길고 가느다란 두 손. 진지하고 사색적이며 열정적인 표정.

사랑의 물결이 그를 집어삼켰다.

그러나 지치고 낙담한 그는 털끝만 한 감정도 드러내 보이지 않았다.

어쩌면 어렴풋이 그녀를 원망하고 있었는지도 몰랐다. 그에게는 이제 낯선 것이 되어버린 학교의 이미지들과 활기찬 하루를 옮겨다놓는 그녀, 뤼디를 배제시킨 세계에서 여전히 살아가는 그녀를.

어쩌면 그녀를 향한 어렴풋한 질투심에 미쳐가고 있었는지도.

병가를 냈다는 명목하에 유형생활을 하던 초반에 뤼디는 그녀가 전해주는 소식들을 침울한 표정으로 듣곤 했었다. 이런저런 사람이나 동료 교사나 학생들에 관한, 그에게 들려주면 좋을 거라 그녀가 생각한 사소한 소식들이었다. 하지만 얼마 안 가 그는 이야기를 듣다 말고 도망치듯 불쑥 방을 나가기 일쑤였다. 그녀의 입을 틀어막듯 거칠게.

실제로 그런 행동을 하게 될까 두려웠던 건 아니었을까?

그러나 막상 학교 측으로부터 파면 통보를 받고 나자 말투는 다시 부드러워졌다. 그는 이런 말투로 자신의 불성실하고 부정직한 마음, 질투심 가득한 불행한 마음을 은폐했다.

그리고 그녀를 설득했다. 프랑스에 가야만 그들 두 사람의 미래가 있다고. 그와 결혼한 덕택에 그녀도 프랑스에 가서 살 기회를 얻게 된 거라고.

그곳에 가서 그녀가 무얼 할지에 대해서도 전혀 걱정할 필요 없다고. 그녀가 교사로 일할 수 있는 중학교나 고등학교를 자신이 찾아볼 거라고.

모든 것이 불투명하다는 걸 그도 알고 있었다. 하지만 머릿속에 의심이 싹터갈수록 그의 목소리는 더욱 설득력을 띠어갔다. 천성이 순수한 그녀는 그의 말을 의심치 않았다. 게다가 그는 사랑에 빠진 구릿빛 얼굴의 행복한 청년으로 돌아와 있었으니까. 이마 위로 흘러내리는 밝은 금발을 입으로 훅 불거나 목을 휙 돌려 넘기곤 하는 매력적인 남자로. 판타가 거짓을 은폐하는 데 능한 수많은 얼굴을 꿰고 있었다 해도 사랑에 빠진 이 솔직한 구릿빛 얼굴에는 속아넘어가지 않을 수 없었겠지. 그처럼 맑고 투명한 눈 속에 무언가 다른 뜻이 숨어 있으리라곤 상상할 수 없었을 테니까.

두 사람은 판타의 여러 친지들을 방문하느라 꼬박 며칠을 보냈다.

뤼디는 사방 벽이 녹색으로 칠해진 그 아파트 문 앞에 남아 있었다. 몇 년 전 판타를 키워준 숙부 내외를 처음 만났던 아파트였다.

몸이 불편하다는 핑계로 집 안으로 들어가지 않았지만 사실은 두 노인의 시선을 견딜 수 없을 것 같아서였다. 자신의 위선적인 얼굴이 드러날까 두려워서라기보다 스스로 본심을 드러낼까 두려워서였다. 청록빛이 감도는 방 안에서 판타가 단호하고 확신에 찬 의기양양한 모습으로 프랑스에서 겪게 될 온갖 좋은 일들에 대해 늘어놓고 있는 동안 불쑥 모든 걸 포기하고 싶은 마음이 들까봐 두려웠다. 그녀를 향해 "아, 거기 가면 교사직을 구할 수 없을 거야"라고 말하게 될까봐. 예전에 아버지 아벨 데카가 무슨 일을 저질렀고 그가 어떻게 죽었는지, 아이들이 왜 자기를 바닥에 넘어뜨렸는지 모두 털어놓게 될까봐. 판타는 그가 학생들을 모욕했다는 사람들의 말은 믿지 않았지만 어떤 식으로든 그가 학생들을 존중해주지 않았다고 생각했을 테니까.

그는 감히 문턱을 넘어가지 못한 채 거기 남아 있었다.

도망치지는 않았지만 들어가지도 못했다.

진실이라는 위험으로부터 안전히 피신해 자신의 실리를 챙기는 것에 만족했었다.

갑작스레 피로가 밀려와 그는 도로를 벗어나 포플러 길로 들어섰다.

죽 늘어선 포플러나무 뒤로 숲이 이어지는 풀길에 차를 세웠다.

차 안이 너무 더워 실신할 지경이었다.

희고 눅눅한 빵과 햄이 뱃속에 묵직하게 남아 있었다.

그는 차에서 내려 풀밭에 몸을 던졌다.

서늘한 땅에 무거운 흙냄새가 감돌았다.

그는 기쁨에 취해 잠시 뒹굴었다.

팔베개를 하고 누워 얼굴 가득 햇빛을 받았다. 그리고 가늘게 뜬 눈으로 흰 나무줄기와 은빛의 작은 포플러 잎사귀들이 붉게 변하는 광경을 지켜보았다.

그럴 필요가 없었는데, 판타.

처음에 그건 유백색 하늘 저멀리 보이는 검은 반점들 가운데 하나에 불과했다. 그러다 갑자기 사납고 날카로운 울음소리가 들리는가 싶더니 그를 향해 돌진해오는 녀석의 모습이 보였다. 녀석이 그를 알아본 것이다.

그는 자리에서 벌떡 일어나 차 안으로 뛰어들었다. 문을 닫는 순간 말똥가리가 차 지붕 위에 내려앉았다.

새가 발톱으로 금속 차체를 긁어대고 있었다.

그는 급히 차를 후진시켰다.

그러자 말똥가리가 날아오르더니 포플러나무 한 그루의 중간쯤에 내려앉는 게 보였다.

녀석은 곧고 단호한 옆얼굴로 뚫어지게 그를 감시했다. 심술궂은 벽옥빛 눈으로.

그는 차를 돌려 최대한 빠른 속도로 그곳을 벗어났다.

불안과 더위로 정신이 멍했다.

차에서 나올 수 있을까, 정말 그럴 수 있을까? 지난 과오에 대한 대가를 치르라며 끈질기게 따라붙는 저 복수의 새를 따돌릴 수 있을까?

정확히 오늘 그가 과거의 잘못을 깨닫지 못했다면 어떻게 되었을까?

그래도 말뚱가리가 나타났을까? 저렇게 모습을 드러냈을까?

정말 부당한 일이라고, 그는 눈물을 글썽이며 생각했다.

초등학교 건물 앞에 도착한 순간 일층에 자리한 교실들에서 아이들이 나오고 있었다.

교실 문이 차례로 운동장을 향해 열렸다. 아이들은 마치 문짝에 달라붙어 문을 열기 위해 힘을 주고 있었던 것처럼 제법 격앙된 모습으로 비틀거리며 쏟아져나왔다. 그리고 늦은 오후의 금빛 햇살 속에서 눈을 깜박였다.

뤼디는 차에서 나와 하늘을 처다보았다.

당장은 안심을 하면서 철문 쪽으로 다가갔다.

멀리서 보니 무리를 이룬 아이들은 분간하기 어려울 만큼 서로 닮아 마치 동일한 인물이 신비하게 복제되어 있는 것 같았다. 그러나 그 아이들 가운데 뤼디는 자기 아이를 알아보았다. 밤색 머리털에다 알록달록한 티셔츠와 운동화 차림인, 다른 아이들과 별반 다르지 않은 자신의 아이를. 수많은 아이 중에 바로 저 아이가 자신의 아이였다.

"지브릴!"

아이는 뛰어나오다 말고 우뚝 멈추어 섰다. 웃느라 크게 벌어졌던 입도 금세 다물어졌다.

생기와 활력이 넘치던 아이의 얼굴이 철문 너머에 서 있는 그를 알아본 순간 불안으로 굳어졌다. 아버지의 목소리가 아니길 바랐던 희망이 일순간에 사라진 듯이. 뤼디는 그 모습을 고통스럽고 불편한 마음으로 지켜보았다.

뤼디가 아이를 향해 손을 흔들었다.

동시에 하늘을 살피며 운동장의 소란 너머로 저주일지도 모르는 한 소리에 귀기울였다.

지브릴은 그를 빤히 바라보고 서 있었다.

그러더니 몸을 휙 돌리고 다시 달리기 시작했다.

뤼디가 또 한번 불러봤지만 아이는 철문 너머 서 있는 남자를 전혀 모른다는 듯 그를 무시해버렸다.

이제 아이는 운동장 한구석에서 뤼디는 알지 못하는 공놀이를 했다.

정말이지 자기 아들이 무얼 하고 노는지는 알고 있었어야 하지 않을까.

다른 아버지들처럼 자신도 운동장으로 들어가 성난 걸음걸이로 아들이 있는 곳까지 가서는 아들의 팔을 잡고 차로 데려올 수도 있지 않을까, 뤼디는 그런 생각을 했다.

하지만 지브릴이 울음을 터뜨릴까봐 겁이 났고, 그런 상황은 어떻게든 피하고 싶었다. 무엇보다 그는 탁 트인 이 공간이 두려웠다.

방심한 틈을 타 불길한 말똥가리가 급습해오기라도 하면 어디에 숨는단 말인가?

그는 차로 돌아가 운전대 앞에 앉았다.

통학버스가 오고 아이들이 차에 오르기 위해 운동장에 줄을 서는 모습이 보였다.

지브릴이 운동장에서 나오는 순간 뤼디는 차 밖으로 뛰어내려 버스 쪽으로 급히 걸어갔다.

"이리 오렴, 지브릴!" 그가 쾌활한 명령조로 외쳤다.

"오늘은 아빠가 데리러 왔습니다."

차에 올라탄 아이들을 살피느라 여념이 없는 여자에게도 그는 이렇게 외쳤다.

적어도 그녀와 안면은 있었어야 마땅하지 않은가. 하지만 그가 학교로 지브릴을 데리러 온 건 오늘이 처음이었다.

아이는 창피한 듯 고개를 푹 숙인 채 무리에서 떨어져나와 뤼디를 따라왔다. 아무렇지 않은 척했지만 그 무엇에도, 누구에게도, 눈길을 주지 않았다.

겨드랑이께 가방끈을 꼭 쥔 아이의 양손이 가볍게 떨리고 있었다.

그는 지브릴의 어깨를 자신의 팔로 감싸주고 싶었다. 그러나 그에겐 결코 익숙하지 않은 동작이라 가능한 한 자연스럽게 보이려면 행동으로 옮기기 전 곰곰이 생각해볼 것들이 많았다. 그런데 그 순간 그의 곁눈에 보도를 따라 늘어선 아카시아나무들 쪽의 어떤 갈색 형체가 포착되었다.

그는 조심스럽게 고개를 돌렸다.

나무 꼭대기에 말똥가리가 무언가를 차분히 기다리는 자세로 내려앉아 있는 것이 얼핏 보였다.

공포로 얼어붙은 그는 지브릴을 안아줄 생각도 못하고 뻣뻣한 두 팔을 어색하게 내려뜨린 채 서 있었다.

그리고 간신히 차가 있는 곳까지 걸어왔다.

차 안에 몸을 던진 그의 입에서 신음 소리가 새어나왔다.

내게 뭘 원하는 거지? 아직 뭘 더 원하는 거지?

아이가 뒷좌석에 올라타 조심스레 문을 닫았다.

"왜 왔어요?"

금세라도 울음을 터뜨릴 것 같은 목소리로 아이가 물었다.

뤼디는 잠시 대답을 않고 머뭇거렸다.

그의 시선은 차창 너머 말똥가리에 고정되어 있었다. 새가 그를 보았는지는 알 수 없었다.

이윽고 마음이 다소 진정되었다.

그는 새의 주의를 끌지 않으려고 천천히 차를 출발시켰다. 네바다만의 독특한 엔진 소리를 어쩌면 녀석이 구별하게 되었는지도 몰랐다.

학교가 시야에서 완전히 사라지자 그는 왼손으로 차를 몰면서 뒷좌석으로 몸을 돌렸다.

아이는 이해할 수 없다는 표정으로 불안한 얼굴을 잔뜩 찌푸리고 있었다.

그런 아이의 모습은 무척이나 판타를 닮아 있었다. 무심함의 가면을 쓴 그녀를. 뤼디에 대해, 또 프랑스에서 함께하는 그들의 삶에 대해 그녀가 느끼는 감정, 혼란과 불안의 마음을 드러낼 때의 그녀의 모습을. 아이의 유일한 목표는 아버지를 심판하는 것이 아닌가 싶어 한순간 아이에게 짜증이 일었다. 공격적이고 불안정한 예전의 감정들이 되살아났다. 학교에서 쫓겨난 후 지브릴과 함께 한 달을 보내면서 생겨난 회한과 굴욕, 수치스러운 감정들이었다.

이제 그가 무슨 행동을 하건 아들은 그를 비난하든지 아니면 몹시 겁을 먹을 것만 같았다.

"널 데리러 오고 싶었다, 오늘. 그게 다야."

그는 가능한 한 다정한 목소리로 말했다.

"엄마는요?" 아이가 고함을 지르듯 물었다.

"응? 엄마?"

"엄마한테 아무 일 없는 거죠?"

"아. 그럼. 그럼."

아이의 표정은 경계심이 완전히 가시지는 않았어도 한결 누그러져 보였다.

뤼디는 도로 쪽으로 완전히 몸을 돌려 자신의 얼굴이 보이지 않도록 했다.

이 순간 판타에 대해 그는 무얼 알고 있단 말인가?

"지금 할머니 댁에 가는 거야. 오늘밤은 거기서 자고 오너라. 할머니를 못 뵌 지도 한참 됐잖니. 괜찮지?"

지브릴은 혼자 무어라 투덜댔다.

뤼디는 갑자기 목이 메어왔다. 판타가 잘 있다는 대답에만 안심이 될 뿐, 아이는 뤼디야 어떻게 되든 관심이 없었다.

"엄마한테 정말 아무 일 없죠?" 아이가 또 한번 물었다.

뤼디는 아이를 돌아보지도 않은 채 고개만 끄덕였다.

백미러 속에 연한 갈색의 작은 얼굴이 비쳤다. 검은 눈, 암송아지처럼 콧구멍을 가늘게 떠는 납작한 코, 두툼한 입술. 이 모두를 하나하나 뜯어보며 그는 생각했다. 이애가 내 아들 지브릴이라고. 이런 고백은 그의 내면에 아무 반향도 일으키지 못했지만, 언제나 그렇듯 진흙 속에 던져진 돌멩이처럼 마음속에 떨어졌지만, 그는 아이가 얼마나 순진무구하며 독립적인지를 헤아리며 짐작하기 시작했다. 아이의 생각이나 의도가 모두 뤼디와 연결되어 있는 것은 아니었다. 뤼디 자신은 전혀 관여할 수 없는 수수께끼 같은 은밀한 세계가 그 안에 자리하고 있었다.

지브릴의 존재 이유가 단순히 아버지를 단죄하는 것은 아니지 않을까?

아, 엄격한 눈매의 두 살배기 아이가 내린 사형선고로 인해 그가 맛보았던 치욕과 초라함이란!

하지만 지금 백미러에 비친 아이는 일시적으로 마음이 진정된, 생각에 잠긴 초등학생에 불과했다. 이 순간 아이는 뤼디의 관심사들과는 동떨어진 정신세계에서 어린아이다운 몽상을 펼치고 있었다. 이애가 그의 아들 지브릴이었다. 겨우 일곱 살짜리 아이.

"참, 배가 고프겠구나?"

그의 목소리가 갈라지며 거북하게 들렸다.

판타가 그렇듯 지브릴도 잠시 답변을 찾느라 뜸을 들였다.

자신이 정말로 원하는 게 뭔지 생각하는 게 아니었다. 한마디 한마디가 증거물로 작용할 수 있다는 듯 상대방이 자신에 대해 선입견을 가질 만한 어떤 정보도 제공하지 않기 위해서라는 것을 뤼디는 알고 있었다.

어쩌다 우리가 이 지경에 이르렀을까?

두 사람이 이처럼 신중한 태도를 취하게끔 만들어버린 자신은 대체 어떤 사람일까?

그는 풀이 죽어 질문을 되풀이하지 않았고 지브릴도 아무 말 하지 않았다.

아이는 진지하고 잔뜩 굳은 얼굴을 하고 있었다.

뤼디는 두 사람 사이에 가로놓인 뛰어넘을 수 없는 장애물을 느꼈다.

무슨 말을 해야 할까?

다른 아버지들은 일곱 살짜리 아들에게 무슨 말을 하는 걸까?

아이와 단둘이 있어본 게 까마득한 옛일이었다.

말을 할 필요가 있을까?

다른 아버지들은 그럴 필요가 있다고 생각할까?

"조금 아까 운동장에서 무슨 놀이를 한 거지?"

"무슨 놀이냐고요?"

아이가 잠시 머뭇거리다 되뇌었다.

"그래. 공을 갖고 놀던데. 아빠는 모르는 놀이였어."

지브릴은 모호하고 불안한 눈빛으로 차 안을 여기저기 살폈다.

입을 반쯤 벌린 채였다.

평소 같지 않은 호기심을 불쑥 발동시킨 의도가 무엇인지 그는 자문해보았다. 그 의도를 알 수 없다면 어떤 전략을 세워야 하나? 의심이 정확히 어떤 방향으로 향하게 해야 하나?

"그냥 놀이예요." 아이는 낮고 느린 목소리로 대답했다.

"어떻게 하는 놀인데? 어떤 규칙을 지켜야 하지?"

뤼디는 상대를 안심시키는 상냥한 말투를 구사하려고 애썼다.

그는 허리를 펴고 백미러 쪽으로 어색한 미소를 지어 보였다.

그러자 아이는 놀라 얼이 빠진 표정이었다.

공포에 질려 지력과 사고 능력이 모조리 마비되기라도 한 것 같았다.

"나도 몰라요, 규칙은! 그냥 놀이일 뿐이에요."

지브릴이 고함을 지르듯 말했다.

"그래. 그럴 수도 있겠지. 어쨌거나 재밌게 논 거지?"

아이는 아직 마음이 진정되지 않은 듯 이해할 수 없는 말들을 툭툭 내뱉었다.

뤼디는 어쩐지 모자라 보이는 아이가 야속하고 원망스러웠다.

아버지가 어떻게든 자기와 가까워지려 노력하고 있다는 걸 왜 이해하지 못하는 걸까?

왜 아버지의 의도에 화답하려는 작은 노력이나마 기울이지 않는 걸까?

일종의 자만이었는지 몰라도 뤼디는 아이가 총명하다고 늘 믿어 왔었는데, 아이에게 아직 그런 총명함이 남아 있는 걸까? 정말 그런 총기가 있긴 했던 걸까?

어쩌면 시골 학교라 자극을 받지 못한 것일 수도 있었다. 그곳에 재직하는 아둔해 보이는 교사들을 뤼디 자신도 별로 존경하지 않았으니까. 혹 집에 슬픔과 불안과 원한의 분위기가 감돌다보니 총기에 족쇄가 채워져 위축되고 고갈되었는지도. 그러나 만약 이런 총명함이 없다면 그의 아들 지브릴도 별 볼 일 없는 다른 아이들 중 하나에 불과하지 않은가.

그저 그런 아이들에게 무슨 악의를 느끼는 건 아니었지만 그래도 그런 아이들을 사랑할 만한 특별한 가능성이나 이유를 찾기는 어려웠다.

내면에 들어앉은 씁쓸한 낙담이 심연처럼 아가리를 벌렸다.

어떤 아이이건 무슨 역경이 닥치건 상관 않고 아이를 사랑한다는 건 불가능했다. 결국 그는 아이를 사랑하지 않는 셈이었다.

아이를 사랑하려면 누가 보아도 그럴싸한 이유가 있어야 했다. 부성애라는 게 과연 그런 걸까?

부성애라는 것이 아이의 자질에 좌우된다는 말은 들어본 적이 없었다.

그는 백미러로 아이를 계속 관찰했다. 세심한 열정을 기울여 주의깊게 살피다보니 아이 안에서 기이한 혼돈의 그림자가 떨고 있는 것이 느껴졌다.

그의 아들 지브릴. 어떤 아이들과 섞여 있어도 알아볼 수 있는 그의 아들.

그저 익숙해져 있기 때문일까?

그의 마음은 늪지에 불과했다. 꼬르륵대며 모든 걸 집어삼키는 끔찍한 늪지였다.

엄마는 길을 따라 형성된 마을 입구 갓 분양받은 땅에서, 처마가 짧은, 정육면체의 자그마한 빌라에 살고 있었다.

아버지가 죽은 직후 그녀는 뤼디를 데리고 프랑스로 돌아와 예전 시골집에 다시 정착했으며 뤼디는 집에서 가장 가까운 기숙학교에 들어갔었다.

그 후 뤼디는 보르도에서 대학생활을 하며(그는 이루 말할 수 없이 쓸쓸하고 어두운 거리, 우울한 교외에 자리해 있던 캠퍼스를 기억했다) 종종 이 오래된 외딴 집으로 엄마를 찾아오곤 했었다.

그러나 그는 졸업장을 받자마자 다시 프랑스를 떠나 메르모즈 고등학교의 교사가 되었다.

오 년 전 판타와 아이를 데리고 프랑스로 돌아와야만 했을 때 그는 엄마가 시골집을 떠나 이 빌라에 정착했다는 사실을 알게 됐다. 작고 네모난 창문들이 나 있고, 낮은 지붕이 사람의 좁은 이마처럼 전체적으로 완고하고 멍청한 인상을 주는 집이었다.

처음 발을 들여놓았을 때부터 뤼디는 마음이 불편했었다. 장방형으로 구획된 황량한 땅에 비슷비슷한 집들이 들어선 주택가의 조경이라고는 성탄절을 보내고 되심은 전나무 몇 그루와 이국적인 잡목림이 전부였다.

엄마는 이곳에 정착하며 자신의 삶이 완전한 실패였음을 시인해버린 건 아닐까? 만년에 어떤 지고의 존재가 그녀에게 열어 보이게 될 이 진실을 쓸쓸한 자족감을 맛보며 앞당겨 인정해버리기까지 한 건 아닐까?

그런 실패를 만천하에 과시할 필요가 과연 있느냐고, 뤼디는 열을 내며 그렇게 퍼붓고 싶었다. 한적한 시골 생활이 더 품위 있어 보이지 않느냐고.

하지만 늘 그렇듯 엄마 앞에서는 아무 말도 하지 않았다.

그 자신의 상황이 한없이 초라해 보였으니까!

게다가 얼마 안 가 그는 엄마가 그 동네를 꽤 좋아한다는 사실을 알게 되었다. 이웃에 여자들이 많아 천사가 그려진 팸플릿을 나눠주기가 훨씬 수월했던 것이다.

뤼디로서는 보기만 해도 서글프고 마음이 답답해지는 여자들을 엄마는 친구로 삼았다.

끔찍할 만큼 가혹한 삶의 흔적들(구타, 낙상 흉터, 멍, 주독 등)이 얼굴과 몸에 새겨져 있는 이 여자들은 대부분 직업이 없었고 엄마에게 기꺼이 자기 집 문을 열어주었다. 엄마는 그녀들과 함께 그들의 영혼을 보살피는 수호천사의 이름과 위치를 알아내려고 애썼다. 정확한 이름으로 불리지 않아서인지 그녀들에게 한 번도 나타나지 않았던 천사들, 그녀들을 도와주러 오지 못했던 천사들을.

어이없는 일이었지만 결국 뤼디도 인정하지 않을 수 없었다. 엄마는 이 음침한 동네에서 더할 나위 없이 잘 적응해나가고 있었다.

뤼디는 동네를 조금 헤맸다. 이곳에 올 때면 매번 그렇듯 길을 잃고 무의식중에 같은 길을 돌고 돌았다.

플라스틱 장난감, 망가진 의자나 탁자, 자동차 부품 따위가 널브러져 있곤 하는 다른 집 정원과는 달리 엄마 집의 작은 정원에는 누런 풀만 무성했다. 선교 일에 온통 정신을 쏟느라 정원을 돌볼 시간이 없다는 게 엄마의 설명이었다.

지브릴은 마지못해 차에서 내렸다.

아이는 책가방을 뒷좌석에 놔뒀지만 뤼디가 그걸 집어들고 내렸다.

두 눈에 겁이 가득한 아이는 아버지와 함께 돌아가지 못하리라는 걸 확실히 깨닫고 있었다.

그래도 가끔은 할머니를 찾아뵙게 해야 해, 라고 뛰는 가슴 아파하며 생각했다.

그날 아침이 까마득히 멀게만 느껴졌다. 판타에게 지브릴을 데려다 엄마 집에서 재우겠다고 했을 때, 엄마를 기쁘게 해주려는 것보다 판타가 떠나지 못하도록 막으려는 생각이 아니었는지 그의 마음속에 이미 의심이 싹트고 있었다.

사실 이런 식으로 엄마를 기쁘게 해주고 싶다는 생각을 불쑥 하게 될 이유가 없었으니까.

엄마가 지브릴을 좋아하지 않는다는 판타의 말에 전적으로 동의할 수는 없었다. 엄마는 보통 사람들처럼 누군가를 그저 좋아한다, 아니면 좋아하지 않는다, 그렇게 말할 수 있는 사람이 아니었기 때문이다. 그렇긴 해도 그에게도 명백해 보이는 사실이 하나 있었다. 아이가 태어났을 때부터, 엄마가 요람에 몸을 숙이고 아이의 신체 특징을 요모조모 뜯어보았을 때 이미, 지브릴은 엄마의 기대에 부응하는 아이가 아니었다. 지브릴은 엄마가 신의 심부름꾼이라 상상하는 형상과 조금도 닮지 않았을 뿐 아니라 그렇게 되리라는 희망도 전혀 없어 보였다. 따라서 엄마는 아이에게 집착할 필요가 없었는데, 판타는 이런 상냥한 무관심을 적개심으로 이해했던 것이다.

뤼디는 지브릴의 어깨에 손을 얹었다.

손가락 밑에 아이의 뾰족하고 가녀린 뼈가 느껴졌다.

지브릴은 아버지의 배에 머리를 기대고 있었다. 뤼디는 아이의 부드럽고 곱슬거리는 머리카락을 손가락으로 헝클어뜨리며 놀랍도록 완벽하며 매끄러운 아이의 두상을 만져보았다.

두 눈에 갑자기 쓸쓸한 눈물이 맺혔다.

순간 머리 위에서 그 소리가 들렸다. 난폭하고 위협적인 외마디 소리였다.

그는 아이의 머리에서 손을 거두고 정원 쪽문 쪽으로 지브릴을 밀었다. 급작스러운 동작에 아이가 중심을 잃고 비틀거렸다.

뤼디는 아이의 팔을 잡고 마른 풀들이 자라난 터를 가로질러 현관문을 향해 달렸다. 그런 자신의 모습이 마치 아이를 강제로 끌고 가는 사람처럼 보일 거라는 생각이 들었다.

하지만 공포심에 사로잡혀 감히 하늘을 올려다보지도 못한 채 그는 손아귀의 힘을 풀 생각을 할 수 없었다.

지브릴이 신음하며 몸을 꼬았다.

뤼디는 아이를 잡은 손을 놓았다.

아이가 당황하고 겁에 질린 눈으로 그를 쳐다보았다.

뤼디는 억지웃음을 지어 보이며 문을 두드렸다.

엄마가 문을 열기 전에 말뚱가리가 덮쳐오면 명예를 회복하려던 시도는 모두 어떻게 된단 말인가?

아, 그렇게 되면 모든 걸 잃고 말겠지!

하지만 곧 문이 열렸다.

뤼디는 지브릴을 집 안으로 끌어당기고는 문을 닫았다.

"저런, 저런. 이게 누구냐!" 엄마가 들뜬 목소리로 그들을 맞았다.

"애를 데려왔어요."

뤼디가 아직 충격이 가시지 않은 목소리로 중얼댔다.

정말이지 그럴 필요가 없는데, 판타, 이젠 그럴 필요가 없는데……

엄마는 지브릴의 얼굴 높이로 고개를 숙이고 아이를 찬찬히 뜯어보더니 아이의 이마에 입을 맞추었다.

지브릴은 어색한 듯 몸을 뒤틀었다.

이어 그녀는 허리를 펴고 뤼디를 끌어안았다. 입술이 가볍게 떨리는 것을 보니 그녀는 행복감을 만끽하고 있었다.

왠지 모를 불안이 그를 스치고 지나갔다.

짐작건대 엄마가 이토록 기뻐하는 것은 그가 찾아와주었기 때문이 아니었다. 그와 아이, 이 둘의 방문에 앞서 무슨 일인가 있었던 게 분명했다. 이 신비로운 환희의 원천에 비하면 두 사람의 방문은 엄마의 기쁨에 조금도 방해가 되지 않는, 무시할 만한 하찮은 것이었다.

질투심이 일었고, 지브릴도 안돼 보였다.

그는 아들의 어깨에 양손을 묵직하게 올린 채 말했다.

"아이와 하룻밤 지내면 좋아하실 것 같아서요."

"아!"

엄마는 팔짱을 끼고 고개를 끄덕였다. 그리고 탐색하는 듯한 시선으로 마치 가치라도 따져보려는 듯 아이의 얼굴을 훑었다.

"미리 연락을 주면 좋았을걸. 어쨌든 잘 왔다."

그 순간 뤼디는 무덤덤하게 깨달았다. 엄마는 평소보다 훨씬 젊고 우아해 보였다.

갓 염색한 밝은 금발의 짧은 머리가 근사했다.

새하얗게 분을 바른 피부가 광대뼈 주위로 팽팽해 보였다.

청바지에 분홍색 폴로셔츠를 받쳐 입은 그녀가 주방으로 가려고 돌아선 순간, 가는 허리와 꽉 끼는 바지 아래로 뚜렷이 드러난 작은 엉덩이, 날씬한 무릎이 뤼디의 눈에 들어왔다.

짙은 색상의 목재 일색인 자그마한 부엌, 그곳에 놓인 좁은 식탁에 한 남자아이가 앉아 있었다.

아이는 간식을 먹던 참이었다.

아이는 유리잔에 담긴 우유에 사블레를 적시고 있었다. 엄마가 특별한 날 만들곤 하던 과자였다.

아이는 지브릴 또래로 보였다.

곱슬거리는 금발에 눈이 맑은, 잘생긴 남자아이.

뤼디는 왠지 속이 매스꺼웠다.

목구멍에서 눅눅한 흰 빵과 햄 맛이 올라왔다.

"자, 이리 와 앉거라."

엄마가 작은 식탁 앞에 놓인 또다른 의자를 가리키며 지브릴에게 말했다.

"배고프지?"

엄마의 말투는 마치 지브릴에게서 배가 고프지 않다는 대답을 기대하는 것 같았다. 지브릴은 고개를 저었고 식탁에 앉으려고도 하지 않았다.

"꼬마 이웃이야. 새로 사귄 친구란다."

소년은 먹는 데 열중하고 있었다. 입술이 우유에 촉촉이 젖은, 자신만만하고 행복한 모습이었다.

뤼디는 이제 확실히 알 수 있었다. 엄마의 얼굴에서 발산되는 탐욕스러운 기쁨과 강렬한 행복의 광채는 부엌에 있는 남자아이 때문이라는 것을. 그녀가 직접 만든 비스킷을 맛있게 먹어치우는 이 소년 때문이라는 것을.

그렇다. 그녀의 피부가, 그녀의 입술이 떨리는 것은 그 누구도 아닌 오직 이 소년 때문이었다.

그 순간 뤼디는 분명히 깨달았다. 절대 지브릴을 엄마한테 맡기고 가지 않으리라는 것을. 그날 밤은 물론 다른 어떤 밤도 마찬가지일 터였다. 일단 결심을 굳히자 크나큰 안도감이 찾아들었다.

그는 아들을 자신의 몸 쪽으로 바싹 당겨 아이의 귀에 대고 속삭였다.

"함께 집으로 돌아가자. 널 두고 가지 않아. 알았지?"

그런 다음 지브릴이 배가 고플 것을 생각해, 또 엄마 집에 잠시 앉았다 간다고 나쁠 것은 없을 것 같아 아이에게 우유 한 잔을 따라주고 아이가 앉도록 의자를 당겨주었다.

"이리 오너라. 네게 보여줄 게 있어."

뤼디는 이렇게 말하는 엄마를 따라 거실로 갔다. 거실엔 쓸데없이 덩치만 큰 가구들이 들어차 있어 요리조리 몸을 피하며 간신히 걸어다녀야 했다.

"저애를 어떻게 생각하니?"

엄마가 짐짓 초연한 목소리로 물었다.

황홀감에 젖어 조바심을 내며 탐욕스럽게 떨리는 목소리였다.

"벌써 모델로 쓰고 있어. 포즈를 썩 잘 취해준단다. 저앨 놓치지 않을 거야."

엄마는 한 차례 짧고 날카로운 웃음을 터뜨렸다.

"어쨌거나, 저앤 집에서 돌봐줄 사람이 아무도 없어. 아, 어쩌면 저렇게 잘생겼을까! 안 그러니?"

종이와 펜, 끈으로 묶은 팸플릿 다발이 가득한 책상 위에서 그녀는 마분지 한 장을 가져다 뤼디에게 내밀었다.

어떤 그림의 초안이었다.

두려움 혹은 무지 속에 얼어붙은 일군의 어른들 위로 엄마의 저 어린 이웃이 하얀 옷을 입고 어설프게 날고 있는 그림이었다.

엄마는 설렘이 깃든 단호하고 긴장된 목소리로 설명했다.

"사람들 머리 위에 저애가 있어. 이 사람들은 아직 저애를 알아보지 못하고 있지. 이들에겐 아직 빛을 볼 능력이 없는 거야. 하지만 앞으로 그릴 그림에선 이들도 눈이 밝아져 무지에서 깨어날 거란다. 그리고 천사가 그들 가운데 자리할 거야."

뤼디는 돌연 끔찍한 피로와 혐오감을 느꼈다.

엄마는 미쳤어. 단단히 돌아버린 거야. 엄마를 더는 보호하고 싶지도, 보호해서도 안 돼. 가엾은 지브릴! 아, 우린 이곳에 다신 발을 들여놓지 않을 거다.

그 순간 뤼디의 생각을 읽었는지 엄마는 그의 뺨을 어루만지고 목덜미를 쓰다듬으며 부드러운 미소를 지어 보였다. 차고 축축한 그 손의 감촉이 너무나 불쾌했다.

얼마나 가녀린 여자인가. 목선이 깊이 파인 폴로셔츠 속 그녀의 묵직한 젖가슴에 뤼디의 눈길이 머물렀다.

젖과 쾌락으로 한껏 부풀어오른 듯한 젖가슴.

그는 시선을 돌리고 천천히 뒷걸음질 쳐 그녀의 손에서 벗어났다.

엄마가 내게 하는 말은 신경을 자극하는 따분한 말뿐이다. 내가 아직 알고 싶어하는 그것에 대해 엄마가 이야기해줄 리 만무하다. 그 일은 엄마의 관심을 떠난 지 이미 오래니까.

"누가 아버지한테 흉기를 건네주었는지 사람들이 알아냈나요?"

그가 경직된 목소리로 느릿느릿 말을 꺼냈다.

그녀는 깜짝 놀라 표정이 굳었다. 하지만 그것도 잠깐이었다. 그녀는 곧 마분지를 책상 위에 다시 올려둔 다음 그를 향해 돌아섰다. 메마른 입꼬리를 살짝 들어 차가운 억지웃음을 지어 보이며 입을 열었다.

"오래전 이야기구나."

"알아냈어요?"

그녀는 귀찮다는 듯 교태 섞인 한숨을 보란듯이 내쉬었다.

그러고는 안락의자에 털썩 주저앉았다. 장밋빛 인조가죽을 댄 지나치게 두껍고 푹신한 의자 속으로 몸이 사라져버릴 듯했다.

"아니, 당연히 못 알아냈어. 수사가 이루어졌는지조차 확신할 수 없구나. 그 나라가 어떤 나란지 너도 알지. 결국 매한가지였겠지. 감옥에서도 뭐든 구할 수 있었으니까. 돈이면 다 됐지."

엄마의 목소리에는 다시 고집스럽고도 막연한 원한과 독기가 배어 있었다. 삼십여 년 전 프랑스로 돌아왔을 때부터 뤼디가 들어온 목소리. 천사들에 대한 열정과 직업적이라 할 만한 선교 활동 덕에 차츰 사라진 목소리였다.

한데 그 가시 돋친 목소리가 옛 모습 그대로 고스란히 돌아와 있었다. 그 시절의 추억이 그에 얽힌 목소리와 감정들을 함께 데려온 듯했다.

"네 아버지한테는 돈이 있었어. 그런 건 문제도 아니었지. 뢰뵈스에 들어간 지 육 주도 안 되어 아버진 권총을 구할 방법을 생각해냈다. 아버지는 그런 일에 훤했어. 그 나라며 그 나라 사람들을 잘 알고 있었으니까. 아버진 뢰뵈스에서 썩느니 죽는 길을 택했어. 재판을 견뎌낸다 해도 죄과를 모면할 가능성은 전혀 없었으니까."

"아버지가 그렇게 말하던가요? 죽는 게 낫다고?"

"그래. 그랬다고 할 수 있지. 무언의 대화라는 것도 있지 않니. 당시엔 아버지가 그렇게까지 하리라곤 생각지 못했다. 감방으로 흉기를 반입시키리라고는 말이다. 그래, 그런 일은 상상조차 할 수 없었어."

이렇게 말하는 엄마의 목소리에는 예전에 뤼디를 상심에 빠뜨렸던, 투덜거리는 듯 우울한 신랄함이 가득했다. 얌전하고 말 잘 듣는 아이로 곁에 있어주는 것만으로는 엄마를 만족시킬 수 없었던 자신에게 자책감을 안겼던 목소리. 이 평범한 여자의 하나뿐인 아들은 그렇게 존재하는 것만으로는 그녀에게 위로가 되어줄 수 없었지.

"독방은커녕 예닐곱 명 정도 수감하는 방도 없었어. 네 아버진 예순 명이나 되는 사람들과 한방에 있어야 했지. 면회를 가면 아버진 늘 찜통 같은 더위에 반쯤 실신한 상태로 시간을 보내기 일쑤라고 했어. 난 내 할 일을 했단다. 그의 수호천사를 알아내려고 애썼지. 하지만 자신이 원치 않는데다 악에 받쳐 의심을 품는데 난들 어쩔 수 있었겠니?"

뤼디는 묻고 싶었다. 말이 턱밑까지 차올랐다. 아버지가 살리프를 차로 치었을 때 내가 거기에 있었나요? 내가 그 광경을 정말 목격했나요?

그러나 혐오감이, 활활 타오르는 뜨거운 증오심이 말문을 막았다.

머릿속에 그처럼 끔찍한 생각을 품게 만든 아버지가 얼마나 미웠는지!

그날 오후 아버지와 살리프 사이에 실제로 무슨 일이 벌어졌건 아버지는 비난받아 마땅했다. 의문의 형태일망정 그런 생각이 자신의 머릿속에 달라붙도록 만들다니.

그러나 역겨움에 사로잡혀 그는 아무것도 물을 수 없었다.

아버지에 대한 말을 다시 꺼낸 건 엄마였다. 그의 침묵에 담긴 가시 돋친 비난을 감지해서였을까.

엄마가 한탄하는 듯한 씁쓸하고 단조로운 목소리로 말을 이었다.

"자신은 끝장이라고 아버지 혼자 확신했던 거야. 재판심리를 보든, 대신 그 비슷한 무엇을 보든 결과는 유죄라고. 살리프 그자가 아버지를 등쳐먹었다는 증거를 댈 수 있었을 텐데 말이다. 사건을 정리하다보니 아버지가 금세 이해되더구나. 주먹질이나 그 밖의 행동은 몰라도 아버지가 화를 내고 다툰 건 정당한 일이었어. 아무튼 살리프는 그곳에서 아버지의 제일 친한 친구였으니까. 그에게 숙소를 제공하고 그를 상류층에 편입시킨 것도 아버지였지. 한데 그자가 아버지를 완전히 속여먹은 거야. 아벨이 용서할 수도 이해할 수도 없는 단 한 가지가 그거였는데. 둘 사이에 눈곱만큼도 문제가 없던 상황에서 얼굴색 하나 안 변하고 변함없는 미소를 지으며 다정한 목소리로 아버지한테 그 짓을 했던 거야. 그 모든 것을 법정에서 말할 수 있었을 거다. 내가 직접 살리프가 발주했던 벽돌 공사나 목공, 배관 공사 따위의 작업견적서를 검토했고 업자들을 만나보기도 했는데 그들 모두가 살리프와 많건 적건 연결되어 있었어. 하다못해 아내나 주변 인물들과도. 견적은 하나같이 부풀려진 게 분명했어. 그런 식으로 살리프는 은근슬쩍 주머니를 채울 수 있다고 생각한 거야. 네 아버진 어떻게 그 사람을 그렇게까지 신임했을까. 그곳에선 아무도 믿어선 안 되는데 말이다. 등뒤에서 사기칠 생각만 하는 사람들이니까. 우정 같은 건 그곳에 존재하지 않아. 그들도 하느님은 믿을 수 있겠지. 하지만 천사들을 경멸하고 비웃는 사람들이야. 네가 그곳으로 돌아가 살기로 했을 때 난 알아봤다. 성공할 수 없다는 걸. 한데 정말 그렇게 됐잖니. 난 벌써부터 알고 있었다."

"성공할 수 없었다면 그건 그 나라 때문이 아니라 아버지 때문이에요."

그러자 그녀는 독기 어린 의기양양한 얼굴로 비웃듯 말했다.

"그건 네 생각이야. 하얀 피부에 금발, 넌 누가 봐도 백인이야. 그들이 이용해먹었을 게 뻔하지. 악착같이 널 파멸시키려 들었을 거다. 그곳엔 사랑도 존재하지 않아. 네 집사람도 이익을 따져 너와 결혼한 거야. 사랑이 뭔지 모르는 사람들이니까. 돈과 지위만 생각하는 사람들이지."

그는 거실을 나와 부엌으로 돌아왔다. 분노가 사그라지고 심지어 소멸된 듯한 느낌이었다. 다시는 엄마 집에 발을 들여놓지 않겠다는 결심에 도취되어 새로운 활력이 솟았다. 엄마가 오고 싶으면 오라지. 마니유의 주방설비들과도 이젠 끝이야, 하는 생각도 들었다. 날아갈 것 같았다. 가뿐하고 젊어진 기분이었다. 판타를 처음 만난 그 시절 이후로 한 번도 맛보지 못한 기분이었다. 창백한 빛을 발하는 따스한 아침 공기 속에서 강직하고 깨끗한 자아를 음미하며 레쀠블리크 대로를 내려오곤 하던 시절 이후로.

지브릴은 우유잔은 물론 사블레에도 손을 대지 않고 의자 위에 몸을 움츠린 채 앉아 있었다.

맞은편에 앉은 소년은 여전히 즐거운 표정으로 열심히 먹어댔지만 지브릴은 겁에 질린 우울한 얼굴로 그를 바라보고만 있었다.

"거봐라. 배가 고프지 않았던 거야."

엄마가 뤼디의 등뒤에서 말했다.

밖으로 나온 뤼디는 지브릴의 어깨를 팔로 감싼 채 차가 있는 쪽으로 걸어가다 문득 생각했다. 조금 전 그게 뭐였지? 차 범퍼 앞쪽 바닥에 놓인 무언가를, 그곳에 있어서는 안 되는 어떤 불분명한 물체를 본 것 같았다.

하지만 일순간 스쳐지나간 생각이었다. 게다가 아이를 판타에게 도로 데려가게 되었다는 사실이 너무도 기쁘고 자랑스러운 나머지

방금 전 무언가를 보았다는 생각은 물론이고 자신의 눈이 본 것 같은 그 대상에 대해서도 잊어버렸다.

그는 지브릴을 차에 오르게 한 뒤 아이의 발밑에 가방을 던져두었다. 아이가 그에게 밝은 미소를 활짝 지어 보였다. 참으로 오랜만에 보는 미소인지라 뤼디는 마음이 울렁거렸다.

곧이어 자신도 차에 올라탄 다음 시동을 걸었다.

"집으로 가자!" 뤼디가 활기찬 목소리로 외쳤다.

그 순간 차체가 덜컹, 했다.

어떤 크고 조밀하고 물렁한 물체 위를 지나가는지 살짝 중심이 흔들렸다.

"뭐였어요?" 지브릴이 물었다.

몇 미터 더 가서 뤼디는 차를 세웠다.

"맙소사, 맙소사, 맙소사."

아이는 차 뒷유리 쪽으로 몸을 돌렸다.

"우리가 차로 새를 쳤어요."

천진한 아이의 말에 뤼디가 속삭였다.

"괜찮아. 이젠 아무래도 좋아."

대위법적 영상

일상의 낮잠에서 깨어 기분 좋은 몽롱한 꿈에서 막 벗어난 퓔메르는 잠시 넓적다리 위에 편안히 놓인 자신의 두 손을 바라보았다. 곧이어 시선은 그녀가 앉아 있는 거실 안락의자 맞은편 창문 쪽으로 향했다. 산울타리 너머로 이웃집 여자의 기다란 목과 작은 머리가 보였다. 여자는 월계수에서 돋아난 신비로운 가지나 새잎처럼 비현실적으로 보였다. 크게 뜬 그녀의 두 눈은 퓔메르의 정원으로 향해 있었고 입가엔 조용하고 넉넉한 미소가 떠올라 있었다. 퓔메르에게는 깜짝 놀랄 만한 일이었다. 이웃집 여자 판타가 그처럼 만족해 있는 모습은 한 번도 본 적이 없었으니까. 주저됐지만 퓔메르는 놀란 마음을 추스르며 뻣뻣한 한 손을 조금 들어올렸다. 그리고 검버섯이 돋은 늙고 주름진 손을 천천히 좌우로 흔들었다. 그러자 산울타리 너머의 젊은 여자도, 일체의 표정이 배제된 말간 시선만을 보내던 이 기이한 이웃 여자도 손을 들었다. 판타라 불리는 그녀가 퓔메르에게 인사를 건넸다. 조용히, 정성스러운 마음으로, 그녀가 인사를 건넸다.

3부

시부모와 시누이들이 그녀에게 그들의 요구사항에 대해 말했을 때, 그리고 그녀가 해야 할 일을 말해주었을 때, 카디는 이미 그 모든 것을 알고 있었다.

　거치적거리던 짐짝을 치우듯 그녀를 쫓아내리라는 그들의 생각이 어떤 형태로 나타나게 될지는 몰랐지만, 그녀더러 떠나라고 할 날이 오리라는 걸 그녀는 진작 알고 있었다. 남편이 죽고 시댁으로 들어온 지 한두 달이 지났을 무렵부터 그녀는 이미 이 상황을 알고 이해했거나 감지했다고 할 수 있었다. 요컨대 무언의 예감과 겉으로 드러난 적 없는 감정들이 이런 이해와 확신을 서서히 구축했다.

　그녀가 기억하는 결혼생활 첫 삼 년은 결코 평온한 시기가 아니었다. 임신을 간절히 열망하고 기다려온 터라 달이 바뀔 때마다 자신에게 주어질지도 모르는 은총에 대한 갈구는 미친 듯이 커져만

갔다. 그러다 다시 생리가 비치면 모든 게 원점으로 돌아가 우울한 낙담에 빠지는가 싶다가도 또다시 희망을 품었고, 그 갈망은 다시 점점 커져 넋 잃은 사람처럼 숨이 막히는 상태로 하루하루를 보내다 결국 또 한차례 잔인한 순간을 경험하곤 했다. 아랫배에 느껴지는 경미한 통증이 이번에도 잘못되었음을 말해주었으니까. 그랬다, 정말이지 결코 평온하지도 행복하지도 않은 시기였다. 카디는 결국 끝까지 임신이 되지 않았으니 말이다.

카디는 자신이 마치, 기대감이 팽배한 한정된 공간에서 팽팽하게 잡아당겨진 채 떨리고 있는 줄 같다는 생각이 들곤 했다.

달리 아무것에도 관심이 가지 않았던 삼 년이었다. 교차되는 희망과 좌절에 마음을 내맡겼던 시기. 좌절(죄는 듯한 서혜부 통증)에 이어 어이없을 만큼 집요한 믿음이 되살아나던 시기.

내달엔 될지도 몰라요, 라고 그녀는 남편에게 말하곤 했다.

그러면 남편은 다정한 목소리로 대답했다. 그래. 그럴 거야. 그녀 앞에서 실망한 모습을 보이지 않으려고 애쓰면서.

그녀의 남편이었던 그 사람은 그렇게도 다정한 남자였다.

그와 함께 살며 그녀는 미세한 감정 변화에도 동요하는 팽팽한 줄이 되었지만 남편은 세심한 배려와 부드럽고 사려 깊은 말들로 언제나 그녀를 감싸주곤 했다. 마치 창조 행위에 몰두한 그녀가 자신의 예술작품을 완성할 수 있도록, 자신이 집착하는 바를 구현할 수 있도록, 묵묵히 존경의 분위기를 마련해주려는 것 같았다.

그들의 삶을 온통 지배하고 있던 임신에 대한 기대가 매번 무너졌다고 해서 그가 불평을 늘어놓은 적은 한 번도 없었다.

남편은 일종의 체념 상태에서 자신의 역할을 헌신적으로 이행했던 거라고 그녀는 나중에 생각하게 될 터였다.

남편의 정액이 유용한 시기인지 아닌지에 따라 남편을 받아들이거나 밀어내는 그녀에게 그는 자신을 존중해주지 않는다고 화를 낼 수도 있지 않았을까? 그녀는 임신 가능성이 없는 시기엔 노골적으로 그와의 관계를 거부했다. 실제로 그녀는 그렇게 정력을 낭비하면 자신의 유일한 목표에 차질이 생길 수 있다고 믿는 것 같았다. 남편의 정액은 단 하나밖에 없는 소중한 보고寶庫이고, 이 보고를 지키는 그녀가 쾌락을 얻기 위해, 단순히 그것만을 위해 이 보고를 열어서는 안 된다고 굳게 믿는 듯했다.

그래도 그녀의 남편은 한 번도 불만을 터뜨린 적이 없었다.

하지만 카디는 그것이 용기 있는 일인 줄 전혀 알지 못했다. 아이를 갖겠다는 집착 때문에 강요되는 금욕생활에 대해 남편이 불평을 할 수도 있음을 그녀는 이해하지 못했다. 남편이 그런 금욕을 정당하게 생각지 않을 수 있다는 것을, 자신의 의무로 기쁘게 받아들이지 않을 수 있다는 것을 알지 못했다.

정말이지 그 당시 그녀는 그런 가능성에 대해 이해하지 못했었다.

남편이 죽고 나서야, 지난 삼 년간 그녀의 남편이었던 너무도 착하고 유순했던 이 남자가 죽고 나서야 그녀는 그가 보여준 크나큰 인내심을 이해했다. 그간의 강박 상태에서 벗어나 결혼 전의 그녀 자신으로, 꿋꿋하고 헌신적인 이 남자의 성품을 높이 사던 그녀로 돌아온 뒤에야 말이다.

무엇에 홀린 듯 임신에 집착했던 자신을 생각하면 고통스럽고 후회되었으며 자신의 광적인 집착에 증오심까지 일 정도였다. 그녀는 임신과 상관없는 일에는 완전히 무관심해 있었다. 남편이 앓고 있었을 병에 대해서마저.

남편이 그토록 갑작스러운 죽음을 맞은 걸 보면 이미 몸이 안 좋았던 게 분명했다. 장마철 어느 흐린 새벽, 남편은 평소처럼 자리에서 일어났다. 이슬람교도 거주지역의 어느 골목길에서 두 사람이 운영하는 간이주점의 문을 열러 가기 위해서였다.

그러나 그는 평상시 그의 성격처럼 조용하고 억제된, 오열과도 같은 밭은 숨을 한 차례 몰아쉬더니 침대 발치에 쓰러져버렸다.

잠에서 막 깨어나 아직 자리에 누워 있던 카디는 남편이 죽었다는 사실을 처음엔 전혀 깨닫지 못했었다.

그 순간 그녀의 머리를 스치고 지나간 생각을 두고 그녀는 그 후에도 오랫동안 자책감에 시달려야 했다. 아, 일 년이 지난 뒤까지도. 하필 이 순간 남편의 몸이 안 좋다니 속이 상해 죽겠다는 생각을 하고 있었던 것이다. 이 주 전 생리를 했고, 젖가슴이 단단하고 예민해진 것으로 미루어 배란기임을 짐작할 수 있었다. 한데 이 남자가 그날 밤 그녀와 잠자리를 할 수 없을 만큼 몸이 좋지 않다면 이 무슨 낭패요 시간 낭비란 말인가. 실망스러운 일이 아닐 수 없었다.

그녀는 자리에서 일어나 남편에게 다가갔다. 그리고 남편은 이미 숨이 멎어 있다는 것을 알게 되었다. 두 무릎이 이마에 닿고 뻣뻣한 팔 하나가 머리 밑에 깔려 웅크린 채 쓰러져 있었다. 허공을 향해 열려 있는 순진무구하고 여린 그 손은 어릴 적 그의 모습을 말해주는 것 같았다. 작고 호리호리하지만 용감하며 그 누구도 귀찮게 하지 않는 밝고 정직한 아이. 붙임성 있어 보이지만 사실은 고독하고 비밀스러운 아이. 그녀는 천진난만한 이 손바닥을 끌어다 미친 사람처럼 자신의 입술과 이마에 갖다댔다. 하지만 그 순간에마저 그 충격적인 고통은 마음속에서 아직 사그라지지도, 형상화되지도 못한 희열과 경합을 벌이고 있었다. 지금이 배란기라는 생각에서 말미암은 희열이 그녀를 송두리째 집어삼켜, 도움을 청하러 달려가고 있을 때조차, 두 뺨이 눈물범벅이 된 줄도 모른 채 이웃집 여자네로 뛰어들어갔을 때조차 그녀의 머릿속엔 온통 그 생각뿐이었다. 여전히 임신 생각뿐이던 그녀의 일부는 흥분을 가라앉히지 못한 채 묻고 있었다. 과연 어떤 남자가 남편을 대신해줄 수 있을지. 이달에야말로 어쩌면 임신을 하게 될지도 모르는데 어떻게 하면 이 기회를 놓치지 않을 수 있을지. 그리하여 희망과 절망의 이 지루한 반복이 막을 내릴 수 있을지. 남편이 죽었다고 소리치며 달려가는 순간에도, 그녀는 이번 기회를 흘려보내면 어김없이 찾아올 절망을 머릿속에 그리고 있었다.

이윽고 이성이 찾아들면서 이달도 무용하게 흘러가리라는 생각이 들었다. 잇따르는 달들도 마찬가지일 것이었다. 갑자기 정신이 번쩍 들었다. 지난 삼 년간 그 모든 희망과 절망을 견뎌낸 것이 결국 헛일이 되고 말았음을 깨달은 그 순간, 이 남자가 그토록 쓰라린 죽음을 맞았다는 슬픔조차 잊을 수 있었다.

내일 모레, 혹은 사흘 뒤에 죽을 수는 없었을까?

그런 생각을 했던 자신을 카디는 지금도 자책했다.

남편이 죽은 뒤 가게 주인은 그녀를 내쫓고 다른 부부를 들였고, 결국 카디에게는 시댁에 들어가 사는 것이 최선책이었다.

그녀의 부모는 일찍이 그녀를 할머니 손에 맡겼었는데, 이제 할머니는 이미 오래전 세상을 뜨고 없었다. 부모와는 어릴 때 드문드문 보다가 결국 소식이 끊겼다.

그래도 그녀는 섬세한 골격에 다부진 살집, 매끄러운 계란형 얼굴의 늘씬하고 고운 처녀로 자랐고, 삼 년 동안 함께 산 남자한테도 좋은 말만 듣고 살았었다. 간이주점에서도 무의식중에 몸에 밴 차가운 듯하면서도 조심스럽고 도도한 몸가짐 덕에 사람들은 그녀를 함부로 대하지 못했다. 또 그녀의 이런 태도 덕에 자식이 없다는 이유로 말미암은 조롱과 경멸의 언사들은 사전에 봉쇄될 수 있었다. 그러나 부모에게서 버림받은 불안한 유년기를 보낸데다 그 후 임신을 위해 기울였던 모든 노력이 수포로 돌아가면서 그녀는 광적이라 할 만한 강렬한 감정 상태에 머무르게 되었고, 별로 드러나 보이진 않았지만 그것은 사회에 대한 그녀의 불안정한 믿음에 치명적인 영향을 미쳤다. 이런 이유들로 인해 그녀는 자신이 모욕당하는 것이 이상한 일이 아니라고 판단하게 됐다.

시댁 식구들은 기댈 곳도 없고 지참금도 없이 시집을 온 그녀를 용서하지 않았으며 임신을 하지 못하는 그녀를 보란듯이 멸시하면서 함부로 대했다. 그런 상황에서 그녀는 자신이 하찮은 물건인 양 사람들의 안중에서 사라져도 상관치 않았고 감정이 배제된 모호한 생각들과 뒤죽박죽 혼란스러운 희끄무레한 몽상만 키워갔다. 그리고 그것들을 피난처 삼아 그녀는 느릿느릿 기계적으로 살아나갔다. 자신에게 무관심한 채, 고통도 거의 느끼지 못한다고 생각하면서.

그녀는 방 세 칸짜리 허름한 집에서 시부모와 두 시누이, 어린 시조카들과 함께 살았다.

집 뒤편으로는 이웃 주민들과 공유하는 굳고 편평한 땅이 펼쳐져 있었다.

카디는 되도록 이곳으로 나가지 않으려 했다. 재산도 자식도 없는 미망인의 쓸모없고 허망한 신세를 두고 빈정대는 사람들의 입방아에 오르는 것이 여전히 두려웠기 때문이었다. 그래도 채소를 다듬거나 생선을 손질하기 위해 피치 못하게 나가야 하는 경우에는 날렵한 손가락과 고개 숙인 얼굴의 윗볼만 나오게 온몸을 파뉴로 꼭꼭 감싼 채 잔뜩 웅크리고 앉아 있었다. 그러면 사람들도 금세 관심이 식어 그녀의 존재를 잊게 마련이었다. 이 무심한 침묵의 덩어리에 대고 욕을 하고 비웃어봐야 무슨 소용이 있냐는 듯.

그렇게 그녀는 손에서 일감을 놓지 않은 채 정신적인 마비 상태로 빠져들어갔으며 덕분에 주변에서 오가는 말들을 알아듣지 않아도 되었다.

그래서 그편이 편안하다 싶기도 했다.

불안도 기쁨도 없는 가벼운 백색의 수면에 빠져 있는 기분이었다.

매일 아침 일찍 그녀는 두 시누이와 함께 집을 나섰다. 세 사람 모두 다양한 크기의 플라스틱 대야를 머리에 이고 나가 시장에 내다 팔았다.

시장엔 그들이 늘 앉는 자리가 있었다.

카디는 두 시누이와 좀 떨어져 웅크려 앉았고 시누이들은 그녀를 모르는 척했다. 사람들이 대야 가격을 물으면 그녀는 손가락 서너 개로 답하며 몇 시간이고 그렇게 꼼짝 않고 앉아 있었다. 시끌벅적한 시장의 활기에 멍멍하게 도취되면 그녀는 예의 그 마비 상태에 빠져들 수 있었다. 기분 좋고 무해한 유백색 몽상들이 스쳐지나가는 이 상태는 바람에 나부끼는 긴 베일들과도 흡사했다. 종종 그 위로 변함없이 자비로운 미소를 보내오는 남편의 얼굴이 어렴풋이 나타나기도 했으며 그녀를 키우고 보살펴주었던 할머니의 얼굴이 가끔씩 보이기도 했다. 할머니는 그녀를 엄하게 대하긴 했어도 그녀가 그저 그런 아이가 아닌, 개성이 뚜렷한 특별한 아이임을 알아보았었다.

그래서 그녀는 자신이 유일무이한 존재임을 언제나 인식하고 있었다. 그 누구도 그녀, 카디 뎀바를 고스란히 대신할 수는 없었다. 입증은 불가능해도 부인할 수 없는 사실이었다. 비록 부모마저 그녀를 곁에 두려 하지 않았고 할머니가 그녀를 맡은 것 역시 의무감에서였을 뿐 세상 어느 누구도 그녀를 필요로 하거나 원치 않았을지라도.

그녀는 자신이 카디라는 그 자체로 만족했다. 그녀 자신과 카디 뎀바라는 인물의 가혹한 현실 사이에는 어떤 미심쩍은 간극도 없었다.

심지어 카디라는 사실이 자랑스럽게 여겨질 때도 있었다. 삶이 유쾌해 보이는 아이들, 매일같이 닭고기나 생선을 양껏 먹고 학교에 올 때 찢어지고 때묻은 옷을 입지 않아도 되는 아이들도 있었지만, 그렇다고 지극히 적은 몫의 안위만을 누리는 카디 뎀바보다 그들이 더 인간답다고는 할 수 없었기 때문이다.

지금 이 순간에도 그녀는 이것을 의심하지 않았다. 그녀는 그 자체로 온전하고 소중한 존재이며, 그녀는 그녀 자신일 수밖에 없다는 것.

그저 사는 게 피곤하고 자신에게 가해지는 모욕들에 지칠 때도 있었지만 이런 모욕들이 그녀에게 실제적인 고통을 주지는 않았다.

두 시누이는 그들의 진열대 앞을 함께 오가면서도 그녀에게 말을 걸지 않았다.

집으로 돌아오노라면 시누이들은 몸안으로 스며든 군중의 열기와 시끌벅적한 분위기를 집에 들어가기 전 덜어내기라도 해야 할 것처럼, 시장 특유의 활기에 여전히 들떠 있곤 했다. 시누이들은 카디를 밀치거나 꼬집으며 계속해서 그녀를 들볶아댔다. 그리고 살을 꼬집혀도 무감각하거나 눈살을 찌푸릴 뿐인 카디의 반응에 자극을 받아 재미있어했다. 그들은 그녀가 괴롭힘을 당하는 순간 일체의 지각 기능을 멈추어버린다는 것을 알고 있었다. 혹은 그렇게 추측했다. 어떤 가시 돋친 말도 그녀의 마음속에서는 불그레한 베일로 변해 다른 베일들을, 창백하고 기분 좋은 몽상의 일부를 한순간 흐려놓을 뿐임을 그들은 알고 있었다. 그들은 그것을 알아챘거나 그렇게 추측하고는 은연중에 기분이 나빠했다.

그러다 간혹 카디는 갑자기 한발 옆으로 물러서거나 짜증이 날 만큼 느릿느릿 걷기 시작했는데 그러면 두 시누이도 시큰둥해져 결국 그녀에게 흥미를 잃고 말았다.

한번은 카디가 점점 뒤쳐지자 시누이 하나가 소리쳤다.

"뭐 하는 거야, 이 벙어리야!"

그 말을 듣는 순간 정신적 차폐물 뒤에 숨을 사이도 없이 카디는 번쩍 깨닫게 되었다. 이 놀라운 말은 그녀가 무의식중에 알고 있던 한 가지 사실을 그녀 앞에 생생히 드러내 보였다. 그녀는 아주 오래전부터 입을 열지 않았던 것이다.

남편이나 가족, 혹은 과거에 알았던 다른 익명의 지인들의 목소리 덕에, 그녀의 희미한 몽상을 수놓았던 웅성임 덕에 그녀는 자신이 가끔 말을 한다는 착각에 빠져 있었을 뿐이었다.

한순간 그녀는 격렬한 공포에 휩싸였다.

말을 만들어 입 밖으로 내보내는 방법을 잊어버렸다면 그녀에겐 기멜 미래가, 아무리 가혹하다 할지언정 미래가 없지 않은가?

그러자 정신이 멍해지고 감각이 마비됐다.

아무 말이나 뱉어볼 수도 없었다. 소리가 나지 않으면 어쩌나, 괴상하고 낯선 소리가 귓전을 때리면 어쩌나 두려웠다.

시부모가 시누이 둘을 대동하고 카디를 불러 떠나라고 말했을 때—이 순간만은 시누이들도 조용히 귀기울이는 걸로 만족했다—그들은 카디에게서 어떤 답변도 기대하지 않았다. 그녀의 의사를 물은 게 아니라 명령을 내린 것이었으니까. 불안이 그녀의 무감각한 마음을 또 한번 흔들어놓았어도 카디는 아무 말도 하지 않았고 아무것도 묻지 않았다. 그렇게 해서라도 그들의 결정이 분명해져 버리거나 그녀의 추방이 현실이 되는 위험을 막아보겠다는 생각이었는지 모른다. 시부모의 명령이 정말인지 혹은 합당한지를 따져 그들에게 대답할 필요 따위는 전혀 없었다는 걸 카디는 나중에야 깨달았다. 시부모는 그런 일은 조금도 기대하지 않고 있었다.

그들에게는 그녀의 답변이 필요치 않았다.

그들의 눈에 자신이 존재하지 않는다는 걸 카디는 알고 있었다.

그들의 하나뿐인 외아들이 집안의 반대를 무릅쓰고 아내로 맞은 여자였기 때문에, 아이도 낳지 못했고 의지할 데도 없는 처지의 여자였기 때문에 그들은 암암리에 태연히 그녀를 인간 사회에서 배제시켰다. 증오심이나 저의 같은 것은 없었지만, 그녀를 바라보는 그들의 냉혹하고 편협한 눈, 그 노인들의 눈은 카디라는 이름의 이 형체를 세상에 존재하는 무수한 동물과 사물의 형체와 구분하지 못했다.

카디는 그들이 잘못하고 있다는 걸 알았지만, 그들과 비슷한 모습을 하고 그렇게 거기 있는 것 말고는 그들에게 달리 일러줄 방도가 없었다. 그러나 그것만으로는 충분치 못하다는 것을 깨달았고, 결국 자신이 인간이라는 사실을 증명할 생각을 더이상 하지 않게 되었다.

그녀는 낡은 소파에 앉은 시부모의 말을 조용히 듣고 있었다. 그러면서 시부모 양편에 자리한 두 시누이의 날염 치마를 번갈아 관찰했다. 시누이들은 그들의 성품과는 동떨어진 천진하고 불안정한 모습으로 손을 두 넓적다리 사이에, 손바닥을 허공으로 향한 채 올려놓고 있었다. 그 순간 카디의 머릿속에 그대로 죽은 그들의 모습이 떠올랐다. 죽은 그들의 무구하고 여린 얼굴이 앞당겨 상상되었다. 무방비 상태의 이 손들은 돌연한 죽음을 맞은 이 두 여자의 남동생이자 자신의 남편인 사람의 손과 몹시 닮아 있었다. 카디는 목이 메었다.

시어머니의 목소리가 계속 들려왔다. 매몰차고 위협적이면서 단조로운 목소리. 불쾌한 충고를 하고 있다는 걸 어렴풋이 느꼈지만 카디는 더이상 이해해보려고 노력하지 않았다.

판타라는 이름만 겨우 알아들을 수 있었다. 백인 남자와 결혼해 지금 프랑스에 살고 있는 시사촌이었다.

이 사람들 집에서 살게 된 이후로 머릿속을 온통 차지한 창백한 망상에 카디는 또다시 길을 내주었다. 어쩌면 떠나야 할지 모른다는 생각으로 방금 전에 느꼈던 끔찍한 공포는 물론 그런 공포를 느꼈다는 사실조차 잊어버리면서. 추호도 이곳에 남고 싶다는 바람이 있어서가 아니었다. 그녀는 아무것도 바라지 않았으니까. 하지만 갑작스레 환경이 변하면 자신의 몽상도 살아남을 수 없을 것 같았다. 발길을 어디로 향해야 할지 같은 사소한 문제일지라도 무언가를 생각하고 시도하고 결정해야 할 테니까. 그런 전망이 지금처럼 무기력한 상태에선 가장 끔찍한 것이었다.

시누이들이 지어 입은 치마가 눈에 띄었다. 꼬리에 꼬리를 문 회색 뱀들이 그려진 노란 천, 여자들의 명랑한 갈색 얼굴이 그려진 붉은 천, 그 아래 '아프리카 여성의 해'라는 글귀가 보였다. 그녀의 머릿속에서 수십 개로 불어난 뱀과 얼굴 들은 천의 주름이 잡힌 곳마다 기괴하게 뭉그러진 모습으로 사악한 원무를 추어댔다. 어느새 선하고 흐릿한 남편의 얼굴은 사라지고 없었다.

평소에 그녀가 눈길을 피하곤 했던 시누이들이 그녀를 비웃으며 빤히 바라보는 것 같았다.

그중 한 명이 카디에게서 시선을 떼지 않은 채 넓적다리 위의 치맛자락을 매만졌다. 천을 쓸어내리는 그녀의 집요한 두 손이 카디에게는 어쩐지 위험하고 외설스러운 수수께끼 같았다. 방금 전 무방비 상태의 순진한 모습으로 나른히 손바닥을 드러내고 있었을 때만큼이나.

할말은 다 했으니 방을 나가보라는 표시로 시어머니가 손끝으로 허공을 쓸자 카디는 깊은 안도의 한숨을 내쉬었다.

그녀는 언제, 어떻게, 어느 곳으로, 무슨 목적으로 떠나야 하는지, 자신의 추방과 관련된 사항들에 대해 시어머니가 한 말을 하나도 기억하지 못했다. 하지만 그 후 며칠 동안 아무도 그 이야기를 다시 꺼내지 않았다. 그녀는 평소처럼 시장에 나갔고 아무도 그녀에게 관심을 갖지 않았다. 자신의 삶에 큰 변화가 닥칠지 모른다는 불안한 가능성은 날염된 뱀과 얼굴 들에 대한 기억과 뒤섞여 몽환적이며 부조리한 성격을 띠더니 마침내 어이없는 몽상들마저 자취를 감춘 망각 속으로 가라앉았다.

그러던 어느 날 저녁 시어머니가 그녀의 옆구리를 툭 쳤다.

"짐을 싸거라."

시어머니는 카디가 집에 있는 물건을 가져갈까봐 직접 방바닥에 카디의 파뉴 한 장을 펼치고 그 위에 카디의 나머지 파뉴와 낡고 바랜 푸른색 티셔츠 한 장, 신문지에 싼 빵 한 조각을 얹었다.

그런 다음 조심스레 천을 접어 네 귀퉁이를 묶었다.

시어머니는 유감과 원한이 가득한 엄숙한 표정을 지으며 자신의 브래지어에서 돌돌 만 지폐 몇 장을 천천히 꺼냈다. 그리고 카디의 파뉴 허리띠 속에 불쑥 손가락을 집어넣더니, 누런 손톱으로 카디의 맨살을 할퀴어가며 팬티 고무줄 안쪽에(카디가 브래지어를 하지 않은 걸 알았던 걸까?) 지폐를 찔러넣었다.

사등분으로 접은 쪽지도 같이 넣으며 거기에 사촌의 주소가 적혀 있다고 말했다.

"판타의 집에 가게 되거든 우리한테 돈을 보내거라. 그앤 지금 풍족하게 살고 있을 거야. 교사니까."

카디는 매트리스 위 시누이의 아이들 옆으로 몸을 눕혔다.

극심한 공포로 속이 매슥거렸다.

그녀는 눈을 감고 하얗게 넘실대는 몽상들을 불러내려고 했다. 의심과 회한으로 가득해 고통스럽고 불안해하는 그녀를, 벗어날 수 없는 현실과의 견딜 수 없는 접촉으로부터 보호해주는 몽상들이었다. 그녀는 약하고 겁 많은 자신으로부터 초연해지려고 무진 애를 썼다. 하지만 그날 밤 그녀의 몽상은 침범해 들어오는 삶에 맞서 싸우기에는 역부족이었다. 카디는 이 공포와 머리를 맞댄 채 밤을 지새웠다. 초연해지려고 아무리 노력해도 격렬한 공포로부터 벗어날 수는 없었다.

새벽부터 그녀를 깨우러 온 시어머니가 일어나라고 말없이 명했다.

카디는 보조 매트리스에 누운 시누이들의 몸을 성큼 넘어갔다. 그들의 빈정대는 냉혹한 목소리를 듣고 싶지 않았고 이 잿빛 새벽에 그들의 매정한 눈이 반짝이는 모습을 보고 싶지도 않았다. 그렇긴 해도 그녀가 낯선 땅으로 떠나는 이 순간 두 여자가 자는 척하고 있다는 건 아무래도 불길한 징조처럼 생각되었다.

그들은 다시는 카디를 보지 못하리라 확신하고 있는 걸까? 그래서 작별인사조차 피하며 그녀에게 흘낏 시선을 주지도, 그녀를 향해 손을 들어올리며 착하고 무구한 손바닥을 내보이려고도 하지 않는 걸까?

그렇다, 그게 분명했다. 그들은 이제 죽음을 향해 가고 있는 카디의 일에 더이상 관여하지 않는 게 낫다고 판단한 것이다. 자신의 불길한 운명과는 눈곱만큼도 연결되고 싶지 않은 그들의 심정을 카디는 이해할 것 같았다.

입에서 신음이 새어나오려는 것을 카디는 간신히 참아냈다.

길에 한 남자가 기다리고 있었다.

서양식으로 청바지에 체크무늬 반소매 셔츠를 입은 남자였다. 아직 날도 새지 않았는데 남자는 번쩍이는 선글라스를 끼고 있었다. 조급하고 신경질적인 시어머니의 손에 떠밀려 남자 앞에 선 순간에도 그녀는 남자가 자기를 보고 있는지 파악할 수 없었다. 그의 선글라스 알에 가슴에 보따리를 부둥켜안은 채 불안에 떨고 있는 가냘픈 자신의 모습이 비쳤다.

카디는 아랫입술을 깨무는 그의 습관을 알아챘다. 그 습관 때문에 설치류처럼 좁고 뾰족한 하관이 쉴 새 없이 움직였다.

시어머니가 그에게 잽싸게 지폐 몇 장을 건넸다.

그는 돈을 보지도 않은 채 호주머니 속에 쑤셔넣었다.

"이제 이곳에는 돌아오지 말거라. 거기 도착하는 대로 돈을 보내도록 해. 거기 못 가더라도 이곳에 돌아와선 안 돼."

시어머니가 카디의 귀에 대고 속삭였다.

카디는 팔을 잡고 매달려봤지만 노파는 종종걸음으로 집 안으로 들어가 문을 닫았다.

"이리 와. 이쪽이야."

남자가 낮고 무뚝뚝한 목소리로 말했다.

남자는 카디가 잘 따라오고 있는지 확인할 필요도 없다는 듯 길을 내려가기 시작했다. 분홍색 플라스틱 슬리퍼를 신은 그녀가 비틀거리며 부자연스럽게 걷는 동안 가볍고 도톰한 창을 댄 운동화를 신은 남자의 발걸음에는 활기가 넘쳤다. 남자는 그녀가 따라오고 있다는 걸 한순간도 의심하지 않는 것 같았다. 이미 돈을 받았으니 그녀가 무얼 하든 상관없다는 듯.

이런 무관심이 카디를 다소 안심시켰다.

그녀의 머릿속을 채우고 있던 복잡한 생각들이 얼마 안 가 사라졌다. 앞서가는 남자와 거리가 벌어지거나 슬리퍼 한 짝을 길에서 잃는 일이 없도록 조심하면서 걷는 동안 그녀는 또다시 그 몽롱한 상태로 빠져들어갔다. 그러나 이번엔 죽은 남편이나 할머니의 얼굴 대신 이렇게 걸어가는 동안 눈에 포착된 영상들이 스쳐지나갔다. 그녀는 한 번도 걸어본 기억이 없는 길들로 남자를 따라갔다. 어쩌면 이미 걸어본 적이 있지만 그녀가 늘 그랬듯 정신적 허탈감에 빠진 멍한 상태였기 때문에 기억을 못하는 건지도 몰랐다. 하지만 길을 가며 잇달아 나타나는 오늘 아침의 이 하찮은 광경들은 끈질기게 뇌리에 남아 몽상의 스크린 뒤에 투명하게 고정되었다.

그렇다면 낯선 남자의 손에 넘겨진 이 순간 그녀는 비몽사몽의 위험한 반수 상태에서 벗어나 뜻하지 않은 보호를 받게 된 걸까?

그러다 한 임산부 앞을 지나가게 되었다. 갑자기 가슴을 쥐어짜는 듯한 통증이 느껴졌다. 여자는 망고나무 발치에 앉아 어린아이에게 쌀죽을 먹이는 중이었다.

주변 사람들 앞에서 느끼는 반사적인 수치심은 차치하고, 아이를 갖지 못했다는 크나큰 비애와 쓰라린 고통을 잊고 지낸 지 이미 오래였다. 시댁에 살면서 마음속 모든 것이 얼어붙고 굳어버린 이후로는 아무런 고통도 느끼지 못했었다.

그런데 지금 카디의 눈은 이 여자를 무심히 스쳐지나지 못하고 물끄러미 주시하고 있었다. 카디는 여자의 불룩한 배와 죽이 잔뜩 묻은 어린 소년의 입을 바라보며 슬픔에 잠겨 생각했다. '이제 나, 카디는 아이를 갖지 못하는 건가?' 그러나 서글픔보다는 자신이 서글퍼한다는 사실에 대한 놀라움이 더 컸다. 어렴풋하고 심지어 감미롭게 그녀의 일부를 흔들어놓는 이 감정을 확인한다는 게 놀라웠다. 이제껏 공포로 마비된 혼수상태에 익숙해 있던 자신이 아니던가.

앞서가는 남자가 빠르게 발을 놀리자 그녀도 걸음을 재촉했다.

카디 자신이었을 수도 있었던 한 젊은 여자가 보도로 나와 간이주점의 하나뿐인 창문에 덧댄 나무판을 떼어냈다. 뱀처럼 가늘고 고운 몸, 좁은 엉덩이와 어깨, 그리고 살짝 들어간 허리. 자기처럼 호리호리한 그 몸을 보면서 그녀는 힘찬 걸음을 내딛게 하는 자신의 근육의 움직임, 그 생명력, 그 틀림없는 존재를 감지하게 됐다. 그녀가 잊고 있던 동안에도 근육은 어김없이 제 할 일을 하고 있었던 것이다. 언젠가부터 관심에서 제외되어 있던 자신의 젊고 강인한 몸을, 이 낯선 여자의 모습을 통해 되살아나는 자신의 몸을 그녀는 이렇게 다시 기억해내기 시작했다. 여자는 이제 간이주점 밖 가판대에 내놓은 소다수 병들을 정리하고 있었다. 그 예전 카디 자신도 그러했을 조용하고 집중한 듯한 조심스러운 몸가짐으로.

카디는 남자를 따라 앵데팡당스 가를 걷고 있었다.

푸른 반바지와 흰 반소매 셔츠 차림의 초등학생들이 손에 든 바게트 덩어리를 간간이 베어 물고 바닥에 빵 부스러기를 흘리면서 천천히 보도 위를 걸어갔다.

그들의 뒤를 까마귀들이 바싹 쫓고 있었다.

카디는 서둘러 남자를 따라붙은 다음 뒤처지지 않기 위해 걸음을 재촉했다. 아스팔트에 딱딱 부딪는 그녀의 슬리퍼 소리에 까마귀들이 겁을 먹고 날아갔다.

"거의 다 왔어."

남자가 무뚝뚝한 목소리로 말했다. 그녀를 안심시키거나 격려한다기보다 그녀가 질문할 것을 예상하고 선수를 친 것 같았다.

그녀와 나란히 걷는 모습이 사람들의 눈에 띄는 것이 거북한 것은 아닐까. 치장도 하지 않은 짧은 머리에 낡은 파뉴를 두른 그녀가 흙먼지가 내려앉은 발로 곁에서 걷고 있었으니. 몸에 꼭 맞는 반팔 셔츠와 선글라스, 초록색 운동화 차림인 그는 누가 봐도 외모에 정성을 들인 모습이었다. 사람들의 시선에 신경을 쓰는 사람이 분명했다.

남자는 앵데팡당스 가를 지나 레퓌블리크 대로로 접어들며 바다 쪽으로 걸어갔다.

연푸른빛 부드러운 하늘에 갈매기와 갈까마귀 들이 날고 있었다. 문득 자신이 그 광경을 보고 있다는 깨달음이 놀라움으로 다가와 카디는 겁이 날 지경이었다. 뚜렷한 감정은 아니었다. 아직은 부드러운 혼돈의 상태였고, 사고는 안개처럼 흐릿한 몽상의 속박을 받고 있었다. 저곳에 가본 지도 한참이 되었구나. 어릴 적 할머니는 막 하선한 어부들에게서 생선을 사오라며 그녀를 바닷가로 보내곤 했었다.

순간 두 눈이 아려왔다. 숭어 가격을 야무지게 흥정하던 씩씩하고 억척스러운 말라깽이 소녀와 지금 그 비슷한 해안을 향해 낯선 남자를 따라가고 있는 여자, 이 두 사람은 독특하고도 일관된 운명을 지닌, 세상에 단 하나뿐인 동일인이었다. 이 사실을 확연히 느끼게 되자 그녀는 너무도 흡족하고 감격스러워 지금 자신이 처해 있는 불확실한 상황도 잊을 수 있었다. 그처럼 명명백백한 진실에 비하면 자신의 불안정한 처지 따위는 대수롭지 않아 보였다.

입술에 어렴풋한 추억과도 같은 미소가 떠올랐다.

안녕 카디, 그녀는 혼자 되뇌어보았다.

소녀 시절, 자신과 단둘이 있을 때면 얼마나 즐거웠던가. 따돌림을 받아 힘들 때에도 자신과 함께 있으면 전혀 외롭지 않았다. 힘이 들었던 건 다른 아이들과 함께 있을 때였다. 하녀로 일하면서 이 집 저 집에 머무를 때였다.

선량하고 과묵한 남편 역시 세상사에서 좀 물러나 앉은 조용한 성품이어서 그녀는 자신의 고독을 희생할 필요가 전혀 없었다. 남편은 그녀에게 그런 것을 요구하지 않았을뿐더러 그녀가 그를 자기만의 세계에서 끌어내려 할 것이라고도 생각하지 않았다.

남편이 죽은 지 수년이 지나 처음으로 그녀는 남편이 그리웠다. 슬리퍼가 벗겨질까봐 발가락을 오그린 채, 헐떡이며, 뛰다시피 대로 위를 걸어가는 이 순간, 이마 위에 아직 따스한 푸른 하늘의 열기가 느껴지고, 해소할 길 없는 굶주림에 시달리는 갈까마귀들의 분노한 울음소리가 들리고, 시계視界 가장자리를 따라 그 무수한 검은 점들이 빠르고 격한 원무를 추는 모습이 보이는 이 순간, 남편이 죽고 긴 세월이 지난 뒤 처음으로 그녀는 남편이 그리웠다. 원래 모습 그대로의 남편이.

가슴이 답답해졌다.

이 그리움은 그녀에게 너무나 새로운 감정이었다.

남편의 갑작스러운 죽음으로 당장에는 아이를 갖지 못하리라는 것이 확실해지면서 느꼈던 한 맺힌 아찔한 환멸감, 또 그렇게 자신의 노력이 모두 수포로 돌아갔음을 확인하던 씁쓸한 마음과는 전혀 상관없는 감정. 당연히 자신의 것이라 여겼던 삶을 놓쳐버렸다는 큰 슬픔과도 아주 먼 감정. 그것은 다만 부재의 고통이었다. 부재의 고통이 불시에 밀어닥쳐 그녀를 혼란에 빠뜨렸다. 그녀는 마치 마음이 아닌 몸의 고통에 괴로운 척 자신을 속여보기라도 하려는 듯, 보따리를 잡지 않은 다른 한 손으로 가슴을 쳤다.

아, 정말 그랬다. 남편이 거기 그녀 곁에, 아니, 그저 이 광막한 땅 어디에라도 있다면 얼마나 좋을까. 이 지방에서 그녀가 아는 곳이라고는 이 도시뿐, 경계도 넓이도 형태도 모르는 도시의 일부에 지나지 않았다. 남편의 검고 매끄러운 그 조용한 얼굴을 떠올릴 수만 있다면, 변함없는 따스함과 생기를 간직하고 있을 그 얼굴이 카디 자신의 얼굴과 함께 이 땅 어딘가에서 줄기 끝에 매달린 무거운 꽃송이처럼 하늘거리고 있다는 걸 알 수만 있다면 얼마나 좋을까.

("이곳에서 차를 탈 거야. 차는 곧 도착할 거고.") 그 순간 그녀는 저도 모르게 그 낯선 남자의 얼굴 쪽으로 고개를 돌렸다. 불안한 경련으로 떨리는 낯설고 거만한 얼굴. 카디는 그 얼굴에서 그녀 곁에 살아 있는 존재를 느낄 수 있었다. 자신의 뺨에 와 닿는 온기와 옅은 땀냄새를 맡을 수 있었다. 남편의 모습이 지금 어떻게 변해 있건 그 모습은 상상하고 싶지도 않았고 머릿속에 떠올릴 수도 없었건만.

멀리 있을지언정 이 사랑하는 얼굴이 땀에 젖은 따스한 옛 모습을 고스란히 간직하고 있다는 걸 알 수 있었다면 그 얼굴을 다시는 보지 못한다는 이 현실을 받아들였을 것이었다.

하지만 끝내 남편은 몇 안 되는 사람들의 기억 속에만 존재할 것이었다. 갑자기 남편에 대한 연민과 슬픔이 밀려왔다. 마음이 아파 가슴을 치고 있어도 자신은 운이 좋은 사람이었던 것이다.

남자는 대로를 따라 내려가 보따리를 든 일군의 사람들 곁에 발길을 멈추었다.

카디는 자신의 보따리를 땅에 내려놓고 그 위에 앉았다.

근육의 긴장이 풀어지고 오그리고 있던 발가락들이 얇은 플라스틱 신발창 위에서 서서히 제 위치를 찾았다.

그녀는 파뉴를 무릎까지 끌어올려 트고 갈라진 흙투성이 정강이와 장딴지에 햇볕을 쏘였다.

자신이 그 누구에게도 중요한 존재가 아니고 자신을 생각해주는 이가 아무도 없다 해도 상관없었다.

그녀는 침착하고 활기가 넘쳤으며 아직 젊었다. 그녀는 온전한 자기 자신이었고, 더없이 건강한 온몸 가득 너그러운 새벽 온기를 마음껏 음미했다. 바다에서 전해져오는 달콤한 냄새들을 감사히 맘껏 들이마셨다. 대로 밑으로 내려오자 보이지 않는 바다의 술렁임이 들려왔다. 아침 햇빛 속에 부서지는 초록색 광채나 연푸른 하늘에 반사된 구릿빛 음영으로 식별되는 바다.

눈을 반쯤 감자 실눈 사이로 그녀를 데려가기로 한 남자가 신경질적으로 이리저리 오가는 모습이 보였다.

목적지가 어딜까?

선뜻 물을 수 없는 말이었다. 알고 싶지도 않았다. 아직은 그랬다. 모자라는 자신의 머리로는 그런 정보를 어떻게 다루어야 할지 알 수 없을 것 같았다. 아는 사람도 거의 없고 아는 이름도 얼마 안 되는 머리가 아니던가. 그 이름이라는 것도 사람들이 날마다 사용하는 물건들의 이름일 뿐, 볼 수도 사용할 수도 이해할 수도 없는 무언가의 이름이 아니었다.

할머니가 한동안 보내준 학교에 대한 추억이 끼어들면 꿈속은 온통 소란과 야유, 싸움질, 혼돈뿐이었다. 의심 많은 말라깽이 소녀, 자신을 지키기 위해 금세라도 상대를 할퀼 태세인 소녀가 의자가 충분치 않은 교실 타일 바닥에 웅크리고 앉아 있었다. 화가 난 듯 성마르고 건조하고 빠르게 이어지는 여교사의 설명을 소녀는 단어와 단어 사이를 분리시키지 못한 채 쫓고 있었다. 다행히 교사는 소녀에게 전혀 주의를 기울이지 않았다. 한순간도 경계를 풀지 않고 누가 못된 짓을 하지 않나 살피고 있었지만, 그녀의 시선은 소녀를 스치고 지나갈 뿐이었다. 소녀는 사람들이 자기를 가만 내버려두길 바랐지만 여교사나 다른 아이들을 두려워하는 건 아니었다. 그들이 가해오는 모욕을 받아들였지만 무서워서 그런 건 아니었다.

카디는 마음속으로 미소를 지었다.

작고 심술궂은 계집아이, 그녀는 그런 아이였다.

그녀는 무의식중에 자신의 오른쪽 귀를 만졌다. 둘로 갈라진 귓불에 손가락이 닿자 다시 미소가 떠올랐다. 수업중에 한 아이가 달려들어 그녀의 귀걸이를 낚아챈 사건이 빚은 결과였다.

그렇다. 그녀가 학교에서 이해하거나 배운 건 아무것도 없었다.

그녀는 귀찮은 표정의 험상궂은 여자가 탁한 목소리로 늘어놓는 말들, 뭐가 뭔지 분간할 수 없는 이 장광설이 그저 자신의 머리 위를 떠다니도록 내버려두었다. 말들이 연결되는 방식이 전혀 이해되지 않았다. 물론 이것이 하나의 언어라는 것, 프랑스어라는 것을 알았고 어느 정도 말하고 이해할 수도 있었지만 화난 음성 속에 급격하게 이어지는 문장은 마치 다른 언어처럼 들렸다. 생각의 일부는 늘 다른 아이들에게 쏠려 그들의 행동을 살폈다. 언제 무슨 일을 저지를지 모르는 아이들은 교사가 칠판을 향해 돌아서기 무섭게 손바닥으로 때리거나 발로 차는 못된 공격을 감행해왔다.

오늘날 그녀가 생활 속에서 직접 체험한 것밖에는 알지 못하게 된 것이 바로 그 때문이었다.

그녀는 자신의 안내자거나 동반자 혹은 감시자의 역할을 맡은 이 남자가 그녀가 전혀 모르는 이름을 들먹여 쓸데없이 그녀의 정신을(카디의 무지한 정신을) 괴롭히는 일이 없기를 바랐다. 한데 그들이 함께 어디로 가고 있는지 그에게 묻는다면, 그리하여 난해하고 괴상한 이름, 도무지 기억할 수 없는 이름을 그에게서 듣게 된다면 그런 괴로움을 자초하는 꼴이 될 수도 있지 않은가. 자신의 운명이 그 이름과 연결되어 있음을 모르는 척할 수는 없을 테니까.

자신의 운명을 지나치게 염려해서가 아니었다. 다만 따스한 공기 속에서 맛보는 지극히 새롭고 기분 좋은 이 느낌을 해쳐서 좋을 게 무어란 말인가. 보도에서 어렴풋이 올라오는 시큼한 냄새나 신선한 곰팡내, 편안히 쉬는 두 발, 완전한 부동의 상태에 오롯이 집중되고 내맡겨진 육신. 이런 느낌을 쓸데없이 해치려 들 이유가 뭐란 말인가.

사람들도 그녀처럼 기다리고 있었다. 커다란 체크무늬 나일론 가방이나 끈으로 단단히 묶은 종이박스 위에 앉은 채로. 카디는 반쯤 감긴 눈꺼풀 사이로 똑바로 앞만 바라보고 있었지만 주변 공기가 다소 정체되고 떨림이 사라진 것으로 미루어 그 남자, 목자 혹은 간수, 보호자 아니면 은밀한 재앙의 심부름꾼일 수도 있는 그

남자만 분주히 오가고 있음을 짐작할 수 있었다. 남자는 녹색 운동
화를 신고서 군데군데 파헤쳐진 모래 섞인 아스팔트 위를 흥분된
몸짓으로 성큼성큼 걸었으며 저도 모르게 서툰 춤을 추듯 획획 움
직이거나 펄쩍대며 뛰어다녔다. 그 모습이, 그리 멀지 않은 곳에서
깡충깡충 뛰어다니는 까마귀들을, 흑백의 무늬가 선명하고 특히
목 언저리 상당 부분이 흰 까마귀들을 꼭 닮았다고 카디는 생각했
다. 어쩌면, 이 남자는 이 까마귀들의 형제로, 카디를 데려가는 동
안만 교묘히 사람으로 변신한 것인지도 몰랐다. 그럴지도 몰랐다.

불안한 전율이 그녀의 냉정을 흩뜨려놓았다.

시간이 흐르며 더위가 기승을 부리자 카디는 보따리에 든 파뉴
를 꺼내 머리를 감쌌다. 그곳에 모여 있던 소규모 무리도 어느새
떠들썩한 군중으로 바뀌어 있었다. 남자가 카디의 팔을 잡고 그녀
를 일으켜세운 뒤 이미 여러 사람이 타고 있는 차 뒷좌석으로 밀어
넣었다. 뒤이어 차에 올라탄 남자는 분개한 경멸조로 요란스레 항
의를 해댔다. 차 안에 그렇게 많은 사람이 탄 걸 보고 화가 난 거라
고 카디는 생각했다. 차에 이토록 사람이 많지는 않을 거라는 확답
을 미리 들었고 그에 대한 대가도 지불한 모양이었다.

마음이 불편해진 그녀는 남자가 하는 말에 더이상 귀기울이지
않았다. 벌써부터 옆구리에 이 남자의 끓어오르는 분노가 느껴졌
다. 남자의 근육이 고조된 불안으로 떨리고 있었다.

거울 같은 안경알 뒤에 까마귀의 작고 동그란 눈이, 뚫어져라 바

라보는 그 냉혹한 눈이 감추어져 있는 걸까? 목 부분이 묘하게 여
며지는 바둑판무늬 반소매 셔츠 속에는 까마귀의 몸통을 덮고 있
는 희끄무레한 깃털이 감추어져 있는 건 아닐까?

그녀가 그에게 한눈을 파는 사이 차는 시동을 걸고 힘겹게 뒤뚱
대며 그 장소를 떠났다. 미니버스나 다른 육중한 차량들로 넘쳐나
는 그곳에는 수많은 사람이 그녀가 탄 차와 비슷한 차량에 올랐거
나 오르기 위해 바둥거리고 있었다. 그들의 말소리, 누군가를 부
르거나 무언가를 외치는 소리가 차도 위를 낮게 날아다니는 까마
귀들의 호전적인 울음소리와 뒤섞였다. 남자의 입은 계속해서 일
그러졌다. 그의 목이 흥분으로 떨리고 있었다. 그 모습을 보고 있
자니 까마귀가, 검은 부리를 연신 여닫으며 그 검고 흰 목, 흰 테가
둘린 검은 목을 떠는 까마귀들이 떠올랐다. 연약한 삶이 상처받기
쉬운 자신의 예민함을 알리며 경고하는 듯했다.

무슨 일이 있어도 그녀는 그에게 그 무엇도 묻지 않을 것이었다.

그는 그녀가 아는 지극히 한정된 세계와는 완전히 무관한 어떤
말을 그녀의 면전에 던질지도 몰랐다. 그러나 지금 이 순간 그녀가
두려워하는 것은 그것이 아니었다. 오히려 그가 자신의 형제 까마
귀들을 불러들일까봐, 어쩌면 지금 그녀를 데리고 돌아가고 있는
그 머나먼 암흑의 땅을 상기시킬까봐, 그것이 두려웠다. 밥값을 벌
지 못한 자신을 시댁 식구들은 이런 식으로 쫓아버렸다. 아, 팬티
고무줄 안쪽에 들어 있는 그 지폐들은 저 불길하고 무시무시한 곳

으로 들어가기 위한 통행료를 지불하는 데 쓰일 것이란 말인가?

느닷없이 공포에 사로잡힌 그녀의 영혼은 이전의 그 몽롱한 혼돈 속으로 다시 빠져들어갔다. 그러나 영혼을 보호해주었던 예전의 부드러움과 느릿한 평화는 찾아볼 수 없었다.

무슨 생각을 해야 할까? 무엇을 이해할 수 있을까?

불운의 징후들을 어떻게 해석해야 할까?

언젠가 할머니에게서 들은 뱀 이야기가 희미하게 떠올랐다. 눈에는 보이지 않는 이 고약한 놈이 카디의 할머니를 여러 번 납치해가려 했는데, 이웃집 남자가 보이지도 않는 이 뱀을 결국 잡아 죽였다는 이야기였다. 하지만 까마귀들과 관련해서는 기억나는 이야기가 전혀 없어 마음이 여간 불안하지 않았다.

무언가 기억나야 하는 게 아닐까?

전에 이미 누군가 그녀에게 주의를 주지는 않았을까?

그녀는 왼편에 앉은 두 노파 쪽으로 몸을 바싹 붙여 남자와 거리를 좀 두려고 했다. 그러자 바로 옆의 노파는 고개도 돌리지 않은 채 팔꿈치로 그녀를 쿡 찔렀는데 그것이 카디에게는 어쩐지 의미심장한 몸짓처럼 여겨졌다.

카디는 몸피를 줄여보려 애쓰며 자신의 보따리를 꽉 감싸안았다.

그리고 머리를 바짝 올려 깎아 시원하게 드러난 운전자의 주름진 목덜미에 시선을 고정한 채 더이상 아무 생각도 하지 않으려고 애썼다. 그저 지금 자신은 배가 고프고 목이 마르다는 사실에만 집중하면서 군침을 삼키며 시어머니가 싸준 빵을 떠올렸다. 딱딱한 빵의 형태가 가슴팍에 느껴졌다. 차가 덜컹댈 때마다 머리가 좌우로 심하게 흔들렸다. 이제 차는 여기저기 바큇자국이 나 있는 넓은 길로 들어서고 있었다. 운전자의 머리와 앞좌석에 앉은 사람의 머리 사이, 금 간 앞유리창 너머로 흔들리며 스쳐지나가는 바깥 풍경이 보였다. 시멘트 블록으로 지은 양철 지붕의 집들이 길을 따라 죽 이어졌다. 집 앞에는 모이를 쪼는 작고 흰 암탉들과 날쌘 아이들이 나와 놀고 있었다. 집과 아이들, 부드러운 얼굴의 남편과 함께 카디가 꿈꾸던 것들. 반짝이는 양철, 튼튼하게 쌓아올린 시멘트 블록, 말끔히 정돈된 깨끗한 마당. 카디 자신의 아이들일 수도 있는 아이들, 맑은 피부에 생기 찬 눈을 하고 겁도 없이 도로에 나와 뛰노는 아이들.

순간 카디의 눈에 차 보닛이 아이들을 삼키는 모습이 보였다. 그들이 탄 차가 바큇자국이 난 그 넓은 길을 덥석덥석 먹어치우듯 돌진하면서 아이들도 함께 집어삼키고 있었다. 카디의 마음속 무언가가 소리를 질러 운전자에게 위험을 알리고 싶어했다. 남편을 닮아 하나같이 다정한 얼굴을 한 자기 아이들을 먹어치우지 말라고 애원하고 싶어했다. 하지만 말이 나오려는 순간 그녀는 부끄럽고 당황스러워 얼른 입을 다물었다. 자기 아이들이라고 생각했던 것은 사실은 깃털로 뒤덮인 까마귀들에 불과했다. 집 앞에서 모이를 쪼던 호전적인 까마귀들이 차들이 지나갈 때마다 판야나무 쪽으로

거칠게 날아올랐던 것이다. 그녀가 자신의 까마귀 아이들을 보호
하려 든다면 사람들은 무어라 말할까. 운이 좋게도 아직은 카디 뎀
바라는 이름과 모습을 간직한 그녀. 이 차 안에 있는 동안은, 운전
자의 기름진 목덜미에 시선을 고정하고 있는 동안은 인간의 얼굴
일 테고, 그리하여 이 남자와 사나운 새의 날렵한 발의 영향력에서
벗어나 있을 그녀. 이 카디 뎀바, 카디 뎀바를 두고 사람들은 무어
라 말할까.

남자의 손이 어깨에 닿자 그녀는 소스라치듯 놀랐다.

남자는 벌써 차 밖으로 내려서서 그녀가 따라 내리도록 자기 쪽
으로 끌어당겼고, 차 안에 있던 다른 여자들도 그녀를 거칠게 떠밀
었다.

여자 하나가 자기들 쪽 차문이 열리지 않는다며 투덜댔다.

카디는 잠에서 덜 깬 모습으로 우물쭈물 땅에 발을 디뎠다. 차
안의 찜통 같은 열기를 벗어나자 바깥의 숨막히는 더위가 기다리
고 있었다. 단정할 순 없어도 그곳은 예전에 그녀가 살던 동네와
아주 비슷한 곳이었다. 모래투성이 길들과 장밋빛 혹은 연푸른빛
을 띤 거친 시멘트 담벼락들. 그러자 까마귀 소굴로 끌려왔다는 공
포심이 서서히 사라졌다.

남자가 초조한 몸짓으로 그녀에게 따라오라는 신호를 보냈다.

카디는 재빨리 주변을 살폈다.

차가 서 있는 곳은 노점들이 빙 들어찬 작은 광장이었다. 비슷한

모양의 길고 찌부러진 다른 차들도 여러 대 서 있었는데, 그 사이를 일군의 남자들과 여자들이 오가며 여행 경비를 놓고 대거리를 벌이며 흥정하고 있었다.

담벼락 한구석에 쓰여 있는 WC라는 두 글자가 카디의 눈에 들어왔다.

잘 따라오고 있는지 확인하려고 돌아선 남자에게 카디는 이 글자를 손으로 가리켜 보이고는 용변을 보러 달려갔다.

그런데 변소에서 나와보니 남자가 사라지고 없었다.

그녀는 몇 분 전 남자가 서 있던 자리에 멈추어 섰다.

그리고 조심스레 보따리를 풀어 빵덩이를 꺼낸 다음 야금야금 먹기 시작했다.

그녀는 베어 문 빵이 혀 위에서 녹을 때까지 한껏 맛을 음미했다. 오래된 빵이라 좀 시큼하고 밍밍했지만 무언가를 먹는다는 게 기분 좋았다. 그녀는 그렇게 빵을 씹었다. 그리고 광장을 구석구석 훑으며 자신의 운명을 쥔 그 남자를 찾았다.

이제 까마귀들은 더이상 보이지 않았고, 비둘기와 회색 참새 들만 여기저기 파닥이며 날아다녔다. 카디 템바, 지금 자신이 와 있는 곳이 어딘지 몰랐고, 물으려고도 하지 않았던 그녀는 남자가 이 까마귀들과 동류라는 것보다는 이곳에 버려진 채 혼자 남는다는 게 더 무서웠다.

하늘이 칙칙하고 흐렸다.

창백한 연회색 하늘 뒤로 낮게 깔린 장밋빛 햇무리를 보며 카디는 깜짝 놀랐다. 날이 저물어가고 있다니. 그렇다면 차로 여러 시간을 달려왔다는 뜻이었다.

그 순간 불쑥 그녀 앞에 남자가 나타났다.

그는 카디에게 오렌지 소다수 한 병을 들이밀더니 성마르고 짜증 섞인 목소리로 말했다.

"뭐 해, 가자고, 어서."

카디는 흙먼지 속에 슬리퍼를 끌고 소다수를 벌컥벌컥 들이켜가면서 남자 뒤를 종종걸음으로 쫓아갔다. 겁을 먹어 바짝 긴장한 정신은 또렷한 가운데, 먼 데서 비릿한 바다 냄새가 풍겨왔고 쓰러져가는 건물 외관이 띄엄띄엄 눈에 들어왔다. 발코니가 내려앉고, 회칠이 벗겨진 작은 기둥 장식이 있는, 이제껏 본 적 없는 커다란 집들이었다. 보랏빛 땅거미가 깔리는 저물어가는 하루 속에서 이 기둥들은 어떤 육중한 동물의 훼손된 시신을 떠받치고 있는 아주 오래된 뼈들처럼 보였다. 남자가 반쯤 내려앉은 이 괴물들 중 하나를 향해 꺾어들자 희미한 생선 비린내가 좀더 강하게 풍겨왔다. 남자는 문을 밀고 카디를 집 마당으로 들어가게 했다. 맨 먼저 카디의 눈에 들어온 것은 저물어가는 하루의 보랏빛 땅거미보다 조금 더 어두운 가방과 보따리들이었다.

잇달아 짐 더미 사이로 어둠 속에 숨어 있던 얼굴들이 하나씩 드러났다. 나이도 생김새도 알 수 없는 여자, 남자, 아이 들이 침묵을 지키며 앉아 있었고, 그 가운데 드문드문 기침 소리와 한숨 소리가 들려왔다.

남자가 카디더러 앉으라고 속삭였지만 카디는 막 지나온 문에서 최대한 가까운 곳에 서 있었다. 그의 명령에 저항하려는 것이 아니었다. 다만 그녀는 자신의 눈이 포착한 것들을 그녀의 불안정하고 겁 많고 길들여지지 않은 정신이 변변찮은 수단과 몇 안 되는 판단의 근거를 동원해 주목하고 해석할 수 있도록 엄청난 노력을 기울이고 있었다. 그렇게 의지와 지력을 쏟아붓느라 몸이 굳고 다리가 뻣뻣해졌다. 양 무릎은 마치 대나무의 마디처럼, 단단하게 뭉쳐가고 있었다.

그녀와 이 사람들 간에는 단순한 공통점이 있었다. 지금 이 순간 이들과 마찬가지로 그녀 역시 이 마당에 와 있다는 것이었다.

그렇다면 이 공통점의 성질과 동기는 무엇일까? 이 상황은 그녀에게만큼 그들에게도 유익한 걸까? 그녀는 어떻게 나쁜 상황을 간파할 수 있을까? 그리고 스스로를 자유롭게 둘 수 있는 걸까?

마음속으로 그런 질문을 할 수 있다니 놀랍고 설레는 일이었다.

그녀의 정신은 공들여 찾고 모색하느라 골머리를 앓았지만, 머릿속에서 뻗어가는 이런 사고 과정은 그녀를 매료시켰다. 불쾌하지 않은 경험이었다.

남자는 억지로 그녀를 앉히려 하지 않았다.

그에게서 시큼하고 아린 땀냄새가 났으며 불안한 흥분이 전류의 떨림처럼 전달되었다.

처음으로 그는 선글라스를 이마 위로 추켜올렸다.

미광 속에서 동그랗고 새까만 그의 두 눈이 빛났다.

남자가 까마귀들의 일족일지 모른다는 두려움이 다시금 밀려왔다.

그녀는 짐과 사람이 뒤섞인 쪽으로 눈길을 던졌다. 앉거나 드러누운 사람들 사이, 어둠 속에 흰 테두리가 뚜렷한 날개들이 펼쳐진다 해도 놀라지 않을 것 같았다. 흰 테두리를 두른 날개들이 어느 보이지 않는 옆구리에서 파닥이는 소리라도 들려올 듯했다. 하지만 이 두려움이야말로 도피를 부추기는 것일 테지. 얼마 전, 아니 겨우 오늘 아침에 떠나온 창백하고 고독한 꿈의 고장으로 그녀의 정신이 도주하도록 만들 테지. 그녀는 두려움을 몰아내려고 애썼다. 눈앞에 닥친 현실과 임박한 위험만을 생각하고 싶었다. 남자의 반짝이는 시선 속에서, 돈을 요구하며 씩씩대는 그 게걸스러운 목소리에서, 섬광처럼 드러나 보이는 위험만을.

"이제 돈을 내놔. 값을 치러야지!"

아무 반응도 보이지 않고 꼼짝 않는 카디의 태도를 남자는 자신의 요구를 거부한다는 뜻으로 여길지 몰랐다. 문득 이 사실을 깨달은 카디는 다리에 힘을 빼고 표정을 풀고, 입술을 살짝 벌려 협조하는 듯한 미소를 지었다. 그러나 그는 눈치를 못 챈 게 분명했다.

그 순간 아주 먼 곳에서 울리는 듯한, 귀에 몹시 거슬리는 자신의 목소리가 들려왔다. 어느새 이 남자의 목소리를 흉내내고 있는 것이 아닐까?

"돈을 내라고요? 왜 내가 돈을 내야 하죠?"

"그러기로 했으니까. 널 여기까지 데려왔잖아!"

별안간 그녀가 등을 돌리고 서더니 자신의 배를 더듬어 뜨듯하고 축축한 지폐 다섯 장을 꺼냈다. 닳고 닳아 흐느적대는 모양새가 꼭 천조각 같았다.

그녀는 돌아서서 남자의 손에 지폐를 쥐어주었다.

남자는 돈을 보지도 않고 세었다.

그리고 흡족한 얼굴로 무어라 중얼대면서 청바지 호주머니에 지폐를 쑤셔넣었다. 남자가 순식간에 냉정을 되찾는 모습을 보자 카디는 돈을 너무 많이 준 것 같아 후회가 되었다.

이제 남자에게 질문을 할 준비가 되었다는 생각이 어렴풋이 들었다. 그가 그녀를 데려온 이 도시의 이름은 무엇인지, 그들이 지금 와 있는 곳은 어디인지 하는 질문이 아니었다. 그녀는 이 여행의 목적을 묻고 싶었다. 이제는 그의 대답을 듣고 정보를 끌어낼 수 있을 것 같았다. 그러나 자신의 목소리와 잇따르는 그의 목소리를 들어야 한다고 생각하니 혐오감이 앞서 그에게 선뜻 다시 말을 걸 수 없었다. 그르렁대는 마른기침처럼 들리는 그 목소리는 흰 테두리를 두른 날개 달린 새들, 그 흑백 무늬의 심술궂은 새들의 울음소리를 떠오르게 했으니까.

그사이 남자는 벌써 발길을 돌려 마당에서 사라지고 없었다.

사실 그녀는 온종일 그가 감시자인지 수호천사인지 악인인지 선인인지도 모른 채 지냈고, 무서워 그의 시선을 피했었다. 그런데 이 남자가 그렇게 사라져버리자 그간 얌전히 한 방향으로 흐르던 차분하고 꾸준한 생각이 막혀버렸다. 결국 카디는 다시 희미한 불안이 깃든 단조로운 몽상의 안개 속으로 빠져들었다.

그녀는 땅바닥에 주저앉아 보따리를 끌어안고 몸을 옹크렸다.

깨어 있는 것도 잠이 든 것도 아닌 상태로 기력이 탈진해 주변의 사물들을 자각하기 힘들었고, 느껴지는 것이라곤 더위와 허기, 갈증뿐이었다. 그녀는 깊은 무기력감에 빠져 있다 불안한 마음에 갑작스레 움찔하며 깨어날 뿐이었다. 갑자기 주변이 소란스러워졌다. 그녀는 머리를 들고 자리에서 일어났다.

남자 몇이 무리지어 들어오자 마당에 있던 사람들이 모두 자리에서 일어서고 있었다.

지금껏 조용했던 사람들이 웅성거리기 시작했다.

칠흑처럼 어둡고 갑갑한 밤이었다.

겨드랑이 밑으로, 젖가슴 사이로, 접혀 있던 오금으로 땀이 줄줄 흐르고 있었다.

이제 막 들어온 서너 명의 남자들 쪽에서 짧고 나직한 목소리가 드문드문 들려왔다. 거리가 너무 멀기 때문인지 그녀가 모르는 언어이기 때문인지 카디는 그들이 하는 말을 알아들을 수 없었다. 그러나 모두들 소리를 죽이고 부석대며 분주하게 움직이는 것으로 미루어 마당에 모인 사람들이 고대하던 것이 마침내 닥쳤음을 알 수 있었다.

머릿속 가득 윙윙대는 소리가 났다.

짐을 챙긴 그녀는 문 쪽으로 천천히 이동하는 무리를 따라 비틀거리며 걸음을 옮겼다.

누가 지시한 것도 아닌데 사람들은 어느새 일렬로 걸어가고 있었다. 가느다란 초승달이 희미하게 비추는 모랫길로 들어서자 사람들 사이에는 또다시 침묵이 내려앉았다. 마당에서의 긴긴 기다림을 종결시킨 남자들을 선두로 엄마 등에 업힌 어린아이들마저 조용해졌다.

멀리서 개들이 짖었다.

그것은 천이 사각대는 소리와 모래 위에 슬리퍼가 스치는 소리와 함께 이 밤의 유일한 소리였다.

마지막 집들이 사라졌다.

얇은 플라스틱 신발창이 모래 속으로 푹푹 빠지는 것이 느껴졌다. 지표면은 아직 따듯해도 그 밑은 차가웠다. 슬리퍼며 낡은 신발들이 고운 모래 더미 속에서 묵직해져 사람들의 발걸음이 느려졌다. 이마에서는 아직 땀이 줄줄 흐르는데 난데없이 발가락과 발목은 얼음장처럼 차가워졌다.

그 순간이었다. 상황이 닥치기도 전에 어떤 예감이 떠오르듯, 그녀는 길 위에 감돌던 무겁고 조심스러운 정적이 끝났음을 감지했다. 가벼운 전율이 무리를 훑고 지나갔다. 사람들의 숨결이 거칠어지면서 이동하는 인파 사이에 규칙적인 파동이 일었다. 어떤 종류의 위험이었든 위험이 지나갔다는 신호였다. 누군가의 귀에 들리거나 눈에 띨지도 모르는 상황에서 벗어난 것이었다. 아니면 바다가 점점 가까워지는 이 순간 긴장이 고조되어 사람들은 붙들릴지도 모른다는 두려움을 잊었거나 무시해버렸는지도 몰랐다.

알 수 없는 탄성이 터져나왔다. 크나큰 불안 때문에 변질되어 나온 소리였을까.

어린아이 하나가 울기 시작했다. 그러자 또다른 아이가 울음을 터뜨렸다.

선두에서 무리를 이끌던 남자들이 멈춰 서서 거칠고 흥분된 목소리로 명령했다.

그들은 특정인을 찾는 듯 손전등으로 한 사람 한 사람의 얼굴에 전등 빛을 비췄다. 희고 강렬한 빛줄기 속에 언뜻 얼굴들이 떠올랐다가 사라졌다. 눈이 부셔 실눈을 뜬 얼굴들, 저마다 다른 얼굴들, 이제까지 그녀의 눈에는 그저 한 덩어리로만 보이던 얼굴들이.

그녀 또래로 보이는, 하나같이 젊은 사람들이었다.

그중 한 남자는 차분한 분위기와 다소 슬퍼 보이는 표정이 남편을 생각나게 했다.

자신의 얼굴이 환한 빛줄기 속을 통과하는 순간 그녀는 생각했다. 그래 나다, 카디 뎀바다. 자신의 이름을 마음속으로 되뇔 때마다 그녀는 행복을 느꼈다. 그녀가 자신의 모습이라 생각하는 명확하고도 흡족한 이미지에 너무나 어울리는 이름이었고, 그녀 외에는 그 누구도 접근할 수 없는 자신의 마음, 그녀 안에 깃든 형상과도 잘 어울리는 이름이었으니까.

하지만 지금 그녀는 무서웠다.

파도가 부서지는 소리가 아주 가까이서 들려왔다. 바다 쪽에서 또다른 빛들이 떠올랐다. 더 노랗고 불안정하지만 덜 강렬한 빛이었다.

아, 그녀는 너무나 무서웠다.

기억을 되살려내려 안간힘을 쓰다보니 현기증이 일었다. 흔들리는 불빛, 요란한 파도 소리, 모래사장에 모인 남녀들. 지금 그녀가 보고 느끼는 이 모두를 옛날에 살던 집 마당이나 시장이나 시댁에서 들었던 이야기들과 연관지어보려고 애썼다. 아이를 갖고 싶다는 간절한 생각에 빠져 온종일을 보내며 간이주점을 운영하던 시절 들었던 이야기들과도.

마음속에 우연하고 어렴풋이 새기게 된 대화의 한 토막이나 라디오에서 흘러나온 몇 마디 말들을 기억해낼 수 있지 않을까. 당시에는 관심이 없었지만 관심을 갖게 될 날이 올지도 몰랐을 정보들. 주의를 기울이거나 중요성을 부여하지 않았어도, 그런 요소들(밤, 흔들리는 불빛, 차가운 모래사장, 불안한 얼굴들)의 집합이 무엇을 의미하는지 삶의 한 시기에는 알고 있었던 것 같았다. 아니, 지금 이 순간도 그녀는 알고 있는 듯했다. 그러나 그녀는 제어되지 않는 정신의 무기력함 때문에 이 빈약하고 혼란스러운 의식의 영역에 접근하지 못했다. 지금 그녀가 처해 있는 상황은 분명 관계가 있어 보였건만.

아, 그녀는 너무나 무서웠다.

누가 그녀의 등을 떼미는가 싶더니 그녀는 별안간 무리 속에 끼어 파도 소리가 나는 쪽으로 밀려갔다.

사람들이 바다에 가까워지자 손전등을 든 사내들이 점점 더 조급하고 신경질적인 소리로 고함을 질러댔다.

카디는 슬리퍼가 물에 휩쓸려가는 것을 느꼈다.

다음 순간 그녀는 눈앞에서 흔들리는 불빛들을 또렷하게 분간했다. 빛줄기는 배 앞쪽에 달린 전등에서 뿜어져나오는 듯했다. 정확히 무언지 알아보려고 상황을 파악하려던 바로 그때 눈앞에 대형 선박의 윤곽이 드러났다. 어린 시절 할머니가 생선을 사오라고 심부름을 보내면 해안가에서 들어오기만을 고대하던 선박들과 모양이 흡사했다.

앞사람들이 짐을 머리 위로 들어올린 채 물속으로 들어갔다. 배에 올라타 있던 사람들이 그들을 끌어올렸다. 희미하게 흔들리는 노란 불빛 속에서 카디는 이 사람들의 근심 어린 차분한 얼굴을 엿보았다. 잇달아 그녀도 차가운 물속을 허우적대며 나아갔다. 보따리를 배 안으로 던져넣고 나자 사람들이 그녀를 끌어올렸다.

배 바닥에 물이 흥건했다.

그녀는 보따리를 움켜쥔 다음 한구석으로 가 쪼그려앉았다.

갑판 나무에서 알 수 없는 썩은 냄새가 올라왔다.

그렇게 겁에 질려 멍하니 앉아 있는 동안 배 안으로 사람들이 계속 기어올라왔다. 그녀는 그들의 발에 밟혀 질식하게 되지나 않을까 두려웠다.

그래서 비틀대며 자리에서 일어섰다.

공포에 질려 숨이 가빠왔다.

그녀는 젖은 파뉴를 꼭 잡아 쥔 채 한쪽 다리를 배 밖으로 내민 다음 보따리를 챙겨들고 다른 쪽 다리도 들어올렸다.

그 순간 오른쪽 장딴지에 끔찍한 통증이 느껴졌다.

물속으로 뛰어내렸다.

그리고 허우적대며 간신히 모래사장으로 되돌아와 모랫길을 달리기 시작했다. 배에서 멀어질수록 어둠도 점점 짙어졌다. 장딴지에 끔찍한 통증이 느껴졌고, 심장이 터질 듯 두근거려 욕지기까지 일었다. 하지만 사활이 걸린 상황에 처하자 그녀는 배에서 달아나야 한다는 생각을 순간적으로 해냈고, 오직 자신의 결단으로 어떤 행동을 완수한 참이었다. 의심의 여지 없는 이 사실이 머릿속에 뚜렷이 각인되자 그녀는 뜨겁고 강렬한 기쁨에 사로잡혔다. 생각해보면 지금까지 살아오면서 그런 식으로 자신의 의지를 온전히 발동해 어떤 중대한 일을 결정해본 적은 한 번도 없었다. 결혼도 너무 급하게 진행됐었다. 상냥하고 조용한 이웃집 남자가 청혼을 해주어 할머니 곁을 떠날 수 있었지만 그 순간에도 삶이 온전히 자기 것이라는 느낌은 받지 못했다. 그녀의 삶이 카디 뎀바 자신의 선택들에 달려 있다는 생각은, 아, 그런 생각은 꿈에도 하지 못했었다. 그 남자가 그녀를 선택했고 다행히 그는 좋은 남자였지만, 그렇게 선택받던 순간에는 자기 자신도 선택할 수 있다는 사실을 모르고 있었다. 선택받은 것을 받아들이고 감사하고 안도할 뿐이었다.

기력이 다한 그녀는 모랫길에 쓰러졌다.

맨발이었다. 슬리퍼는 물속에 남아 있었다. 아니면 배의 바닥에 있든지.

상처 난 장딴지를 더듬자 손에 끈적한 핏물이 묻어났다. 뱃전을 넘다 못에 찢긴 게 분명했다.

너무 깜깜해서 손을 눈앞에 바싹 갖다대도 피가 잘 보이지 않았다.

그녀는 한참 동안 모래에 손을 비볐다.

순간 먼 곳에 작고 노란 불빛들이 보였다. 그녀가 달려온 거리보다 훨씬 더 먼 곳이었다. 거리감 때문인지 불빛들은 멈춰 선 듯 보였다. 그리고 손전등의 희고 강렬한 빛이 수수께끼처럼 요동치며 쉴 새 없이 어둠을 가르고 있었다.

새벽이었다. 눈을 뜨기도 전부터 그녀는 알 수 있었다. 불안 때문에 잠을 깬 것이 아니었다. 욱신거리는 장딴지 상처 때문도, 아직 어슴푸레한 빛 때문도 아니었다. 살갗이 미세하게 근질대는 것으로 미루어, 꼼짝 않고 집요하게 그녀를 지켜보는 시선이 있는 게 분명했다. 그녀는 감각을 곤두세운 채 마음을 가다듬을 시간을 벌기 위해 잠든 척 잠시 그대로 눈을 감고 있었다.

그리고 벌떡 일어나 모래 위에 앉았다.

몇 미터 떨어진 곳에 젊은 남자 하나가 무릎을 꿇고 앉아 있었다. 남자는 그녀가 자기 쪽으로 시선을 돌려도 눈을 내리뜨지 않고 그저 머리를 갸우뚱하면서 무서워하지 말라는 표시로 손바닥을 내보였다. 그녀는 조심스러운 눈길로 몰래 그를 관찰하면서 머릿속으로 전날 밤의 광경들을 차근히 되새겨보았다. 평상시였다면 도저히 따라잡을 수 없을 만큼 빠른 생각들이 이어졌다. 남자는 그녀가 언뜻 보았던 얼굴들 가운데 하나였다. 배에 올라타기 전 손전등 빛줄기 속에 창백히 빛나던 얼굴.

남자는 그녀보다 어려 보였다. 스무 살쯤 되었을까.

그는 높고 가느다란, 어린아이 같은 목소리로 물었다.

"괜찮아요?"

"괜찮아요. 그쪽은?"

"나도 괜찮아요. 라민이라고 해요."

그녀는 머뭇거렸지만 아직 일말의 자부심이 가시지 않은 교만하기까지 한 목소리로 그에게 자신의 성과 이름을 밝혔다.

"난 카디 뎀바."

그는 몸을 일으켜 그녀 쪽으로 더 가까이 다가와 앉았다.

황량한 잿빛 모래사장에는 쓰레기와 플라스틱, 병, 터진 쓰레기봉투가 널려 있었다. 라민은 냉정한 눈빛으로 그것들을 하나하나 바라보며 아직 쓸 만한 물건인지 재어보았다. 쓸모없다 판단한 물건에는 더이상 눈길을 주지 않았다. 당장에 머릿속에서 잊혔을 뿐 아니라 더는 존재하지 않는 것 같았다.

그 눈길이 카디의 장딴지에 와 닿았다. 그는 깜짝 놀라 얼굴을 찡그렸으나 억지 미소를 지으며 어설프게 감정을 숨겼다.

"많이 다쳤네."

그녀도 좀 시무룩한 표정으로 자신의 상처를 내려다보았다.

상처에는 검은 피딱지가 앉아 있었고, 둘로 갈라진 자리에 모래가 잔뜩 끼어 있었다.

이제까지 잊고 있던 끈질긴 통증이 그 시선 아래 깨어나는 것 같더니 카디의 입에서 신음이 새어나왔다.

"물을 구할 수 있는 곳을 아는데." 라민이 말했다.

그는 카디가 일어서도록 부축해주었다.

마르고 단단한 그의 몸에서 팽팽히 긴장된 활력이 느껴졌다. 의심과 경계심과 궁핍으로, 또한 해변에 널브러진 물건 가운데 관심이 없는 것들을 시야에서 삭제하고 부정하듯, 이 궁핍을 자신의 감각에서 지워버리는 능력으로 굳게 다져진 몸이었다.

카디 역시 마르고 다부졌지만 불가피한 희생의 얼음장 같은 물로 단련된 이 청년처럼은 아니었다. 카디는 난생처음 자신이 다른 누군가보다 운이 좋았다는 느낌을 받았다.

그녀는 파뉴 위를 손으로 더듬어 지폐 뭉치가 팬티 고무줄에 안전하게 물려 있는지 확인했다.

그런 다음 라민의 부축을 물리치고 그의 곁에서 나란히 걸어갔다. 더이상 쓰레기가 보이지 않는 지점에 이르자 해안을 빙 둘러싸고 양철 지붕의 집들과 노점들이 들어서 있었다.

그곳을 향해 한 걸음씩 떼어놓을 때마다 강렬한 통증이 되살아났다.

설상가상으로 배가 몹시 고팠다. 그녀는 감각이 소멸된 육체를 간절히 소원했다. 욕구도 욕망도 없는 광물성 육체, 아직은 전혀 알 수 없지만 반드시 알아내지 않으면 안 될 어떤 목적을 위한 도구일 뿐인 육체.

아, 이미 한 가지 사실은 알고 있었다. 예전처럼 자신이 안다는 사실도 알지 못한 채 아는 것이 아니었다. 그녀는 뚜렷이 의식하며 알고 있었다.

나는 가족들에게로 돌아갈 수 없어, 그녀는 생각했다. 그것이 좋은 일인지 더 큰 좌절을 초래할 것인지 자문하지는 않았다. 무용한 질문이었으니까. 하지만 명료하고 침착하게 생각하고 있다는 점으로 미루어 자신이 일종의 선택을 내리고 있다는 기분이 들었다.

라민이 자신의 목표를 털어놓았다. 그는 언젠가 유럽으로 갈 거라고 했다. 아니면 죽어버릴 거라고. 생사가 걸린 이 문제에 다른 해결책은 없노라고. 이야기 도중 단어가 떠오르지 않으면 간간이 불안하고 조용한 웃음을 터뜨리면서 그는 새된 목소리로 말했다. 그의 말을 들으며 카디는 자신의 계획 또한 명료해지는 것을 느꼈다.

카디는 그와 함께 가리라 결심했다. 그렇다고 해서 자기 자신이 불안정한 삶의 고삐를 틀어쥐었다는 확신이 흔들리지는 않았다.

오히려 그 반대였다.

카디가 상처 부위의 모래를 씻어낼 수 있도록 라민은 그녀를 펌프가 있는 도심으로 데려갔다. 그리고 여러 번 떠날 시도를 했었지만 선박이 노후하여 포기해야 했던 어젯밤처럼, 매번 예기치 못한 크고 작은 상황이 벌어져 성공하지 못했다는 이야기를 그녀에게 해주었다. 하지만 이제는 이런 상황들을 충분히 잘 알고 있어 과감히 맞설 수도, 피하거나 받아들일 수도 있다고 했다. 그런 상황들이 끝없이 이어질 수는 없을 것이며 자기는 이 모든 것을 경험했거나 통달한 것 같다고. 그는 카디로선 상상도 할 수 없는 일들을 알고 있는 듯했다. 그와 함께 있으면 자기에게도 이런 지식들이 생기거나 그 덕을 볼 수 있을 것 같았다. 이제까지 지나온 믿기지 않는 여정들을 혼자 힘으로 계속 헤쳐나가지 않아도 될 것 같았다.

이 남자와 함께 가는 수밖에 내가 달리 무엇을 할 수 있겠어, 라는 식으로 생각하지 않는 자신이 몹시 대견스러웠다. 그녀는 이 관계로부터 이득을 끌어낼 생각을 하고 있었던 것이다.

통증으로 정신이 멍해진 채 그녀는 장딴지의 상처를 닦아냈다.
살이 두 쪽으로 선명하게 갈라져 있었다.

그녀는 파뉴 보따리를 찢어내 갈라진 상처 부위가 맞붙게 장딴
지를 힘껏 싸 감았다.

연이어 무겁고 정체된 날들이 이어졌다. 대기는 뿌옜지만 햇빛
은 강렬했고 금속처럼 반짝이는 바다가 납빛 광채를 내뿜는 것 같
았다.

카디는 마치 자신의 삶에 휴지 상태가 주어진 느낌이었다. 스물
다섯 살이 되도록 아직 제 것으로 만들지 못한 수많은 정보들을 흡
수할 수 있도록 말이다. 그러면서 그녀는 은밀히, 전혀 무언가를
새로이 알아가고 있는 것 같지 않게, 자신의 한없는 무지를 라민에
게 드러내지 않도록 본능적으로 신중을 기했다.

그는 무리가 떠난 마당으로 카디를 데려갔다.

그곳엔 다시 많은 사람이 모여 있었다. 라민은 한 사람 한 사람
에게 다가가 물이나 음식이 필요한지 묻고 필요한 것들을 구하러
나갔다.

그는 카디와 자신을 위해 오믈렛 샌드위치와 바나나, 구운 생선
을 구해 왔지만 카디에게 돈을 요구하지는 않았다. 카디 역시 돈
이야기는 하지 않았다. 아직 꺼내지 않은 이야기에 대해서는 아무
말 하지 않으면서 짧은 질문에는 똑같이 짧게 대답하는 것에 그쳤

352

다. 돈 문제와 달리 라민이 여행 계획이나 방법에 대해 언급할 때면 은근하고도 끈질기게 질문을 이어갔다. 그런 집요한 태도에는 우울하고도 권태로우며 억눌린 기운이 가미되어 그때마다 그녀는 뚫고 들어갈 수 없는 침울한 베일이 자신의 얼굴에 드리워지는 것을 느꼈다. 시집에 있는 동안은 그 안에 숨어 생각이라고 할 수 없는 무기력하고 창백한 무언가를 전개시키곤 했었지.

아, 그러나 지금 그녀의 정신은 얼마나 민첩하게 움직이는지!

스스로의 역량에 도취된 듯 머릿속이 복잡하게 얽히는 순간도 있었다.

그녀의 정신은 자기 앞에 있는 이 젊고 열정적인 인물이 자신의 남편인지 라민이라는 낯선 사람인지 더이상 구별하지 못했다. 그의 입에서 나오는 말들, 열에 들뜬 뜨거운 숨결이 전해지는 이 말들을 하나도 잊지 말아야 하는 분명한 이유가 무엇인지도 알지 못했다. 그리고 현실의 어떤 문제에도 연루되어서는 안 된다는 요구에 직면하는 순간, 자신을 비우고 이전 상태로 돌아가고 싶은 유혹을 느꼈다.

그러나 이 모두는 찰나의 생각에 불과했다.

카디는 그의 말들을 기억 속에 담아두었다가 밤이 되면 마당에 누워 새로운 정보들을 중요한 순서대로 분류했다.

머릿속에 항상 간직하고 있어야 하는 사항은 이 여행이 여러 달, 여러 해가 걸릴 수도 있다는 사실이었다. 라민의 한 이웃은 집을 떠난 지 오 년 만에 유럽에 (그렇다, 유럽이라고 했다. 그게 어디에 있는지는 나중에 알아보리라 마음먹었다.) 발을 디딜 수 있었다고 했다.

또 한 가지, 여권을 사지 않으면 안 되었는데 라민이 확실한 루트를 알고 있었다.

라민은 이제 해로를 이용할 생각을 포기하고 있었다.

훨씬 긴 여정이 되더라도 사막을 건넌 다음 정해진 장소에 도착해 거기서 유럽으로 들어갈 생각이었다.

그리고 라민은 누누이 말했다. 그러다 죽을 수도 있지만 상관없노라고. 지금까지 살아온 것처럼 살기는 싫다고. 땀으로 번들거리는 매끄럽고 야윈 얼굴이 별안간 고집스레 굳어지며, 라민은 그렇게 말하곤 했다.

카디는 라민의 과거와 관련된 이야기라면 본능적으로 외면하려 했고, 쓸모없는 정보라는 느낌이 들 때면 더이상 들으려고도 하지 않았다. 그럼에도 그의 이야기를 듣게 될 때면 그녀 자신의 옛 추억이 되살아나는 것 같아 괜히 슬퍼지거나 혼란스러워지고 알 수 없는 고통에 사로잡혔다. 아직 사라지지 않고 남아 있는 그녀의 옛 기억들이 되살아나기라도 하는 것처럼. 어머니가 돌아가시고 나서 아버지가 맞은 새어머니가 그를 수년간 죽도록 때렸다는 이야기도 그중 하나였다.

라민은 등을 돌려 티셔츠를 올리고 살짝 부어오른 불그레한 자국들을 그녀에게 보여주었다.

그는 고등학교를 졸업했지만 대입 자격시험에 두 번이나 낙방했다고 고백했다.

그래도 학업에 대한 열망이 있고 엔지니어가 되기를 꿈꾼다고. 엔지니어라니, 그게 뭐지? 카디는 자신도 모르게 궁금증이 일었다. 그런 일들에 관심을 보이고 싶지는 않았지만.

며칠이 지나 장딴지를 감싼 천을 풀려고 보니 천이 상처에 달라붙어 있었다. 천을 뜯어내야 했는데, 그 순간 온몸에 엄청난 통증이 번져 소리를 지르지 않을 수 없었다.

그녀는 그 자리를 다시 깨끗한 천으로 단단히 감았다.

그리고 절뚝절뚝 마당을 걸어다니며 자신의 몸을 이 족쇄에 적응시키고 훈련시켰다. 걸음이 느려지고 지속적인 고통이 느껴지는 이 새로운 상황을 자신의 일부로 만들어 잊어버리고 무시할 수 있도록. 그것은 라민의 혹독한 과거사처럼 주어진 여건들 가운데 하나로 묻어버려야 했다. 아무런 도움도 되지 못하면서, 통제할 수 없는 고통과 혼란의 요소들을 몰고 와 아직 젊고 불확실한 사고의 발전을 가로막거나 빗나가게 할 위험이 있었다.

그녀의 시선 역시 그런 식으로, 매일같이 마당으로 모여드는 수많은 사람들의 얼굴을 스쳐지나갔다. 누구라도 그녀에게 말을 걸고 싶다는 생각을 추호도 하지 않을 특징 없는 차가운 시선. 그녀도 그런 자신의 시선을 느꼈다. 누가 그녀에게 무언가를 요구해

올까봐 두려운 게 아니었다. (사실 그런 일은 조금도 두렵지 않았다.) 혹시라도 누군가가 그녀로선 이해하기 힘든 길고 복잡하며 고통스러운 삶의 이야기를 늘어놓을까봐 겁이 났다. 다른 이들은 자연스럽게 체득하는 것 같아 보이는 원리, 세상사를 해석하는 이 원리가 카디 자신에게는 있지 않았으니까.

그러던 어느 날 라민은 좁은 모랫길을 지나 그녀를 허름한 이발소로 데려갔다. 가게 뒤에서 한 여자가 카디의 얼굴을 사진에 담았다.

그리고 며칠 뒤 라민은 꾸깃꾸깃하게 낡은 푸른색 수첩을 갖고 와 카디에게 건네주며 말했다. 이제 그녀의 이름은 빈투 티암이라고.

의기양양한 확신과 자부심으로 빛나는 그의 눈을 보며 카디의 마음이 조금 불안해졌다.

그러면서 잠시나마 자신이 다시 약해지는 느낌을 받았다. 누군가 그녀를 두고 어떤 알 수 없는 의도를 품고 있으며, 자신이 타인의 결정과 지식에 종속되어 있다는 느낌이었다. 삶에 지친 그녀의 마음속에 이런 종속관계를 인정하고픈 유혹이 스치고 지나갔다. 더이상 아무 생각도 하지 않고 또다시 유백색 몽상의 흐름 속에 의식을 내맡기고 싶었다.

순간 역겨움이 치밀었다. 그녀는 다시 정신을 추스렸다.

그녀는 고개를 끄덕이며 그에게 고마움을 표했다.

갑자기 장딴지에 느껴지는 끔찍한 통증이 그녀의 주의를 흩뜨려 놓았다.

라민이 먼저 말을 꺼내기 전에는 돈 문제에 대해 이야기하지 않기로 마음을 먹고 있었지만 더이상 모른 체할 수는 없었다. 라민이 그녀에게 여권을 사주었다는 것이 신경이 쓰였다. 그녀에겐 당연히 돈이 없을 것이라는 듯이, 아니면 어떤 식으로든 나중에 갚을 것이라는 듯이 행동하는 것도 여간 신경이 쓰이지 않았다. 때론 그가 사라져버렸으면, 그녀의 삶에서 증발해버렸으면 하고 바랄 정도였다.

그러면서도 그녀는 라민의 열정적인 얼굴과 소년 같은 목소리에 마음이 끌렸다.

카디는 자신이 그를 즐거운 시선으로 바라보고 있음을 문득 깨닫곤 했다. 라민은 그녀가 어린 시절 해변에서 보았던 다리가 가늘고 긴 새들, 지금은 이름이 생각나지 않는 그 새들처럼 마당을 뛰어다녔다. (당혹스러운 일이긴 해도 이제 그녀는 모든 사물에는 이름이 있음을 짐작하게 되었다. 예전에는 자신이 아는 사물에만 이름이 있다고 믿었던 게 사실이지만.) 이 무리 저 무리를 기웃거리면서 제 할 일을 완수하는 그가 순진한 아이처럼 일에 몰두하는 모습을 보고 있노라면, 믿음이 생기고 마음이 누그러져 왠지 재미있다는 생각마저 들었다.

라민에게는 특별한 직감이 있었다.

너무 지체되는 게 아닌가 싶은 생각이 찾아들기 시작했지만 그렇다고 불평할 생각을 한 적은 한순간도 없었다. 그러던 어느 날, 라민이 두 사람은 이튿날 떠날 거라는 통보를 해왔다. 마치 그녀가 저도 모르는 사이 지루해하기 시작한 걸 눈치채고 그래선 안 된다는 판단을 내리기라도 한 듯이. 하지만 그가 그렇게까지 신경을 써야 할 필요가 있었을까?

그것이 그에게 무슨 중요한 일이란 말인가?

아, 그리고 보면 그녀는 라민에게 우정을 느끼고 있었다.

함께 어두운 마당에 길게 누워 있던 그날 밤, 그녀는 라민이 자기 쪽으로 다가오는 것을 느꼈다. 짐작건대 그녀의 반응을 예측하지 못해 주저하고 있었다.

그녀는 그를 밀어내지 않았을 뿐 아니라 그를 향해 몸을 돌리며 그에게 용기를 주었다.

그리고 자신의 파뉴를 들어올려 팬티를 내렸다. 지폐는 조심스레 천으로 감싸 머리 밑에 받쳤다.

수년째 그녀는 사랑을 나누지 않았었다. 남편이 죽은 이후로 단한 차례도.

라민의 상처 난 등을 조심스레 어루만지면서 그녀는 너무도 가벼운 그의 무게에 놀랐다. 지나칠 만큼(그가 거기 있다는 게 거의 느껴지지 않을 만큼) 섬세하고 부드러운 몸이었다. 그렇게 그는 그녀 안에서 움직였다. 무겁고 치밀했던 남편의 몸과는 아주 달랐지만 그녀의 몸 위에 다른 한 몸이 느껴지자, 마치 반사작용처럼, 남편과 살던 그때 그녀가 끊임없이 되뇌었던 기도가 되살아났다. 아이를 갖게 해달라는 기도. 가능한 모든 쾌락으로부터 멀어지게 한 기도. 쾌락을 추구하는 데 필요한 집중으로부터 돌아서게 한 기도였다.

그녀는 이 기도를 맹렬히 몰아냈다.

그러자 육신의 안락이라 할 만한 평안한 상태가 찾아들었다. 이루 말할 수 없이 생생한 느낌. 카디의 시누이들이 한숨과 은근한 웃음을 터뜨리며 언급하던 그것과는 전혀 다른 무엇이었다. 그러나 카디는 행복했으며 라민에게 감사했다.

순간 몸을 일으키던 라민이 그만 카디의 장딴지에 세게 부딪쳤다.

카디는 눈앞이 캄캄해질 만큼 끔찍한 통증을 느꼈다.

그리고 반쯤 실신한 상태로 숨을 몰아쉬었다.

걱정스럽게 중얼대는 라민의 목소리가 그녀의 귓전을 스쳤다. 믿기지 않을 만큼 고통스러웠고, 그런 자신이 놀랍고 낯설게 여겨졌다. 그 순간 이런 생각이 들었다. 이제껏 지금 이애처럼 누가 날 염려해준 적이 있었나? 너무도 젊은 이애처럼. 난 운이 좋은 거야. 정말로, 운이 좋은 거야……

두 사람은 동이 트기 전에 트럭에 올랐다. 이미 너무 많은 사람이 타고 있어 카디는 발붙일 공간을 찾기도 어려웠다.

그녀는 트럭 뒤편 높이 쌓아올린 보따리 더미 위에 올라앉았다.

라민은 그녀에게 떨어지지 않도록, 짐들을 묶어놓은 끈을 꼭 붙잡으라고 당부했다.

그리고 자신은 바로 곁에 놓인 궤짝 위에 걸터앉았다. 그의 몸에서 시큼한 땀냄새가 희미하게 번져왔다. 팔과 팔을 맞대고 앉은 두 사람의 땀냄새가 그렇게 뒤섞여 하나가 되었다.

"누가 떨어져도 운전수는 멈추지 않아. 그러면 사막에서 죽게 되는 거야."

그가 속삭였다.

라민은 미지근한 물을 가득 채운 가죽 수통을 그녀에게 맡겨두었다.

트럭에 오르기 전 카디는 그가 운전수에게 지폐 다발을 건네며 두 사람 몫이라고 설명하는 모습을 보았다. 그러고 나서 라민은 그녀가 트럭에 오르도록 도와주었다. 다리가 철근처럼 무거워져 도저히 혼자서는 오를 수 없었다.

꼼꼼하기 이를 데 없는 몸짓(그는 수통의 마개가 제대로 닫혔는지 몇 번이고 확인했다)과 낮고 느린 목소리로 반복되는 당부(꽉 잡아. 누가 떨어져도 운전수는 멈추지 않아. 그러면 사막에서 죽게 되는 거야) 속에서 카디는 라민이 숨기고 있는 한껏 고양된 기분을 짐작할 수 있었다. 그의 얼굴이 미세하게 떨리고 있었다. 득의가 살짝 밴 이 열정이 카디의 마음을 사로잡았다. 이제 그녀는 라민이 더없이 단순한 몸짓으로 자신을 도와주어도 겁이 나거나 수치스럽지 않았다. 그가 자신의 두 손을 엮어 그 위에 발을 디디게 한 다음 그 발이 트럭에 닿도록 손을 힘차게 들어올렸을 때에도, 그녀에게 그런 도움의 손길을 내밀었을 때에도, 그녀는 이제 자신의 독립성을 전혀 문제삼지 않게 되었다. 자신이 타인의 어떤 의지로부터도 자유로운 존재임을 의심하지 않게 되었다. 라민이 그녀의 몫으로 지불한 돈에 대해서도 아무런 책임을 느끼지 않게 되었다.

그렇다고 카디 뎀바에게 무슨 일이 생기지는 않을 것이었다.

그녀가 자유를 찾는 데 라민이 기꺼이 결정적인 역할을 맡으려 한다면 그녀는 그저 감사할 뿐이었다. 정말이지 그를 향한 그녀의 애정은 깊고도 진지한 것이었다. 다만 그 애정에 대해 그녀는 어떤 책임도 질 필요가 없었다.

머리가 좀 어지러웠다.

이제 그녀의 진정될 줄 모르는 강렬한 통증에는 기쁨이 뒤섞여 있었다. 이 기쁨 또한 그녀에게 고통을 안기는 것 같았다.

트럭이 흔들리는 순간 그녀는 균형을 잃었다.

라민이 그녀를 가까스로 붙들었다.

"꽉 붙잡아. 꽉 붙잡아."

그가 그녀의 귀에 대고 소리쳤다. 그녀는 새벽빛으로 불그레해진 그의 야윈 얼굴을 가까이서 볼 수 있었다. 쉴 새 없이 혀로 핥아 창백하게 갈라진 입술과 얼이 빠진 듯 광기가 배어 있는 눈, 불안에 사로잡힌 그 어두운 두 눈은 그녀가 언젠가 본 적이 있는 커다란 황구 黃狗의 눈을 닮아 있었다. 닭을 훔친 그 개를 시장 아낙들이 담벼락에 몰아넣고 막대로 후려치려 했는데, 무구한 공포가 밴 개의 두 눈이 카디의 시선과 마주치며 차갑게 얼어붙은 카디의 심금을 건드렸다. 순간 그녀의 마음은 연민과 수치심에 떨어야 했었다.

라민이 그토록 두려워한 것은 카디 때문이었을까?

활활 타오르는 듯한 그의 얼굴에서 그녀는 살짝 물러났다. 아, 살갗에 닿는 그 열기를 도저히 견딜 수 없을 것 같았다.

짐을 묶은 끈들을 부여잡은 채 그녀는 도로를 따라 이어지는 집들이 드문드문 보이다 마침내 사라지는 광경을 지켜보았다.

라민이 그렇게 두려워한 것은 카디 때문이었을까?

그녀는 라민이 보여준 관심과 배려를, 비통해하지 않고, 그저 담담한 슬픔 속에 떠올릴 것이었다.

이 모두를 떠올릴 때, 그가 그녀를 속이려 했다는 생각은 추호도 하지 않을 것이었다. 그녀를 걱정한 그의 마음을 상기하며 무심한 슬픔에 젖겠지만, 그건 그녀 자신보다 라민으로 말미암은 슬픔일 것이었다. 이 청년의 운명에 마음이 아려 차가운 두 줄기 눈물이 흐르겠지만, 자신의 운명에 대해서만큼은 무관심하다 싶을 정도로 중립적인 판단을 할 것이었다. 마치 카디 뎀바 자신은 삶에 대해 라민처럼 큰 기대를 하지 않았으니 설령 모든 걸 잃었다 해도 불평할 이유가 없다는 듯이.

그녀는 자신이 크게 잃은 게 없다고 생각할 것이었다. 또한 흔들리지 않는 조용한 확신과 형언할 수 없는 자부심을 느끼며 고백할 것이었다. 나는 나, 카디 뎀바다, 라고. 허벅지 근육이 당기고 외음부가 붓고 아프며 질은 따끔거리고 가려워 매트리스 위에서, 기나긴 몇 달 동안 그녀의 일터가 되어준 그 잿빛 스펀지 위에서 하루에도 몇 번씩 몸을 일으킬지라도.

그녀는 자신이 크게 잃은 게 없다고 생각할 것이었다.

또한 절대로, 비탄과 낙담이 극에 달한 순간에도, 시댁에서 보낸 인생의 한 시기를 후회하지 않을 것이었다. 꼼짝 않는 몽상의 공간 속을, 보호자며 파괴자인 안개처럼 뿌연 이 제한된 공간 속을 그녀의 정신이 헤매던 시기를.

모든 생각이 임신에 대한 기대에 집중되었던 결혼생활의 시기 역시 후회하지 않을 것이었다.

끔찍하긴 해도 마음속에 명료하게 그려지는 지금이라는 현실에 푹 잠겨 있는 그녀는 정말이지 아무런 후회가 없었다. 그녀는 실리적이고도 오만한 태도로 이 현실을 온전히 성찰했다. (그녀는 쓸데없는 굴욕감을 느끼거나 인간의 가치, 정직하고 용감한 카디 뎀바 자신의 가치에 대해서 잊은 적이 없었다.) 무엇보다 이 현재는 잠정적인 것이라 상상하며 고통의 시간도 언젠가는 끝이 나리라 확신했다. 고통에 대한 보상이야 기대할 수 없겠지만(고통을 받았다고 어떤 보상이 주어진다는 생각은 할 수 없었으니까) 자신이 아직은 알 수 없는 어떤 다른 세계, 몹시 궁금한 그 어딘가로 건너갈 것이라 믿었다.

그리고 그녀와 라민, 두 사람이 거기까지 이르게 된 일련의 상황들을 머릿속에 자세히 그려보며 차분하고도 냉정하게 이해하려 애썼다.

하루를 밤낮으로 달린 트럭은 국경에서 멈춰 섰다.

일제히 차에서 내린 승객들은 일렬로 선 채 군인들에게 여권을 보여주었다. 군인들은 단 한 마디를 외쳤다. 카디의 모국어는 아닐지언정 그녀가 잘 아는 말이었다.

돈.

가진 게 없다는 표시로 손을 들어 허공에 손바닥을 펴 보이거나 호주머니에서 몇 푼 안 되는 돈을 꺼내 내미는 이들에게 군인들은 곤봉질을 해댔다. 너무 맞아 정신을 잃고 쓰러진 이들도 있었는데 이들에게마저 한 군인은 구타를 이어갔다. 그는 분노에 사로잡혀 정신이 나간 것 같았다.

카디는 온몸이 떨려오기 시작했다.

곁에 선 라민이 그녀의 손을 꽉 잡았다.

라민의 턱이 덜덜 떨리고 있었다. 굳게 다물어진 입술 뒤에서 이가 딱딱 마주치고 있는지도 몰랐다.

라민은 카디와 자신을 가리키면서 군인에게 여권과 돌돌 말린 지폐 몇 장을 건넸다.

남자는 손끝으로 지폐를 받아들고는 경멸의 눈초리를 던졌다.

그리고 지폐를 땅바닥에 내던졌다.

그가 무슨 명령을 내리자 한 병사가 다가와 라민의 배를 걷어 찼다.

라민은 무릎을 꿇으며 고꾸라졌다. 한마디 말도, 신음도 없이.

병사가 단검을 꺼내 라민의 한쪽 발을 쳐들더니 단칼에 그의 신발창을 갈랐다.

그리고 틈사이로 손가락 하나를 집어넣어보고는 다른 신발창에 도 똑같은 짓을 했다.

라민이 지체 없이, 마주치는 앙상한 두 무릎을 겨우 가눠 비틀대 며 일어섰다. 엎드려 있으면 적을 마주보고 있는 것보다 더 위험하 다고 판단한 것 같았다. 그 순간 카디는 보았다. 그의 신발 아래로 두 줄기 피가 흘러 흙먼지 속으로 스며드는 모습을.

다른 군인들을 지휘하던 우두머리가 그녀에게 다가와 섰다.

카디는 라민이 그녀에게 구해다준 여권을 내밀었다.

온몸이 떨려왔지만 그녀는 맑은 정신으로 파뉴 허리띠 속에 손 을 집어넣어 얇은 지폐 뭉치를 꺼냈다. 팬티 고무줄에 끼여 땀범벅 이 된 푸르스름한 걸레 조각 같은 지폐를 그녀는 남자의 손안에 조 심스럽고 공손하게 올려놓았다. 그리고 두 사람이 일행이라는 것을 증명하기 위해 자신의 어깨를 라민의 어깨에 바싹 붙였다.

이미 여러 주가 흘러 있었다. 정확한 날짜는 알 수 없었지만 그
들은 이제 이 사막의 도시에 내던져져 있었다. 병사가 라민의 신발
창을 칼로 베었던 그 도시가 아니라 애초의 출발점에서 더 멀리 떨
어진 다른 도시였다. 첫번째 검문을 통과한 트럭은 그들을 이곳으
로 데려다놓았다.

일행 중 아직 돈이 있는 사람들은, 교묘히 돈을 숨겼거나 어찌된
일인지 몸수색도 구타도 당하지 않은 사람들은 또 한 차례 운전수
에게 돈을 지불하며 가던 길을 계속 갈 수 있었다.

그러나 그녀는, 카디 뎀바는, 그리고 라민과 다른 몇 사람은 거
기서 멈춰야 했다. 모래색을 띤 나지막한 집들에다 거리도 정원도
모두 모래인, 사방이 모래인 도시였다.

그들은 트럭이 그들을 내려놓고 간 일종의 터미널 앞에서 잠을
자기 위해 몸을 뉘었다.

다른 트럭들이 승객들을 싣는 대로 떠날 채비를 하며 대기하고
있었다.

새벽에 추위로 얼어붙은 채 잠에서 깬 그들의 몸에는 온통 모래
가 뒤덮여 있었다. 카디는 장딴지의 통증이 너무 심해 순간순간 꿈
을 꾸고 있나 싶을 정도였다. 더없이 잔인한 삶의 악몽 속에서 몸
부림치고 있거나 아니면 이미 죽은 건지도 몰랐다. 죽음이란 아마

도 그런 것이리라. 참을 수 없이 이어지는 지속적인 육신의 통증.

수일 전에 장딴지에 감았던 천이 상처에 들러붙은 것 같았다.

모래 알갱이로 뒤덮인 천에 붉은 피가 배어 축축한 것이 보기만 해도 역겨웠다.

천을 떼어내야 했지만 그럴 힘이 없었다. 쥐가 나 뻣뻣이 굳은 다리도 간신히 움직일 정도였다.

마침내 그녀는 자리에서 일어나 머리와 옷에 묻은 모래를 털어 냈다.

그리고 다리를 절며 몇 발짝 걸었다.

모래로 뒤덮인 형체들이 땅 위에서 꿈틀댔다.

그녀는 라민이 앉아 있는 쪽으로 돌아왔다. 신발을 벗은 라민은 병사의 칼이 신발창과 함께 갈라놓은 발바닥을 무표정한 얼굴로 바라보고 있었다.

트고 굳은 살갗 위에 말라붙은 피딱지가 검은 선 하나를 그려놓고 있었다.

라민이 아프다는 걸 그녀는 알았다. 하지만 그는 자신의 상처를 보여주지도 언급하지도 않을 것이었다. 그녀가 눈빛으로 물어도 돌아오는 답변은 굴욕감을 은폐하는 우울한 표정뿐이겠지. (아, 그는 너무도 큰 굴욕을 느끼고 있었다. 그런 라민을 보며 그녀는 마음이 아팠다. 그 굴욕의 짐을 대신 져줄 수 없어 유감이었다. 그 녀라면 감당할 수 있었으니까. 그녀의 정신이라면 초연할 수 있었으니까.) 실패한 것은 아닐지 몰라도 그들의 여정에 너무 빨리 난관이 닥친 것은 사실이었다. 이런 상황에서 라민이 어떤 납득할 만한 설명을 해줄 수 있단 말인가? 여행에 어떤 난관과 위험이 있을 수 있는지 모조리 안다고 자신하던 그가 아닌가?

그녀는 이 모두를 알고 있었고 이해하고 받아들였다.

굴욕감은 그의 눈에서 초점을 앗아갔다. 다정하고 열정적이던 과거의 모습은 온데간데없고 그는 다가갈 수 없는 사람이 되어버렸다.

이해가 되는 일이었으므로 그녀는 그를 원망하지 않았다.

하지만 이 순간까지도 그녀가 모르는 게 있었다. 그녀가 아직 짐작할 수 없었던, 나중에야 이해하게 된 사실. 라민은 그녀의 상상을 넘어선 이중의 굴욕감을 맛보고 있었던 것이다. 그는 전날 일어난 사건은 물론 아직 닥치지 않은 무언가에 대해서도 수치심을 느끼고 있었다. 순진하진 않아도 경험이 없는 카디와는 달리 라민은 그 일이 닥치리라는 것을 알고 있었다. 그녀 앞에서 그가 수치심을 느꼈던 것도 그녀가 모르는 것을 자신은 알기 때문이었다. 그 일 자체에 대해서도 수치심을 느꼈다. 라민은 공포로 얼어붙은 채 그녀와 멀찌감치 거리를 두고 순진무구한 그녀와는 아무런 관계도 맺지 않으려 했다. 이 모두를 카디는 나중에야 이해하게 되었다.

그날 이후 그가 카디에게 무엇 하나 자세히 이야기해준 적이 있던가?

정확한 기억을 떠올릴 수는 없으리라.

하지만 그런 적은 없는 것 같았다.

그렇게 두 사람은 마냥 헤매고 다녔다. 서로 다른 모양새로 다리를 절면서. (라민은 발바닥이 땅에 닿지 않게 하려고 애썼고, 카디는 아픈 다리로 힘이 쏠리지 않도록 간간이 폴짝거리며 걸었다. 흙먼지 날리는 건조한 더위에 녹초가 된 채, 노르스름하게 반짝이는 모래색 하늘 아래 이 거리 저 거리를 헤맸다.)

라민의 짧게 깎은 머리, 갈라진 얼굴과 입술에는 여전히 모래가 내려앉아 있었다.

정신이 가물거리는 두 사람은 그늘 한 점 없는 공간을 피해 토담으로 둘러싸인 싸구려 식당으로 들어갔다. 그리고 창문도 없는 어두컴컴한 실내에서 심줄이 많고 질긴 구운 염소고기 몇 점과 콜라를 시켰다. 두 사람 모두 이 조촐한 음식값으로 지불할 돈이 없다는 걸 알고 있었다. 또다시 그 가혹하고도 비통한 무심無心 속으로 몸을 피한 라민은 이 수치스러운 행동을 혼자 책임지며 카디만은 그 결과를 모면케 해줄 수 있다고 믿고 있는 것 같았다. 자신은 앞으로 닥칠 일을 알고 있지만 카디는 모른다고 생각하면서. 하지만 카디도 그것을 예감했다. 마지막 고기 한 점을 씹어 마지막 콜라한 모금과 함께 목구멍으로 넘기는 순간, 그녀는 그들에게 음식을 날라다준 여자와 눈이 마주쳤다. 반쯤 감긴 냉담한 시선. 그곳에서 가장 어두운 구석에 놓인 의자에 몸을 묻은 여자는 거칠게 숨을 몰아쉬며 두 사람을 꼼꼼히 살피고 있었다. 카디가 이제 자신들이 먹은 음식값을 어떻게 치를 것인지 생각하는 동안, 상대를 재고 심문하는 듯한 적대적인 여자의 시선이 나름대로 답변을 주었다.

그녀는 오직 육신의 통증이라는 현실에만 집중하자는, 그녀의 머릿속에 줄곧 맴돌았던 신념에 필사적으로 매달리기로 했다.

실제로 그녀의 육신은 끊임없는 고통에 시달리고 있었다.

여자는 식당 뒤편에 있는 마당에 면한 작은 방에서 카디가 일을 하도록 했다.

단단한 타일 바닥에 스펀지 매트리스가 놓여 있었다.

카디는 베이지색 슬립 차림으로 대부분의 시간을 그곳에 누워 지냈고, 여자는 손님을 들여보냈다. 손님은 보통 행색이 초라한 젊은 남자였다. 그녀처럼 이 도시에 떨어져 종처럼 살아가는 남자. 숨이 막힐 듯 더운 방 안으로 들어오는 남자는 덫에 걸린 짐승처럼 겁먹은 눈길로 방 안을 둘러보곤 했다. 덫이라야 자신의 욕망뿐이겠지만. 어쨌거나 여주인은 자신의 싸구려 음식점을 찾는 남자손님들을 이 방으로 들여보내기 위해 수완을 발휘했다.

손님이 들어가면 여자는 방문을 잠그고 가버렸다.

그러면 남자는 불안한 사람처럼 서둘러 바지를 내렸다. 위협적인 가혹한 의무를 재빨리 끝내버리려는 사람처럼. 남자가 자신 위로 몸을 누이면 카디는 주인여자가 매일 새 붕대로 감아주는 아픈 다리를 가능한 한 넓게 벌려 남자의 몸이 닿지 않도록 했다. 그녀의 몸안으로 들어가는 순간 남자는 놀란 신음 소리를 내곤 했다. 최근에 생긴 가려움증과 염증으로 말라붙은 카디의 질은 남자의 성기를 지체 없이 달아오르게 했다. 그녀는 등과 아랫배와 장딴지를 공격해오는 온갖 통증을 이겨내기 위해 정신을 오롯이 한곳으로 모으며 생각했다. 이것도 때가 되면 멈춘다고. 슬립의 레이스 테두리로 반쯤 가려진 가슴과 목 위로 남자의 땀이 흘러 자신의 땀과 뒤섞이는 것을 느끼며 생각했다. 이것도 때가 되면 멈춘다고. 그러고 나면 힘겹게 일을 마친 남자가 고통과 실망이 뒤섞인 탄성을 내지르며 그녀에게서 급히 물러났다.

남자가 문을 두드리면 여주인의 무겁고 느린 발소리가 들려왔고 곧이어 문이 열렸다.

개중에는 여자가 깨끗하지 않다고 항의하며 불평을 늘어놓는 손님들도 있었다.

여자란 날 보고 하는 말이군, 카디는 놀란 마음으로 되뇌어보았다. 그런 식으로 불리는 게 재미있기까지 했다. 그녀는 어디까지나 유일한 존재, 카디 뎀바가 아니던가.

남자와 여주인이 떠난 뒤에도 그녀는 잠시 그대로 누워 있었다.

두 눈을 크게 뜨고 천천히 숨을 내쉬며 아주 찬찬히 방 안을 훑었다. 불그죽죽한 벽에 난 균열들과 양철 천장과 흰 플라스틱 의자, 그녀가 그 밑에 놓아둔 보따리가 보였다.

꼼짝 않고 누운 그녀의 귀에 들릴 듯 말 듯 조용히 심장의 고동

소리가 들렸다. 조금이라도 몸을 움직이면 땀에 전 매트리스에 축축한 등이 들러붙는 소리와 후끈거리는 외음부가 찐득거리는 소리가 희미하게 들려왔다. 그리고 천천히 통증이 몰려오면서 그녀의 튼튼하고 강인한 체격에 깃든 젊고 열정적인 혈기가 꺾이는 것이 느껴졌다. 그러면 그녀는 차분히, 거의 편안한 마음이 되어 생각했다. 이것도 때가 되면 멈춘다고. 너무도 차분하고 편안한 기분이었다. 여주인이 유감스럽고 미안하다는 표정을 희미하게 지어 보이며, 평상시처럼 그녀를 씻기고 보살피고 마실 것을 주기 위해 혼자 오는 대신 다른 손님을 데리고 올 때에도, 카디는 그저 일순 낙담하여 한순간 멍하고 기운이 빠질 뿐 잇달아 같은 생각을 되뇌었다. 이것도 때가 되면 멈춘다고.

여주인은 카디에게 이런 관계를 연달아 강요한 다음에는 어머니처럼 그녀를 보살폈다.

찬물이 가득 담긴 대야와 수건을 가져와 카디의 음부를 부드럽게 씻어주었다.

저녁이면 두 여자는 마당에 나와 앉았고, 카디는 옥수수죽에다 간을 한 염소고기를 콜라와 함께 양껏 먹었다. 라민의 몫을 남겨두는 것도 잊지 않았다.

여주인은 카디의 몸에서 붕대를 푼 다음 곪고 부어오른 상처에 기름을 발라주고 깨끗한 천으로 다시 싸맸다.

후덥지근한 저녁 두 여자는 배불리 식사를 한 뒤 편히 앉아 쉬곤 했다. 여주인 쪽으로 고개를 돌리면 어렴풋한 여명 속에 동그랗고 다정한 얼굴이 보였다. 그럴 때면 카디는 어린 시절로 돌아간 듯한 착각에 빠졌다. 어둡고 난폭하며 혼란스러운 유년기였지만 그래도 간혹 이처럼 행복하다 싶은 순간들이 있었다. 저녁 무렵 집 앞에 앉아 그녀의 머리를 빗겨주던 할머니.

라민은 어두워지기 직전에 돌아왔다.

슬그머니 마당으로 기어드는 그의 모습은 몽둥이질이 두렵기도 하지만 빈 밥그릇은 더 두려운 개와 같았다. 카디는 그가 불쌍하기도 혐오스럽기도 했다. 구부정하지만 민첩하며, 은밀하고도 악착스러운 모습. 카디도 여주인처럼 그를 못 본 체했다. 경멸감으로 그러는 여주인과 달리 라민에 대한 배려였다. 라민은 수북한 음식 접시를 들고 카디의 방으로 갔다. 여주인은 그가 그곳에서 밤을 보내는 것을 눈감아주었다. 적어도 금하지는 않았다. 새벽엔 비워줘야 한다는 암암리의 조건하에서.

잠자리에 들기 전 여주인은 카디에게 그날 번 돈의 일부를 떼어주었다.

그러면 카디는 희미한 빛을 던지는 더러운 전구 하나가 달려 있는 그 불그레한 방으로 돌아왔다.

생기 넘치던 라민이 방 한구석에 쪼그리고 앉아 숟가락으로 접시를 긁고 있는 모습을 보노라면 그녀는 통증이 온통 한꺼번에 몰려드는 기분이었다.

라민이 느끼는 치유할 길 없는 굴욕감에 무엇으로 대항한단 말인가. 그녀 자신의 명예는 영원히 상실되지 않을 것이며 그녀의 존엄성 역시 철회될 수 없으리라는 다소 피로한 인식 외에는.

어쩌면 라민은 그녀가 수치심과 절망으로 괴로워하는 편을 원하는지 몰랐다.

하지만 이 수치심과 절망의 짐은 오롯이 라민에게 돌아갔으며 카디는 라민이 무의식중에 그녀를 원망하고 있다는 느낌을 받았다. 저녁마다 라민이 그곳에 있지 않아주기를, 그의 쓰라린 감정들과 부당하고 애매한 무언의 질타로 그 좁은 공간을 어지럽히지 않아주기를 카디가 바란 것도 그 때문이었다.

라민이 이제 사랑을 나누려 하지 않는 그녀를 원망한다는 것 또한 알고 있었다.

그녀가 자신은 물론 라민에게 제시한 변명은 그곳이 붓고 짓물러 휴식이 필요하다는 것이었다.

그러나 라민이 그녀를 부끄러워하며, 자신에 대해서만큼 그녀에 대해 수치심을 느낀다는 사실 또한 직감하고 있었다.

유감이었다.

영혼에 힘이 없어 빚어진 비참한 자신의 감정에 무슨 권리로 그녀를 끌어들인단 말인가?

자신의 몸을 건드리지 못하게 한 또다른 이유는 그에게 만족을 주기 위해 아픔을 감내할 생각이 없었기 때문이다.

지친 그녀는 말없이 매트리스 위에 쓰러졌다.

숨막히고 메마른 이 도시에서 라민이 고독한 하루를 어떻게 보냈는지 그녀는 알고 싶지 않았다.

자신의 입술 위에 대화의 욕구를 단번에 꺾어버리는 뾰로통한 표정이 떠오르는 것을 느꼈다.

그녀는 자신도 모르게 벽 쪽으로 손을 들어 금가고 울퉁불퉁한 표면을 어루만졌다. 그러다 잠이 들기 직전 불쑥 미칠 듯한 기쁨이 그녀의 망가진 몸을 전율케 했다. 그동안 잊고 있었던 사실이 문득 떠오르는 듯한 순간이었다. 그녀는 카디 뎀바라는 것. 카디 뎀바.

그러던 어느 날 아침이었다.

이상한 일이었지만, 라민이 없다는 걸 확인하기도 전에 그녀는 사태를 짐작했다. 그녀는 벌떡 일어나 보따리를 향해 달려들었다. 단단히 묶어 의자 밑에 놓아둔 보따리가 풀어헤쳐져 있었다. 그녀는 그 안에서 몇 안 되는 물건들을 꺼냈다. 티셔츠 두 벌, 파뉴 하나, 깨끗한 빈 맥주병 하나. 짐작대로 돈은 없었다.

그제야 그 방에 혼자뿐이라는 것을 깨달았다.

가느다란 절망의 외침이 새어나왔다.

입을 벌리고 있었는데도 숨이 막히는 것 같았다.

잠에서 깨자마자 나쁜 일이 벌어졌음을 확신했던 걸 보면 밤사이 무슨 소리를 들은 걸까? 아니면 앞으로 닥칠 현실과 정확히 일치하는 꿈이라도 꾸었던 걸까?

그녀는 방에서 나와 절뚝거리는 발걸음을 쓰러질 듯 옮기며 마당을 지나 식당으로 들어갔다. 여주인이 아침 첫 커피를 마시고 있었다.

"그가 달아났어요. 내 돈을 모두 훔쳐갔어요!"

그녀는 이렇게 외치며 의자 위에 털썩 주저앉았다.

여주인은 희미한 연민이 뒤섞인 신중하고도 냉랭한 표정으로 그녀를 바라보았다.

카디가 갑작스레 나타나 분위기를 조금 망쳐놓긴 했지만 여주인은 만족스러운 얼굴로 커피를 마저 마셨다. 그리고 혀를 끌끌 차며 힘겹게 자리에서 일어나 카디에게 다가오더니, 카디를 품에 안고 서툰 몸짓으로 달래며 그녀를 버리지 않겠다고 약속했다.

"그럴 일은 없겠죠. 내가 돈을 벌게 해주는 한은."

그녀는 이렇게 중얼댔다.

낙담하여 정신이 나간 상태에서 그녀는 모든 걸 다시 시작해야 한다는 생각을 했다. 모든 걸 다시 견뎌야 한다고. 몸이 끔찍할 만큼 상해 있는 이 시점에서는 전보다 더 많이 견뎌야 한다고. 두세 달만 더 일하면 라민과 함께 다시 길을 떠날 수 있으리라 생각한 게 바로 어제 일이었는데.

그러나 얼마 지나지 않아 그녀는 그의 이름도 얼굴도 잊었다. 그의 배신 역시 그저 운명의 장난으로 기억하게 되었다.

이 시절을 떠올리면 그 식당과 붉은 방 사이를 오가며 보낸 시간은 일 년 남짓이 아닌가 싶지만 어쩌면 그보다 훨씬 많은 시간이 지나갔을 수도 있었다. 그녀에게 오는 남자들 대부분이 그랬듯이 그녀 또한 이 사막의 도시에서 모래에 묻혀 지냈다. 여기저기서 흘러들어온 그들은 이곳에서 수년을 방황하다 이제 정확히 몇 년이 흘렀는지도 헤아릴 수 없게 된 사람들이었다. 고향에 있는 가족은 그들이 죽었다고 믿을 게 틀림없었다. 자신들의 처지가 부끄러워 감히 가족에게 소식을 전할 수 없었으니까. 이리저리 부유하는 그들의 무심한 시선은 모든 사물을 스쳐지나갈 뿐 무엇 하나 온전히 보고 있는 것 같지는 않았다.

어떤 남자들은 카디 곁에 그저 누워 있기만 했다. 꼼짝도 하지 않는 불가해한 모습으로. 그곳에 온 이유를 잊었거나 아니면 귀찮고 우습다는 생각을 하고 있는지도 몰랐다. 잠이 든 것도, 살아 있는 것도 아닌 상태로.

달이 갈수록 카디는 여위어갔다.

손님도 점점 줄어들어 대부분의 시간을 어슴푸레한 식당에서 보냈다.

그래도 정신만은 맑았고 경계를 게을리하지 않았다. 밤중에 혼자 자신의 이름을 중얼대다 그 이름이 자신과 정확히 일치한다는 생각이 또 한번 들 때면 그녀는 뜨거운 기쁨에 휩싸이곤 했다.

그래도 몸은 마르고 약해져갔으며 장딴지의 상처도 쉽사리 낫지 않았다.

그러던 어느 날, 다시 길을 나서기에 돈이 충분히 모인 것 같았다.

몇 달 만에 처음으로 그녀는 거리로 나와 열화 같은 더위 속을 절뚝거리며 걸어 트럭이 떠나는 주차장을 찾아냈다.

트럭에 오르려고 그곳을 찾아 배회하는 수많은 사람들 중 누구와 관계를 맺을지 탐색하며 그녀는 날마다 끈질기게 그곳을 찾았다.

식당에서 배운 몇 마디 영어로 질문을 던지는 동안 자신의 목소리에서 전해지는 거칠고 호전적인 울림을 느끼고도, 성별이 구분되지 않는 귀에 거슬리는 이 음성을 듣고도, 그녀는 더이상 놀라지 않았다. 트럭 백미러에 비친 자신의 모습을 보고도 담담할 수 있었다. 엉클어진 다갈색 머리털을 빗어 올린 해쓱한 잿빛 얼굴, 입술은 쭈글쭈글하고 피부는 푸석푸석한 이 얼굴이 지금 그녀의 얼굴이었다. 누가 이 얼굴을 여자의 얼굴이라고 자신 있게 말할 수 있을까, 그녀는 생각했다. 앙상한 몸 또한 마찬가지였다. 그래도 그녀는 여전히 카디 뎀바였다. 세상 사물들의 질서정연한 체계에 불가결한 유일무이한 존재. 흐물거리듯 움직이는 굶주린 사람들을 닮아가고 있기는 했다. 이 도시에서 길을 잃고 떠돌아다니는 사람들을. 그들과 나 사이에 무슨 근본적인 차이가 있다지? 하는 의문이 들 정도였다. 그러나 그것은 잠시일 뿐, 자신을 실컷 놀려주었다는 생각에 유쾌해져 그녀는 머릿속으로 되뇌었다. 그래도 난, 카디 뎀바다!

그렇다. 그녀는 더이상 그 무엇에도 놀라거나 두려워하지 않았다. 매순간 그녀를 녹초가 되도록 만드는 엄청난 피로도 마찬가지였다. 가냘픈 사지가 갑자기 납덩이처럼 무거워져 걸음을 내딛거나 음식을 넣는 일조차 힘겨웠다.

그러나 그것에도 그녀는 익숙해져 있었다.

이제는 이 피로마저 자연스러운 신체 조건처럼 여겨졌다.

몇 주 뒤, 쇠약해질 대로 쇠약해진 그녀는 비닐과 잎사귀들을 엮어 만든 텐트를 떠나지 못한 채 그 안에 누워 있었다. 낯선 나무들이 자라는, 이름이 생각나지 않는 숲속이었다.

그곳에 닿은 지 얼마나 많은 시간이 흘렀는지, 어떻게 그곳까지 이르렀는지 알 수 없었다. 파란 비닐 텐트 안으로 가까스로 스며든 햇빛에 자신의 팔과 다리와 발이 드러나 보였다. 자신과 상관없어 보이는 낯설고 앙상한 사지였다. 땅 위에 누운 자신의 몸이 너무도 무겁게 느껴져 두 눈을 감으면 금세라도 땅속으로 꺼져버릴 것 같았다.

무엇 하나 부끄러울 것 없는 카디 뎀바였지만, 꼼짝도 못하고 널브러진 크고 거추장스러운 자신의 몸을 보기란 쉽지 않았다.

순간, 역한 냄새가 나는 축축한 손이 그녀의 머리를 들더니 입안에 무언가를 흘려넣으려 했다.

이 무언가도 손만큼 냄새가 역겨웠다. 그녀는 저항하고 싶었지만 기력이 없어 입술은 저절로 벌어지고 말았다. 끈적끈적하고 밍밍한 죽 같은 것이 뱃속으로 흘러들어가고 있었다.

계속 추웠다. 그녀가 덮고 있는 천도, 간간이 그녀의 몸을 문질러주는 손의 열기도 도움이 되지 않는, 뼛속까지 파고드는 끔찍한 한기가 느껴졌다.

그녀는 자신의 무거운 몸의 무게로 내려앉은 땅속에서 온기를, 그녀를 일으켜세울 만큼의 온기를 찾게 되길 바랐다. 그러나 두 눈을 감기 무섭게 더 큰 한기가 찾아들었다. 비닐 텐트로 새어드는 푸르스름한 햇빛도, 나무 아래 친 텐트 안의 습하고 무더운 공기도—줄줄 흐르는 땀이 느껴지는 걸 보면 분명 그랬다—어쩔 수 없는 한기였다.

아, 그랬다. 그녀는 추웠고 온몸이 아팠다. 그러나 생각에 온 정신을 집중하자 한기와 통증은 잊히고 할머니와 남편의 얼굴이 떠올랐다. 그녀를 아껴주던 두 사람. 그녀의 생명과 인격의 의미와 가치가 결코 그들에 못지않다는 생각을 하게끔 해준 사람들. 그녀가 그토록 원했던 아이가 태어났대도 이런 비참한 지경에 이르렀을까 싶기도 했지만 그래봐야 한낱 생각일 뿐이었고, 아쉬움은 없었다. 그녀는 현재의 처지를 슬퍼하지 않았기 때문이다. 지금과 다른 어떤 상황도 바란 적이 없었고 나름대로 희열을 느끼기까지 했다. 고통을 받는 데서 오는 희열이 아니었다. 그토록 용감하게 온갖 위험을 헤쳐나가는, 오로지 인간이라는 조건 자체에서 오는 희열이었다.

마침내 그녀는 원기를 회복했다.

일어나 앉을 수 있게 되었고, 정상적으로 먹고 마실 수도 있었다.

그 텐트에서 같이 지내는 것처럼 보이는 남녀가 밖에 장작불을 피워 손잡이 없는 낡은 냄비에 끓인 밀죽이나 빵 쪼가리를 주었다.

같은 트럭을 탔던 사람들이었다.

두 사람 모두 말이 없었고 몇 안 되는 영어 단어로밖에는 의사소통이 안 되었지만 카디는 그들의 사정을 대충 이해할 수 있었다. 남자는 유럽에 살다 추방당한 사람이었고, 두 사람은 수년 전부터 그곳으로 가려고 노력하고 있었다.

두 사람 다 어딘가에 자식이 있었지만 서로 보지 못한 지 오래였다.

그들이 머무르는 텐트가 있는 곳은 말뚝으로 지탱한 방수포와 오두막 들이 보이는 넓은 야영지였다. 누더기를 걸친 남자들이 양철통이나 나뭇가지를 나르며 나무들 사이를 헤치고 다녔다.

카디는 자신이 빈털터리임을 깨달았다. 보따리도 여권도 돈도 모두 사라지고 없었다.

남자와 여자는 각자 사다리를 만들며 하루하루를 보냈다. 한동안 눈동냥으로 일을 익힌 카디는 나뭇가지를 달라고 해 사다리를 만들기 시작했다. 그녀는 기억을 더듬어 이름도 얼굴도 모르는 한 청년이 들려준, 아프리카와 유럽을 가르는 철조망을 넘다가 실패한 이야기를 차근차근 되새겨보았다. 그녀는 어느새 거칠고 쉬어 버린 새로운 목소리로 남자와 여자에게 질문을 했고 그러면 개중 한 명이 짧은 답변을 했다. 다 알아듣지는 못했어도 카디는 이미 알고 있던 내용이나 땅바닥에 그려주는 간단한 그림을 통해 추측할 수 있었다. 결국 그들의 답변은 청년의 이야기를 그대로 재현하고 있었다. 그들은 사다리 버팀대에 가로대를 하나하나 고정시키기 위한 끈 조각들을 난처한 표정으로 머뭇거리며 그녀에게 던져주었다. 카디는 차분한 마음으로 생각했다. 그녀의 소지품을 모조리 가로챈 그들은—카디는 그렇게 믿었다—내키지 않아도 그녀를 도울 수밖에 없는 거라고.

카디는 여자와 함께 숲에서 나와 포장된 도로를 따라 도시의 성문들로 향했다.

낡은 파뉴 단 밑으로 심하게 다리를 저는 카디의 장딴지가 드러나 보였다.

두 사람은 거리에서 구걸을 했다.

카디도 여자가 하는 것처럼 손을 내밀었다.

사람들은 이해할 수 없는 언어로 욕설인 듯싶은 말을 내뱉었고, 발밑에 침을 뱉는 이들도 있었다. 그러나 빵을 주는 이들도 있었다.

카디는 너무나 배가 고팠던지라 빵을 덥석 베어 물었다.

양손이 떨렸다.

빵에 핏자국이 보이는가 싶더니 잇몸에서 피가 흘렀다.

그래도 그녀의 심장은 느릿느릿 평화롭게 뛰었다. 그런 기분이었다. 느리고 평화롭고 안전한 기분. 변치 않는 인간성을 보호받는 기분.

새벽이 밝기 무섭게 야영지 안에 사람들의 절규와 급한 발소리, 개 짖는 소리가 울려퍼졌다.

군인들이 오두막을 헐고 방수포를 뜯어내고 화덕의 돌들을 흩뜨려놓았다.

그들 중 한 명이 카디에게 달려들어 파뉴를 잡아챘다.

그는 주저하는 모습이었다. 그녀의 몸을 보고 역겨워한다는 걸 알 수 있었다. 거무스름한 반점이 뒤덮인 그 앙상한 몰골을 보고서.

그는 카디의 얼굴을 때린 뒤 그녀를 바닥에 쓰러뜨렸다. 분노와 혐오감으로 입을 비죽거리면서.

나중에, 훨씬 나중에, 아마도 수주, 수개월이 흐른 뒤, 하루하루 밤이 더 추워지고 숲속의 해가 더 낮고 창백해지는가 싶은 때였다. 야영지의 우두머리로 자처하거나 지명되었던 남자들이 그 다음다음 날을 철조망을 넘는 날로 공표했다.

밤중에 사람들이 술렁댔다. 수십 명의 남녀 사이에 카디도 끼어 있었다. 그중에서도 특히 가냘픈 그녀는 마치 자신이 눈에 띄지 않는 존재, 한줄기 숨결처럼 느껴졌다.

다른 이들처럼 그녀도 사다리를 들고 있었는데 그녀는 그 무게조차 감당할 힘이 없었다. 때로 꿈속의 어떤 것들이 그렇듯 엄청난 무게였다. 그래도 동료들 못지않은 빠른 걸음으로 그녀는 절뚝거리며 나아갔다. 뜨겁고 여린 조그만 가슴속에서 거대한 심장이 뛰고 있었다.

그들은 한참 동안 조용히 걸어갔다. 숲과 돌투성이 땅을 지나는 동안 카디가 비틀거리며 넘어졌다가 다시 일어나 제자리를 되찾은 게 한두 번이 아니었다. 자기 자신이 대기의 미세한 흐름, 얼음처럼 차갑게 스며드는 공기에 불과하다는 느낌이 들었다. 너무나 추웠고 온몸이 너무나 차가웠다.

그들은 마침내 작열하는 달빛 같은 흰 조명이 환하게 밝혀진 황량한 지대에 이르렀다. 카디는 말로만 듣던 철조망을 알아보았다.

그들이 계속 전진하자 개들이 짖기 시작했다. 요란한 소리가 탕탕, 하늘을 갈랐고, 누군가 저들이 공포탄을 쏜다! 하고 외치는 소리가 들렸다. 불안으로 갈라진 새된 목소리였다. 잇달아 아마도 동일한 목소리가 예정된 외마디 소리를 내질렀고 사람들은 모두 앞으로 달리기 시작했다.

그녀도 달렸다. 입을 벌려도 숨을 쉴 수 없었다. 눈동자는 한곳을 향해 있었고 목구멍이 막혔다. 그녀는 어느새 철조망에 도달해 있었다. 그녀는 자신의 사다리를 갖다댔다. 그리고 한 칸 한 칸 사다리를 올라 마지막 칸에 오른 순간 철조망에 매달렸다.

총알이 튀는 소리며 고통과 공포에 찬 비명소리가 귓전을 울렸다. 그녀 자신도 그렇게 소리를 질러대고 있었을까? 아니면 그녀의 머릿속에서 규칙적으로 피가 뛰는 소리가 멈출 줄 모르는 신음소리처럼 그녀를 에워싸고 있었던 걸까? 그녀는 아직 더 올라야 했다. 한 청년이 그녀에게 말했었다. 철조망 꼭대기에 다다를 때까지 절대로, 절대로, 멈추어선 안 돼. 그러나 가시철사에 손발이 뜯기며 이제 자신이 울부짖는 소리가 들렸고 팔과 어깨로 피가 흐르는 것이 느껴졌다. 절대로, 절대로, 멈추어선 안 돼. 그녀는 더는 이해할 수 없게 된 이 말을 되뇌며 철조망을 잡은 손을 놓고 천천히 뒤로 떨어졌다. 절대 땅에 닿지 않을 거라 생각했다. 나는 한줄기 숨결보다 미미한, 한차례 기류에 불과한 존재이니까. 공기처럼 가벼워 도저히 짓밟힐 수 없는 존재이니까. 그 누구도 헤아릴 수 없는, 차가운 탐조등의 눈부신 불빛 속에 영원히 떠다니는 존재이니까. 그것이 카디 뎀바라는 인간의 속성이니까.

그게 나, 카디 뎀바다. 머리가 땅에 부딪는 순간에도 그녀는 이런 생각을 하고 있었다. 긴 회색 날개를 퍼덕이는 새 한 마리가 철조망 너머에서 천천히 맴도는 모습이 동공이 확대된 그녀의 두 눈 안에 들어왔다. 이 느닷없는 발견에 그녀는 황홀했다. 자신이 저 새이고 새도 그걸 안다는 걸 그녀는 알고 있었다. 저게 나, 카디 뎀바다.

대위법적 영상

사람들이 노동의 대가로 돈을 건넬 때마다, 낯선 이들의 손에서 그의 손으로 유로가 건네질 때마다 라민은 그 여자를 생각했다. 그가 저녁마다 설거지를 하는 식당 '벡 팽'*의 주방 뒤켠이든, 상품 포장을 벗기는 슈퍼마켓의 창고든, 공사판이든, 전철 안이든, 그가 일을 하는 곳 어디서나 그 여자를 생각했다. 그는 자신을 용서해달라고, 끔찍한 꿈과 저주로 자신을 따라다니지 말라고 여자에게 빌었다. 다른 사람들과 함께 쓰는 방에서 돈을 베고 자며 그는 그 여자 꿈을 꾸었다. 꿈속의 그녀는 그를 지켜주거나 최악의 상황을 맞도록 했다. 햇살 좋은 시간 얼굴을 들어 햇볕을 쬐고 있노라면 난데없이 알 수 없는 그늘이 드리우곤 했다. 그러면 그는 여자에게 말을 건넸다. 그에게 닥친 일들을 천천히 이야기해주며 그녀에게 감사의 마음을 전했다. 새 한 마리가 먼 곳으로 사라져갔다.

---

* Bec fin. 부리 끝이 뾰죽한 새라는 의미. 관용적으로 미식가라는 뜻도 있다.

침묵의 역설적인 힘

『세 여인』(원제는『강인한 세 여인 *Trois femmes puissantes*』)
은 서로 독립된 세 편의 이야기로 이루어진 소설이다. 각각의 이야
기 중심에 노라, 판타, 카디라는 세 여자가 있는데 그중 판타는 남
편 뤼디의 생각과 관점을 통해서만 짐작해볼 수 있는 여자이다. 한
아이의 엄마인 서른여덟의 노라는 자콥 부녀와 가족을 이루고 파
리에 거주하는 변호사이며, 세네갈 여자인 판타는 백인 남편을 따
라 아프리카에서 프랑스로 건너와 직업도 없이 어린 아들과 함께
시골 마을에 답답하게 갇혀 사는 여자이고, 마찬가지로 세네갈 여
자인 카디는 아이를 낳지 못한 미망인으로 시댁에서 쫓겨난 뒤 유
럽으로 불법 이주를 시도하는 사람들 사이에 끼어 낯선 지대를 떠
도는 여자이다. 어린 시절 가족을 버리고 떠난 세네갈인 아버지의
요청으로 이십 년 만에 아프리카를 다시 찾은 노라나, 땅콩 파는

소녀에서 순전히 자신의 노력으로 다카르의 고등학교 문학 교사가 되지만 실직한 프랑스인 남편을 따라 프랑스로 건너오는 판타, 그리고 프랑스로 가기 위해 사막지대를 헤매다 결국 아프리카와 유럽을 가르는 철조망에서 죽음을 맞는 카디. 이 세 여자는 어떤 모습으로든 아프리카와 프랑스 사이에서 방황하는 여자들이다. 첫번째 이야기에서 노라의 아버지 집 하녀로 잠시 등장하는 카디는 나중에 프랑스에 사는 시사촌인 판타를 찾아가는 것으로 되어 있고, 판타의 남편인 뤼디의 아버지와 노라의 아버지는 모두 다라 살람에서 바캉스촌 사업을 벌인 사람들로 그려진다. 이처럼 세 여자는 미미한 관계로 연결되어 있지만 서로 만난 적도 없고(노라와 카디의 짧은 일별 외에는) 알지도 못하는, 전혀 별개의 운명을 사는 여자들이다.

어쨌거나 그녀들은 모두 불가피한 추방 상태에 놓인 상처 입은 사람들인데, 그럼에도 불구하고 인간으로서 존엄함을 잃지 않고 운명에 대항한다는 점에서 공통점을 지닌다. 노라와 아버지, 남편과 아내, 어머니와 아들, 카디와 시댁 식구들, 그리고 군인들. 이들의 관계에서 예외 없이 목격되는 소통 불가능성은 인간의 수치스러운 조건이라고도 할 수 있는, 도저히 풀릴 것 같지 않은 수수께끼의 양상을 띤다. 상대를 물화하는 이런 소통 불능의 상태는 이 여자들을 한없이 고독한 상태로 내몰며 지표를 상실하는 위험에 처하게 한다.

이처럼 상처 입은 그녀들이 정복해야 하는 해악이나, 말로 표현될 수 없는 것, 충격적인 사건에 직면한 심리 상태를 전달하기 위해 이 책에서 수많은 메타포가 사용되는데, 노라의 아버지가 밤마다 피신해 있는 화염목이나 뤼디가 모는 낡은 네바다를 비롯해 가장 눈에 띄는 것이 새들이다. 세 편의 이야기 곳곳에서 난데없이 나타났다가 사라지곤 하는 이 새들은 언어를 넘어서는 감춰진 현실과 인물들의 비밀스러운 감정을 전달해준다. 뤼디의 머리 위를 끊임없이 맴돌며 이마를 할퀴고 가는 불길한 복수의 새 말뚝가리, 카디를 추방으로 인도하는 까마귀들, 밤이면 새처럼 화염목 속에 올라앉아 있는 노라의 아버지. 현실과 환상 사이를 오가는 이 기이한 새들이 초월적인 형상처럼 소설 전체에 걸쳐 어떤 분위기를 형성한다. 그것들은 예고도 없이 나타나 그림자를 드리우거나 불길한 조짐으로 인물들의 마음속으로 불안스럽게 파고들지만 마침내 자유를 쟁취하고 그들의 마음을 어루만져주기도 한다. 실제로 마지막 장면에서 노라는 아버지와 함께 새처럼 나무 속에 들어앉아 있고, 죽음의 순간 새와 하나가 되는 카디는 에필로그에서 라민을 위로하는 새가 되어 있다.

그런데 혼란에 빠진 이 고독한 여자들의 이야기를 따라가며 내내 인상적이었던 것이 그들의 침묵이었다. 어린 시절부터 이미 가난과 소외를 경험했기에 카디의 경우에는 모욕을 당하는 것이 이상하게 여겨지지 않을 만큼 불행에 단련되어 있다. 세 여자는 저마다 기댈 곳 없는 현실 앞에서 무기력하며 출구가 보이지 않는 상황의 덫에 걸려 있거나 질식할 듯 답답한 가정이나 가난 속에서 가해자들의 폭력에 맞서야 하지만 그들이 인간으로서 존엄성을 지키는 방식이 특이하다. 즉 자신들에게 가해지는 해악에 정면으로 대항하지 않음으로써 이 악을 더이상 외부로 퍼뜨리지 않는 것이다. 불행의 심연 속에서 막다른 골목에 몰린 가장 헐벗은 순간에 그녀들이 견지하는 힘과 에너지는 침묵에서 나온다는 걸 알 수 있다. 진부한 조롱과 모멸의 눈길을 받을 때마다 파뉴 속에 몸을 숨기거나 걸음을 멈추고 꼼짝 않고 서버리는 카디. 역겨운 현실 속에서 방황하며 균형을 상실한 남편의 신경증과 모욕을 말없이 감수하는 판타. 강인함과 근면함을 발휘하여 오로지 자력으로 쌓아올린 자신의 삶이 무책임한 동거자나 오만하고 이기적인 아버지 앞에서 균열이 가고 폭발하는 순간 노라에게서 느껴지는 고요한 도덕적 힘. 이들은 모두 자신들이 경멸하는 삶의 흐름을 바꾸어놓기 위해 침묵으로 맞서는 여성들이다. 그런데 침묵으로부터 나오는 그녀들의 정신적 힘은 일종의 역설이어서, 이 역설을 외면하면 그녀들은 불행한 삶의 덫에 걸린 희생자로 읽힐 테며 책의 원제에 포함된 '강인한 puissantes'이라는 수식어도 이해되지 않을 것이다.

이런 침묵 외에도 그녀들이 스스로를 지키도록 해주는 힘은 꿈과 환상을 엮는 각자의 놀라운 능력에서 나온다. 차갑고 처량한 현실 앞에서 무기력한 그녀들은 오로지 창조적인 상상력에 힘입어 새로운 현실과 조우하게 된다. 카디는 부당한 모욕을 당할 때마다 마치 몽유병자처럼 자신과 거리를 두며 무관심한 마비 상태로 미끄러져들어가는데, 이런 처절한 망아의 유백색 혼돈에 어느 순간 자아의 발견이라고 할 만한 놀랍고도 뚜렷한 무언가가 찾아들어 운명의 물꼬를 터놓는다. 노라 역시 "신비와 대면할 때 그렇듯 상식에 등을 돌리고 겸손히" 그녀에게 닥친 의무를 감당하며 자신이 할 수 있는 일을 하리라 다짐한다. 그런가 하면 뤼디는 온종일 그를 따라붙는—그를 안내하는 판타의 화신일지 모르는—말뚱가리의 추격을 받은 뒤 마침내 자신의 과거와 현재를 지배하는 불행의 실체를 발견한다. 이처럼 삶의 한 시점에 이르러 그녀들은(혹은 뤼디는) 정신적인 통찰력과 의식에 도달하며, 그렇게 해서 아버지나 남편, 비참한 삶의 조건이 그들에게 부과하는 가혹한 운명에서 달아나는 문이 열린다. 이것은 존재의 불안정한 조건을 그들 자신이 통제하게 되는 순간이기도 하다. 마침내 쟁취된 자유의 상태에서는 카디의 경우 죽음마저도 그녀의 본질을 범할 수 없게 만든다. 가난하고 열악한 조건에서 순전한 자력으로 변호사나 문학교사가 되었기에 일견 야심만만하고 오만해 보이며 야비하고 신랄한 면모도 없지 않은 여자들. 어린 시절 하선한 어부들과 생선 가격을 야무지게 흥정하던 소녀였고 그 후 아이를 갖겠다는 매몰찬

집념을 지녔던 여자. 어찌 보면 지극히 현실적이며 평범해 보일 수도 있는 여자들이 피가 나고 오줌이 나오고 땀이 흐르는 충격적인 경험을 통해 새로운 자아인식에 이른다. 노라의 경우 이렇게 해서 아버지의 영향력에서 벗어나 아버지가 끼친 비극적인 흔적들에서 벗어나는 길이 열리고, 그 결과 딸의 새아버지인 자콥의 역할을 받아들이며 어머니가 되는 법과 사랑하는 법을 새롭게 배우거나 기대할 수 있게 된다. 또 카디 뎀바처럼 내세울 것 없는 여자에게서 퇴색되지 않는 영원한 인간성이 솟아나게 된다.

하지만 실제로는 세 편의 이야기 모두 마지막 페이지에 이르기까지 명확한 결론을 제시하지는 않는다. 노라는 소니를 위해 해야 할 일을 완수하고 소니와 자신을 해방시키겠다고 다짐하며 평화로운 마음으로 길을 걷고, 뤼디는 새가 차에 치였다는 아이의 천진한 음성을 들으며 차를 출발시키며, 카디는 철조망에서 떨어져 죽음을 맞는다. 그렇게 세 사람에게 행동에 나설 각오나 초월적인 깨달음의 순간이 닥치는 데서 이야기가 마무리된다. 그런데 기껏해야 반 페이지 분량의 부가된 에필로그에서 예기치 못한 전환이 이루어져 다른 시간과 관점에서 또다른 차원의 세계가 펼쳐지는 것을 우리는 목격한다. 최종적인 화합(노라)과 감사의 마음(카디), 조용하고 넉넉한 미소와 정성스러운 마음(판타)이 번져나는 이 지점에 이르면 우리는 희망과 화해의 결말을 엿볼 수 있게 된다. 구원의 가능성이랄 수도 있는.

　2001년에 소설 『로지 카르프』로 페미나상을 수상하면서 현재 프랑스에서 가장 주목받는 작가 중 한 사람이 된 마리 은디아이는 프랑스의 미뉘 출판사 사장 제롬 랭동의 눈에 띄어 만 17세인 1985년 첫 소설을 발표했으며 생존하는 여류작가 중 유일하게 코메디 프랑세즈에 자신의 레퍼토리가 올라 있는 극작가이기도 하다. 1967년생인 작가는 세네갈인 아버지와 프랑스인 어머니 사이에서 태어났는데 작가가 한 살이던 해에 아버지는 세네갈로 돌아갔고 작가는 스물두 살이 될 때까지 아프리카를 방문한 적이 없다. 따라서 작가는 자신의 아프리카 혈통이 실상 자기와는 아무 관계가 없으며 백 퍼센트 프랑스 사회에서 자란 자신을 단지 피부색 때문에 아프리카와 연결지어 생각하거나 아프리카와의 관계에서 그녀의 작품을 이해하는 단서를 찾는 건 오류라 못박는다. 그녀에게 있어서 아프리카는 현실이라기보다 몽상과 추상의 영역임을 고백하면서. 작가가 처음으로 아프리카 땅을 배경으로 쓴 『세 여인』역시 그런 맥락에서 이해되어야 하지 않나 싶다.
　작곡을 하듯 이 책을 썼다는 작가의 고백대로, 『세 여인』은 여주인공들에게서 드러나는 내면의 힘이라는 주제가 세 개의 악장을 통해 반복되는 음악의 악보처럼 읽힐 수 있겠다. 각 악장을 마무리 짓는 에필로그에 해당하는 contrepoint을 '대위법적 영상'이라고

번역한 건, 이 짧은 글이 마치 한 편의 영상 같은 선명한 시각적 이미지로 와 닿았기 때문이다. 가혹하고 불편하며 폭력적인 진실이 침묵과 조용한 성찰의 언어로 조심스레 전개되는 이 아름다운 작품은 2009년 프랑스 평단에서 큰 사건으로 평가받으며 공쿠르상의 영예를 안았다.

2013년 겨울
이창실

지은이 **마리 은디아이**

1967년 프랑스 피티비에 출생. 프랑스인 어머니와 세네갈인 아버지 사이에서 태어났다. 열두 살 무렵부터 글쓰기를 시작했으며, 열일곱 살 때 쓴 첫 소설 『풍요로운 미래에 관해서라면』을 통해 프랑스 문단에 걸출한 신예의 탄생을 알렸다. 이후 『장작으로 변해버린 여인』 『가족과 함께』 『마녀』 등의 작품을 발표했다. 『로지 카르프』로 페미나상(2001)을, 『세 여인』으로 공쿠르상(2009)을 수상하며 공쿠르상과 페미나상을 모두 수상한 유일한 작가가 되었다. 희곡 『아빠는 먹어야 해』가 코메디 프랑세즈의 공연 레퍼토리로 선정되어, 생존하는 여성 작가로서 유일하게 프랑스 국립극단의 상연 목록에 작품을 올린 영예를 안았다.

옮긴이 **이창실**

이화여자대학교 영어영문학과를 졸업하고, 프랑스 스트라스부르대학 응용언어학 과정을 이수한 뒤, 이화여자대학교 통번역대학원 한불과를 졸업했다. 『죽은 군대의 장군』 『누가 후계자를 죽였는가』 『광기의 풍토』 『영원한 것은 없기에』 『앙드레 말로』 『글렌 굴드, 피아노 솔로』 『프란츠 카프카의 고독』 『누보 로망, 누보 시네마』 『카에르케고르』 『번영의 비참』 『길모퉁이에서의 모험』 『빈센트 반 고흐』 등을 우리말로 옮겼다.

문학동네 세계문학
세 여인

초판인쇄 2013년 2월 4일 | 초판발행 2013년 2월 14일

지은이 마리 은디아이 | 옮긴이 이창실 | 펴낸이 강병선
책임편집 김미혜 | 편집 김이선 | 독자모니터 류연미
디자인 김이정 이원경 | 저작권 한문숙 박혜연 김지영
마케팅 정민호 김도윤 박보람 | 온라인마케팅 김희숙 김상만 이원주 한수진
제작 서동관 김애진 임현식 | 제작처 한영문화사

펴낸곳 (주)문학동네
출판등록 1993년 10월 22일 제406-2003-000045호
주소 413-756 경기도 파주시 문발동 파주출판도시 513-8
전자우편 editor@munhak.com | 대표전화 031) 955-8888 | 팩스 031) 955-8855
문의전화 031) 955-3576(마케팅) 031) 955-8868(편집)
문학동네카페 http://cafe.naver.com/mhdn

ISBN 978-89-546-2050-5 03860

www.munhak.com